Herbert Rosendorfer

Briefe in die chinesische Vergangenheit

Roman

nymphenburger

4. Auflage 1988

Satz: Filmsatz Schröter GmbH, München
Druck und Bindung: Mohndruck Graphische Betriebe GmbH, Gütersloh
Umschlagentwurf: Josef Fink, München
ISBN 3-485-00453-7
Printed in Germany

Briefe in die chinesische Vergangenheit

(Die siebenunddreißig Briefe des Mandarins Kao-tai an seinen Freund, den Mandarin Dji-gu.)
Vorbemerkung:
Die Datierung der Briefe wurde aus dem altchinesischen in den europäischen Kalender umgerechnet.
Die Anrede und die Schluß- und Grußformeln wurden vereinfacht und nur sinngemäß übersetzt. Diese Formeln im altchinesischen Briefstil sind außerordentlich kompliziert und überladen. Dies wurde alles weggelassen. Kao-tai redet seinen Freund im Original mit dessen Männernamen an und unterschreibt selber mit seinem Gelehrtennamen, gelegentlich mit seinem Männernamen. Auch dies wurde auf die Familiennamen der Briefpartner vereinfacht.

Erster Brief

(Mittwoch, 14. Juli)

Treuer Freund Dji-gu.

Die Zukunft ist ein Abgrund. Ich würde die Reise nicht noch einmal machen. Nicht das schwärzeste Chaos ist mit dem zu vergleichen, was unserem bedauernswerten Menschengeschlecht bevorsteht. Wenn ich könnte, würde ich sofort zurückkehren. Ich fühle mich in eine Fremde von unbeschreiblicher Kälte hinausgeworfen. (Obwohl es auch hier Sommer ist.) Für heute nur soviel: ich bin, in Anbetracht der ungewöhnlichen Art meiner Reise, leidlich gut angekommen. Ich kann nur rasch diese Zeilen kritzeln und den Zettel an den Kontaktpunkt legen. Ich hoffe, Du findest ihn. In Liebe grüßt Dich Dein

Kao-tai

Zweiter Brief

(Samstag, 17. Juli)

Teurer Freund Dji-gu.

Die Zukunft ist ein Abgrund. Ich glaube, ich habe diesen Satz schon auf den Zettel geschrieben, den ich Dir vor drei Tagen an den Kontaktpunkt gelegt habe – hoffentlich hast Du ihn gefunden, damit Du Dir keine Sorgen um mich machst. Was ich hier erlebe, ist so vollständig anders als das, was Du kennst und was ich gewohnt bin, daß ich gar nicht weiß, womit ich meine Schilderung beginnen soll. Hier – ich müßte eigentlich nicht »hier« sagen, sondern »jetzt«. Aber dieses »jetzt« ist so unvorstellbar fremd, daß es mir schwer fällt, an die Identität dieses »Ortes« mit dem Ort zu glauben, an dem Du – durch genau tausend Jahre getrennt – lebst. Tausend Jahre, das weiß ich nun, sind ein Zeitraum, den der menschliche Verstand nicht fassen kann. Gewiß: Du kannst zählen – eins, zwei, drei . . . bis tausend – und Dir dabei vorzustellen versuchen, es vergehe jedesmal ein Jahr dabei, Geschlechter,

Kaiser, ganze Dynastien wechselten, die Sterne wanderten ... Aber ich sage Dir: tausend Jahre sind mehr als vergangene Zeit. Tausend Jahre sind ein so gewaltiger Berg von Zeit, daß selbst die kühnsten Vögel phantastischer Gedanken ihn nicht zu überfliegen vermögen.

Tausend Jahre sind nicht »jetzt« und »damals«. Tausend Jahre sind »hier« und »dort«. Ich werde beim »hier« bleiben.

Ich bin sehr glücklich, daß ich den Kontaktpunkt, an dem ich diesen Brief niederlegen werde, wiedergefunden habe. Es ist mir dank eines Mannes gelungen, der mir viel geholfen hat und noch hilft. Mehr von ihm berichte ich Dir demnächst. Anders als mit fremder Hilfe hätte ich den Kontaktpunkt nicht gefunden, denn unser K'ai-feng hat sich so vollständig geändert, daß ich meine, es müßte eine andere Stadt sein. Das hängt vielleicht damit zusammen, daß der Fluß seinen Lauf geändert hat; er fließt jetzt fast genau nach Norden. Die Stadt ist unvorstellbar groß geworden, und es ist nahezu unterträglich laut. Von keinem einzigen der Paläste, die uns für die Ewigkeit gebaut erscheinen, ist auch nur eine Spur noch vorhanden (soweit ich das bisher gesehen habe), von den einfachen Häusern ganz zu schweigen. Selbst die Hügel sind weg. Alles ist flach, dafür sind die Häuser aufgetürmt wie zackige Berge, und kaum ein Baum ragt über die Häuser hinaus. Du würdest nichts, aber auch gar nichts wiedererkennen. Wie das alles zugegangen ist, kann ich mir nicht vorstellen. Ich traue unseren barbarischen Enkeln – ich kann Dir sagen: ein würdeloser, verrohter Haufen – zu, daß sie die Hügel abgetragen haben. Selbst unser Himmel, scheint es mir, hat sich aus dem ständigen Dunst und Ruß in eine fernere Welt zurückgezogen. Es kommt mir fast vor, als wäre ich nicht nur zeitlich, sondern auch örtlich versetzt.

Ich sitze hier, während ich das schreibe, auf einem Stein. Der Lärm, der mich umtost, ist nicht übermäßig; ein, zwei Li* weiter ist er viel schlimmer. Nicht weit von dem Stein muß das kleine

---

* 1 Li = ca. 600 m

Sommerhaus sein, wo ich Dich vor tausend Jahren und drei Tagen zum Abschied umarmt habe. Es ist kein Staubkorn mehr davon vorhanden. Eine Reihe von häßlichen Häusern steht dort. Den anderen Stein habe ich nicht mehr gefunden, den wir im Park eingerammt haben in der Hoffnung, er werde tausend Jahre überdauern. Zum Glück bin ich nicht auf das Silberschiffchen* angewiesen, das wir in der Höhlung des Steins verborgen haben. Die fünfzig Silberschiffchen, die ich dabei habe, werden reichen. Außerdem habe ich ja als »eiserne Reserve« die fünf schönverzierten Goldbecher.

Ich wollte, ich könnte unverzüglich zurückkehren, aber ich muß ja den errechneten Zeitpunkt abwarten, und der wird erst in acht Monaten kommen. Eigener Fürwitz hat mich in diese unselige, laute Zukunft gebracht. Bete für meine gesunde Rückkehr. Grüße mir meine Shiao-shiao, die ich nächst Dir, mein Freund, am meisten liebe.

Kao-tai

Dritter Brief

(Dienstag, 20. Juli)

Geliebter Freund Dji-gu.

Ja, ich habe einen *Menschen* in diesem Abgrund, in diesem schwarzen Strudel von Zukunft gefunden. Ich muß gerecht gegen unsere Enkel sein: sogar *zwei* Menschen, und beim zweiten scheint es mir nicht ausgeschlossen, daß er mein Freund wird, obwohl ich – wie gerade Du weißt – äußerst geizig mit dieser Bezeichnung bin. Zwar brüllt auch Herr Shi-shmi (so heißt der zweite Mensch), aber ich habe das Gefühl, von ihm trennen mich nicht 100000 Li wie von den anderen, sondern nur 99999. Alle außer den zweien erscheinen mir nach wie vor wie bleiche Riesenkrebse

---

* Silberschiffchen: altchinesisches Zahlungsmittel, schiffchen- oder schuhartiger, gestempelter Barren aus Silber von ca. 100–250 g Gewicht.

ohne Ähnlichkeit mit Dir und mir und unseresgleichen. Freilich, auch Herr Shi-shmi ist weit davon entfernt, mich zu verstehen, aber er hilft mir *seine* ferne Welt zu begreifen.
Kennengelernt habe ich Herrn Shi-shmi auf ziemlich umwegsame und leider auch schmerzliche Weise. Du wirst daran sehen, was ich in den wenigen Tagen, die ich nun »unterwegs« bin, alles erlebt habe. Ich schreibe an Herrn Shi-shmis Tisch, in seinem Haus. Er selber ist nicht da. Der Kontaktpunkt ist zum Glück nicht weit vom Haus entfernt. Ich könnte ihn zur Not allein finden.
Wir haben vor meiner Abreise viel über mein, wie manchem scheinen könnte, nicht ungefährliches Unternehmen gesprochen. Du, geliebter Dji-gu, der Erfinder des mathematischen Zeitsprungs, bist der einzige, der von meiner Reise weiß. Wir haben viel gesprochen, und Du erinnerst Dich, daß ich den weisen Satz des großen Meng-tzu »Wer beobachten will, darf selber nicht beobachtet werden« als einen der wichtigsten Grundsätze für mein Vorhaben betrachtete. Ich habe deshalb, wie Du selber gesehen hast, eine denkbar unauffällige Kleidung für meine Reise gewählt, habe auf alle Rangabzeichen als Kuan der Klasse »A4«* verzichtet und sogar meine Amtskette als Präfekt der kaiserlichen Dichtergilde »Neunundzwanzig moosbewachsene Felswände« – die zu tragen ich eigentlich verpflichtet bin – zurückgelassen. Ich wollte nicht auffallen, wollte unbeobachtet beobachten. Aber die ganzen weisen Sprüche nicht nur des Meng-tzu, nein, des ganzen Li-chi helfen in dieser verrückten Zukunft nichts. Meine, wie wir meinten, unauffällige Kleidung ist für hiesige Begriffe so außer jeder Gewohnheit, daß ich genausogut in Weiberkleidung oder als bunter Palasthund verkleidet angekommen sein könnte. Das Aufsehen wäre auch dann nicht größer gewesen.

---

* Altchinesische korrekte Bezeichnung dessen, was wir unter »Mandarin« verstehen. Es gab in der Sung-Zeit, aus der Kao-tai stammt, zweimal neun Rangklassen; Kao-tai ist also hoher Beamter. » A 4« ist cum grano salis vergleichbar mit einem Ministerialdirektor oder Staatssekretär.

Die Reise selber verlief ganz ohne Schwierigkeiten und war das Werk eines Augenblicks. Unsere vielen Experimente haben sich gelohnt. Nachdem ich Dich auf jener kleinen Brücke über den »Kanal der blauen Glocken« – die wir als den geeignetsten Punkt ausgesucht und errechnet hatten – umarmt, alles in Gang gesetzt hatte, was notwendig war, war es mir, als höbe mich eine unsichtbare Kraft in die Höhe, wobei ich gleichzeitig wie von einem Wirbelwind gedreht wurde. Ich sah noch Dein rotes Gewand leuchten, dann wurde es Nacht. Einen Augenblick danach saß ich, natürlich etwas benommen, auf eben der Brücke über den »Kanal der blauen Glocken«; aber es war alles anders. Kein einziges Gebäude, keine Mauer, kein Stein von dem, was ich eben noch gesehen hatte, war noch vorhanden. Ungeheurer Lärm überfiel mich. Ich saß am Boden neben meiner Reisetasche, die ich krampfhaft festhielt. Ich sah Bäume. Es war – es ist – Sommer wie vor tausend Jahren. Eine fremde Sonne schien über dieser Welt, die so sonderbar, so völlig unbegreiflich ist, daß ich zunächst gar nichts wahrnahm. Ich saß da, hielt meine Reisetasche fest, und wenn ich gekonnt hätte, wäre ich sofort wieder zurückgekehrt. Aber Du weißt, das geht nicht. Mein erster Gedanke war: hat Shiao-shiao Sehnsucht nach mir? Ich werde warten müssen, bis ich sie wieder liebkosen kann. Sie wird warten müssen.

Die Brücke, auf der ich erwachte oder ankam, ist ganz anders als die Brücke, auf der ich Dich verließ. Sie spannt sich zwar immer noch über den »Kanal der blauen Glocken«, ist aber nicht mehr aus Holz sondern aus Stein, allerdings aus sehr grob gehauenem und offensichtlich ziemlich lieblos zusammengefügt. Alles »hier« ist lieblos gemacht. Ich dachte: zum Glück haben die nach tausend Jahren immer noch eine Brücke an derselben Stelle. Es hätte ja sein können, daß sie, nachdem die alte Holzbrücke verfault oder sonst zusammengebrochen war, die neue Brücke etwas weiter oben oder unten errichtet hätten. Dann wäre ich ins Wasser gefallen, was natürlich unangenehm, aber nicht gefährlich gewesen wäre, denn der »Kanal der blauen Glocken« ist längst nicht mehr so tief, wie Du ihn kennst, allerdings äußerst schmutzig. So

ziemlich alles hier ist äußerst schmutzig. Schmutz und Lärm – das beherrscht das Leben hier. Schmutz und Lärm ist der Abgrund, in den unsere Zukunft mündet.
Auch die Hügel auf der westlichen Seite des Kanals haben sie inzwischen abgetragen, denn alles ist ganz flach, soweit man sehen kann. Aber das habe ich Dir im letzten Brief schon mitgeteilt.
Ich richtete mich auf – ganz benommen, sagte ich schon –, stellte meine Reisetasche ab und schaute mich um. Nach dem Plan für meine ersten Schritte in der Zukunft, den wir so herrlich ausgearbeitet haben (ich kann Dir gleich sagen: er hat sich als völlig undurchführbar erwiesen), sollte ich mich zunächst zu der Stelle begeben, wo Dein Gartenhaus steht, um den erwähnten Stein zu suchen, den wir neben dem Eingang in den Boden haben rammen lassen. Ich kam gar nicht so weit, denn von dort, wo damals – Dein »jetzt« – das Haus der Jagdaufseherswitwe des Mandarins Mawang stand, näherte sich, erschrick nicht, ein Riese. Er war ganz in komische graue Kleider gehüllt, die völlig unnatürlich waren – auch darauf werde ich später noch zurückkommen –, hatte eine enorm ungesunde bräunliche Gesichtsfarbe und als allerauffallendstes, eine riesige, eine unvorstellbar große Nase; mir schien: seine Nase mache die Hälfte des Körpervolumens aus. Er blickte aber, wie mir schien, nicht unfreundlich. Er wollte über die Brücke gehen, blieb jedoch stehen, als er mich sah. Ich kann das Mienenspiel unserer Nachfahren noch nicht richtig deuten. (Sie sind uns so unähnlich, daß ich mich frage: Sind sie es wirklich? Wirklich unsere Nachfahren?) Ich lerne auch erst, ihre Gesichter zu unterscheiden. Das ist sehr schwer, denn sie sehen alle gleich aus und haben alle gleich große Nasen. Daß jener Riese – oder jene Riesin, auch das Geschlecht ist kaum zu unterscheiden –, der erste Mensch, den ich nach meiner Reise von tausend Jahren sah, keine drohende Haltung einnahm, glaubte ich erkennen zu können. Vermutlich war er so erstaunt, mich zu sehen, wie ich ihn. Ich nahm meine Reisetasche in die Hand, ging auf ihn zu, verbeugte mich und fragte:
»Hoher Fremdling oder hohe Fremdlingin! Ich, der unwürdige

und weniger als nichtsnutzige Kwan der vierthöchsten Rangklasse Kao-tai, Präfekt der kaiserlichen Dichtergilde ›Neunundzwanzig moosbewachsene Felswände‹, entbiete meine Hochachtung vor dir und deinen Ahnen.« Wer weiß, dachte ich, ob ich nicht selber unter diesen Ahnen bin. »Kannst du mir sagen, ob hinter jener Mauer einst das Gartenhaus meines Freundes, des erhabenen Mandarins Dji-gu stand?«
Der Riese verstand aber offensichtlich nichts von meiner Rede. Er sagte etwas in einer mir völlig unverständlichen Sprache, das heißt: er brüllte mit so tiefer Stimme, daß es mich fast über das Brückengeländer warf, und ich hätte unverzüglich die Flucht ergriffen, wenn sich nicht inzwischen eine größere Anzahl weiterer Riesen angesammelt hätte, die mich alle anstarrten. Ich war ganz verzweifelt. Wenn ich gekonnt hätte, hätte ich mich sofort wieder in die Vergangenheit – in Deine und meine Gegenwart – verflüchtigt. Aber das geht ja nicht. Ich muß ausharren. Es ist auch gut so, denn das ist der Zweck meiner Reise. So umklammerte ich meine Reisetasche und wandte mich fragend an alle, ob nicht einer unter ihnen sei, der die Sprache der Menschen verstünde.
Es war keiner dabei.
Wenn man bedenkt, daß wir ohne Schwierigkeiten Bücher lesen können, die 2000 Jahre alt sind, sich die Sprache bis auf uns von den ältesten Zeiten an nicht stark verändert hat, muß man sich wundern, daß sich die Sprache der Menschen in den nächsten tausend Jahren, die uns bevorstehen, so wandelt, daß ich mich mit keinem Wort mehr verständigen kann. Sollten das hier, diese Riesen mit ihrer brüllenden Sprache, gar keine Enkel von uns sein? Haben die Barbaren des Nordens es fertiggebracht, die Große Mauer zu überwinden? Haben sie unser Land überschwemmt, uns ausgerottet? Bewohnen sie nun unser Reich? Dagegen spricht, daß die Barbaren des Nordens ein zwar kräftiger und zäher, aber eher kleinerer Menschenschlag als wir sind. Nun – vielleicht gelingt es mir, auch da noch dahinterzukommen.

Inzwischen – aber auch davon später – habe ich ein paar Wörter der Zukunftssprache erlernt. Sie ist sehr schwer.
Die Großnasen und Riesen, die mich umringten – beruhige Dich: es sind keine Riesen; alle Leute »hier« sind größer, als wir es gewohnt sind –, schrien mit furchtbaren lauten und tiefen Stimmen durcheinander. Hättest du die Szene in einem Traum erlebt, hättest Du gemeint, in einen Haufen streitender Dämonen geraten zu sein. Offensichtlich redeten sie über mich. Da sie so brüllten – ich wußte zu dem Zeitpunkt noch nicht, daß die Leute hier immer brüllen –, fürchtete ich, es könnte im nächsten Augenblick eine Prügelei unter ihnen ausbrechen. Ich entwich deshalb in einem günstigen Moment und verließ die Brücke. Eine Straße ganz aus Stein zieht sich dort, wo Du jetzt, wenn Du diesen Brief bekommst, die äußeren Mauern der kaiserlichen Stallungen siehst, am Kanal entlang hin. Ich wollte die Straße überqueren, da passierte etwas ganz Schreckliches.
Übrigens – verzeih', daß ich von einem Gedanken zum anderen und wieder zurück springe, aber es ist wirklich schwer, meine Eindrücke in eine geordnete Reihe zu fassen, da zu viel auf einmal in diesen wenigen Tagen auf mich eingestürmt ist – gab es unter den Leuten auf der Brücke keine Prügelei. Sie prügeln sich selten, auch nicht solche niederen Standes. Es kann natürlich sein, daß sie sich in der Öffentlichkeit nicht prügeln und solche Tätigkeit in ihren Häusern betreiben. Ich kann mich noch viel zu wenig in der hiesigen Sprache ausdrücken, um Herrn Shi-shmi danach zu fragen. Sie prügeln sich nicht, aber sie brüllen. Sie brüllen immer, alle. Es hat nichts zu bedeuten. Freilich, man muß ihnen zugute halten, daß sie, bei dem Lärm, der ständig hier herrscht, gar nicht in normaler Lautstärke reden können. Da würde sie niemand verstehen. Kannst Du Dir ein Leben vorstellen, lieber Freund Dji-gu, das darin besteht, ständig den Tag und Nacht herrschenden Lärm zu überschreien? Du kannst es Dir nicht vorstellen. Die Zukunft, lieber Freund Dji-gu, ist ein Abgrund. Aber ich lebe noch.
Der Zeitpunkt ist gekommen, um diesen Brief an den Kontakt-

punkt zu legen. Ich schließe deshalb für heute. Es umarmt seinen geliebten Dji-gu

sein Freund Kao-tai

Vierter Brief

(Donnerstag, 22. Juli)

Sehr geliebter Freund.

Zwei Tage sind vergangen, in denen – wie immer – Neues, Überraschendes, Fremdartiges und Unerklärliches auf mich eingestürzt ist, aber ich fahre in der Schilderung der Ereignisse fort, die unmittelbar auf meine Ankunft gefolgt sind.
Die erwähnte Straße, die ich überqueren wollte, ist eine Allee. Links und rechts des Pflasters zieht sich ein kümmerlicher, lieblos gehaltener Rasenstreifen hin. Die Steine sind ebenfalls sehr nachlässig in die Straße eingelassen, die dadurch ziemlich holprig ist. Wäre der Erhabene Sohn des Himmels nur ein einziges Mal über diese Straße gefahren, er hätte den Obersten Straßenbau-Mandarin unverzüglich köpfen lassen. In den Rasenstreifen wachsen unschöne, ungepflegte Bäume.
Nichtsahnend schickte ich mich an, diese Allee zu überqueren, als sich ein unvorstellbares Heulen, Knirschen und Rattern näherte, für das in unserer Welt jeder Vergleich fehlt. Gleichzeitig raste mit der Geschwindigkeit eines Blitzes ein großes Tier – oder ein feuriger Dämon, schoß es mir durch den Sinn – auf mich zu, ja: schneller als jeder Blitz, so ungeheuer schnell, daß ich das Tier oder Ding gar nicht sehen konnte. Inzwischen weiß ich ungefähr, was für Dinge das sind – es sind keine Dämonen, jedoch mindestens so gefährlich wie für abergläubische Leute Dämonen – aber damals war ich natürlich noch völlig unvorbereitet. Ich hatte die Straße schon zur Hälfte überquert, als mich – so meinte ich – das schnaubende Tier erblickte. Alles spielte sich in Bruchteilen von Augenblicken ab. Ich erkannte, daß der Dämon es nicht auf mich abgesehen hatte. Er gab vielmehr einen – wenn möglich – noch

gräßlicheren Heulton von sich und versuchte auszuweichen. Auch ich wollte ausweichen und sprang mit ein paar Sätzen zur Brücke zurück. Wie ein in höchster Wut rasendes Wildschwein aber konnte das Tier (größer als zehn Wildschweine) seine Richtung nicht so schnell ändern. Noch immer heulend, dann einen Knall ausstoßend, den man nur erzeugen könnte, wenn man das gesamte kaiserliche Feuerwerksmagazin für das Neujahrsfest auf einmal anzündete, sprang der Dämon, schien es mir, auf einen Baum hinauf. Ich stürzte zu Boden und verlor die Besinnung.
Als ich wieder erwachte, hatte sich eine noch größere Menge von Großnasen, von denen wieder einer aussah wie der andere, versammelt. Mich hatte man zwar auf eine Holzbank gelegt, die zwischen den Bäumen stand, kümmerte sich aber fast nicht um mich. Alles stand um den Baum herum, auf den der schnelle Dämon »Zehn Wildschweine« hinaufgeklettert war. Nein: er war nicht hinaufgeklettert, sah ich, als ich mich ein wenig erhob, er hatte sich am Stamm festgebissen. Heute weiß ich: es war gar kein Dämon und auch kein drachengroßes Wildschwein. Es war ein Wagen aus Eisen. Herrn Shi-shmis Haus ist in der Nähe jener Brücke, und ich bin seitdem mehrmals an der Stelle vorbeigekommen. Der Baum, fürchte ich, wird eingehen.
Solche Wägen aus Eisen mit vier Rädern, die ganz ohne Pferde fahren und viel, viel schneller laufen als jemals ein Pferd, gibt es hier in überaus gefährlichen Mengen. In jedem Wagen sitzt in der Regel einer von den Großnasen, der an einem weiteren Rad im Inneren des Wagens dreht und damit recht und schlecht den Wagen lenkt. Sie fahren so schnell, daß sie, ehe Du Dichs versiehst, links verschwunden sind noch ehe sie rechts auftauchen. Auf all den Steinstraßen hier kann kein Mensch gehen, so zahlreich sind diese Eisen-Wägen. Sie rasen kreuz und quer durcheinander, und ich frage mich, wie sie das machen, daß sie nicht dauernd zusammenstoßen. Wahrscheinlich haben sie ein Mittel, das sie voneinander wegmagnetisiert. Sperlinge fliegen ja auch in verwirrenden Scharen durcheinander um die Bäume, und noch nie habe ich gesehen, daß zwei Sperlinge mit den Köpfen aneinander-

gestoßen wären. So ähnlich stelle ich mir das mit den Eisen-Wägen vor. Aber auch das werde ich zu erkunden versuchen. Sie nennen die Eisen-Wägen übrigens: A-tao. Das ist eines der ersten Wörter der Lärm-Sprache, die ich gelernt habe.
Selbst wenn aber keines dieser A-tao in Sicht ist, wagt niemand, die Straßen zu betreten. Diese Teufelsdinger sind so schnell da, daß auch dem Behendesten keine Zeit bleibt, auf die Seite zu springen. Man hat deshalb auf beiden Seiten der Straßen etwas erhöhte eigene kleine Straßen angebracht, auf denen man einigermaßen sicher gehen kann. Auf diesen kleinen Geh-Straßen drängen sich dann auch die Leute und machen Lärm. Die Geh-Straßen sind im Gegensatz zu den Eisen-Wägen-Straßen sehr schmal. Ich schließe daraus, daß die Leute, die in den A-tao sitzen, die Stadt und wohl das ganze Land regieren, und daß die Menschen, die gehen, nichts zu sagen haben.
Aber zurück zur Reihenfolge der damaligen Ereignisse am ersten Tag: – ich richtete mich auf. Als ich den Sachverhalt mit dem am Baum festgebissenen A-tao erkannt hatte, gewahrte ich eine Anzahl von anderen solchen A-tao-Wägen, die am Rand der Straße festgemacht waren. Ich wollte aufstehen und weggehen, denn ich erkannte sogleich, daß man womöglich mir Auffallendem, wenngleich Harmlosem, die Schuld daran zuschieben könnte, daß jener Eisen-Wagen – der nun dumm dastand und qualmte – mittels des Baumes seine Fahrt beendet und den Baum womöglich beschädigt hatte. Aber zwei Riesen in grünen, gleichartigen Kleidern, an die eine übermäßige Anzahl von silbernen Knöpfen genäht war, hatten mich, wie ich erkennen mußte, beobachtet und hielten mich sogleich fest. Ohne Zweifel handelte es sich um kaiserliche Schergen. Der Ton, in dem sie mit mir brüllten – ich verstand natürlich kein Wort –, war mir sogleich geläufig. Es war dies die erste Ähnlichkeit mit der mir vertrauten Welt, und es heimelte mich fast an, so unangenehm der Griff auch war, mit dem sie mich anfaßten.
Ich sagte zu den Schergen: »Ehrwürdige, überaus alte kaiserliche Schergen! Ich bin der nichtswürdige, ungewaschene, wenngleich

harmlose Mandarin Kao-tai, Kuan der vierthöchsten Rangstufe, Ehemann zweier Nichten der erhabenen, alles überstrahlenden Majestät, der unlängst leider verblichenen Chiang-fu, vierter Lieblingsfrau des überaus glücklichen Herrschers, Sohn des Himmels, sowie Präfekt der Dichtergilde ›Neunundzwanzig moosbewachsene Felswände‹. Habe die von mir unverdiente Freundlichkeit sowie Gnade, mich unverzüglich loszulassen, andernfalls es sein könnte, daß der Freund meiner unsagbar unwerten Person, der höchst angesehene Polizei-Mandarin, dessen Vetter zu sein ich die, mir in meiner moralischen Beflecktheit selber unerklärliche, Ehre habe, der überaus mächtige Kwan Fa-kung, Euer sonnenstrahlengleicher Vorgesetzter, Euch leider recht ernst zu nehmende Schwierigkeiten machen könnte, die Eure nahezu unvergleichlich schönen, mit einer dem kaiserlichen Staatswald im Vorfrühling in Farbe ähnlichen Dienstmützen bekleidete Köpfe unter Umständen nicht überleben könnten.« In meiner Verwirrung hatte ich vergessen – so geht es mit der Gewohnheit, die oft die Oberhand behält, wenn die Gedanken aussetzen –, daß mein Vetter Fa-kung »hier« schon seit fast tausend Jahren tot ist und längst ein anderer Mandarin über die Schergen gebietet, ein Mandarin, dem vielleicht der Name Fa-kung nichts mehr sagt.
Aber die Schergen verstanden mich natürlich ohnehin nicht. Der eine brüllte dann noch etwas – ich schüttelte immerzu den Kopf, bis sie begriffen, daß eine Unterhaltung zwischen uns nicht möglich war.
Die grünen Schergen redeten eine Zeitlang miteinander. Ich glaube mich nicht zu irren, wenn ich in ihren ziemlich flachen, nichtssagenden Mienen Ratlosigkeit zu erblicken meinte. Sie führten mich dann recht unsanft zu einem A-tao-Wagen, der dort in der Nähe stand. Es mag sein, daß sie mich unabsichtlich unsanft führten, denn die Riesen-Schergen konnten es vielleicht gar nicht anders. Sie hatten Hände groß wie Palmwedel und ungelenk wie Kistenbretter. Sie schoben mich in den Eisen-A-tao. Ich hatte schreckliche Angst. Meine Reisetasche preßte ich an mich.
Nun mußt Du, geliebter Dji-gu, verstehen, daß das alles, was hier

Seite um Seite füllt, nur der Inhalt von vielleicht einer Viertelstunde war, wahrscheinlich von weniger als dem. Die fremden Eindrücke strömten an mir vorbei wie ein reißender Fluß und das Tosen eilte über mich weg. Meine Erinnerung faßte nur wahllos einige Eindrücke auf. Es ist sicher, daß mir wichtige Zusammenhänge dieser ersten Zeit meines »Hier«-Seins entgingen. Aber wer sollte, wenn er auch noch so kühlen Geistes ist, in dieser Situation einen klaren, aufnahmefähigen Kopf bewahren?

Ich erkannte, daß es keinen Sinn hatte, sich gegen die Verhaftung – die das ohne Zweifel war – zu wehren. Ich ermannte mich, ich hoffte, daß die kaiserliche Gerechtigkeit nicht auch so niedergegangen war wie offensichtlich die allgemeinen Sitten, denn dann, konnte ich mir sagen, habe ich nichts zu befürchten. Ich war ja schuldlos. Außerdem: nicht, Angst zu haben, ist der Zweck meiner Reise, sondern zu beobachten. Daß die Reise ein Risiko war, wußten wir ja lang. Daß ich allerdings zu allererst als Verbrecher behandelt würde, damit hatte ich nicht gerechnet. Aber ich beschloß für mich: auch das gehört eben zu den Erfahrungen meiner Reise in die Zukunft.

Im A-tao-Wagen der Schergen, offenbar ein Dienstfahrzeug, war es fürchterlich eng, eng wie in einer primitiven Sänfte. Aber immerhin war eine gut gepolsterte Bank vorhanden. Einer der grünen Schergen setzte sich neben mich, der andere verfügte sich weiter vorn hin, dort, wo das innere Rad war. Es stank schrecklich in dem Wagen, und als er mit unnennbarem Tosen und Rattern zu fahren begann, verlor ich wieder das Bewußtsein. Ich bin seitdem schon ein paar Mal mit solchen A-tao gefahren. Man gewöhnt sich an alles. Die ungeheure Schnelligkeit macht mich zwar nicht mehr bewußtlos, aber mit geöffneten Augen kann ich immer noch nicht fahren. Wenn die Häuser und Bäume draußen mit im wahrsten Sinn des Wortes unmenschlicher Geschwindigkeit vorbeisausen, ist es, als raffelte eine große Feile an meinem Vermögen, Eindrücke aufzunehmen. Ich halte es nicht für ausgeschlossen, daß den »hiesigen« Leuten diese große Feile der Schnelligkeit alle ihre feineren Empfindungen weggeschliffen hat. Vielleicht sind sie deshalb so ungeschlacht.

Die beiden Schergen brachten mich in ein sehr großes, sehr dunkles Haus. Dort waren viele andere Schergen. Es gibt, scheint es, einige Dinge auf der Welt, die die Jahrtausende überdauern. Ich habe einmal, ich war damals in meinem zweiunddreißigsten Jahr und erst Kuan der Rangstufe A 7, als Angehöriger einer Hofkommission die Gefängnisse der Hafenstadt Hai-chou inspiziert. Das Charakteristische an den Gefängnissen erschien mir ein gewisser ranziger Geruch. Diesen Geruch stellte ich in dem Gebäude, in das ich gebracht wurde, wieder fest und erkannte es somit als Gefängnis. Gewisse Eigenschaften gewisser Dinge überdauern also die Jahrtausende. Es sind dies offenbar weder die besten Eigenschaften noch die besten Dinge.

In dem Gefängnis, das offenbar gleichzeitig die Befehlszentrale der Schergen ist, wurde ich einem Ober-Schergen vorgeführt. Vorher hatte mir ein Scherge meine Reisetasche wegenommen und sie durchsucht. Als ich durch die langen, finsteren, ranzig riechenden Gänge geführt wurde, trug ein Scherge meine Reisetasche; gewiß nicht aus Höflichkeit.

Dem Ober-Schergen gegenüber machte ich gar nicht mehr den Versuch einer Anrede. Ich schwieg und verbeugte mich nur immer ein wenig, wenn er etwas sagte. Er aber redete mich in der sehr lauten, harten und unmelodiösen Sprache unserer unglückseligen Nachkommen an. Auch auf seinem Gesicht machte sich Ratlosigkeit bemerkbar. Ich mußte mich auf eine schmutzige Holzbank setzen. Die Reisetasche stellte man – als offenbar ungefährlich – neben mich hin. Unzählige Schergen kamen, scheinbar beiläufig, in den Raum, um mich anzustarren. Ich mußte, trotz meiner gedemütigten Lage, lachen. Peinlich war es mir aber doch.

Nach einiger Zeit kam der Ober-Scherge mit einem zurück, der keine Schergen-Tracht trug. Dieser – ich glaube, es war ein Weib – versuchte ebenfalls, mit mir zu sprechen. Ich verstand zwar, daß sie einen Dolmetscher geholt hatten, allein, ich verstand auch die Sprache, in der der Weib-Dolmetscher redete, nicht. Ich merkte überhaupt keinen Unterschied zwischen dem Idiom, in dem sie mich vorher angeredet hatten, und dem, das der Dolmetscher sprach. Im Lauf der Zeit holten sie nacheinander wohl an die zehn Dolmetscher. Anfangs hatte ich die leise Hoffnung, daß einer dabei sein könnte, der unsere Sprache verstünde. Ich begrub diese Hoffnung bald – der Ober-Scherge, wie mir schien, auch.

Eine Zeitspanne für das alles kann ich nicht angeben. Aber es war, nachdem vier Dolmetscher vergeblich mit mir ihr Glück versucht hatten, da brachte mir – es war sicher freundlich gemeint – ein Unterscherge einen Teller aus gewalztem Eisen, in dem einige Dinge waren, die ich nach längerem Hinsehen für als eßbar gedacht zu erkennen meinte. Er drückte mir auch ein Gerät in die Hand – inzwischen habe ich solche Geräte kennengelernt, davon später –, das auch aus gewalztem Eisen war. Das Gerät heißt Gan-bal. Wohlweislich fassen sie hier ihre Speisen nicht mit den Händen an, sondern führen sie mit solchen Gan-bal-Geräten zum Mund. Ich hatte vor Aufregung und Schrecken nicht den geringsten Hunger, auch ekelte es mich vor dem hellgrauen, körnigen Brei (ganz entfernt unserem Reis ähnlich), auf dem einige schwärzliche Stücke lagen, die bei näherem Hinsehen als Fleisch kenntlich waren. Eine rote, dickflüssige Masse war darübergegossen. Ich sagte mir: ich bin nicht in die Zukunft gereist, um mich zu ekeln, sondern um Erfahrungen zu sammeln und zu beobachten. Also aß ich von dem Brei. Er schmeckte hauptsächlich nach Salz und war sehr heiß. Inzwischen habe ich erfahren, daß »hier« – selbst unter gebildeten Leuten – die Sucht herrscht, fast alles brühheiß zu essen. Auch deswegen müssen sie Gan-bal verwenden. Bei normalem Essen, wie wir es gewohnt sind, würden sie sich die Finger verbrennen. – Das Fleisch schmeckte nach Leder und war auch heiß.

Ich aß ein wenig, und dann, nachdem ich glaubte, für diesen Fall Erfahrung genug gesammelt zu haben, gab ich mit einer Achtel-Verbeugung – der Ober-Scherge steht ja zweifellos im Rang weit unter mir – den Teller aus gewalztem Eisen und den Gan-bal zurück. Als ich durch Gesten andeutete, daß ich Durst habe, brachte man mir ein Gefäß aus Glas mit einer ekelhaften weißen Flüssigkeit, von der ich jetzt weiß, daß es nichts anderes als Rindsmilch ist. Ja: Milch von Rindern. Mir wurde schlecht, als ich nur daran roch, und meinte im ersten Augenblick, man wolle mich vergiften. Kopfschüttelnd nahm der großnasige Scherge seine Rindsmilch wieder mit und brachte mir ein Gefäß mit einem ¼ sheng* Wasser, das ich trank. Das Wasser war gut.

Als der zehnte Dolmetscher kam, war mir, als ginge nach einer düsteren Sturmnacht die Sonne auf: dieser Dolmetscher trug ein Menschengesicht. Er war, obgleich immer noch größer als ich, nicht ganz so riesenhaft wie alle anderen hier. Aber meine Enttäuschung war groß: auch er konnte mich nicht verstehen. Ich glaube, er war ein Bewohner der Südlichen Inseln**. Sollten sich dort die Menschen nicht so sehr verändert haben wie in unserer unglücklichen Hauptstadt? Oder wo bin ich? Vielleicht werde ich die Gelegenheit haben, es zu erforschen. Die Sprache aber ist bis zur Unverständlichkeit entartet. Auch die Schriftzeichen, die ich aufschrieb, konnte er nicht lesen.

Inzwischen war es Abend geworden. Man sperrte mich – ja, lieber, treuer Dji-gu – man sperrte Deinen Freund Kao-tai, Kuan der vierthöchsten Rangstufe und Präfekt der Dichtergilde »Neunundzwanzig moosbewachsene Felswände« in eine Gefängniszelle. Es regte mich schon nicht mehr auf. Vorher mußte ich einige wohl rituelle Zeremonien über mich ergehen lassen. Ich mußte meine Finger in schwarze Tusche tauchen und dann ein Papier berühren. Vermutlich Dämonen-Abwehr. Dann kam ich in einen Raum, in dem ein Scherge mit einem unverständlichen Gerät hantierte, das kleine Blitze von sich gab. Ich mußte mich auf einen bestimmten Hocker setzen, einmal geradeaus, einmal links, einmal rechts schauen. Jedesmal blitzte es im Kasten, es geschah mir aber nichts.

---

* 1 sheng = ca. 2 Liter

** gemeint ist wohl Indonesien

Vielleicht handelte es sich um einen Reinigungszauber. Zur Vorsicht verbeugte ich mich vor dem Blitz-Kästchen dreimal mit einer Zwei-Drittel-Verbeugung. Wenn sie schon so abergläubisch sind, dachte ich mir, muß ich ihrem Aberglauben diese Ehre antun. In der Zelle war es sehr ungemütlich, auch kalt und schmutzig, und es roch ranzig. Dennoch legte ich mich auf eins der Holzbetten und deckte mich mit einer groben, braunen Decke zu. Ich schlief ein – nicht ohne vorher mit einem Seufzer an Dich, mein Freund, an meine geliebte, süße Shiao-shiao (die so oft mein Lager teilt) und an meine blau-seidenen Kissen daheim zu denken, und an die safranfarbene Decke, die meine Träume beschützt. So verbrachte ich die erste Nacht in dieser fernen Zeit im Gefängnis. Je nun – auch das ist eine Erfahrung. Möglicherweise war dies die schlimmste Demütigung, die mir auf dieser Reise zugedacht ist. Und dann ist es vielleicht gut, daß ich sie gleich am Anfang erfahren habe. Ich gebe die Hoffnung nicht auf, daß ich auch gute und nützliche Erfahrungen hier machen kann, obwohl ich manchmal verzweifle: in diesem Nebelloch an Zukunft. Nebelloch – ja: obwohl leidlich schönes Wetter herrscht, komme ich mir vor, als ginge ich durch grauen Nebel. Ob er sich jemals verzieht?
Nun habe ich den ganzen Vormittag geschrieben. Eben kommt Herr Shi-shmi zur Tür herein. Er bedeutet mir, ich solle mit ihm kommen. Wahrscheinlich werden wir gehen, um das einzunehmen, was sie hier unter einer Mahlzeit verstehen. Danach werde ich zum Kontaktpunkt gehen – es ist die rechte Zeit – und diesen Brief niederlegen und auf die Reise 1000 Jahre zurück schicken. Vielleicht finde ich heute einen Brief von Dir vor.
Ich denke an unsere schöne Vergangenheit und an Dich, mein liebster Dji-gu.

Kao-tai

Fünfter Brief

(Samstag, 24. Juli)

Geliebter Freund Dji-gu.

Ich sitze wieder in einem Zimmer von Herrn Shi-shmis Haus, das kein eigentliches Haus ist, davon aber später. Zwei Tage sind seit meinem letzten Brief vergangen. Vorerst werde ich bei Herrn Shi-shmi bleiben, den der Himmel segnen möge, er ist – obwohl er nicht so aussieht – ein Mensch. Ich verstehe mich von Tag zu Tag besser mit ihm. Er hat mir eins seiner Zimmer eingeräumt. In ihm fühle ich mich, obwohl es für unsere Begriffe so klein ist wie die Bude eines Bettlers, schon einigermaßen heimisch, vor allem deswegen, weil ich hier meine gewohnten Kleider trage. während ich draußen in einer dieser scheußlichen grauen Schlauch-Häute herumlaufen muß, die sie An-tsu nennen. Diese qualvolle An-tsu-Kleidung besteht aus einer komplizierten Vielfalt von Einzelteilen. Einige weiße Schläuche trägt man darunter, zwei schwarze Schläuche an den Füßen, dann kommt eine graue Hose, dann eine dünne Jacke mit unzähligen Knöpfen. Diese Dünn-Jacke (sie heißt – ich habe das aber möglicherweise nicht richtig verstanden – ›Hem-hem‹) stopft man in die Hose hinein. Der an sich schon unbequeme Kragen dieser dünnen Hem-hem-Jacke wird noch dadurch eingeengt, daß ein Streifen Stoffes, dessen Funktion nicht ohne weiteres klar ist, darum gebunden wird. Der Stoff-Streifen muß auf bestimmte Länge vorn herunterhängen. Viele Männer tragen solche Stoff-Streifen, ja, ich muß gestehen: nur an so einem Stoff-Streifen erkenne ich – vorerst –, daß es sich um einen Mann handelt, mit dem ich es zu tun habe, denn Weiber tragen solche Stoff-Streifen nicht. Es gibt solche Stoff-Streifen in verschiedenen Farben. Der, den Herr Shi-shmi mir gegeben hat, ist rot. Er selber trägt einen blauen. Das Binden des Stoff-Streifens ist eine ungeheuer komplizierte Sache. Ich beherrsche es noch nicht; Herr Shi-shmi muß mir immer helfen. Da ich keinerlei Funktion der Stoff-Streifen erkennen kann, nehme ich an, daß es sich um Rangabzeichen handelt. Ich hoffe, daß der rote Stoff-

Streifen einigermaßen meiner Würde als Mandarin der vierthöchsten Rangklasse und Präfekt der Dichtergilde »Neunundzwanzig bemooste Felswände« entspricht. Bezeichnet etwa der blaue Streifen, den Herr Shi-shmi sich umbindet, einen niedrigen Rang? Es verwirrt mich, daß ich die Rangordnung nicht kenne und somit mein Verhalten nicht richtig bemessen kann. In der Kenntnis der hiesigen Sprache bin ich noch nicht so weit vorgedrungen, daß ich so etwas Kompliziertes fragen könnte. Ich glaube zwar nicht, daß Herr Shi-shmi einen höheren Rang einnimmt als ich, und meine Verbeugungen erwidert er immer exakt in gleicher Weise, ich wüßte es aber doch gern. Ich hoffe, daß er nicht allzu tief unter mir steht.

Aber, so denke ich mir, er hat mir soviel geholfen, ist mir so nützlich: ja, ohne ihn wüßte ich nicht, was anfangen, daß ich ihn, selbst wenn er ein Hofbeamter der 18. Rangklasse wäre und schon das siebte und letzte Mal bei der Dichterprüfung der Akademie durchgefallen, hochachten und lieben würde. In der Situation, in der ich bin, neigt man zu der Meinung, daß Rang und Dichterprüfung nicht das wichtigste Kriterium für die Bewertung des Menschen sind.

Aber ich bin mit der Beschreibung der Kleidung, des An-tsu noch längst nicht am Ende. Über Hose, Dünn-Jacke und Rangstreifen zeiht man eine dickere Jacke an. Die Füße steckt man in kleine, verschnürte Kästchen aus entsetzlich hartem Leder, in denen man kaum gehen kann. Über dem Ganzen trägt man hie und da – wenn es am Abend kühler wird, und das ist hier selbst im Sommer der Fall – eine etwas längere ebenfalls graue Jacke, die wohl einen Mantel vorstellen soll. Hat man das alles an, kommt man sich vor wie ein Wickelkind und kann sich kaum bewegen. Die Hände in unserer gewohnten Weise in die Ärmel zu stecken, ist völlig ausgeschlossen. Die Leute stecken hier die Hände in die Taschen, die an der Kleidung an den überraschendsten Stellen in Vielzahl vorhanden sind. In noch größerer Zahl aber, in geradezu lächerlicher Menge finden sich Knöpfe am An-tsu. Eine Reihe kleiner Knöpfe befindet sich direkt am Geschlechtsteil. Ich nehme deshalb an, daß es sich bei all dem Aberglauben hier um ein Fruchtbarkeitsritual handelt.

So laufe ich also draußen herum. Ich lasse es über mich ergehen, weil ich ja – der ich beobachten will – nicht ständig Gegenstand allseitigen Bestaunens sein mag. Ich falle auch in dem An-tsu noch genügend auf.

Bevor ich aber nun in der Schilderung der Erlebnisse meines ersten Tages hier fortfahre, habe ich Dir für Deinen liebenswürdigen, wenngleich kurzen Brief zu danken. Ich fand ihn wohlbehalten am Kontaktpunkt. Das angekündigte Silberschiffchen war allerdings nicht eingeschlossen. Nur unser spezielles Zeitwanderer-Papier vermag offenbar die tausend Jahre zu durcheilen. Laß also das mit dem Silberschiffchen in Zukunft ... (merkwürdig: wenn ich soweit in die Vergangenheit zurück von »Zukunft« schreibe) ... ich brauche es auch gar nicht. Ich habe erst eines der fünfzig, die ich bei mir habe, ausgegeben. Herr Shi-shmi hat es in hier gültige Währung umgetauscht. (Ich vertraue ihm da völlig). Er hat dafür einen An-tsu und einen Haufen anderer Sachen für mich gekauft und angedeutet – wenn ich seine Gesten richtig verstehe –, daß noch viel Geld übriggeblieben ist. Was ich in absehbarer Zeit brauche, ist Zeitwander-Papier, denn meine Briefe an Dich sind doch ziemlich lang, und mein Vorrat geht zur Neige. Schicke mir also das nächste Mal ein Paket leeres Papier mit.

Im übrigen freut es mich, daß meine herzige Shiao-shiao wohlauf ist. Daß sie Sehnsucht nach mir hat, schmeichelt mir. Ich habe auch Sehnsucht nach ihr. Ich hätte sie gern auf meine Zeitreise mitgenommen; aber es ist besser so. Die Welt »hier« wäre nichts für ihre empfindliche Seele. –

Aber nun fahre ich fort in meinem Bericht: ich wachte in meiner Gefängniszelle davon auf, daß ein mürrischer, aber nicht bösartiger Schließer die Tür öffnete und mir das Frühstück auf einem nahezu schon grotesk kunstlosen Tablett brachte. Nachdem ich ein wenig von einer dunkelbraunen Masse, die offenbar aus schlecht gebackenem und äußerst salzhaltigem Teig bestand, gegessen hatte (die beigegebene Flüssigkeit, die sehr heiß war und mehr als fremdartig roch, rührte ich zur Vorsicht nicht an), kam der Schließer wieder. Er winkte mit dem Schlüsselbund. Ich ordnete meine Kleider und folgte ihm. Er führte mich durch lange, lärmreiche und schmutzige Gänge, in denen ein ranziger Geruch unsereinem längeren Aufenthalt unmöglich gemacht hätte. Den Leuten hier macht aber der Gestank nichts aus. Auch das wäre ein Kapitel für einen eigenen Brief. Selbst Herr Shi-shmi hat offenbar von der Erfindung der Räucherstäbchen noch nie etwas gehört.

Man führte mich in ein etwas größeres Zimmer. Dort saß ein *Mensch*, ja, ein *Mensch*, obwohl auch er das Antlitz – wenn man so sagen kann – der hiesigen Riesenkrebse trug. Seine Augen waren anders als die der sonstigen Riesen. Ich vermutete sofort – und wohl richtig –, daß es sich bei ihm um einen höheren Mandarin und Richter handelte. Zunächst schien auch er ratlos über meine Erscheinung zu sein wie die übrigen. Ich kann mir nicht helfen: wenn zu uns, ich meine in unsere Zeit, in die Regierungszeit unseres Glorwürdigen Und Gnädigen Kaisers Und Sohn Des Himmels ein Mann aus – sagen wir – der Regierungszeit der Dynastie Shang* käme, so erschiene uns dieser Mensch nicht fremder und eigenartiger als ein Gast etwa aus den fernen westlichen Provinzen, wo sie ja auch eine etwas unterschiedliche Sprache und merkwürdige Sitten haben. Hier aber bin *ich* so fremd wie ein seltenes Tier – nein: wie ein eigenartiger Stein. *Wir* kennen die Kaiser und die Dichter unserer fernsten Vergangenheit. Die heute hier wissen von uns nichts. Mir scheint, sie kennen sie nicht nur nicht, sie *wissen* gar nicht, daß sie eine Vergangenheit haben. Ich begreife nicht, wie sich in den tausend Jahren so ein verheerender Spalt zwischen unseren Enkeln und uns, ihren Ahnen, auftun konnte. Aber vielleicht sind die Leute wirklich fremder Rasse – Eindringlinge, Eroberer, die unsere Nachkommen verdrängt haben und vernichtet. Oder sollten wir uns bei unseren Reisevorbereitungen verrechnet haben? Bin ich statt tausend Jahre zehn-

* Dynastie Shang, auch Yin genannt: ca. 1700–1066 v. Chr.

tausend Jahre in die Zukunft gereist? Das würde manches erklären.
Ob die Leute ohne Vergangenheit glücklicher oder unglücklicher sind als wir, muß ich erst herausfinden. Freilich kann das Wissen um die Vergangenheit auch wie eine Last sein. Ich kann nur nicht begreifen, daß es eine Rasse geben soll, die einfach in den Tag heinein lebt, ohne sich der Namen ihrer Ahnen bewußt zu sein.
Der Richter oder Hofbeamte, dem ich also vorgeführt wurde, versuchte auch, sich mit mir zu verständigen, natürlich vergeblich. Ich deutete ein paar Mal auf mich – unter einer Drei-Achtel-Verbeugung, ich schätzte den Hofbeamten auf einen Kuan höchstens vom Rang B 3 – und sagte: »Kao-tai« Ganz langsam und deutlich: »Kao-tai«. Er verstand, lächelte und schrieb meinen Namen auf ein Papier, das vor ihm lag. (Sie schreiben in gänzlich unverständlicher Schrift, lächerlicherweise in waagerechten Zeilen von links nach rechts.) Danach ließ er mich zu meiner grenzenlosen Enttäuschung wieder zurück in die Zelle führen. Bis dahin überwog in meinen Gefühlen trotz allem die Neugier. Als aber der Schließer die Zellentür auf ein Neues hinter mir schloß, erfaßte mich die Verzweiflung. Wohl nie war ein Mensch so allein wie ich. 1000, vielleicht 10000 Jahre aus meiner Welt hinausgestoßen, hilflos in einem Chaos von Unverstand. Würde ich je den Kontaktpunkt wiederfinden? Nein, sicher nicht ohne fremde Hilfe. Ich wußte nicht einmal, wie weit ich mit dem A-tao-Wagen verbracht wurde ... Wer sagte mir, daß es nicht tausend Li waren? Ich war ja bewußtlos auf der Fahrt. Der Kontaktpunkt, der einzige Zusammenhang mit meiner Zeit-Heimat schien mir damals im Gefängnis für immer verloren. Gut, es sind noch acht Monate Zeit – aber wie soll ich selbst in acht Monaten jemals in diesem Chaos, von aller Hilfe abgeschnitten, in einer Lärmwelt von Riesenkrebsen und Großnasen, in einer Welt, die mich nicht versteht, jene kleine Brücke wiederfinden? Ich war verzweifelt. Ich sah mich schon – selbst wenn ich aus dem Gefängnis entlassen würde – durch diese unordentliche Welt irren und vergeblich die Brücke suchen ... und den Zeitpunkt der Rückkehr versäumen ... und

ich wäre ausgestoßen in diese Nebelwelt, endgültig und unwiederbringlich abgeschnitten von meiner Heimat, und alle, Du, meine Kinder, meine geliebte Shiao-shiao ... tot seit tausend Jahren und – entschuldige – verwest und sogar ihr Andenken verweht.
Ich saß völlig verstört und wie auf einer geländerlosen Brücke über einem Abgrund in meiner Zelle und dachte an die Verse unseres großen Lin Tsung-yüan – den sie hier gewiß auch nicht mehr kennen:

»Wenn du nach Norden ziehst,
Frühling, wann kommst du nach Tsin?
Nimm meinen Traum dorthin.
Trag in den alten Garten
Den Traum, daß ich zuhause bin.«

Aber was hält das Menschenherz nicht alles aus. Ich schlief zwei Stunden oder wohl auch drei, dann öffnete sich die Zellentür und herein trat zu meiner Überraschung jener Richter und Mandarin. Er hatte meinen Namen behalten und sagte: »Hel Kao-tai!« hier die Anrede für höhergestellte Persönlichkeiten. Ich machte deshalb wieder eine Drei-Achtel-Verbeugung und sagte: »Oh du gütiger, vom Himmel gesandter Hel-Richter und Mandarin, ich unwürdiger Staubwurm danke dir für deine freundliche Anrede. Der Himmel möge deine Ahnen segnen, unter denen möglicherweise ich selber bin.« Er verstand das natürlich nicht, ahnte aber vielleicht den Sinn meiner Rede und klopfte mir mit der Hand dreimal leicht auf die Schulter. Vermutlich war das eine Reinigungszeremonie. Ich verbeugte mich, und er deutete mit der Hand auf die offene Zellentür. Ich verstand, daß ich frei war.
Soweit der Brief für heute. Meine eigentlichen Abenteuer, das spüre ich, beginnen erst. Herr Shi-shmi steht bereit, seit ich eben das Gedicht geschrieben habe, neben mir und wartet. Er weiß, daß ich heute wieder einen Brief zum Kontaktpunkt bringen will. Herr Shi-shmi ist sehr rücksichtsvoll, und ich glaube, er ahnt von der Bewandtnis, die es mit mir hat.
Bis jetzt bin ich noch nie allein ausgegangen. Herr Shi-shmi hat mich stets begleitet, denn ich habe immer noch Angst vor den

A-tao-Wägen, und dann sind es doch drei Li von hier zur Brücke. Aber verirren könnte ich mich nicht mehr. Um meine Rückkehr bange ich nicht.
Ich grüße Dich, überaus liebenswerter Dji-gu; und schreib mir bald einen etwas längeren Brief.

Kao-tai

Sechster Brief

(Dienstag, 27. Juli)

Liebster Freund.

Ich bedaure überhaupt nicht mehr, daß ich diese Reise unternommen habe, obwohl ich mich nach wie vor nach den Gesprächen mit Dir in abendlicher Dämmerung in Deinem oder in meinem Park und nach den unbeschreiblichen Liebkosungen meiner einzigen Shiao-shiao sehne. Für Deinen sehr bündigen und in seiner Prägnanz äußerst kunstvoll zu nennenden Brief danke ich Dir von Herzen; dennoch hätte ich auch gern gewußt, ob meine schwangere Konkubine Fa-fo ihr Kind inzwischen bekommen hat, ob das schwarze Fohlen wieder gesund ist, und ob meine vierte Schwiegermutter Ta-chiang, die am Tag vor meiner Abreise sterbenskrank geworden ist, noch lebt. Hat meine Hauptfrau noch ihr Furunkel? Auch schreibst du nur sehr wenig von Shiao-shiao ... aber immerhin weiß ich aus Deinem Brief, daß es ihr gut geht.
Ich bedaure meine Zeitreise nicht mehr. Ich bin sogar fast geneigt – entgegen meinen trüben Gedanken in den ersten Tagen – zu sagen: es ist herrlich. Ich genieße eine neue Jugend. Was ein junger Mensch im Lauf von zwanzig Jahren erlebt, nämlich das Entfalten der Welt vor ihm, eröffnet sich hier für mich in ungleich kürzerer Frist, und dazu noch bei wachem Verstand, der nichts als Selbstverständlichkeit hinnimmt. Ich schaue wie ein Kind und staune, aber ich *weiß*, daß ich staune. Es ist herrlich ... und das, obwohl es schon seit vorgestern regnet. Herr Shi-shmi und ich standen heute früh am Fenster und schauten hinaus. Herr Shi-

shmi ist ganz trübsinnig. Er sagte: »Shai-we-ta«, was offenbar soviel wie »langandauernder Regen« bedeutet.
Für unsere dumpfen Enkel – mit Ausnahme von gebildeten und sensiblen Leuten wie Herrn Shi-shmi – ist das »Shai-we-ta« kaum bedrückend. Sie spannen ihre Schirme auf und rennen im Regen herum. Die A-tao-Wägen, in die es natürlich nicht hineinregnet, weil sie ja rundum aus Eisen sind, rasen wie immer und spritzen Wasserfontänen um sich, wenn sie durch eine Pfütze fahren. Niemand tut etwas dagegen – es sind wohl doch die Mächtigen, die sich in solchen A-tao fortbewegen. Der Schirm scheint die einzige unserer Errungenschaften zu sein, die auf unsere Enkel gekommen ist. An den Schirmen erkennt man mühelos Männer und Weiber auseinander, die Weiber tragen nämlich verschiedenfarbige Schirme, die Männer ausschließlich schwarze. Warum das so ist, weiß ich natürlich nicht, ebensowenig ob die Farben der Weiberschirme irgendwelche Rangstufen anzeigen. Trägt eine Frau oder Konkubine den Schirm in der Farbe des Stoff-Streifens (der, das habe ich inzwischen herausgebracht »Kwei-te« heißt) des Mannes, dem sie gehört? Herr Shi-shmi hat einen schwarzen Schirm, auch mir hat er einen schwarzen gekauft.
Heute vormittags ging ich zum ersten Mal allein aus dem Haus. Herr Shi-shmi meinte (wir können uns jetzt schon recht gut verständigen), daß es an der Zeit sei, damit anzufangen. Er schickte mich in ein anderes Haus, in dem eine Person (ich glaube, es handelt sich bei ihr um ein Weib; da ich sie aber nicht mit Schirm gesehen habe, bin ich allerdings nicht sicher) einen Laden betreibt. Wie immer mußte mir Herr Shi-shmi helfen, meinen An-tsu anzuziehen, denn ich verwechsle doch noch die Reihenfolge der einzelnen Bestandteile. Einmal, als ich versuchte, mich allein anzuziehen, zog ich das »Hem-hem« über der Mitteljacke und die schwarzen, dehnbaren Fußschläuche über den verschnürbaren Lederkästchen an. Als Herr Shi-shmi mich so sah, hielt er sich vor Lachen den Bauch. Nun, ich muß eben alles lernen wie ein Kind.
Ich zog also heute vormittags unter Herrn Shi-shmis Aufsicht

meinen An-tsu an, nahm meinen Schirm und verließ das Haus. Den Laden und das Haus, in dem er ist, kannte ich schon, denn wir kommen immer dort vorbei, wenn wir zum Kontaktpunkt gehen. Ich mußte nur eine einzige Stein-Straße überqueren. Ich wartete am Rand der Straße, spähte und lauschte, bis ich sicher war, daß wirklich keins der verfluchten A-tao käme, dann rannte ich los. So kam ich glücklich drüben an, ging in den Laden und sagte mein Sprüchlein, das Herr Shi-shmi mir eingetrichtert hatte. Auf Chinesisch bedeutete das Sprüchlein: »Einen halben sheng Öl, bitte.« (»Li-ti« heißt ein halber sheng). Die Formulierung ist doch außerordentlich knapp (fast wie Deine Briefe) und unhöflich. Du und ich hätten natürlich in dem Laden gesagt: »Würdest du, unvergleichliche Ladenbesitzerin, Sonne des Stadtviertels, die Güte haben, einen halben teng deines honigduftenden Öls mir unwürdigem Zwerg herabzureichen, sofern du nicht eine andere, bessere Verwendung dafür hast, und das Maß deiner Güte vollmachen, indem du diese bescheidene, schmutzige Münze dafür entgegennimmst, die natürlich nicht das entfernteste Äquivalent für deine unbezahlbare Ware ist, zumal ein so gänzlich unbedeutender Mann wie ich es wagt, diese kühne Bitte zu äußern.« Aber so einen Satz in der hiesigen Sprache hätte ich natürlich nicht behalten.

Ich brachte den mir eingetrichterten Satz recht gut heraus, die Person, die den Laden betreibt, gab mir auch tatsächlich einen halben teng Öl und ich legte die Münzen, die mir Herr Shi-shmi mitgegeben hatte, auf den Ladentisch. Ich war sehr stolz. Die Person im Laden starrte mich zwar an wie einen fremdartigen Käfer, aber das bin ich ja inzwischen gewohnt. Sie brüllte mir auch irgend etwas zu, was ich nicht verstand: wahrscheinlich einen Gruß. Ich verbeugte mich zu einem Siebtel. Als ich wieder heraustrat, kam die Person mit bis zur Ladentür und brüllte wieder etwas. Ich spannte meinen Schirm auf, deutete mit den Augen nach oben und sagte: »Shai-we-ta!« Es war ein glänzender Erfolg. Sie nickte und lachte. Offenbar hatte sie mich vollkommen verstanden.

Ich machte mich auf den Heimweg. Ich war sehr stolz auf meine Leistung und bewegte mich völlig frei und sicher unter all den Leuten auf der Fußgängerseitenstraße, fast als wäre ich einer von ihnen. Da plötzlich stieß ich einen Schrei aus und ließ fast meine Ölflasche fallen, denn ich sah das wohl absonderlichste Phänomen, das ich hier bisher zu Gesicht bekommen habe. Ich konnte es Herrn Shi-shmi nicht beschreiben – so komplizierte Dinge kann ich noch nicht ausdrücken –, weshalb ich nicht weiß, wie es heißt. Es scheint eine seltene, aber dennoch für die Leute hier nicht furchteinflößende Erscheinung zu sein. Es handelte sich um eine Person auf einem zweirädigen Wagen. Die Räder waren aber nicht nebeneinander wie an einem Karren, sondern hintereinander angebracht. Auf dem hinteren Rad saß der Lenker, dennoch drehte es sich. Wie das genau war, konnte ich nicht erkennen. Nach menschlichem Ermessen hätte dieser Wagen oder Karren unverzüglich umfallen müssen, allein: er fiel nicht nur nicht um, er fuhr sogar, obwohl die Person auf dem Rad – ich bin geneigt, sie für einen Artisten zu halten – keineswegs stillsaß, sondern gefährlich strampelte. Der zweirädrige Wagen fuhr zwar längst nicht so schnell wie ein A-tao, aber schneller, als ein Mensch laufen kann. Ich schaute dem artistischen Gefährt lange nach. Dann kehrte ich in Herrn Shi-shmis Haus zurück. Er wartete unter der Tür, war also doch etwas besorgt um meine glückliche Rückkehr.
Aber nun fahre ich fort, Dir die weiteren Abenteuer meines zweiten Tages hier in dieser fremden Welt zu schildern.
Der freundliche und menschliche Mandarin und Richter ließ mich nicht nur frei, er nahm mich sogar mit zunächst zu seinem A-tao-Wagen, nachdem er dafür gesorgt hatte, daß ich meine Reisetasche wieder bekam. (Ich schaute sofort darin nach: sowohl der Zeit-Kompaß als auch die Silberschiffchen und das Zeitreise-Papier waren noch vollzählig. Ehrlich scheinen die Schergen also immerhin zu sein.) Wir fuhren – ich wurde wiederum zeitweise bewußtlos – zu dem Haus des Richters. Ich halte es nicht für ausgeschlossen, daß er, der ja immerhin im Rahmen der hier herrschenden Barbarei ein gebildeter Mensch ist, etwas von mei-

nem Rang ahnte. Ich war kein Gefangener mehr, das war klar zu erkennen, ich war sein Gast. Wenn Du aber nun glaubst, das Haus des Richters sei im entferntesten so wie die Häuser unserer hochstehenden Mandarine, so irrst du. Nehmen wir an, dieser freundliche Richter habe etwa den Rang meines Vetter-Sohnes Ch'ang-wang, der noch am Anfang seiner Laufbahn steht und erst Mandarin des Ranges A 9 ist. Ch'ang-wang hat, wenn ich mich recht erinnere, eine Hauptfrau, drei Nebenfrauen, sechs Konkubinen und vielleicht 20 oder 30 Diener, und einen hübschen, wenngleich bescheidenen Palast. Dieser Mandarin hier hat eine einzige Frau, keine Konkubine, und von Dienern habe ich weit und breit nichts gesehen. (Herr Shi-shmi, um das hier einzuflechten, hat weder Frau noch Konkubine. Sehr merkwürdig. Dabei ist er weder Bettler noch Mönch, noch Säufer.) Das Haus des Richters war zwar aus Stein, aber sehr häßlich. Nun gut: es mag sein, daß sich mit aller Kultur auch die Anschauung davon gewandelt hat, was bei einem Haus schön ist. Daß sich die Anschauung darüber, was *klein* ist, gewandelt hat, glaube ich kaum. Man möchte meinen, daß die Riesen hier größere Wohnungen haben entsprechend ihrer Körpergröße. Mitnichten. Sie haben Löcher. Das Haus des Richters ist alles in allem etwa halb so groß wie der hintere Gartenpavillon, den ich immer schon einmal vergrößern lassen möchte, weil sich meine Scharlachzeisige so beengt fühlen. Aber was half das: ich mußte froh sein, überhaupt eine Behausung zu finden. Ich blieb zwei Tage beim Richter.

Den ersten kurzen Brief, die paar Zeilen ganz am Anfang nach meiner »Ankunft« schrieb ich noch auf jener Brücke, noch bevor ich den ersten Riesen sah und meine Abenteuer begannen, legte ihn gleich auf den Kontaktpunkt. Nun wollte ich Dir endlich einen ausführlichen Brief schreiben. Es erhob sich die Frage, wie ich den Kontaktpunkt, jene Brücke über den »Kanal der blauen Glocken«, wiederfinden könnte. Es war mir klar, daß nur der Richter mich dorthin bringen konnte, wobei ich wohl oder übel in Kauf nehmen mußte, wieder in einem A-tao transportiert zu werden. Aber wie das dem Richter beibringen? Ich verstand ja noch kein Wort in der

hiesigen Sprache zu reden. Also führte ich dem Richter, so gut ich konnte, die Pantomime »Zwei Schergen nehmen den höchstehrwürdigen Mandarin Kao-tai fest« vor. Ich deutete gestisch an: »A-tao springt an einer Brücke gegen einen Baum.« Ich schwang mich glockengleich am Türstock hin und her, deutete auf den blauen Schirm der Richter-Gattin, legte mich dann auf den Boden und kräuselte, wenn man so sagen kann, meine Glieder... Sei es, daß ich keine Begabung für die Pantomime habe, sei es, daß der Kanal jetzt anders heißt, der Richter verstand nichts. Erst als ich nochmals ganz langsam und deutlich die ersten beiden Pantomimen wiederholte, dämmerte ihm etwas. Wir stiegen in sein A-tao, und an meiner freudigen Miene beim Wiedererkennen des Kanals und der Brücke erkannte der Richter, was ich gewollt hatte.
Als ich mich auf jenen Stein setzte, das Zeitwander-Papier aus der Reisetasche zog und begann, Dir zu schreiben, war der Richter natürlich höchst neugierig zu sehen, was ich hier zu tun hatte. Er strich dauernd um mich herum und schaute mir völlig unhöflich zu. Die Sitten sind grob hier, sagte ich schon. Aber da er ja nicht lesen konnte, was ich schrieb, war es mir gleichgültig. Bevor ich dann aber den abgeschlossenen Brief auf den Kontaktpunkt legte, wo er – was für den Richter unverständlich und vielleicht furchterregend gewesen wäre – wie von Zauberhand weggenommen verschwinden würde, bat ich ihn mit Gesten, weiter weg zu gehen. Er verstand diesmal schneller und hatte Geschmack genug, meiner Bitte zu entsprechen. Sonst ist Geschmack und Zurückhaltung unter diesem Volk von Min-chen (so heißt jetzt unsere Hauptstadt) recht rar. Herr Shi-shmi, den ich von Tag zu Tag mehr schätze, zählt zu den Ausnahmen.
Herr Shi-shmi ist ein Freund des Richters. Er kam an jenem dritten Tag abends zum Richter und nahm mich mit zu sich. Offenbar war es zwischen den Freunden abgemacht worden, daß ich fortan bei Herrn Shi-shmi wohnen sollte. Alles in allem gesehen, ein großer Glücksfall für mich.
Herr Shi-shmi hat, ich schrieb es schon, weder Frau noch Konkubine, hat keinen Diener und kein eigenes Haus für sich. Er

bewohnt mit unzähligen anderen Leuten ein schwindelerregend hohes Haus, das in einzelne über- und nebeneinandergelegene Klein-Häuser gegliedert ist. Ständiger Lärm durchtost das Haus. Die einzelnen Wohnungen sind über eine stets verschmutzte Zentraltreppe zu erreichen oder durch einen eigenartigen, senkrecht fahrenden kleinen Wagen, der auf magische Befehle gehorcht. (Ich kann den Wagen – er wird Li-lit genannt – noch nicht bedienen. Herr Shi-shmi kann es.) Herrn Shi-shmis Wohnung hat nicht mehr als sechs Räume, drei davon sehr, sehr eng. In einem davon . . . aber davon später. Es verbindet sich mit dem Raum ein Herrn Shi-shmi im Zusammenhang mit mir offenbar peinliches Erlebnis. Einen der größeren Räume stellte Herr Shi-shmi mir zur Verfügung. Durch ein ganz mit Glas versehenes Fenster kann man auf die Stein-Straße hinausschauen. Man sieht aber nur andere solche Häuser, höhere und niedrigere und auf einige Bäume. Ich schaue nicht oft hinaus, denn es wird mir schwindlig. Ein weiterer, gar nicht groß genug zu nennender Glücksfall war es, daß Herrn Shi-shmis Haus nur vielleicht zweieinhalb Li vom Kontaktpunkt auf der Brücke entfernt ist. Bald werde ich ohne Hilfe Herr Shi-shmis dorthin und wieder zurück gelangen können. Vielleicht versuche ich es schon das nächste Mal.
Es regnet immer noch. »Shei-we-ta«. Es grüßt Dich Dein treuer und ergebener ferner Freund

Kao-tai

Ich denke mit zärtlicher Sehnsucht an meine Shiao-shiao.

Siebter Brief

(Samstag, 31. Juli)

Geliebter Dji-gu.

Dein Brief, Deine endlich etwas längere Nachricht, hat mir als Gruß aus meiner fernen Zeit-Heimat unendlich wohlgetan. Deine geliebten Zeilen, überhaupt die vertrauten Schriftzeichen haben

mir unsäglich das Herz gewärmt, obwohl ich mich hier von Tag zu Tag, ja von Stunde zu Stunde, vertrauter, fast schon heimisch fühle. Daß die zweite Nebenfrau, dieses dumme Krokodil, sich ständig mit den Konkubinen herumstreitet, muß Dich nicht weiter bekümmern. Das macht sie immer. Wenn sie zu fragen anfangen sollten, wo ich bin, sage ihnen, das gehe sie nichts an. Daß das Fohlen immer noch nicht gesund ist, macht mir Sorgen. Man soll eventuell den Tierarzt Ma-kang aus T'ai-yüan holen. Er gilt als der beste. Kosten sollen keine Rolle spielen. – Das Paket Zeit-Reise-Papier ist wohlbehalten mitgekommen.
Herr Shi-shmi, dessen Güte ich gar nicht genug preisen kann und den hier in dieser chaotischen Welt angetroffen zu haben ein gar nicht hoch genug einzuschätzender Glücksfall war, bemüht sich nun schon seit mehr als einer Woche, mir regelrechten und auch regelmäßigen Sprachunterricht zu erteilen. Obwohl es für mich und für mein ferneres Leben nach meiner – hoffe ich – glücklichen Rückkehr in meine Zeit-Heimat völlig müßig, um nicht zu sagen unsinnig ist, die barbarische Sprache einer fernen Zukunft zu beherrschen, leuchtet mir natürlich ein, daß die Sprache zu erlernen in meiner augenblicklichen Situation das allerwichtigste ist, um zu sehen und zu erkennen, was hier vorgeht, um nicht bloß wie ein dummer, stummer und fauler Fisch hier herumzuschwimmen, die hiesige Welt mit blöden Augen zu betrachten und um nichts als das Überleben zu bangen. Zwei Stunden täglich sind angesetzt für die Sprachstudien, eine vormittags, eine abends. Herr Shi-shmi gibt sich unendliche Mühe und beweist unzerreißbare Geduld. Es tröstet mich, daß aber auch er Gewinn davon hat, denn er lernt bei der Gelegenheit zwangsläufig auch unsere Sprache mit; der Unterricht ist nämlich gegenseitig.
Er begann mit ganz einfachen Begriffen. Das war am Abend des Tages, an dem ich Dir den dritten Brief schrieb. Durch Gesten bedeutete er mir, ich solle mich in dem größten Zimmer der Wohnung hinsetzen. (Ich nehme an, es ist sein Arbeitszimmer. Ich sehe ihn ab und zu an einem Holztisch sitzen und Zeilen von links nach rechts schreiben.) Ich erkannte sogleich den Zweck:

Herr Shi-shmi ging ein paar Mal auf und ab, zeigte auf sich und sagte: »*ich gehe*«. Dann hieß er mich gehen und sagte: »*du gehst*«. Ich wiederholte jeweils die Wörter und sagte ihm unsere entsprechenden Begriffe, die er wiederholte. Dann faßte er mich am Arm, wir machten ein paar Schritte, und er sagte: »*wir gehen*«; danach zeigte er aus dem Fenster – ich hielt mich fest und überwand mein Schwindelgefühl – und zeigte auf einen Passanten: »*er geht*« und so weiter. So tasteten wir uns von ganz einfachen Dingen ausgehend immer weiter vor. Ich brauche Dir das im einzelnen nicht zu schildern. Herr Shi-shmi zeigt auf verschiedene Gegenstände und benennt sie. Ich wiederhole die Wörter. Ich schreibe sie, so gut es geht, in unseren Schriftzeichen nieder und memoriere sie auch zwischen den Lektionen. Auch die hiesige Schrift bringt mir Herr Shi-shmi bei (ich ihm die unsere). Es ist alles sehr schwer, denn ich erkenne, daß das System der hiesigen Sprache ganz grundlegend verschieden ist von unserem. Ich kann mir nicht vorstellen, daß diese Sprache von unserer abstammt. Wahrscheinlich haben doch fremdstämmige Völker im Lauf der tausend Jahre, die ich übersprungen habe, unser Reich überschwemmt und unsere Enkel verdrängt. Oder haben wir uns zwar nicht zeitlich, aber örtlich verrechnet? Wenn die Fortschritte in der Sprache so rasch weitergehen wie bisher, werde ich Herrn Shi-shmi bald danach fragen können. Einfachere abstrakte Begriffe beherrsche ich auch schon: »hell« und »dunkel«, »kalt« und »warm« und so fort. Es ist klar, daß der Sprachunterricht desto einfacher und gewinnbringender wird, je mehr er fortschreitet.
Die gleichen Fortschritte macht Herr Shi-shmi, für den unsere Sprache natürlich auch ein völlig fremdes System bedeutet. Aber auch er gibt sich Mühe und ist sehr interessiert. Er hat auch mehr davon, denn während ich – zurückgekehrt – nichts werde mit der fremden Sprache anfangen können, wird er imstande sein, die Bücher zu lesen, die wir hinterlassen, sofern sie die Zeiten überdauern und eins davon durch Zufall in seine Hände gelangen sollte.
Gestern fragte mich Herr Shi-shmi, ob ich wohl sehr alt wäre. Ich

bejahte. Er lächelte und sagte, daß er das aufgrund des Silberschiffchens angenommen habe, das ich ihm ganz am Anfang gegeben habe. Es sei tausend Jahre alt. Ich schrieb schon: er ahnt um die Sache.
Zu »hell« und »dunkel« ist viel zu sagen. Auch hier ist es schwer, nicht an Zauberei zu glauben. Sie haben hier keine Kerzen. Wenn es dunkel wird, erhellen sich die Räume mittels mir vorerst noch gänzlich unverständlicher Vorgänge. Man drückt auf einen kleinen weißen Knopf, der irgendwo an der Wand eingelassen ist, und im gleichen Augenblick springt ein helles Licht an – nicht am Knopf, sondern irgendwo anders im Raum. Das Licht ist heller als hundert Kerzen. Nicht nur der kluge Herr Shi-shmi kann das und der Richter, *alle* können das: die Schergen im Gefängnis, die Personen, die im Laden Öl verkaufen, die anderen Leute, die hier im Haus wohnen. Sogar ich kann es schon. Nach einigem Sträuben habe ich es schon vor Tagen einmal versucht – es ging und es war völlig ungefährlich. Also kann es keine Zauberei sein, abgesehen davon, daß es keine Zauberei gibt, weil für alle Erscheinungen natürliche Erklärungen zu finden sind, wie schon der ehrwürdige Chuang-tzu festgestellt hat. Das Licht geht von unterschiedlich geformten Lampions aus, die zum Teil aus Glas, zum Teil aus Papier, und auch aus Stoff oder sogar aus Holz sind. Selbst auf den Straßen sind solche Glaslampions auf hohen Stangen – zu hunderten. Die Leute hier wissen daher überhaupt nicht, was wirkliche Dunkelheit ist, so wenig sie wissen, was Stille bedeutet. Die Lampions löscht man aus, indem man wieder auf den Knopf drückt. Es gibt auch kleine Lampione, bei denen der Knopf nicht in der Wand eingelassen ist, sondern in einer Schnur, die vom Lampion weghängt. So einer steht neben meinem Bett. Manchmal fühle ich mich schon wie ein Hiesiger: ich lege mich abends zum Schlafen, decke mich zu, dann drücke ich auf den Knopf meines Bett-Lampions und schon ist es dunkel – das heißt: eben leider nicht ganz dunkel. Die Straßen-Lampions, die die ganze Nacht brennen, leuchten durch das gewaltige Glasfenster, auch dann, wenn der Vorhang zugezo-

gen ist. Anfangs konnte ich nur schlecht schlafen; aber nun habe ich mich daran gewöhnt.

Es ist schon ein Glück, daß wir Gebildeten in einem aufgeklärten Zeitalter leben. Ein primitiver Mensch unserer Zeit auf die Reise geschickt, oder ein Mensch noch früherer Jahrhunderte, fühlte sich hier in dieser fernen Zukunft von lauter Dämonen umgeben, und alles erschiene ihm wie Zauberei. Aber – das wissen wir ja längst, selbst wenn wir es aus gewissen religiösen und politischen Gründen nicht laut sagen – es gibt weit weniger Dämonen, als das Volk denkt, und das meiste, was wie Zauberei wirkt, hat, wie gesagt, natürliche Ursachen. Mir scheint, die Leute, die im Lauf dieser tausend Jahre gelebt haben, haben diese natürlichen Ursachen systematisch erforscht und sich zunutze gemacht. Das wäre eine beachtliche Leistung, aufgrund derer man den Barbaren manches nachsehen müßte – auch den Lärm und den Schmutz? Ich weiß es noch nicht.

Daß sie dennoch und immer noch an Dämonen glauben – sozusagen an andere, tiefer hinter den Dingen zurückgezogene Dämonen – ist mir auch klar. Selbst Herr Shi-shmi glaubt an sie. Er bringt ständig kleine Brandopfer dar. Die Brandopfer bestehen aus kleinen weißen Röllchen, die er in den Mund steckt und – erschrick nicht – anzündet . . . wie ein Feuerschlucker. Aber die Röllchen brennen nicht, sie glimmen nur, rauchen und stinken ziemlich. Trotz scharfer Beobachtung konnte ich keinen Sinn in diesen verglimmenden Röllchen erkennen. (»Tschai-ga-ga-lai« heißen die Röllchen – vielleicht auch der entsprechende Dämon.) Es muß also eine kultische Handlung sein. Herr Shi-shmi beweist übrigens eine halsbrecherische und schon geradezu asketische Fertigkeit im Darbringen dieser Brandopfer. Bis das Röllchen nahe an seinen Mund herangekommen ist, behält er es im Mund, erst wenn es so klein ist wie mein kleinstes Fingerglied, hört er damit auf. Dann scheint auch der Zauber (eine Bann-Beschwörung?), an die er ziemlich fest glaubt, verflogen zu sein, denn den Rest des Röllchens wirft er achtlos weg. Etwa alle halbe Stunden – habe ich beobachtet – bringt Herr Shi-shmi so ein Rauchopfer dar. Nie

vergißt er es. Er führt stets ein Päckchen mit solchen Röllchen mit sich, und in der Wohnung bewahrt er einen größeren Vorrat solcher Päckchen auf.
Ich fragte ihn, warum er diese Brandopfer darbringe. Er wurde sichtlich verlegen. Offenbar schämt er sich seines Aberglaubens. Er lachte zwar, aber die Frage war ihm doch ziemlich peinlich. »Ich weiß es selber nicht«, sagte er. »Ich kann es mir leider nicht abgewöhnen.« Er bot mir an, auch so ein Brandopfer darzubringen. Als aufgeklärter Mensch lehnte ich das natürlich ab. »Es ist auch besser«, sagte Herr Shi-shmi. Zu manchen Zeiten – genaue Abstände habe ich noch nicht beobachtet – bringt Herr Shi-shmi größere Rauchopfer dar. Die Röllchen sind dann dicker und länger, sind nicht weiß, sondern braun, glimmen bis zu einer halben Stunde und sind eher wohlriechend. Ob das ein stärkeres Brandopfer an den »Tschai-ga-ga-lai«-Dämon darstellt oder das Opfer an einen anderen, für mächtiger gehaltenen Dämon, habe ich noch nicht herausgefunden.
Herrn Shi-shmis Aberglaube scheint weit verbreitet zu sein, denn ich sehe oft Leute auf der Zentraltreppe und sogar auf der Straße, die selbst im Gehen solche Brandopfer darbringen. Mehrfach habe ich auch schon am Straßenrand – sehr kunstlos gefertigt – riesige Köpfe abgebildet gesehen: einer mit bräunlichem Gesicht, der drohend seine weißen Zähne zeigt und so ein Brandröllchen in der Hand oder im Mund hält, alles in sehr starken Farben und die Köpfe oder Figuren oft so groß, daß sie das ganze Bild bis zum Rand ausfüllen. Ich gehe sicher nicht fehl in der Annahme, daß es sich hierbei um die Andachtsstätten dieser Dämonen handelt. Anfangs habe ich vor jeder dieser Tafeln eine Drei-Achtel-Verbeugung gemacht, nicht, weil ich die Dämonen ernst nähme oder mich vor ihren drohenden Zähnen fürchtete, sondern weil ich als aufgeklärter Mensch den fremden Kult etwas ehren wollte. Aber da ich nie einen der hiesigen Riesen vor so einer Dämonentafel eine Andacht verrichten habe sehen, lasse ich die Verbeugung jetzt wieder. Ich will ihre Dämonen nicht mehr ehren als die Leute hier selber.

Auf ein peinliches Kapitel muß ich doch auch noch zu sprechen kommen. Wir – Du, liebster Dji-gu, und ich – sind so gute alte Freunde, daß ich auch diese vielleicht an sich unziemlichen Dinge Dir gegenüber nicht zu verschweigen brauche. Du ahnst, wovon ich schreiben werde – aber letzten Endes dient meine Exkursion in diese ferne Zeit einem, wenngleich geheimen wissenschaftlichen Zweck, und um der Wissenschaft, überhaupt der Erkenntnis schlechthin zu dienen, darf man nichts verschweigen. Es gibt gewisse Funktionen unseres hinfälligen und mitnichten vollkommenen Körpers, die, im tatsächlichen und übertragenen Sinn, anrüchig sind. Ich brauche nicht mehr zu sagen. Im Gefängnis war ein Kübel vorhanden, dessen Zweck war klar. Einige Tage lang plagte mich – wohl hervorgerufen durch die Aufregung – eine Verstopfung, mein altes Leiden. Ich bedurfte keiner Gelegenheiten, mich zu erleichtern. Kleinere diesbezügliche Anlässe befriedigte ich bei Gängen zum Kontaktpunkt oder ähnlichem. Als sich hier in der geruhsamen Wohnung bei Herrn Shi-shmi mein Darm wieder auf seine Aufgabe besann, stellte sich mir aber das Problem – und zwar, muß ich zugeben, auf sozusagen äußerst dringende Weise . . .

Nie hatte ich Herrn Shi-shmi beobachten können, wie und wo er dieses Problem löste*. Als es sich mir stellte, war ich allein zuhause. Ich war verzweifelt und lief – durch immer dringenderen Anlaß gepeinigt – durch die Wohnung. Ich fand keinen Kübel, der mir zweckentsprechend schien. So kam ich zwangsläufig zu dem Schluß, daß die Leute hier diese anrüchige Sache außerhalb der Wohnung erledigten. Ich lief auf die Zentraltreppe. Ich hatte natürlich nicht mehr die Muße, mir den An-tsu anzuziehen. Die Dame (als solche kenne ich sie, weil ich sie schon mehrmals mit einem roten Schirm gesehen habe), die irgendwelche Befehlsfunktionen ausübt, der vielleicht sogar das ganze Haus gehört, denn ich sehe sie öfters mit beschwörenden, wohl rituellen Gesten kniend

---

* Wörtlich benutzt Kao-tai hier den chinesischen Euphemismus: »– die Kleider wechseln«.

auf der Zentraltreppe, gleichzeitig salbt sie sie mit einem Lappen, desgleichen schreit sie deutlich lauter als alle anderen Bewohner und die Kinder fürchten sie – diese hochmögende und vielleicht sogar hochstehende Dame befand sich wieder einmal auf der Treppe. Sie schaute mich, da ich mein normales Gewand und nicht den An-tsu anhatte, befremdet an. Um sozusagen meine Normalität zu demonstrieren, hatte ich, wenn ich schon meinen An-tsu nicht trug, wenigstens noch meinen Schirm ergriffen. Ich floh vor der Dame die Zentraltreppe hinauf. Ganz oben wohnt, wie ich wußte, niemand mehr. In einer Ecke spannte ich meinen Schirm auf und setzte mich dahinter . . .

So handelte ich fürderhin regelmäßig. Ich glaubte es in der Ordnung. Herr Shi-shmi wunderte sich zwar sichtlich, als er mich ab und zu mit dem Schirm – auch wenn es nicht regnete – aus der Wohnung verschwinden sah, aber unsere gegenseitige Verständigungsmöglichkeit war zu der Zeit noch nicht so weit gediehen, daß ich ihn – oder er mich – über einen solchen Gegenstand, den man sittsamerweise nicht mit einem groben Wort benennt, sondern umschreibt, aufklären konnte.

Eines Tages aber tauchte dort oben, während ich gerade hinter meinem Schirm saß, jene Dame auf.

Sie erhob sehr laute Klage.

Sie rannte zu Herrn Shi-shmi hinunter und stimmte auch vor ihm eine laute und sehr lange Klage an. Ich muß Herrn Shi-shmi wiederum aufs innigste loben. Er verteidigte mich. Während die Dame einen Gesang anstimmte, der dem Gebrüll von Tigern und Leoparden glich, dem Donner ähnlich, der die Erde zerreißt, während sie nach oben zeigte und Herrn Shi-shmi mit sich zerren wollte, winkte mir Herr Shi-shmi – der allen Grund gehabt hätte, mir zu grollen – und deutete mir an, daß ich hinter ihm vorbei in die Wohnung zurück schlüpfen sollte. Die Dame, blind von ihrem eigenen Donner, sah das gar nicht. Herr Shi-shmi übergab sodann der Dame einen kleinen grünen Brief, worauf sie etwas weniger laut, dafür aber rascher klagte. Erst nach einem weiteren solchen Brief verstummte ihre Klage und die Dame verzog sich nach oben.

Herr Shi-shmi schloß die Tür. Ich muß gestehen, daß ich schuldbewußt war wie ein Schüler, der etwas falsch gemacht hat und nicht weiß, was. Aber Herr Shi-shmi – wie wärmte mir das mein Herz – lächelte. Er führte mich in das kleinste Zimmer seiner Wohnung (dessen Zweck mir bis dahin unklar gewesen war) und zeigte mir eine Art in Porzellan gefaßter Quelle. Er ging in die Küche, holte eine Handvoll Schalen des Apfels, den er kurz vorher gegessen hatte, und warf sie in die Quelle. Dann zog er an einer dünnen Kette – ich erschrak: ein gewaltiges Rauschen ertönte, und ein starker Wasserstrom riß die Schalen mit sich.

Nun – so weiß ich also, wie man sich dessen, was zu Zeiten den Leib beschwert, entledigt. Was ich noch nicht weiß, ist: *wohin* fließt diese Quelle? Sie fließt nach unten, das ist klar. Ich habe alles genau untersucht . . . nach menschlichem Ermessen müßte das Wasser und alles das, was es mit sich spült, in die Wohnung unter uns fließen. Bald werde ich soweit sein, Herrn Shi-shmi danach zu fragen. So sind also die Gebäude dieser Leute hier von den erhabensten bis zu den niedrigsten Dingen seltsam und befremdlich. Wie immer: nur wenn man sich ihnen fügt, wird man in die Lage kommen, ihre Bedeutung oder ihr Geheimnis zu entschlüsseln.

Der betreffenden Dame gehe ich aber immer noch nach Möglichkeit aus dem Weg. Zum Glück erkenne ich sie, kann sie von den anderen Leuten unterscheiden, denn sie ist so dick, daß sie die Arme flossenartig abstehend tragen muß. Sie heißt Kmei-waswai.

Es ist höchste Zeit, zum Kontaktpunkt zu gehen. Ich gehe heute das erste Mal allein dorthin. Ich habe nicht mehr die geringste Angst davor. So schließe ich also diesen Brief, und es grüßt Dich

Dein Kao-tai

Achter Brief

(Dienstag, 3. August)

Teurer, alter Freund Dji-gu.

Drei Tage sind vergangen. Jeden Tag war ich am Kontaktpunkt – ich gehe jetzt immer alleine hin, es ist schon fast selbstverständlich –, einen Brief von Dir habe ich nicht vorgefunden. Du wirst mit Geschäften befaßt sein, möglicherweise quält Dich Deine leidige Gicht, dennoch bedaure ich es aufs äußerste, daß ich keine Nachrichten über den Stand der Dinge zuhause habe. Ich hoffe, daß dieser kleine Vermerk Deine grenzenlose Güte nicht zu sehr bewegt, so daß Du mir womöglich einen Brief schreibst, ohne eigentlich dazu in der Laune zu sein. Aber wenn Du in die Laune kommen solltest zu schreiben, unterdrücke diese bitte nicht, sondern denke daran, daß Dein treuer Freund nach Nachrichten lechzt, vor allem wie es seiner kleinen, geliebten Shiao-shiao geht, und ob sie ihr süßes Näschen kräuselt – sofern man so sagen kann –, wenn Du ihr meine Grüße ausrichtest. Sie kann ja leider nicht schreiben, aber vielleicht drückt sie mir eines ihrer zarten Zehchen in die Tinte und dann aufs Papier – dann hätte ich auch einen Gruß von ihr.

Mir, liebster Freund, geht es gut. Ich bewege mich, wie Du schon daran siehst, daß ich von Herrn Shi-shmis Wohnung allein zum Kontaktpunkt gehe, völlig frei in dieser Welt, die mir zunehmend eher töricht als fremd erscheint. Gelegentlich unternehme ich sogar einen Spaziergang. So bin ich neulich den »Kanal der blauen Glocken« entlanggegangen bis zum Palast des erhabenen, wenngleich verewigten Wang von Min-chen und auf der anderen Seite des Kanals zurück. Es war ein herrlicher, warmer Sommertag. Unzählige Leute waren unterwegs. Zum Teil schoben sie ihre – oft sehr lauten – Kinder in kleinen Karren vor sich her. Auf dem Kanal schwammen viele Wasservögel – darunter einige mir bekannte, zum Beispiel weiße Schwäne und Purpurenten. Sie kamen mir vor wie ein Gruß aus meiner fernen Zeit-Heimat.

Mit dem erhabenen, wenngleich verewigten Wang von Min-chen

scheint es Schwierigkeiten gegeben zu haben. Ganz habe ich Herrn Shi-shmis diesbezügliche Erklärung nicht verstanden. Der letzte Wang, der in dem Palast residierte, hieß Lu-wing und war der dritte dieses Namens. Merkwürdigerweise hat – oder hatte – man nicht mehr unsere Übung, für jeden Herrscher einen eigenen Namen zu erfinden. Zwei andere Wang hießen Ma-ksi-mai-la. Der dritte Lu-wing scheint, wenn ich Herrn Shi-shmi richtig verstanden habe, verjagt worden zu sein. Von wem? Das ist mir unklar. Der dritte und letzte Lu-wing (Herr Shi-shmi zeigte mir ein Bild) war unglaublich dick. Herr Shi-shmi erzählte mir eine Anekdote: der Wang Lu-wing sei so dick gewesen, daß er allein nicht auf ein Pferd habe steigen können. Es habe hinter dem Palast ein verschwiegenes Gestell gegeben, eine Art Seilwinde, mit deren Hilfe man den dicken Wang auf sein Pferd heben konnte. Einmal hätte sich, während der Wang an seinem Seil hängend in den Sattel herniederschwebte, das Pferd gedreht, so daß der Wang verkehrt herum auf das Pferd zu sitzen gekommen sei. Der Wang habe zwar gejammert, aber die verschlafenen (oder bösartigen) Diener hätten es nicht gemerkt, und so sei der Wang oder vielmehr: das Pferd mit dem hilflosen, dicken Wang verkehrt herum im Sattel durch das Tor getrabt, und alle Welt hätte gelacht.

Ob das dann der Grund für die Absetzung war? Ob es einen neuen Wang gibt, ob eine neue Dynastie die Dynastie der Lu-wing und Ma-ksi-mai-lan abgelöst hat, habe ich nicht verstanden. Herr Shi-shmi – der übrigens, das hat er mir bei dieser Gelegenheit gesagt, außer Shi-shmi auch noch Ma-ksi-mai-lan heißt – hat ausweichend geantwortet: ja und nein.

Jedenfalls scheint mir bemerkenswert, mit welcher Respektlosigkeit selbst ein so gebildeter Mann wie Shi-shmi von einem Wang redet, und sei er auch ein abgesetzter und vertriebener. Auch die Tatsache, daß einer wagt, den Namen eines noch dazu verstorbenen Wang anzunehmen, zeigt, wie wenig Achtung man dem Herrscher entgegenbringt. Ich kann und kann mir einfach nicht vorstellen, daß das unsere Enkel sind, die heute hier leben. Es

steckt da noch etwas anderes dahinter. – Der zweite Lu-wing war nach einer ebenfalls äußerst respektlosen Äußerung von Herrn Shi-shmi verrückt und ertränkte sich selber in einem See.
Ob über dem Wang noch ein Kaiser regiert und wo dieser residiert, konnte ich noch nicht erfahren. Aber ich werde alles zur gegebenen Zeit, wenn ich gut genug die hiesige Sprache verstehe – erfragen können.
Eigentlich aber will ich Dir heute vom Geld erzählen. Das ist eine merkwürdige Angelegenheit und so fremdartig wie das sich in eine porzellangefaßte Zimmer-Quelle Erleichtern. Die Leute hier haben zwar Münzen, aber die sind nichts wert. Die Münzen sind auch nicht aus Silber von sehr schlechter Legierung oder aus Kupfer oder Eisen. Das eigentliche Zahlungsmittel sind Zettel. Du erinnerst dich an die zwei – wie ich meinte – grünen Briefe, die Herr Shi-shmi jener Dame gab, die sich über mich beklagte. Das waren keine Briefe, sondern das war Geld, Geld in Papierform, so wie man es auch bei uns vor einiger Zeit in den Jahren der »Fünf Dynastien« erfolglos einzuführen versucht hat. Es gibt grüne, braune und blaue Scheine. Das Geld heißt – es ist fast unaussprechlich – Ma-l'-ch'. Woher Herr Shi-shmi seine Ma-l'-ch'-Scheine hat, weiß ich nicht. Er hat immer wieder neue. Selber macht er sie nicht, hat er gesagt.
Die erste genaue Bekanntschaft mit diesen eigenartigen Ma-l'-ch'-Scheinen machte ich gestern. Wir fuhren unendlich weit, wir: das heißt Herr Shi-shmi und ich. Du mußt wissen, daß es hier außer den A-tao-Wägen auch noch eine Art fahrender Häuser aus Eisen gibt. Das Gefährliche an diesen fahrenden Eisen-Häusern (Tamam nennt sie Herr Shi-shmi, sie werden aber auch noch mit anderen Namen bezeichnet, die ich mir nicht merken konnte) ist nicht wie bei den A-tao-Wägen die höllische Geschwindigkeit, sondern das Betreten und Verlassen. Die fahrenden Eisen-Häuser Ta-mam haben Fenster, die man nicht öffnen kann, und Türen, die sich durch geheimnisvolle Mechanismen von selber öffnen und schließen. Ein weniger aufgeklärter Mensch als ich könnte wiederum an nichts anderes als an Zauberei denken. Nun ist es aber

offenbar so, daß die Leute, denen diese Ta-mam-Häuser gehören, den Mechanismus nicht richtig beherrschen. Die Türen schließen sich oder öffnen sich, wie die Türen wollen, habe ich den Eindruck, nicht wie die Gäste des Hauses wollen. Außerdem geht alles schwindelerregend rasch. Es gibt bestimmte Punkte an den Straßen, da ist – wenn ich Herr Shi-shmi richtig verstanden habe – zu vermuten, daß so ein Ta-mam daherkommt und anhält. Wir warteten. Es regnete wie üblich seit Tagen. Nach einiger Zeit kam tatsächlich so ein Ungetüm herangewackelt. Herr Shi-shmi ergriff mich, stieß mich die kleine Treppe hinauf. Ich war erschrocken vom Dunst und der feuchten, schlechten Luft, die mir entgegenschlug, und drängte instinktiv wieder zurück, aber Herr Shi-shmi schrie »Ho-la . . .« und stieß mich wieder nach vorn. Ich fiel in das Haus, schon schloß sich das Tor. Die Leute im Haus lachten. Das Tor zwickte Herrn Shi-shmi ein. Ich war außer mir vor Angst um sein Leben, aber er überstand es ganz gut. Im ersten Augenblick meinte ich, das Tor würde ihn zerquetschen.

Das Innere des Ta-mam-Eisenhauses ist karg und schmutzig. Es gibt keine Zimmer. Das ganze Haus besteht nur aus einem Raum, in dem an den Wänden Bänke angebracht sind. Ich fragte Herrn Shi-shmi, wer der Hausherr des Ta-mam sei, damit ich ihn begrüßen könne, aber Herr Shi-shmi erklärte, daß das nicht nötig sei. Er erklärte mir dann die Zusammenhänge im Lauf der Fahrt. Das Ta-mam ist gar kein Haus, sondern eine Art öffentliche Kutsche und gehört dem regierenden Mandarin von Min-chen, der – er heißt Ki-seng – in seiner sonnengleich überströmenden Güte die Kutschen der Bevölkerung freigegeben hat.

Es war finster in dem Ta-mam. Dicht gedrängt standen die Leute herum, schwitzten und rochen nach Regen. Ab und zu hielt das Eisenhaus, wobei alle Bewohner und Gäste durcheinandergeschüttelt wurden. Es ist wie bei einem ständigen Erdbeben. Die Sache scheint mir nicht ganz sorgfältig durchdacht. Immer, wenn der Ta-mam hielt, wälzten sich Massen von Leuten hinaus und andere gleichzeitig herein. Keiner grüßt oder verbeugt sich. Die Höflichkeit, sah ich wieder einmal, ist gänzlich abgekommen. Ich bin ganz, nun schon fast ganz sicher, daß diese ruhelos ständig herumschweifenden, in A-tao-Wägen rasenden, im Ta-mam-Eisenhaus hin- und herfahrenden Großnasen *nicht* unsere Enkel sind. Warum sie ständig unterwegs sind, ist restlos unklar. Ich kann keinen Grund erkennen. Ich vermute, die Großnasen kennen ihn selber nicht.

Siehe, lieber Dji-gu – auch Du bist ab und zu unterwegs: Du verläßt an einem Tag Deinen Palast und begibst Dich in die Bibliothek, um eine Schriftrolle des göttlichen Meng-tzu zu betrachten; am anderen Tag läßt Du Dich zur kaiserlichen Audienz tragen; drei Tage später vielleicht begibst Du Dich mit dem ältesten Deiner Söhne zum Tempel oder dergleichen. Es mag sein, daß Du ab und zu sogar außerhalb Deines Parks einen Spaziergang machst. Gut – das ist das Leben eines Mandarins. Einfache Leute sind naturgemäß öfters unterwegs. Die Weiber müssen zum Markt, um einzukaufen, der Farbenreiber muß zu seinen Kunden, um seinen Lack abzuliefern, und so fort. Aber hier rennen ständig alle ununterbrochen, selbst wenn es finster ist, kreuz und quer durcheinander, ohne sichtbaren Sinn und Zweck, nur um des Durcheinanderrennens willen. Nur in den spätesten Nachtstunden, habe ich bemerkt, wird es etwas ruhiger. Wäre man etwas weniger aufgeklärt, als wir es sind, würde man an Besessenheit und dämonische Getriebenheit denken.

Um sich das Durcheinanderrennen zu erleichtern – oder: um sich die Möglichkeit zu schaffen, noch mehr durcheinanderzurennen –, haben sie ihre fahrenden Eisen-Ta-mam-Häuser erfunden, die sich zwar nicht so schnell bewegen wie A-tao-Wägen, aber immer noch viel schneller als ein Mensch laufen kann.

Nach einiger Zeit gelang es Herrn Shi-shmi, zwei Plätze auf einer Bank zu erobern, und wir setzten uns. Da ich nun mehrfach schon mit einem schnellen A-tao-Wagen gefahren bin, überhaupt die rasende Umtriebigkeit des ganzen Lebens hier (jetzt) zur Genüge beobachtet habe, wird mir in einem Ta-mam-Wagen-Haus nicht mehr schlecht. Ich lehnte mich also, nachdem ich mit Herrn Shi-shmi endlich Platz auf der Bank gefunden hatte, ungeachtet des

Lärms und des Gestanks zurück, wollte meine Hände in die Ärmel stecken, merkte wieder einmal, daß das bei der hiesigen unsinnigen Kleidung nicht geht, legte also die Hände auf die Knie und schaute zu einem der großen Fenster hinaus, an denen eine Stadt von – es ist nicht anders zu sagen, teuerster Dji-gu – unvorstellbarem Ausmaß vorüberzog.
Ich war der Meinung, daß die Gegend um den Palast des ehemaligen Wang und die Straßen und Häuser entlang dem »Kanal der blauen Glocken«, wo Herr Shi-shmi wohnt, der Kern der Stadt Min-chen sei. Weit gefehlt. Das ist ein weit draußen liegender Außenbezirk. Je weiter wir uns dem eigentlichen Kern von Min-chen näherten, desto höher wurden die Häuser. Alle Häuser sind aus Stein, die Straßen auch. Bäume gibt es kaum. Wie Felsen und Schluchten drohen die Massen dieser gigantischen Häuser, ganz mit blinkenden Glasfassaden übersät, rasende A-tao-Wägen schäumen durch die Straßen, die fahrenden Ta-mam-Eisenhäuser, von denen im Kern der Stadt – als wären die dämonengroßen Steinhäuser noch nicht genug – eine ganze Menge vorhanden sind, rattern kreuz und quer, und man wundert sich nur, daß das alles unbeschadet aneinander vorbeifindet. Ein Pfeifen, Klirren und Heulen von unbeschreiblicher Stärke verwirrt jede normale Sinneswahrnehmung. Es schien mir, als stürze alles in einem Gewitter aus Stein und Eisen über mir zusammen. Es war das finstere Chaos.
Nur die Tatsache, daß mein Freund, Herr Shi-shmi, völlig gelassen und unbeteiligt dasaß und nicht nur gleichgültig, sondern sogar gelangweilt in dieses graue und schwarze Inferno hinausblickte, beruhigte mich.
Du weißt, teurer Dji-gu, daß unsere Erhabene Kaiserstadt die größte Stadt des Reiches ist. Wenn ich Dir sage, daß wir den Durchmesser dieser unserer Stadt im Fahren mit dem Ta-mam-Wagen-Haus vielleicht siebenmal zurückgelegt haben und dann erst in die Mitte von Min-chen gelangt sind – nach allen anderen Richtungen geht es in ähnlicher Weise weiter, hat mir Herr Shi-shmi gesagt –, so wirst Du es nicht glauben, Du wirst nicht fassen

können, daß es eine Stadt von solcher Größe gibt, aber es ist so. Unsere gewaltige Erhabene Kaiserstadt, ist wie ein verträumtes, idyllisches Nest in sanfter Gegend gegen diese über alle Maßen gigantische ... Stadt kann man nicht mehr sagen: übereinandergeschichtete Zusammenballung von ungeheuren großen Städten, eine Stadt aus Städten, eine tosende Kugel aus Stein und Eisen. Es geht kein Glanz von dieser Stadt aus. Wir meinen immer, daß eine große Stadt Glanz ausstrahlt, daß diejenigen, die in einer großen Stadt wohnen, in K'ai-feng, in Hang-chou, in Fu-tschon oder in Kuang-chou, etwas vom Glanz der großen Stadt aufnehmen und widerstrahlen, daß der Glanz und der Ruhm des Überaus Gnädigen und Himmlischen Herrschers durch eine große Stadt gemehrt wird und wiederum der kaiserliche Glanz auf die Stadt und ihre Menschen zurückfällt ... nichts von alldem wird in der Zukunft sein. Je größer die Städte werden, desto schmutziger und grauer werden sie offenbar. Ich habe den Eindruck, daß die Leute hier ganz einfach den Überblick über ihre Städte-Stadt verloren haben, daß sie ihnen buchstäblich über den Kopf gewachsen ist. Dreck und Lärm haben den Leuten hier längst die Zügel aus der Hand genommen. Dreck und Lärm sind stärker als sie. Ich frage mich, ob es überhaupt noch so etwas wie eine Stadtverwaltung gibt. Wenn ja, so ist ihr die Führung wohl längst entglitten und jener Ki-seng sitzt wahrscheinlich nur in seinem Harem oder züchtet Hunde. Vielleicht ist das aber auch der Grund, warum es keinen Wang mehr gibt? Habe ich Herrn Shi-shmi falsch verstanden? Ist der Wang Lu-wing, der dritte des Namens, nicht abgesetzt worden, sondern hat er freiwillig dieses Inferno verlassen und hat sich in eine ruhigere Gegend zurückgezogen? Diese unregierbar gewordene Stein- und Eisenhölle sich selbst und ihrem endlichen Kollaps, der notwendig irgendwann folgen muß, überlassend? Oder gibt es gar keine ruhigere Gegend mehr? Sind die früher unterschiedlichsten Städte des Reiches zu einem einzigen Stadt-Geflecht, das das ganze Reich überzieht, zusammengewachsen? Eine beängstigende Vorstellung. Ich bin wieder froh, daß ich in absehbarer Zeit in unsere

menschlichere Gegenwart zurückkehren werde. Die Zukunft ist doch ein Abgrund.
In gewissen Lehren der Mohisten ist gesagt, das Weltende komme durch allmähliches Näherrücken des Himmels, und eines Tages werden die Sterne so nahe sein, daß sie auf der Erde schleifen und durch Funkenschlagen alles entzünden. Eine andere Lehre – die auf den Ch'ia Chou zurückgeht – besagt, daß die Welt zwar ewig sei, die Menschen aber immer durchsichtiger werden und sich endlich in Luft auflösen, worauf die Ameisen die Herrschaft über die Erde übernehmen ... dann gibt es die Theorie, daß die Sonne ins Meer fällt, wenn die Zeit gekommen ist, das Meer zu kochen anfängt, die Erde garkocht und die lebenden Kreaturen röstet mit Ausnahme des Salamanders ... und dann die Meinung des verewigten Lin Pu-tzu, den noch mein Großvater gekannt hat. Lin Pu-tzu hat errechnet, daß die Sterne das blaue Himmelsgestein ankratzen, dessen feiner Staub zur Erde fällt und eines Tages alles erstickt ... nichts von all dem, teurer Dji-gu: Stein und Eisen, die sich selbständig machen und die Erde überwölben, bis sie sich in ihrer eigenen Umarmung, die Lärm und Dreck zeugt, ersticken, werden das Ende der Welt sein. Soweit sehe ich jetzt klar. Ich nehme an, daß das – von »jetzt« an gesehen – nicht mehr lang auf sich warten läßt. Wir in unserer Zeit-Heimat haben aber immerhin noch tausend Jahre Zeit.
Aber zurück zu meinem Ausflug mit Herrn Shi-shmi; dieser mein achter Brief ist ohnedies schon ein ganzes Bündel von Blättern.
Dort, wo nach Herrn Shi-shmis Erklärung das eigentliche Zentrum dieser gigantischen, fernen Stadt ist, verließen wir das eiserne fahrende Haus. Der Lärm der Großnasen war hier, wenn möglich, noch grauenvoller. Es dampfte aus Löchern in der Erde. Wir überquerten einige Straßen und traten in einen ganz mit Glas nach außen hin abgegrenzten Laden. Vorher hatte ich Herrn Shi-shmi auf seine Bitte hin das zweite von den fünfzig Silberschiffchen aus meiner Reisekasse gegeben. Herr Shi-shmi erklärte mir auf der Fahrt einiges, was mit seinem Vorhaben zusammenhing, aber ich verstand es nicht ganz, einesteils wegen des Lärms, den das

Rattern des Eisen-Hauses verursachte, und wegen des dröhnenden Gebrülls der anderen Gäste in diesem Haus, andernteils weil der Vorgang, den ich beobachten sollte, so kompliziert war.
Als wir den Laden betraten, hielt ich ihn für eine Wechselstube. Ich schüttle ja schon längst nicht mehr den Kopf darüber, wie unsinnig sich die Großnasen hier benehmen. Die Kaufleute stellen ihre Waren ins Fenster. Es grenzt ans Schamlose. Sie stellen sie so ins Fenster, daß sie jeder, buchstäblich jeder, der vorbeigeht, sehen kann. Sie zeigen förmlich mit dem Finger auf die Waren, mit denen sie handeln. Gut – ich gewöhne mir das Kopfschütteln ab. Es mag ja noch angehen, wenn ein Metzger rohe Fleischstücke sozusagen auf die Straße legt oder ein Schneider seine Stoffe vor aller Augen ausbreitet – aber daß der Inhaber einer Wechselstube sein Geld ins Fenster legt, kann nur der Schwachsinn erklären, in den die Leute hier im Laufe der dreißig Generationen, die sie von uns trennen, verfallen sind. Dabei war es aber gar keine Wechselstube, soviel ich erkennen konnte. Ganz habe ich das immer noch nicht verstanden. Herr Shi-shmi verhandelte kurz mit einem langnasigen Mann, der nicht nur keinen Zopf, sondern überhaupt keine Haare mehr hatte, dann zog Herr Shi-shmi mein Silberschiffchen hervor und zeigte sie dem Langnasigen. Der fiel fast hintenüber, schlug die Hände über dem Kopf zusammen und stieß tief-grunzende Laute aus. Natürlich, bei Licht betrachtet, lieber Dji-gu: er hatte ein ganz neues, überhaupt nicht abgegriffenes Silberschiffchen mit kaiserlichem Stempel vor Augen, das für ihn tausend Jahre alt war. Selbstverständlich ist solches hier rar. Aber ich traute meinem Blick nicht, als Herr Shi-shmi das Silberschiffchen hergab und dafür zwei braune und acht blaue Geldscheine bekam, die er gleich an mich weitergab. Bei den Großnasen ist die Unsitte des Papiergelds (das sich bei uns, wir wissen es, nicht bewährt hat) nicht nur eingerissen, nicht nur weitverbreitet, sondern fast ausschließlich die Art und Weise des Zahlungsverkehrs. Münzen gibt es so gut wie gar nicht und nur für kleine Werte. Auch das, was Herr Shi-shmi der mächtigen Dame nach jenem peinlichen Vorfall gegeben hat und was ich für Briefe

gehalten habe, war Papiergeld. Die hiesigen Geldscheine sind aus sehr grobem Papier und unbegrenzt gültig. Entweder ist das Vertrauen der Großnasen zu ihrem Finanzminister so groß, daß es schon an Schwachsinn grenzt, oder aber der Ruß und Schmutz dieser Welt kommt eben davon, daß kein Mensch bereit ist, ihn gegen Lohn in Papier zu beseitigen. Auf den Scheinen sind bildliche Darstellungen. Zunächst habe ich gemeint, daß die dargestellten Köpfe die des Finanzministers und der Finanzmandarine seien. Das ist aber nicht so. Wohlweislich, nehme ich an, lassen sich die Herren nicht auf den Scheinen abbilden. Sonst könnte sie ja jeder auf der Straße erkennen! Übrigens – und das habe ich bei Herrn Shi-shmi gesehen – kann jeder selber Papiergeld machen. Da hat einmal Herr Shi-shmi, als er den An-tsu für mich kaufte, doch ein Blatt aus der Tasche gezogen und ein paar Schriftzüge auf ein Blatt gesetzt – und der Verkäufer hat es genommen wie Geld. Das ist absolut üblich – wie da eine Volkswirtschaft funktionieren soll, ist mir schleierhaft. Wahrscheinlich funktioniert sie auch nicht, wie man überall sieht.
Ich gab Herrn Shi-shmi die Geldscheine wieder, er sagte aber: nein, sie gehörten mir, und steckte sie mir wiederum zu. Ich wollte ausprobieren, ob man mit den Scheinen tatsächlich etwas kaufen kann. Herr Shi-shmi lachte. Wir gingen neuerlich über ein paar Straßen, und ich blieb wie gebannt vor einem großen Fenster eines überaus gigantischen Ladens, eines Ladenhauses stehen, und ich sah im Fenster einen völlig rätselhaften Gegenstand, auf den ich mir überhaupt keinen Reim machen konnte. *Diesen* Gegenstand, bedeutete ich Herrn Shi-shmi, wollte ich gegen einige dieser Zettel zu erwerben versuchen.
Herr Shi-shmi hielt sich den Bauch vor Lachen. Es war ein gutmütiges Lachen. Er lachte mich nicht aus, er lachte über meinen – in seinen Augen – krausen Einfall, gerade *diesen* Gegenstand zu kaufen. Herr Shi-shmi machte mehrere – von Lachen unterbrochene – Anläufe, um mir den Zweck dieses Gegenstandes zu erklären. Ich verstand es nicht. So blieb ihm, da ich hartnäckig auf meinem einmal gefaßten Entschluß beharrte,

nichts anderes übrig, als mit mir den großen Laden, das Ladenhaus, zu betreten.
Es herrschte ein unbeschreibliches Gewühl in dem Laden. Massen von Großnasen wälzten sich rücksichtslos und ohne Beobachtung auch nur der geringsten Höflichkeitsformen durch die Gänge hin und her. Als die große Wassernot herrschte, Du erinnerst Dich: in dem Jahr, als der Vizekanzler Yang-ch'i starb und das Volk, das in den Häusern am Fluß gewohnt hatte, in die höher gelegenen Teile der Stadt drängte, um sich zu retten, und als gleichzeitig – aber wem sage ich das: Du warst damals Erster Feuerwehr-Mandarin – in der oberen Stadt der verheerende Brand ausbrach und die Leute aus der oberen Stadt in die Stadtteile am Fluß zu gelangen versuchten, und dort, wo sich die Ströme der Unglücklichen in den Straßen trafen, ein nie vorher und auch nie nachher gesehenes oder in den Annalen verzeichnetes Gedränge herrschte, wo alles und jedes sich gegenseitig niederstieß und beiseitedrängte, nie seither hat die Welt eine vergleichbar tosende Menschenmenge gesehen wie in jenem Ladenhaus zu Min-chen, in das ich durch eigenen Fürwitz geraten bin. Dabei – bedenke, Freund Dji-gu – waren damals im Jahr des Todes des Vizekanzlers Yang-ch'i bei dem Feuer- und Wasserunglück und dem nachfolgenden großen Gedränge die Drängenden von menschlichem Ausmaß, während es sich bei den hier Drängenden um riesenwüchsige Großnasen gehandelt hat, die den ganzen Raum, so riesig er war, mit dem Dröhnen ihrer ordinär tiefen Stimmen erfüllten. Ich wähnte mich – kurz gesagt – in der Hölle. Dennoch beharrte ich auf meinem Plan, weil ich mir sagte: schließlich diene ich und dient meine Reise der Wissenschaft; der Forscher darf, wenn es um die Erkenntnis geht, nicht davor zurückschrecken, seinen Fuß auch in die Hölle zu setzen.
Nicht zu vergessen ist natürlich, daß ich einen kühnen Führer bei mir hatte, den treuen und aufopfernden Herrn Shi-shmi, der sich vor mich stellte, mich an der Hand nahm und furchtlos das Gewühl der entgegenkommenden Großnasen zerteilte, bis

wir jene Abteilung des Ladenhauses erreichten, in dem der von mir gewünschte Gegenstand zu kaufen war.
Shao-bo heißt der Gegenstand, ist zum Teil von blauer, zum Teil von gelber Farbe und ziemlich groß. Das Material ist mir unklar: elastisch und rauh. Der Shao-bo-Gegenstand hat zwei verschiedene Erscheinungsformen. Die eine Erscheinungsform entspricht der eines vielfach zusammengenähten riesigen Mantels oder Zeltes. Mittels einer offenbar sinnvoll konstruierten Pumpe blies der Verkäufer Luft in den Shao-bo-Gegenstand, so daß er sich in die andere Erscheinungsform blähte. Er erhielt dadurch die Form eines ringförmigen Wulstes. Ob ich wirklich diesen Shao-bo-Gegenstand erwerben wolle? fragte Herr Shi-shmi lachend. Nein, eigentlich wollte ich längst nichts mehr als aus dieser Bedrängnis hinaus. Aber ich hätte es als unhöflich empfunden, dem Shao-bo-Verkäufer gegenüber – auch wenn der nichts besseres ist als ein Kaufmann –, nachdem er den Shao-bo eigens für mich aufgeblasen, den endgültigen Kauf abzulehnen. Also reichte ich einige meiner Scheine hin, und tatsächlich: der Wicht von einem Kaufmann nahm sie mit einer ganzen und zusätzlich einer weiteren (ich beobachtete es genau) Sieben-Achtel-Verbeugung entgegen. Eigentlich hätte ihm, dem Pfeffersack, daraufhin sofort der Kopf abgeschlagen gehört, denn der Rangabstand von mir zu ihm erfordert mindestens einen vollkommenen Kotau und zwei Drei-Viertel-Verbeugungen, wenn ich zu seinen Gunsten unterstelle, daß ihm, dem Shao-bo-Verkäufer, das ganze Laden-Haus gehört. Wenn er nur ein Knecht des eigentlichen Eigentümers gewesen sein sollte, hätte er das Papiergeld vom Boden aufheben müssen . . . nun ja. Ich bin nicht hier, um meinem Rang Geltung zu verschaffen. Ich bin hier, um unsere Zukunft zu studieren.
Mit entsetzlichem Pfeifen entwich, nachdem der Verkäufer einen kleinen Stöpsel aus dem Shao-bo-Gegenstand gezogen hatte, die Luft. Der Shao-bo wurde faltig. Der Verkäufer wickelte ihn zusammen und packte ihn in Papier ein.
Aus der Tatsache, daß ich Dir, geliebtester Dji-gu, diesen Brief schreibe, siehst Du zwangsläufig, daß ich wohlbehalten nach

Hause gekommen bin mitsamt meinem Shao-bo. Woran nicht ich, wohl aber der fürsorgliche Herr Shi-shmi gedacht hat: auch so eine sinnvolle Pumpe wurde beigepackt. Ich lernte sie bedienen. Man bedient sie mit dem Fuß. Jetzt steht das Shao-bo neben dem Bett in seiner vollen blauen und gelben Größe und füllt fast das ganze Zimmer aus. Wozu die Shao-bo taugt, konnte mir Herr Shi-shmi nicht erklären. Er werde es mir dereinst zeigen, hat er mir bedeutet. Ein kultischer Gegenstand scheint es nicht zu sein.
Mein Brief ist lang geworden. Es ist Zeit, daß ich zum Kontaktpunkt eile. Wenn ich die Gabe hätte zu malen, würde ich eine Skizze des Shao-bo beilegen. Aber dazu hatte ich, wie Du weißt, nie Talent. Vielleicht illustriert statt dessen dieses Phänomen das folgende Gedicht, das mir bei Betrachtung des Shao-bo eingefallen ist:

Bei Betrachtung des blau-gelben Shao-bo.

Blau-gelbes Shao-bo.
Die heiße Sommerluft füllt dich.
Welch anderer Atem füllt mich
sonst im Monat August.
Die Zukunft weiß nichts vom
Aprikosenhügel.

Es grüßt Dich

Dein ferner Kao-tai

Neunter Brief

(Donnerstag, 12. August)

Teurer, ferner Dji-gu.

Heute steht der Mond auf dem abnehmenden Viertel wie an dem Tag, als ich hierher kam. Es sind viele Tage vergangen, seit ich Dir das letzte Mal geschrieben habe. Ich hoffe, Du warst nicht besorgt. Es geht mir – den Umständen entsprechend – gut. Der ewige Regen hat auch aufgehört. Was aber ein richtiger Sommer ist, scheinen die Großnasen hier nicht zu wissen, obwohl sie sich, sobald die Sonne zwei Tage lang geschienen hat, in größter Schamlosigkeit nackt vor aller Augen in die Wiesen legen. Aber davon später.

Schon wieder weiß ich nicht, wie und wo ich anfangen soll. *Zu* viel ist neu, *zu* viel ist fremd, immer noch, und da müßte der Mond noch oft wechseln, bis es anders würde für mich.

Du wirst sagen – wenn Du meinen langen Brief, den achten, gelesen hast (ein längerer Brief als Deine ganzen Briefe bisher zusammengenommen) –, daß das mit dem Papiergeld ja gar nicht so neu ist.

Richtig. Unsere Väter erinnern sich daran, daß unter der unseligen Herrschaft der »Fünf Dynastien« auch schon der Unfug des Papiergeldes grassiert hat. Der Erhabene Sohn Des Himmels T'aitzu, der Gründer der Dynastie Sung – sie möge ewig herrschen –, der Hochmögende Vater unseres gegenwärtigen Kaisers hat bei seinem Regierungsantritt unter anderem auch mit dem Papiergeld aufgeräumt.

Das veranlaßt mich zu einigen Überlegungen: wird es gut sein, wenn wir die Erkenntnisse, die ich von meiner Zeitreise mitbringe und die – zum wichtigsten Teil – ich diesen Briefen an Dich anvertraue, veröffentlichen und den Leuten *unserer* Tage zugänglich machen?

Wird nicht sofort der Finanzmandarin, den ich ohnedies für einen meineidigen Hanswursten halte, dieser sechszehige Kuan Taifang, wird der nicht sofort aus meinen Berichten ableiten: noch in ferner Zukunft wird das Papiergeld im Zahlungsverkehr eine entscheidende Rolle spielen? – und vom Erhabenen, der – in aller Ehrfurcht gesagt – viel von der Aufzucht von Pekinesen, noch mehr vom wonnigen Beglücken von Damen, aber so gut wie nichts von Finanzsachen versteht, sofort verlangen, daß das Papiergeld bei uns wieder eingeführt wird? Und in wenigen Jahren – laß zwei Ernten schlecht ausfallen – haben wir die schönste Inflation?

Ob es nicht besser ist, wir behalten, so schwer es uns fallen sollte, unsere Erkenntnisse für uns? Nun wirst Du vielleicht einwenden, daß wir verpflichtet sind, wenigstens unseren Erhabenen Kaiser von meinem Ausflug zu unterrichten, ihm ein Bulletin mit den – Seinem eher schlichten literarischen Verständnis angemessen – gedrängten und aufs Wesentliche beschränkten Zusammenfassungen meiner Reiseberichte hinaufzureichen. Aber selbst da habe ich Bedenken. Wie ich eben geschrieben habe: »die Sung-Dynastie... sie möge ewig herrschen...« hat mein Pinsel gestockt, aber ich habe es doch niedergeschrieben mit dem Vorbehalt, später – nämlich hier – ein Wort dazu zu sagen. Mitnichten wird die Äußerst Verdienstvolle Sung-Dynastie ewig herrschen. Hier in der Zukunft von nur tausend Jahren – »nur« gemessen an der Ewigkeit – ist überhaupt keine Rede mehr von der Sung-Dynastie, und selbst einem so gebildeten Mann wie Herrn Shi-shmi, der selber ein Lehrer ist, wie er mir gesagt hat, haben die Namen unserer Kaiser auch nur das mindeste gesagt. Es scheint hier überhaupt keinen Kaiser mehr zu geben, von der Dynastie Sung ganz zu schweigen. Sollen wir das in ein Bulletin schreiben, das wir dem Himmels-Sohn hinaufreichen? Wenn wir es im Bulletin verschweigen, wird es das erste sein, was uns der Äußerst Würdige fragt. Und dann? Die Antwort kostet jeden von uns einen Kopf, und wir haben jeder nur einen.

Ich neige also dazu, meine ganze Reise überhaupt zu verschweigen. Es scheint in der Ordnung, daß die Menschen von ihrer Zukunft nichts wissen.

Aber eben diese Frage nach der Zukunft unserer Ruhmreichen Dynastie Sung hat mich auf einige erregende Probleme gebracht, deren Lösung möglicherweise einzelne der Ungereimtheiten klären kann, die mir hier ständig begegnen. Herr Shi-shmi hat den Namen der letzten hier regierenden Dynastie mit Wi-wel-ba angegeben, deren letzter Herrscher jener schon mehrfach erwähnte überaus dicke Wang Lu-wing, der dritte dieses Namens, gewesen ist. Von einer Dynastie Sung war Herrn Shi-shmi nichts bekannt. Dabei kamen wir auf die Geographie zu sprechen, und ich mußte erstaunt feststellen, daß Herr Shi-shmi das Große Meer nicht im Osten, sondern im Westen weiß. Wie das? Sollte das

Meer gewandert sein? Ich gebe unser Gespräch in vereinfachter Form wieder:

Er: Aber nein, liebster Kao-tai, das Meer liegt im Westen, weit im Westen.

Ich: Aber wohin, teuerster Shi-shmi, fließt dann der Fluß? Ins Gebirge etwa? Fließt das Wasser jetzt aufwärts?

Er: (lachend) Nach Osten fließt der große Fluß, der heißt To-nao. Der fließt freilich ins Meer, aber nur in ein sehr kleines Meer. Der Fluß I-sal, an dessen Gestaden Min-chen liegt, fließt seinerseits nach einigen Umwegen in den To-nao. Aber das Große Meer liegt im Westen, wo die Sonne untergeht. Glaube es mir, gelehrter und ehrfurchtgebietender Kao-tai, ich habe die Länder selber bereist.

Ich: Hm.

Hier wurde mein schon längst gehegter Verdacht zur Sicherheit. Das war vor vielleicht zehn Tagen, mag sein, es war an jenem Tag, als ich mit Herrn Shi-shmi in der Stadt war und das Shao-bo kaufte. Einige Tage später machte ich in der Wohnung von Herrn Shi-shmi eine aufregende Entdeckung. Ich habe von Herrn Shi-shmi die Erlaubnis, mich aller Gegenstände in seinem Haus zu bedienen. Er habe, sagte er, keine Geheimnisse vor mir. Nicht so sehr aus persönlicher Neugier, aber aus Gründen des Erkenntnisdranges mache ich Gebrauch davon. Dazu muß ich vorausschicken, daß die Großnasen die Kunst der Buchdruckerei noch kennen. Sie bedrucken mit ihrer eigenartigen Schrift das Papier beidseitig, es handelt sich aber um unglaublich dickes und grobes Papier. Die Bücher bekommen dadurch ein Gewicht wie Blei, zumal sie sie noch in schwere Deckel binden.

In manchem dieser Bücher, die ich natürlich noch nicht richtig lesen kann, sind Bilder, weshalb ich oft und gern Herrn Shishmis Bücher – er hat wohl an die tausend – aus dem Regal nehme und anschaue, wenn es mir langweilig und Herr Shishmi nicht da ist. Die Bilder befinden sich aber nicht, wie es sich gehört, über dem Text, sondern sind über den Text hin verstreut. Eines der Bücher ist das »Buch der beiden bösen Knaben«, hat sehr viele Bilder, und die Knaben heißen Ma'ch und Mo-lix und stehlen einer Witwe die Hühner. Herr Shi-shmi findet es lustig, ich halte den Inhalt vom moralischen Standpunkt her für verwerflich. Aber anhand dieses Buches – ich weiß nicht, warum Herr Shi-shmi gerade das ausgesucht hat – lerne ich die hiesige Schrift lesen. Es ist in Versen geschrieben, die aber ganz anderen als für unsere Verse geltenden Gesetzen gehorchen. Einige der Verse kann ich schon lesen. Der Anfang lautet etwa:

Der Edle klagt darüber,
Daß man nicht umhin kann
Vielfach böse Beispiele zu vernehmen,
Etwa von den Untaten der beiden Knaben
Die Ma'ch und Mo-lix hießen,
Die anstatt den weisen Lehren der Alten zu folgen
Sich über eben jene Erhabenen lustig machten . . .

Der Verfasser dieses Gedichtes von den beiden unartigen Knaben heißt Wi-wem-bu, aber ich will Dir von einem ganz anderen Buch berichten. Du ahnst nicht, was für eins. Als es mir in die Hände fiel – und es fiel mir buchstäblich in die Hände, denn es rutschte aus der Reihe, als ich das Buch daneben herauszog, und fiel herunter, ich konnte es grad noch auffangen – als es mir in die Hände fiel, war es mir, als umhüllte mich wärmend wie die Sonne nach einer Woche Regen das Gefühl, daheim zu sein. Stell dir vor: auf dem Buch, das ich beinahe in – wenngleich ungewollter – Ehrfurchtlosigkeit zu Boden geworfen hatte, leuchteten mir – ja: leuchteten mir entgegen, obwohl sie in Schwarz gedruckt waren, die anheimelnden Zeichen unserer geliebten Schrift. Zwei Zeichen, und es waren nicht geringere als die Zeichen für das göttliche I-ching. Du liest recht: unser erhabenes »Buch der Wandlungen«. Es war eine Übersetzung in die hiesige Sprache, nur auf dem Umschlag waren quasi als Dekoration unsere Schriftzeichen dargestellt. So ist die Welt hier doch noch nicht verloren? So verbindet die Großnasen doch noch ein, wenngleich dünnes und schleißi-

ges Band mit uns, mit unserer Welt und dem, was wir für richtig halten?
Ich zeigte, so bald ich hörte, daß er heimkam, das Buch Herrn Shi-shmi. Ja, ich bekenne: ich war so aufgeregt, daß ich ihm entgegenrannte und ihm, der noch nicht einmal seinen durchnäßten Mantel und seine kleinen Fuß-Lederkästchen (Shu-he), die auch ganz durchweicht waren, ausziehen und wechseln konnte, das Buch entgegenhielt. Er lächelte, zog den Mantel aus und legte seinen Schirm weg. Dann führte er mich – ich hielt das göttliche I-ching immer noch fest in der Hand – in sein Arbeitszimmer, das auch unser gemeinsames Wohnzimmer ist, brachte eines seiner kleinen Brandopfer dar und sagte: er wundere sich nicht, daß mir das bekannt sei. Er habe die ganze Zeit gar nicht daran gedacht, daß er unter seinen vielen Büchern auch dieses besitze, sonst hätte er es mir schon viel früher gezeigt.
Das Gespräch – zum Glück ist mein Verständnis seiner Sprache schon so gut, daß ich selbst komplizierten Ausführungen folgen kann; er, Herr Shi-shmi hingegen hat es aufgegeben, unsere Sprache durch mich zu lernen, es sei ihm zu schwer, sagt er, vielleicht steht es ihm auch nicht dafür ... ich kann es verstehen, denn er wird nie in unsere Welt kommen, und was soll er dann mit der Kenntnis unserer Sprache – das Gespräch, das sich anschloß, zog sich bis weit nach Mitternacht hin. Wir aßen nichts, wir tranken nichts; nur unzählige Brandopfer brachte Herr Shi-shmi dar, zuletzt sogar einige große braune, die er sonst nur an Feiertagen verwendet. (Ich spreche weiterhin von Brandopfern. Inzwischen weiß ich jedoch, daß es keine kultische Handlung ist, sondern eine Art gewohnheitsmäßigen Rauch-Trinkens, eine weitverbreitete Angewohnheit der Großnasen, die nicht gerade zur Verbesserung der Luft beiträgt. Aber die Bezeichnung Brandopfer scheint mir passend zu sein, da die Großnasen an dieser Gewohnheit offenbar wie an heiligen Zeremonien hängen. Ich muß allerdings gestehen, daß ich selbst schon an den Brandopfern Gefallen finde, allerdings nur an den wohlriechenden braunen.)
Den Gang des Gespräches wiederzugeben, ist unmöglich. Es

würde ein Buch füllen. Vorausschicken muß ich, daß ich nun nicht mehr umhin konnte, Herrn Shi-shmi, der ja bisher nichts von meiner Herkunft wußte, in meine Zeitreise einzuweihen. Er sagte, daß er derlei für unmöglich halten würde, wenn ich nicht leibhaftig vor ihm säße und Beweise – nämlich etwa meine für ihn und seine Welt uralten Silberschiffchen – vorzeigen könnte. Seine Philosophie, sagte er, die keine allgemeingültige Lehre sei, sondern seine private Ansicht von der Welt, die er sich im Lauf seines Lebens erworben habe, seine Philosophie erlaube es ihm, *alles* für möglich zu halten. Er umarmte mich und sagte, daß ich doch wohl sehr einsam hier sei, und daß die Welt, seine Welt, mir kalt und herzlos erscheinen müsse. Ob ich nicht das Gefühl hätte, daß diese seine Welt alles tue, um mich, den uralten Mandarin Kao-tai als unpassenden Fremdkörper wieder auszustoßen? Ja, sagte ich, dieses Gefühl hätte ich. Er umarmte mich nochmals und sagte, daß er froh sei mir wenigstens in seiner Wohnung eine sichere Zuflucht bieten zu können. Nun umarmte ich ihn, dankte ihm und sagte, daß er sich keine übertriebenen Sorgen machen solle. Einer wie ich, dessen Denken fest in den Bahnen der Lehren unseres Unendlich Erhabenen K'ung-tzu gefügt sei, der sei Herr seiner Gefühle, und meine Neugierde, mein Streben nach Erkenntnis, übersteige meine Angst.

Er schaute mich lange an, nachdem er mir noch mehrmals seine unumschränkte Hilfsbereitschaft versichert hatte, und sagte: ich solle nicht böse sein, die Eröffnung meiner Herkunft müsse er erst verdauen, vorerst sehe er mich ein wenig an wie ein Gespenst. Ich lachte, verbeugte mich zweimal (wie sonst nur vor einem Vizekanzler oder einer kaiserlichen Konkubine) und sagte: das sei ganz klar, denn umgekehrt sei für mich seine ganze Welt gespenstisch.

Aber das eigentliche, für mich wesentliche Ergebnis des Gesprächs: ich bin, und somit bestätigt sich meine schon mehrfach geäußerte Vermutung vollends, gar nicht in unserer Kaiserstadt K'ai-feng, nicht einmal im Reich der Mitte. Min-chen ist nicht und war nie im Reich der Mitte, es liegt ganz woanders. Ich stehe gar nicht auf dem Boden, auf dem Du stehst, teurer Dji-gu. Zeit

und Raum sind durcheinandergewirbelt. Ich lebe in einem anderen Teil der Welt. Ja, Du liest richtig: in einem anderen Teil der Welt. Unsere Heimat ist für Herrn Shi-shmi und seine Landsleute und Zeitgenossen nicht nur längst vergangen, sondern auch weit weg. Sie nennen unser Land, das Erhabene Reich der Mitte: Chi'na. Woher die Bezeichnung kommt, ist mir noch unklar, auch ob es das Reich der Mitte noch gibt. Ich sagte Herrn Shi-shmi, ob wir nicht miteinander hinreisen wollten. Er lachte und sagte, daß das wohl viel zu weit weg sei, auch gäbe es da unüberwindbare Schwierigkeiten. Ich fragte, wie dann *sein* Land, dieses Reich, dessen Hauptstadt Min-chen sei, heiße? Es heißt Ba Yan, sagte er, und sei längst nicht so groß und auch nicht so alt wie das Erhabene Reich der Mitte.
Was werde ich nicht noch alles erfahren in dieser fremden Welt, mein über alles geliebter Dji-gu? Aber, wie gesagt, mein Drang nach Erkenntnis ist größer als Furcht und Angst. Ich habe Herrn Shi-shmi übrigens auch von Dir erzählt. Er bittet mich, Dich zu grüßen, vor allem aber grüßt Dich Dein

doppelt ferner
Kao-tai

Zehnter Brief

(Donnerstag, 19. August)

Teurer Dji-gu.

Es hat mir, aufs Ganze gesehen, nicht mehr viel ausgemacht, nun auch zu wissen, daß ich nicht nur um tausend Jahre, sondern auch viele tausend Li von meiner Heimat entfernt bin (wieviel tausend Li es sind, hat Herr Shi-shmi ausgerechnet; ich habe die Zahl aber leider vergessen – was sind schon Zahlen), nur eins bedrückt mich doch: die Ferne von Shiao-shiao, der grün-äugigen. Willst Du mich damit trösten, wenn Du schreibst, du sähest sie nur traurig auf dem Sofa in der Kammer mit dem Holunderblütenvorhang sitzen, und sie täte nichts, außer daß sie unverwandt zum Fenster hinaussähe – nur ab und zu, schreibst Du, ginge eine Bewegung durch ihren unvergleichlich schönen Körper, dann nämlich, wenn sich draußen ein Vogel auf einen Ast setzt? Soll es mich trösten zu wissen, daß *sie* traurig ist? Ja, doch – ich bin so egoistisch, daß es mich tröstet. Schreibe mir viel von ihr, sage ihr, daß ich sie liebe, wie nur ein Mann in meinen Jahren lieben kann: nicht mit kopflosem Leichtsinn, sondern mit Wissen um die Schönheit. Wissende Liebe – die kann man nur zu einem Wesen wie Shiao-shiao empfinden – bei allen meinen Frauen und Konkubinen war es Lust und Brunst (bestenfalls); nein, die wahre Liebe von bewußter Würde ist nur einem Wesen wie Shiao-shiao gegenüber möglich. Schreibe mir, daß sie traurig ist, ja, sie soll traurig sein, sie soll nach mir weinen, denn auch das gehört zur Liebe. Abgesehen davon ist mir klar, daß sie, wenn sie so in Trauer auf das Sofa hingeschmiegt ist, und ihre schimmernden Gliedmaßen in unvergleichlicher Anmut arrangiert, daß sie dann trotz aller Trauer sehr wohl weiß, wie schön sie ist.

Alles übrige soll seinen Gang gehen. Daß meinen ehrenwerten Herrn Ersten Schwiegervater Kuang-ma endlich der Schlag getroffen hat, den alten Geizkragen, hat mich mit angemessener Anteilnahme erfüllt. Richte das bitte meiner Frau Kuang-ching aus, und auch, daß es mir leid täte, bei den Trauer-Zeremonien nicht anwesend sein zu können: ich könne unmöglich meine äußerst wichtige Reise unterbrechen.

Nein, es hat mir keinen Schlag versetzt, zu wissen, daß ich nicht im Reich der Mitte bin, sondern in einem Land weit weg davon, das Ba Yan heißt, und von dessen Existenz Du und ich keine Ahnung hätten, wenn wir nicht auf den fürwitzigen Gedanken meiner Zeitreise gekommen wären. Im Gegenteil: seit zwischen dem überaus teuren Herrn Shi-shmi (dem ich Deine Grüße – unbekannterweise – ausgerichtet habe) und mir alles klar ist, wir unsere Standorte kennen, ist es für mich viel leichter, Erkenntnisse zu gewinnen. Auch kann mir Herr Shi-shmi, da er sich vorstellen kann, was ich alles nicht verstehe, manches viel besser erklären. Zunächst geht es um Grundsätzliches. (Wir sitzen nun jeden Abend. Ich bringe auch »Brandopfer«, allerdings nur die braunen, größeren. Die anderen, kleinen weißen stinken für meinen Begriff.) Ich frage Herrn Shi-shmi jeden Abend solang, bis er lachend sagt: nun hätte ich ihm die Seele aus dem Leib gefragt. Meine Fortschritte im Verstehen der hiesigen Sprache rasen vorwärts, beflügelt von meiner Neugierde. Zunächst aber geht es mir um Grundsätzliches. Herr Shi-shmi – er sagt, das sei eine allgemeine Annahme – glaubt, daß die Erde eine Kugel sei und Länder und Meere seien auf der Kugeloberfläche nebeneinander angeordnet. Unser Reich der Mitte, das er Chi-na nennt, befinde sich auf der einen Kugelhälfte, das Land Ba Yan und viele andere Länder (er hat Namen von verwirrender Fülle genannt) auf der anderen. Meinen Einwand, daß doch dann die Menschen von der Kugel rutschen würden, wenn es so wäre, ließ er nicht gelten. In der Mitte dieser Kugel befinde sich eine natürliche Anziehungsmasse, die die Menschen und Tiere, Pflanzen und Steine und überhaupt alles wie mit unsichtbaren Fäden festhält. Er argumentiert: alles, was wir nicht festhalten, fällt zu Boden. In die Luft hinauf fällt nichts – der Rauch, ja, den ich aus meinem köstlichen braunen Brandopfer blase (ich habe spezielle Brandopfer, sie sind sehr teuer, aber dank meiner Silberschiffchen kann ich sie mir leisten; meine speziellen Brandopfer, Herr Shi-shmi besorgt sie mir in der Stadt, heißen Da-wi-do), der Rauch steigt hinauf, ja, aber es ist mir klar: das ist nur ein scheinbares »Hinauffallen«. Bald setzen sich auch die Partikel, aus denen der Rauch besteht, herunten überall wieder ab. So ist es mit allem, was hinaufsteigt: mit den Vögeln, den Wolken, den Drachen. Also ist die Argumentation von Herrn Shi-shmi nicht von der Hand zu weisen.

Meinen weiteren Einwand, daß man – die Kugelform der Erde unterstellt – das doch wahrnehmen müsse, und daß dem Augenschein nach doch offensichtlich die Erde flach ist, hat Herr Shi-shmi auch entkräftet. Das sei nur so, sagte er, weil die Erde eine so große Kugel, respektive der Mensch so klein sei. Ich solle mir vorstellen, wie sich eine Laus auf einem sehr großen Kürbis

(Kürbisse gibt es noch; auch Läuse) vorkomme. Sie meine, sie krieche geradeaus, und in Wirklichkeit krieche sie im Kreis um die Kugel herum. Vielleicht meine auch die Laus, sagte Herr Shi-shmi, der Kürbis sei flach. Auch das ist nicht ganz von der Hand zu weisen, wobei man noch dazu bedenken müsse, sagte Herr Shi-shmi, daß im Verhältnis zum Kürbis die Laus vieltausendmal größer sei als der Mensch im Verhältnis zur Kugelerde. Außerdem, argumentierte Herr Shi-shmi, könne man unter gewissen Umständen die Kugelgestalt sogar wahrnehmen, nämlich am Meer. Wenn eine Laus, so erklärte er es mir, auf dem Kürbis einer zweiten Laus begegnet, die von der anderen Seite der Kugel ihr entgegenkriecht, so müsse es der ersten Laus wohl vorkommen, als tauche die zweite Laus über den Horizont auf. Genau so sei es doch mit den Schiffen am Meer, und das, lieber Dji-gu, ist wahr, wie ich selber oft genug gesehen habe, als ich vor Jahren meinen Erhabenen Schwager, den Admiral Tu Fei-chung zur Inspektion der kaiserlichen Flotte in die Hafenstädte begleitete.
Eigens für mich brachte Herr Shi-shmi eine Kugelwelt im Kleinen mit, sehr bunt. Man kann die Kugel hinstellen und drehen. Es handelt sich um eine der Kugelgestalt angeschmiegte Landkarte. Es war erregend. Herr Shi-shmi zeigte mir Deine und meine Heimat, das Reich der Mitte – das natürlich gar nicht in der Mitte ist, denn wo soll eine kugelige Fläche eine Mitte haben – und er zeigte mir seine Heimat Ba Yan. Ein winziger Punkt bezeichnet die Stelle, wo die Erhabene Kaiserstadt K'ai-feng liegt. Ein ebenso winziger Punkt zeigt die Lage der Stadt Min-chen an.
Wie aber kam ich nach Min-chen? Auch dafür hat Herr Shi-shmi eine Erklärung. Nicht nur das Kugel-Erde-Modell ist drehbar, auch die wirkliche Erdkugel dreht sich beständig um sich selber, sagt er. Auch diese Bewegung sei zu groß, als daß man sie bemerke. Wenn ein Baum wächst, sagt er, so bemerkt man das Wachsen, das ja eine Bewegung sei, auch nicht. Es sei noch komplizierter, aber ich solle mir das einmal so vorstellen. Gleichzeitig drehe sich aber die Erde um die Sonne, die viel größer sei, als man meine, denn sie sei nur so weit weg. In einem Tag drehe sich

die Erde um sich selber, in einem Jahr drehe sich die Erde um die Sonne. Sehr verwirrend. Ich fragte, ob das alles auch die private Philosphie von ihm, Herr Shi-shmi sei, die er sich im Lauf der Jahre erarbeitet habe? Nein, sagte er, das sei hier und jetzt die allgemeine Ansicht von der Gestalt der Welt, und die Ansicht sei durch viele Tatsachen gesichert.

Ich erwarte nicht, daß Du das alles auf diese paar Zeilen hin glaubst oder gar verstehst. Mir geht es nicht anders. Dieses gigantische und unfreundliche Weltbild ist mir zu fremd. Ich sehe lieber unsere Heimat als gefestigtes, sich nicht drehendes Reich der Mitte und ich beabsichtige es auch nach meiner Rückkehr so zu halten; aber davon sage ich natürlich Herrn Shi-shmi nichts, da es ihn kränken könnte.

Aber nun zu der Erklärung, wie ich von K'ai-feng nach Min-chen komme: wir hätten, meint Herr Shi-shmi, bei unseren Berechnungen diese Drehung der Kugelwelt und das Kreisen um die Sonne nicht berücksichtigt, weil wir ja nichts davon wußten, und in den tausend Jahren, die ich dank unseres vorzüglichen Zeitkompasses in einem Augenblick zurückgelegt habe, hat sich – während ich sozusagen *für mich* diesen einen Augenblick, *für die Kugelerde* tausend Jahre außerhalb der Zeit war – die Erde tausendmal um die Sonne gedreht und 365000 mal um sich selber. So hat sich mein Ankunftsort verschoben. Es ist nicht zu leugnen, daß das doch irgendwie einzusehen ist. Aber ich bin auch sofort erschrocken: was ist dann mit meiner Rückkehr? Herr Shi-shmi beruhigte mich. Meine Rückkehr, sagte er – und das leuchtet unmittelbar ein – vollzieht sich als genau umgekehrt laufender Vorgang wie meine Reise hierher, und unser Irrtum korrigiert sich so rückwärtsspulend von selber.

Mag es der Himmel fügen, daß es so ist. Manchmal habe ich schlechte Träume. Sie sind wirr und bedrückend. Mehrmals träumte ich schon, daß ich irrtümlich statt zurück in meine Zeitheimat noch weiter in die Zukunft gereist bin. Diese Blätter sind zwar nicht da, um so müßiges Zeug wie Träume aufzuschreiben, aber ich spinne den Gedanken des Traumes fort: wenn

schon die Zukunft, die ich hier erlebe, ein Abgrund an Perversion ist, was für unmenschliches Chaos bringen dann die nachfolgenden tausend Jahre?
Denn eines, teurer Dji-gu, ist mir klargeworden, was nicht Du und nicht ich gewußt haben, und was uns allen unvorstellbar ist: die Welt wandelt sich. Sie nennen es hier Fort-Schritt. Schon ein sehr entlarvendes Wort – ich habe es Dir wörtlich übersetzt. Fort-Schritt – der Schritt, der fort führt. Man möchte meinen, das sei etwas Bedauerliches, wenn man aus der gewohnten, bewährten, vielleicht geliebten Umgebung fortschreitet. Aber nein: sie – die Großnasen hier – finden ihren Fort-Schritt wünschenswert und sogar tugendhaft.
Du verstehst das alles nicht, das ist mir klar. Du kannst es nicht verstehen. Sieh: eine Ameise bleibt eine Ameise und ein Elefant bleibt ein Elefant. Wir kennen Ameisendarstellungen aus der Zeit, sagen wir, aus der Zeit der unvordenklichen Shang-Dynastie, wir kennen die Ameisen, die – dem Himmel sei's geklagt – überall in unseren Häusern herum krabbeln, und ich kenne Ameisen, die hier in der Welt der Großnasen leben. (Es gibt sie noch, die Ameisen, wenige, wo sollen sie auch ihre Häufchen bauen in dieser Steinwüste, aber es gibt sie noch. Im Park der ehemaligen Wu von Ba Yan habe ich sie gesehen.) Ameise ist Ameise geblieben. Das gleiche gilt von Elefanten, gilt vom Pferd. Ein Baum ist ein Baum. Gut – die Hunde sehen hier ganz anders aus als unsere Pekinesen, aber Hunde sind in meinen Augen ohnedies nur gut zum Braten. (Übrigens: hier ißt man keine Hunde, dafür sonst alles mögliche, zum Beispiel groteskerweise Ochsen. Aber davon ein anderes Mal. Nur soviel: als erstes werde ich mir nach meiner Rückkehr eine Pekinesen-Leber zubereiten lassen. Das geht mir hier ab.)
Die Natur ändert sich also nicht oder zumindest nur sehr langsam. Der Mensch ändert sich auch nicht, und wir – ich meine Dich und mich, lebend unter der Glorreichen Sung-Dynastie, die der Himmel in seinen Schutz nehmen möge, wir können die Schriften des Göttlichen Meisters K'ung-tzu lesen, obwohl er eineinhalbtausend

Jahre vor unserer Zeit gelebt hat, und wenn ich meine Zeitreise rückwärts unternommen hätte, und ich hätte den Göttlichen auf seinem Philosophenhügel besucht, und er hätte mich Regenwurm für eine Ansprache unverdientermaßen für würdig erachtet – ich hätte seine Worte verstanden.

Nicht so hier. Es gibt auch Weise, die hier in Min-chen gelebt und gelehrt haben oder in der Nähe. Sie haben geschrieben und weise Lehren hinterlassen. Einer, der speziell in Min-chen ein angesehener Meister war, hatte den uns fast vertraut klingenden Namen She-ling. Die Vertrautheit des Namens ist nur scheinbar und Zufall. Meister She-ling stammte nicht aus dem Reich der Mitte. Diesen She-ling-tzu, der – nach hiesiger Rechnung – vor nun hundertfünfzig Jahren gelebt hat, kann man, Herr Shi-shmi sagt es, schon nur noch mit Mühe lesen! Das hänge aber damit zusammen, sagt Herr Shi-shmi, daß She-ling-tzu so ungeheuer krause Gedankengänge zu Papier gebracht habe, daß schon der Verdacht geäußert wurde, She-ling-tzu habe gelegentlich seine eigene Philosophie nicht verstanden. Gut; ich kann das natürlich nicht beurteilen. Ein anderer Meister, hat Herr Shi-shmi erzählt, hat vor zwei Jahrhunderten gelebt: Kan-tzu. Den verstünden nur noch Spezialisten. Vor dreihundert Jahren habe ein höchst schätzenswürdiger Meister gelebt und gelehrt, der Lei-mi-tzu genannt worden sei. Der sei auch für Spezialisten fast nur in Übersetzungen lesbar, und so weiter und so fort. Ob es vor eineinhalbtausend Jahren hier auch Meister gegeben habe, die gedacht und gelehrt hätten? fragte ich Herrn Shi-shmi. Oh ja, sagte er, zum Beispiel den Meister Ao-gao-tin, dem – ähnlich wie unserem K'ung-tzu – von einem Teil der Bevölkerung gewisse göttliche Ehren erwiesen werden. »Vom Zustand des Göttlichen« oder »Vom himmlischen Kaiserreich« (grob übersetzt) heißt sein Hauptwerk. Aber dessen Sprache ist ausgestorben, und eigentlich gäbe es kaum jemanden, der derlei noch lese.

Du siehst: sie schreiten fort. Wohin schreiten sie? Ich habe den Verdacht, sie wissen es nicht. Jedenfalls, scheint es mir, sie schreiten fort von sich selber.

Sicher wissen auch wir, daß die Zeit nicht stehenbleibt. Kinder werden geboren, werden erwachsen, wir werden alt, sterben, Generationen machen neuen Generationen Platz. Kaiser folgt auf Kaiser, Dynastien folgen aufeinander. Ein Haus stürzt ein, ein neues wird gebaut. Der Baum im Garten wächst. Der Vogel, der darin singt, ist zwar vielleicht ein anderer als der vom vorigen Jahr, aber er singt in gleicher Weise, so wie sich die Wellen des ewigen (ewigen? daran zweifle ich jetzt allerdings) Huang-ho immer in gleicher Weise kräuseln. Es sind verschiedene Wellen, es ist der Gesang verschiedener Vögel, und doch bleibt alles im wesentlichen gleich. Wenn man sich das Fließen des Huang-ho als einen Kreislauf denkt, mündet auch alle Verschiedenheit in die Beständigkeit: die Wellen kräuseln sich hinab zum Meer, dort verdunsten sie, steigen hinauf und werden zu Wolken, aus denen der Regen herabrinnt und die moosbehangenen Felsen von Kang-su benetzt, aus denen wiederum die Quellen springen, die den Huang-ho speisen. Ein ewiger, unverrückbarer Kreislauf, selbst wenn man in Rechnung stellt, daß ab und zu selbst der Huang-ho seinen Lauf ändert.
Ein ewiger Kreislauf. Wir sind der Meinung, daß das auch für den Menschen und sein Staatswesen gilt. Die Menschen der nächsten Generation *sind* zwar nicht gleich denen der vorigen, aber ähnlich, nicht viel anders wie die Wellen des ewigen Huang-ho. Ein Haus stürzt ein, ein neues wird gebaut. Mag sein, der Hausherr läßt ein Fenster mehr einbauen oder weniger – im Grunde genommen ist es ein Haus, wie es eben ein Haus ist. Die Kaiser regieren, die Weisen denken (manchmal denkt auch ein Kaiser). Was soll sich da ändern? Meinen wir. Ab und zu gibt es eine Revolution, ja, gut. Der Weizen oder das Kupfer werden teurer oder billiger, einmal gibt es einen schwachsinnigen Finanz-Mandarin, der versucht, das Papiergeld einzuführen ... es kommt wieder ab. Einige Jahre lang tragen die Damen des Hofes (und alle anderen machen es nach) nur pfirsichfarbene Haarschleifen, und dann plötzlich wieder gelten pfirsichfarbene Haarschleifen als abstoßend und alle tragen zwetschgenfarbene. Aber auch die kommen wieder ab. Das alles

sind Details. Hatten wir je das Bedürfnis, ja überhaupt ein Vorstellungsvermögen davon, daß sich im Wesentlichen etwas ändern könnte?
Die Großnasen hier schon. Sie kennen keinen Kreislauf, sie kennen nur die dümmliche gerade Linie. Ich habe das Gefühl: für sie verläuft der Lebensweg des Menschengeschlechts in einem schnurstrackigen Weg, und sie sind nur damit beschäftigt, davor zu zittern, wo dieser Weg hinführt. Die denkenden unter den Großnasen lassen sich in zwei Gruppen einteilen: die einen behaupten, der Weg führe in eine goldene, paradiesische Zukunft (die, so sagt mir Herr Shi-shmi, führen ihre Lehre auf einen Meister Ma-'ch zurück, die Namensgleichheit oder Ähnlichkeit mit dem unartigen Knaben Ma'ch aus jenem Gedicht ist rein zufällig, obwohl, meine ich, entlarvend; sowie auf dessen Schüler Jing-il und Le-ning); die anderen sehen den Weg geradeaus in den Abgrund führen (ihre Lehre geht, sagt Shi-shmi, auf zwei Meister namens Sho Peng-kao und Ni-tzu zurück). Du darfst raten, wem ich recht gebe. Aber das nur nebenbei.
Die Großnasen kennen keinen Kreislauf. Die Großnasen glauben verbissen daran, daß alles sich ständig ändern muß, und selbst die Vernünftigeren sind nicht von der Meinung abzubringen, daß, wenn etwas sich ändert, es auch besser wird. Hat die Welt schon so einen Aberglauben gesehen? Dabei bräuchte man nur die unverwüstlichen Gesetze der göttlichen Mathematik anzuwenden. Wenn Du eine Münze in die Höhe wirfst, steht die Chance 1:1, mit welcher Seite sie nach oben zu liegen kommt, wenn sie herunterfällt. Wenn ich – sei es im Privatleben, sei es im Staatswesen – etwas ändere, steht die Chance 1:1, ob das Neue besser oder schlechter ist als das Gewesene. Das, meint man doch, leuchtet dem Dümmsten ein. Nicht so den Großnasen. Sie sind davon nicht abzubringen, daß das Neue immer zwangsläufig besser ist als das Alte.
Fort-Schritt ... sie schreiten fort, sie schreiten fort von allem. Sie schreiten fort von sich selber. Warum? frage ich mich. Wohl nur, weil es ihnen nicht gefällt, bei sich selber zu sein. Und warum

gefällt ihnen das nicht? Wohl weil sie sich – und das nun wieder mit Recht – als widerwärtig empfinden. Aber was für ein Unsinn, von sich fortzuschreiten. Sie ändern ja nur ihre Umgebung, nicht sich selber. Und das scheint mir der Kernpunkt zu sein: die Großnasen sind weder in der Lage noch willens, sich selber zu vervollkommnen (und das, obwohl sie, wie ich gesehen habe, das Erhabene I-ching kennen!), sie experimentieren lieber mit ihrer Welt herum. Herr Shi-shmi – obwohl selber nicht frei von solchem Aberglauben – hat mir zugestimmt, als ich ihm diese meine Gedanken dargelegt habe.
Also werden die Großnasen weiter fortschreiten, und nur mit Grausen kann man daran denken, wohin sie es in weiteren tausend Jahren gebracht haben werden. Meine Alb-Träume davon sind wahrscheinlich geschmeichelt. Ich halte es nicht für ausgeschlossen, daß sie es letzten Endes fertigbringen – noch ehe weitere tausend Jahre vergehen – ihr Kugelwelt zu Staub zu zerblasen. Sie sind dümmer als Affen, die zum Teil ja auch große Nasen haben.
Ich schließe jetzt diesen Brief. Ich muß zum Kontaktpunkt. Die Stunde, wo ich den Brief auf seine Zeitreise zu Dir schicken kann, rückt näher.
Ich grüße Dich, ferner Freund, küsse meine geliebte Shiao-shiao. Heute abend sind wir – Herr Shi-shmi und ich – zum Abendessen bei einer Herrn Shi-shmi nahestehenden Dame eingeladen.
Ich umarme Dich brüderlich.

Dein Kao-tai

Elfter Brief

(Freitag, 20. August)

Mein lieber Dji-gu.

Du wunderst Dich wahrscheinlich, daß ich Dir heute schon wieder einen Brief schreibe. Ich hoffe, Du gehst nicht erst in ein paar Tagen zum Kontaktpunkt, weil Du nicht so schnell einen Brief von mir erwartest, so daß dieser Brief womöglich längere Zeit im

Regen liegen bleibt – aber es muß ja bei Euch nicht auch regnen wie hier. Aber Du hast mir ja versprochen, jeden Tag am Kontaktpunkt vorbeizuspazieren, und ich hoffe sehr, Du hältst dieses Versprechen ein – besser als Dein Versprechen, mir mindestens jeden fünften Tag zu schreiben. Ich bin jetzt fast 40 Tage in dieser fernen Welt, und habe erst vier Briefe von Dir. Es soll kein Vorwurf sein. Ich weiß, daß Deine Amtsgeschäfte Dich stark in Anspruch nehmen, zumal Du die unbezahlbare Freundlichkeit hast, auch noch die Bürde meines Amtes, die Präfektur der kaiserlichen Dichtergilde »Neunundzwanzig moosbewachsene Felswände« für die Zeit meiner Abwesenheit mitzutragen. Ich weiß ganz gut, wie undiszipliniert die Hochehrwürdigen Bekränzten Dichter der Neunundzwanzig moosbewachsenen Felswände sind, und daß man sie manchmal – um einen Ausdruck des Herrn Shi-shmi zu gebrauchen, den ich im Wortsinn übersetze – ungespitzt in den Erdboden rammen möchte. Haben sie inzwischen endlich ihr fehlendes neunundzwanzigstes Mitglied hinzugewählt oder konnten sich die krummgeschwänzten Teufel von Dichtern immer noch nicht einigen? – Schreibe mir dennoch bitte, so oft es geht. Und schreibe mir immer, was meine süße Shiao-shiao macht.

Der Grund, warum ich Dir heute schon wieder schreibe, ist meine Sorge, ob es nicht zu unvermuteten Komplikationen zwischen Herrn Shi-shmi und mir kommt. Zwar bin ich soweit, daß ich mich hier in dieser Welt einigermaßen selbständig bewegen könnte, dennoch täte mir ein Zerwürfnis leid, denn ich hege, wie Du nach allen meinen bisherigen Ausführungen über ihn erkennst, wirkliche freundschaftliche Gefühle für ihn, die fast an meine Gefühle für Dich, teurer Dji-gu, heranreichen, und zweitens wäre es schade um die Erkenntnisse, die ein in dieser Welt der Dummheit so seltener Mann von Verstand, wie Herr Shi-shmi es ist, mir vermitteln kann.

Das ganze hängt mit dem Besuch zusammen, von dem ich Dir gestern geschrieben habe.

Bis jetzt habe ich, wie Du aus meinen Briefen weißt, fast aus-

schließlich mit Herrn Shi-shmi gesprochen. Ab und zu (in letzter Zeit häufiger), bin ich einkaufen gegangen, habe mich mit den Großnasen in den Läden unterhalten – ich will ja auch deren Lebensgewohnheiten und Meinungen kennenlernen –, gelegentlich wechsele ich sogar ein Wort mit der hochmögenden Dame Kmei-was-wei im Stiegenhaus, die offenbar den peinlichen Vorfall mit meiner unangebrachten Darmentleerung verziehen oder sogar vergessen hat. Ich bin auch immer sehr höflich zu ihr, wenn ich sie sehe, und ich sehe sie oft, denn sie steht in ihrem geblümten Kleid, auf einen Besen gestützt, der offenbar das Zeichen ihres Amtes ist (eine praktische Bedeutung hat der Besen nicht, denn ich habe sie nie kehren sehen) fast immer auf einem der Vorplätze der Zentraltreppe. »Oh hohe Blume des Hauses«, grüße ich sie – so gut kann ich schon die Sprache der Ba Yan-Großnasen, »oh wohlduftende Begonie mit dem Mond-Antlitz, der nichtswürdige Wurm Kao-tai grüßt dich ehrfürchtig und wünscht dir einen honiggetränkten Sommermorgen«, oder so ähnlich, was man eben so sagt. Zunächst war sie immer eher kühl auf meine Anrede hin, aber seit ich ihr – auf eine Empfehlung von Herrn Shi-shmi – einen blauen Papier-Geld-Brief mit einer Zwei-Drittel-Verbeugung überreicht habe, ist sie die Freundlichkeit selber.
Aber alle diese Unterhaltungen sind natürlich nur ephemerer Natur. Für meine eigentlichen Fragen war ich auf Herrn Shi-shmi angewiesen, der aber schon vor einiger Zeit gesagt hat: langsam müsse er dann daran denken, mich mit anderen Leuten bekanntzumachen, damit sich mein Gesichtskreis erweitere. Die Einladung, jene Dame zu besuchen, von der ich gestern kurz geschrieben habe, war die erste solche Gelegenheit.
Die Dame heißt Frau Kei-kung und wohnt in einem entfernten Stadtteil. Wir – Herr Shi-shmi und ich – mieteten (das gibt es, wie man bei uns, wenn man nicht selber eine hat, eine Sänfte mit Träger mieten kann) einen A-tao-Wagen und fuhren gegen Abend hin. Wir fuhren eine halbe Stunde. Die Dame wohnt in einem Haus ähnlich dem von Herrn Shi-shmi. Ihre Wohnung ist aber größer als die unsere. (Ich sage: die »unsere« und meine

damit, Herr Shi-shmi ist sicher einverstanden, die seine hier der Einfachheit halber so zu nennen.)
Nun ist das alles auch sehr kompliziert und Dir auf den ersten Anhieb wohl nicht ganz verständlich. Die Weiber der Großnasen werden ganz anders behandelt, als es unsere althergebrachte Gewohnheit ist, auch ganz anders, als es der Lehre des Himmlisch-Erhabenen K'ung-tzu entspricht. Die Weiber bewegen sich, so komisch das klingt, im Haus, auf der Straße, in aller Öffentlichkeit und überhaupt immer geradeso wie Männer. Unter anderem deswegen ist es mir anfangs schwergefallen, Männer und Weiber zu unterscheiden. Aber inzwischen habe ich es gelernt. (Auch ohne Regenschirme.) Erstens rasieren sich nicht alle Männer vollständig, wie es Herr Shi-shmi tut. Viele tragen Bärte ähnlich unserer Sitte. Aber auch an denjenigen, die sich vollständig rasieren, kann man bei genauerem Hinsehen den rasierten Bartwuchs erkennen, denn die ganze Rasse der Großnasen zeichnet sich durch starke Behaarung aus. (Nur haben sie unverhältnismäßig oft eine Glatze, was wohl daran liegt, daß viele ohne Kopfbedeckung herumlaufen. Bei dem ständigen regnerischen Klima hier führt das dazu, so sehe ich das, daß ihnen die Haare verfaulen. Es macht ihnen aber nichts aus.) Die Weiber aber erkenne ich erstens an dem fehlenden Bartwuchs und zweitens daran, daß sie ihre Brüste vor sich herrecken. Im Gegensatz zu unseren Frauen und unserem Schönheitsideal haben die Weiber hier wahre Berge von Brüsten, und sie sehen darauf, daß sie sich wohlgerundet und deutlich zweigeteilt unter der Kleidung abzeichnen. Auch die Dame Kei-kung hat ziemlich große Brüste und trug ein mit einem weithinleuchtenden Wellenmuster verziertes buntes Kleid ohne Ärmel, und als sie sich einmal bückte neben mir, konnte ich durch das Ärmelloch ihre vollständigen Brüste beobachten, die so groß sind wie die meiner sechs Nebenfrauen zusammen. Gut – man kann sich an derlei gewöhnen, und wenn man sich gewöhnt hat, kann man es sogar schön finden. Die Brüste der Dame Kei-kung sind wohlgerundet und von zarter Goldfarbe. Das wellenverzierte Kleid war sehr dünn. Wenn sie zwischen dem Licht und mir stand,

konnte ich ihren ganzen Körper erkennen, dennoch ist sie, wie mir Herr Shi-shmi versichert, mitnichten etwa eine Kurtisane, sondern von vornehmem Stande und angesehen.
Frau Kei-kung hat, sagt Herr Shi-shmi, keinen Mann. Eine Frau in der hiesigen Welt braucht keinen Mann, um angesehen zu sein, obwohl, sagt Herr Shi-shmi, es doch auch wiederum so ist, daß Frauen danach trachten, von angesehenen Männern geheiratet zu werden, denn das halten sie dann doch für besser, und es hebt letzten Endes ihre Reputation. Grundsätzlich ist es dabei so, daß jeder Mann und auch jede Frau mehrfach verheiratet sein kann, aber nicht gleichzeitig, sondern hintereinander. Äußerst unpraktisch. Was seltsam ist: im Gegensatz zu unserer Sitte können hier auch Weiber mehrfach verheiratet sein. Die Dame Kei-kung war zweimal verheiratet und hat sich unlängst von ihrem zweiten Mann getrennt. Die Scheidung der Ehe spricht ein Richter aus. Herr Shi-shmi sagt, er werde mir das eines Tages erklären, oder besser noch, sein Freund, jener Richter, den ich am zweiten Tag kennengelernt habe, werde mir diese juristischen Dinge erklären. Er selber, Shi-shmi, verstehe davon zu wenig.
Nun lebt Frau Kei-kung alleine. Wer beschläft sie? Sie ist jung und – vielleicht sogar für unsere Begriffe – schön. Irgendwie müssen doch die Säfte in ihrem Körper befriedigt werden? Das ist mir noch unklar. Offizielle Konkubinen gibt es übrigens nicht, sagt Herr Shi-shmi. Das ist schon merkwürdig, und solches Sittendurcheinander entzieht sich meinem Einfühlungsvermögen. Einerseits legen sich Männer und Weiber, wie ich selber an einem der wenigen sonnigen Tage gesehen habe, vollkommen nackt vor aller Augen in die Wiesen am Fluß, und scheuen sich nicht davor, sogar ins Wasser zu steigen; ich sage Dir: die Männer lassen ihr Geschlecht in aller Freiheit baumeln, die Weiber recken ihre zum Teil fast bergartigen Brüste in die Luft und liegen oft so unbekümmert da, daß man die kleinen Tälchen der Lust erkennen kann – und andererseits ist es, sagt Herr Shi-shmi, undenkbar, daß ein Mann sich offiziell eine Konkubine hält. Wenn er eine hat, sagt Herr Shi-shmi, so hält er es geheim.

Herr Shi-shmi übrigens war nie verheiratet. Ob er sich eine geheime Konkubine hält oder mehrere, weiß ich nicht. Ich will ihn danach nicht fragen. Vielleicht sagt er es mir eines Tages von selber – oder aber . . . und nun komme ich zu dem Punkt, der mich befürchten läßt, daß es eine Verstimmung zwischen ihm und mir geben könnte . . . oder aber jene Dame Kei-kung ist seine Konkubine.

Frau Kei-kung hatte ein Abendessen für uns vorbereitet. Sie begrüßte uns freundlich. Herr Shi-shmi hatte sie vorher unterrichtet, wer ich sei, das heißt – meine wahre Herkunft verschweigt er natürlich –, er hat zu ihr gesagt, ich sei ein Besuch aus »Chi-na«, treibe hier Studien (was ja stimmt) und wohne bei ihm (was auch stimmt). Später kam dann noch ein Herr, dessen Namen ich nicht behalten habe, weil er zu kompliziert ist.

Die Dame kochte das Essen selber. Dieser Vorgang ist hier gar nicht so unerhört. Die Großnäsinnen, hat Herr Shi-shmi gesagt, kochen alle das Essen selber. Nur ganz, ganz wenige hätten einen Koch oder eine Köchin. Das ist seltsam. Das fast gänzliche Fehlen von Dienstboten in dieser Welt ist mir (und ich habe Dir das ja schon in einem früheren Brief geschrieben) gleich zu Anfang aufgefallen. Wie kommt das, daß es keine Dienstboten gibt, wo so viele Leute auf der Straße herumlaufen? Dreimal – was sage ich – zehnmal so viel wie in der dichtestbesiedelten unserer Städte? Ich kann mir das nur so erklären: im Laufe der zwanghaften Sucht zu Veränderungen sind alle Dienstboten zu Herren aufgestiegen. Aber was macht einen Herren aus, wenn nicht die Gewalt über Domestiken? Über Köche, Diener, Läufer, Zofen, Knechte, Lakaien? Ist ein Herr ohne Diener überhaupt ein Herr? Wenn *alle* Herren sein wollen, so täuschen sie sich. Sie sind allesamt nicht aus Dienern Herren geworden, sondern Diener geblieben, nur ohne Herren.

Auch Herr Shi-shmi übrigens hat keinen Diener.

Die Dame Kei-kung trug auch alles selber auf. Das Essen in dieser Welt ist eine eigene Betrachtung wert. Hundefleisch gilt als ungenießbar, ja abstoßend. Dafür essen die Großnasen Kühe und

Ochsen, und sie trinken die Milch von Kühen, mir wird ganz schlecht, wenn ich zuschaue, und essen Derivate aus dieser Milch, die in feste Form umgewandelt wird. Die Derivate heißen Bu-ta und Kai-'ße. Bu-ta ist gelb und schmeckt nach gar nichts (sie schmieren das Bu-ta auf Fladen); Kai-'ße ist auch gelb und riecht stark nach ungewaschenen Füßen. Das schlimmste aber, was sie aus der Kuhmilch gewinnen, ist eine wackelnde, weißliche Masse, die stark nach dem Grundprodukt stinkt und Yo-kou heißt. Herr Shi-shmi ißt das zum Frühstück, hat auch mir schon davon angeboten. Er sagt, es sei sehr gesund. Ich kann mir nicht vorstellen, daß etwas gesund sein kann, wovon es einem normalen Menschen wie mir den Magen umdreht.
Übrigens ekelt es die Großnasen offensichtlich selber vor ihren Speisen. Davon habe ich Dir ganz zu Anfang schon berichtet, im Zusammenhang mit dem Eß-Instrument Gan-bal, das ein Stab ist, der vorn in vier Spitzen ausläuft. Damit spießen sie die einzelnen Fleischhäppchen auf, die sie mit kleinen Tischsäbeln vom Stück abschneiden. Außerdem gibt es ein Instrument, das sich vorn zu einem Schüsselchen verbreitert. Damit schlabbern sie unter anderen ihren Yo-kou. Die Speisen mit den Händen zu berühren, gilt als peinlich und äußerst unfein.
Herrn Shi-shmi habe ich soweit gebracht, daß er mir nur noch kocht, was ich gewohnt bin: Fleisch vom Schwein, Huhn, Ente, Fisch. Das alles gibt es auch hier, aber die Vorliebe der Großnasen gilt kulinarisch dem Rindvieh. Sollte das der Grund für ihre dumpfe Verrohung sein? – Ich nehme an, Herr Shi-shmi hat die Dame Kei-kung von meinen Essensgewohnheiten unterrichtet, denn ich halte das Menü kaum für einen Zufall: es gab zunächst fein geschnittenen Lachs mit Zitrone. Zum Glück kalt; ansonsten ziehen es die Großnasen vor, ihr Essen glühendheiß zu verzehren. Die Geschmacksorgane verschließen sich vor der Hitze sofort. Kein Mensch kann so feinere Nuancen unterscheiden. Aber der Lachs war kalt. Dann kam Salat, dann ein Stück Schwein, aber in Scheiben flach auf den Teller gelegt. Reis kennt man zwar auch, aber er ist nur entfernt dem unseren ähnlich; die Hauptbeilage-

speise ist eine uns völlig unbekannte Wurzel, eine gelbliche Knolle, die, sagt Herr Shi-shmi, aus einem Land kommt, von dem meine Zeitgenossen keine Ahnung hatten, weil nie einer hingekommen ist.

Allerdings – zu meinem Erstaunen – hat sich eine der Errungenschaften unserer Küche nicht nur über die Jahrhunderte erhalten, sondern ist auch aus unserem »fernen« Reich der Mitte (oder China, wie es die Großnasen nennen) bis hierher nach Min-chen gedrungen: die Nudel. Herr Shi-shmi zeigte mir den Weg unserer Nudel auf seinem Kugel-Welt-Modell: ein Reisender – dessen Reise ungleich mühsamer war als meine – aus einer etwas südlich Min-chen gelegenen Stadt namens Weng-de-di fuhr siebenhundert Jahre vor der Zeit des Herrn Shi-shmi in das Reich der Mitte und wird somit dreihundert Jahre nach unserer Zeit bei uns ankommen. Er hieß – oder wird heißen – Ma-ho-po-lo und wird die Gunst des dermaligen Himmlischen Erhabenen erringen und sogar Gouverneur der Provinz Süd-Chiang werden. Eines Tages wird ihn aber das Heimweh ergreifen, und er wird nach Weng-de-di zurückreisen und unter anderem die Kenntnisse mitnehmen, wie man Nudeln macht. Diese Kunst wird sich von Weng-de-di aus ausbreiten; auch sonst, sagt Herr Shi-shmi, ist Weng-de-di eine bedeutende Stadt. So verdanke ich also dem zu unserer Zeit noch ungeborenen Herrn Ma-ho-po-lo, daß ich bei Frau Kei-kung Nudeln zu essen bekam, die freilich viel dicker und plumper als unsere Nudeln sind. Übrigens – aber sag das nicht weiter – wird der Kaiser, bei dem Ma-ho-po-lo hoch in Gunst steigen wird, schon nicht mehr aus der Dynastie der Sung stammen.

Am Ende der Mahlzeit servierte die schöne, in das weithinleuchtende und durchschimmernde Wellenkleid gehüllte Dame Kei-kung eine Süßspeise. Die Großnasen nämlich, mußt du wissen, unterscheiden streng nach süßen und sauren Speisen. Sie mischen kaum. Süßes mögen sie, kommt mir vor, lieber, denn das gibt es immer am Schluß der Mahlzeiten.

Was Frau Kei-kung servierte, war sicher gut gemeint, aber für

mich ungenießbar. Zwar die anderen, Herr Shi-shmi und der andere, dessen Name so kompliziert ist, konnten sich nicht genug tun vor »Ah« und »Oh« und fielen über den stark dunkelbraunen, flaumig-festen Brei her. Ich versuchte von meinem eingetauchten Finger und stellte sofort fest: der Brei enthielt Rindsmilch. Ich machte eineinhalb Verbeugungen vor Frau Kei-kung und verzichtete auf die Speise.
Übrigens gilt – wie so vieles, was wir als natürlich empfinden – das Eintauchen des Fingers in das Essen, um zu kosten, als unfein. Ebenso wird es als nachgerade unanständig empfunden, nach dem Essen als Zeichen, daß es einem geschmeckt hat, zu rülpsen oder einen Wind fahren zu lassen. Andererseits scheut sich eine schöne und, wie sich später herausstellte, auch äußerst gebildete Dame wie Frau Kei-kung nicht, ein durchschimmerndes Kleid zu tragen, das überall zu kurz ist und auch zu eng, und bei jeder Bewegung irgendwelche Körperteile zur Schau stellt, was bei uns einer hartgesottenen Kurtisane die Schamblässe ins Gesicht treiben würde. Als wir uns später an den niedrigen Tisch seitlich des Eßtisches setzten, schlug sie wie ein Mann die Beine übereinander, und da sah ich, wenn mich nicht alles täuscht, sogar ihr Juwelchen. Verzeih, daß ich von solchen Dingen schreibe. Aber ich bin jetzt immerhin so lang unterwegs, daß der Mond das zweite Mal gewechselt hat, und ich habe seitdem, wie du ja ohne weiteres denken kannst, keine Frau auch nur aus der Nähe gesehen, geschweige denn berührt. Das ist äußerst ungesund in meinem Alter. Außer der Schärfe meiner Augen hat noch nichts an meinen Kräften nachgelassen.
Das ist bei den Großnasen übrigens nicht anders, sogar, wie nicht anders zu erwarten, schlimmer. Die Großnasen sehen allesamt schlecht, oft schon die Kinder. Um das auszugleichen, haben sie Gestelle aus Eisen erfunden, die sie an den Ohren einhängen – lach nicht, das nehmen die hier als völlig selbstverständlich – und mit deren Hilfe sie geschliffene Glasscheibchen vor den Augen balancieren. Einmal bei einem meiner Spaziergänge durch den Park des ehemaligen Wu habe ich extra nur darauf geachtet: gut ein Drittel

aller Großnasen hat so ein Glasscheibengestell. Es hält vor den Augen nur durch ihre großen Nasen. Ich frage mich: hat die Natur also den Leuten hier ihre großen Nasen gegeben, um ihre Schlechtsichtigkeit indirekt auszugleichen?

Auch Herr Shi-shmi trägt so ein Scheibchengestell und selbst Frau Kei-kung; aber sonst ist sie, wie gesagt, sehr schön. Ich habe sie lang angeschaut. Sie hat die ganze Zeit ihr Scheibchengestell nicht abgenommen. Ich habe überlegt: nimmt sie ihr Scheibchengestell ab, wenn einer sie beschläft? Gefragt habe ich selbstverständlich nicht. Man muß sich oft in dieser verrückten Welt hüten, nach Dingen zu fragen, die einem völlig natürlich erscheinen.

Aber da ich vorhin vom Essen geschrieben habe, fragst du vielleicht auch nach dem Trinken. Fast bin ich versucht, zu antworten: in nichts unterscheidet sich die Welt der Großnasen von unserer Welt so sehr wie in den Trinkgewohnheiten. Während wir uns mit Wasser und Thee und – sofern man das als Getränk im engeren Sinn bezeichnen kann – mit Reiswein begnügen, gibt es hier unzählige, äußerst verschiedene Getränke. Zunächst: Wasser zu trinken, vermeidet man. Es gilt als Zeugnis der Armut, obwohl das Wasser ganz hervorragend und klar ist, und obwohl in jedem Haus und in jeder Wohnung, ja fast in jedem Zimmer eine äußerst leicht zu handhabende Quelle ist (gar nicht zu reden von jener Porzellanquelle, mit deren Hilfe sie hinwegspülen, was der Körper von sich gibt.) Ich trinke – zuhause, also, was ich hier unter zuhause verstehe: Herrn Shi-shmis Wohnung – immer Wasser, wenn ich Durst habe. Jetzt hat sich Herr Shi-shmi daran gewöhnt, aber anfangs hat er mich ständig mit großen Augen angeschaut und den Kopf darüber geschüttelt, wie man nur Wasser trinken kann.

Thee gibt es, aber sie verhunzen ihn natürlich. Sie versetzen ihn mit allem möglichen, gelegentlich sogar mit Rindsmilch. Herr Shi-shmi hat mir Theeblätter mitgebracht und mir gestattet, den Thee nach meiner Art zu kochen. Der schmeckt aber ihm nicht. Immer und überall trinken die Großnasen Rindsmilch. Mir scheint das ein Laster der Großnasen zu sein, und unausrottbar.

Ich kann mir nicht vorstellen, daß das gesund ist; ich kann mir aber sehr wohl vorstellen, daß die Brutalität dieser Großnasen, die sich in ihren unaussprechlichen Manieren, in ihren verkehrten Sitten und nicht zuletzt in ihren ordinär tiefen und lauten Stimmen äußert, auf dem weitverbreiteten Mißbrauch der Rindsmilch zum Trinken beruht. Vielleicht ist auch ihre Schlechtsichtigkeit darauf zurückzuführen. Du mußt dir das ausmalen: was aus dem ädrigen, schwammigen Euter der Kuh herauskommt, was ein so auf und auf schmutziges Tier produziert, führt man an die Lippen und schluckt es sogar hinunter. Schon wie ich das hinschreibe, wird mir schlecht.

Ein weiteres Getränk ist dunkelbraun, fast schwarz und heißt: Kafei. Es wird wie Thee heiß getrunken, stark gesüßt und schmeckt recht anständig, ist auch anregend, sofern es nicht wieder – was die meisten Großnasen tun – durch Hineinschütten von Rindsmilch verunreinigt wird. Daneben gibt es eine unzählige Reihe von Getränken, die aus Obst gewonnen werden. Sie lassen sich in zwei Gruppen einteilen: berauschende und nicht berauschende. Zu den berauschenden gehören die zwei Lieblingsgetränke der Großnasen (neben der Rindsmilch): Wein aus Trauben – der nicht schlecht schmeckt, es gibt dunkleren roten und helleren gelblich-grünen – und ein ganz abscheuliches Getränk, das schäumt und vor allem der Volksbelustigung dient. Es sei, sagt Herr Shi-shmi, besonders hier in Ba Yan verbreitet, werde bei allen Gelegenheiten, aber mit besonderer Vorliebe in speziellen Gärten getrunken, auch sehr oft in eigens verfaßten Hymnen besungen. Das Getränk hat zwei Namen, je nach dem Gefäß, aus dem es getrunken wird: Ma-ßa oder Hal-bal. Ab und zu trinkt Herr Shi-shmi abends einen Hal-bal. Ich habe es versucht; es schmeckt mir nicht. Zu meinem Erstaunen ist es nicht üblich, in den Traubenwein oder in Ma-ßa und Hal-bal Rindsmilch zu schütten.

Ein sehr rätselhaftes Getränk kommt, sagt Herr Shi-shmi, aus demselben fernen und zu unserer Zeit noch unbekanntem Land, aus dem jene gelblich-mehligen Wurzelknollen kommen, die als Beilage verzehrt werden. Das Getränk heißt: Ko-kao-la-koa oder

so ähnlich. Es ist auch dunkelbraun, wird aber kalt getrunken. Herr Shi-shmi sagt, daß der Hersteller dieses Ko-kao-la-koa Getränks die Zusammensetzung geheim hält, und daß bis jetzt auch noch kein Mensch darauf gekommen ist, woraus es besteht. (Rindsmilch enthält es jedenfalls nicht, habe ich festgestellt.) Vor einigen Jahren, sagt Herr Shi-shmi, habe einer in einem Buch geschrieben, Ko-kao-la-koa bestehe aus toten, getrockneten und zerriebenen Hunden. Daraufhin habe ich es nochmals versucht, aber es schmeckt mir trotzdem nicht.
Zum Essen bei der Dame Kei-kung habe ich Traubenwein getrunken. Es gibt ihn übrigens auch in schäumender Form. Dann nennt man ihn Mo-te Shang-dong. Daran könnte ich mich recht gut gewöhnen. Aber man muß vorsichtig sein; man trinkt ihn wie Wasser und er steigt in den Kopf. Frau Kei-kung öffnete nach dem Essen hintereinander zwei Flaschen Mo-te Shang-dong, und damit komme ich auf meine Besorgnis zurück, von der ich am Anfang geschrieben habe. Ich bin mir nicht sicher: zugegebenermaßen habe ich von dem köstlichen Mo-te Shang-dong mehr getrunken, als daß ich noch völlig nüchtern gewesen wäre, auch mag ich in Rechnung stellen, daß Frau Kei-kung das erste schöne weibliche Wesen war, das ich, seit der Mond zweimal gewechselt hat, aus der Nähe gesehen, auch kann es sein, daß die gewissen, seit dieser Zeit unbefriedigten Körpersäfte in mir – ein höchst natürlicher Vorgang – meine Sinne dahingehend beeinflußt haben, daß sie Dinge schärfer wahrgenommen haben, die sonst dezenter zu betrachten sind. Tatsache aber ist, daß die Dame Kei-kung ein Kleid trug, das schon mehrfach erwähnte weithinleuchtende Wellenkleid, das, obwohl den Körper bedeckend, in äußerst spannender Weise mehr enthüllte als verbarg. Tatsache ist weiter, daß die Dame Kei-kung – nun: es war ein sehr warmer, fast heißer Sommerabend, der erste seit tagelangem Regen – kein Unterkleid trug und unter dem Kleid, wie ich mit wenig Anstrengung meiner Augen beobachten konnte, völlig nackt war.
Ist es auf den Mo-te Shang-dong oder auf meine unbefriedigten Körpersäfte zurückzuführen, daß ich außerdem meinte: Frau Kei-

kung habe meine genaue Beobachtung ihres Körpers, die ihr unmöglich entgangen sein kann, nicht nur nicht mit Ablehnung, sondern mit Wohlwollen erwidert? Sie hat sich ein paar Mal so hingesetzt, daß ich die Gelegenheit hatte, meine Beobachtungen – im wahrsten Sinne des Wortes – bequemer zu vertiefen. Einige Male schaute sie zu mir her, während des Gespräches, und – als habe sie erraten, was ich dachte – nahm ihr Augen-Scheiben-Gestell ab ... um mir zu zeigen, was sie damit macht, während man sie beschläft? Ich gestehe, daß ich in der Nacht schlecht geschlafen habe. Ich bin – gegen meine Gewohnheit – mehrmals aufgewacht und war in Schweiß gebadet, und im halben Schlaf und im dämmrigen Wachen torkelte vor meinen Augen das bunte Wellenkleid hin und her und alles, was es verbarg oder eben nicht verbarg.
Aber da war natürlich auch noch der andere Herr, dessen Name zu lang war, als daß ich ihn mir gemerkt hätte, und Herr Shi-shmi. Ich kann nicht annehmen, daß Herr Shi-shmi und dem anderen Mann das Kleid der Dame, und was es durchscheinen ließ, entgangen sein könnte. Ich muß sogar befürchten, daß Herr Shi-shmi einige meiner – nun ja wohl naheliegenden – Gedanken erraten hat. Bereut er es, daß er mich zu der Dame mitgenommen hat? Hat er eine mönchischere Gesinnung von mir erwartet? Da wäre er entweder töricht, oder er hätte die Dame Kei-kung vorher nie richtig beobachtet. Bei einer Frau vom Zuschnitt der Dame Kei-kung – gerade weil sie alles andere als eine Kurtisane ist – mönchische Gesinnung zu bewahren, ist nur möglich, wenn man Eunuche oder achtzig Jahre alt ist; und selbst da zweifle ich. Bei der Rückfahrt, die wir wieder in einem gemieteten A-tao zurücklegten, sprach Herr Shi-shmi kein Wort mit mir. Gut – es mag sein, ich sehe das alles zu problematisch. Vielleicht war Herr Shi-shmi auch nur müde und hatte ebenfalls zu viel Mo-te Shang-dong getrunken. Heute früh ist er fortgegangen, ohne daß ich ihn gesehen hätte. Aber das tut er öfter.
Übrigens war noch etwas bei Frau Kei-kung: sie hat eine Katze. Diese ist ein edles Tier und ähnelt unseren Katzen. Sie war so

zutraulich zu mir und schnurrte im Lauf des Abends gewiß vier- oder fünfmal auf meinem Schoß. Ich brauche dir nicht zu sagen, wie sehr ich dabei an meine ferne Shiao-shiao gedacht habe.
Aber was soll ich tun? Ich gestehe, daß mir der Gedanke unangenehm wäre (nur unangenehm?), Frau Kei-kung gestern das letzte Mal gesehen zu haben. Anderseits bin ich nicht in diese ferne Welt gefahren, um erotische Abenteuer zu erleben, sondern um Erkenntnisse zu sammeln. Nun – ich werde sehen, wie es ist, wenn heute abend Herr Shi-shmi wieder nach Hause kommt: ich werde aus seinem Verhalten ablesen können, ob ich ihn gekränkt habe, und wenn ja, ob er wieder versöhnt ist. Davon wird alles abhängen. Letzten Endes ist er mir wichtiger als Frau Kei-kung.
Du, mein Fruend, bist mir am allerwichtigsten, womit Dich grüßt Dein ferner

Kao-tai

Zwölfter Brief

(Donnerstag, 26. August)

Geliebter Dji-gu.

Seit ich weiß, daß ich nicht im Reich der Mitte, sondern durch fehlerhafte Berechnung in einem fernen Land angekommen bin, ist mir vieles klarer. Selbst die Großnasen und Lautbrüller brächten es nie fertig, die Hügel um unsere Erhabene Kaiserstadt so vollständig abzutragen und das ganze Land einzuebnen. Herr Shishmi, mit dem ich nun schon fast so flüssig rede wie in unserer Sprache (auch im Lesen habe ich ungeheure Fortschritte gemacht), war nie im Reich der Mitte, das er Chi-na (andere sagen Shi-na) nennt, und weiß nicht, wie es heute dort aussieht. Er hat aber Berichte davon. Jeden Tag erscheint eine Zeitung, die Herr Shishmi ins Haus gebracht bekommt. In der Zeitung, die vor ein paar Tagen gekommen ist, war ein Bericht über die heutigen Zustände im Reich der Mitte. Es waren auch (sehr gut gestaltete) Bilder dabei. Ich habe danach nicht viel Hoffnung, daß dort in »Chi-na«

die Sachen anders stehen als hier. Nur haben – immerhin – unsere dortigen Urenkel wenigstens keine so großen Nasen. Das nicht. Auch die Hügel um die Erhabene Hauptstadt K'ai-feng, die heute durch das nördliche Pei-ching abgelöst ist, seien, meint Herr Shi-shmi, wohl nicht abgetragen, und die Wasser des Huang-ho flössen immer noch so wie vor tausend Jahren.
Dorthin zu fahren, sagt Herr Shi-shmi, sei aus politischen Gründen unmöglich, abgesehen davon, daß die Reise sehr lang und außerordentlich kostspielig ist. Aber dieser Punkt wäre nicht entscheidend. Im Vertrauen gesagt: Herr Shi-shmi verfügt über keine Reichtümer und sein Einkommen – er bezieht es von einer Akademie, die nur entfernt unserer kaiserlichen Dichterakademie »Neunundzwanzig moosbewachsene Felswände« ähnelt – erreicht im Jahre knapp den Erlös, den ich für fünf meiner Silberschiffchen erzielen kann. Herr Shi-shmi lebt nicht schlecht, aber eine Reise nach »Chi-na« könnte er sich nicht ohne weiteres leisten. Mit aller gebotenen Rücksicht, um ihm nicht das Gefühl zu geben, ich hielte mich wegen meiner fünfzig Silberschiffchen für bedeutender, als er ist – wobei ich, unter uns gesagt, in unserer Rangordnung ziemlich weit über ihm stünde –, habe ich ihn gebeten auszurechnen, wieviel Geld in hiesiger Währung wir für die restlichen 48 Silberschiffchen erzielen könnten. Es ergab einen horrenden Betrag, der leicht ausreichte, die Kosten einer Reise nach »Chi-na« zu decken, und ich könnte sogar Herrn Shi-shmi dazu einladen und seine Kosten mitübernehmen. Nach gebotener Höflichkeits-Ziererei sagte Herr Shi-shmi endlich, daß er unter den gegebenen Umständen bereit sei, mein Angebot anzunehmen, da er sich ja anderseits damit revanchieren könne, daß er mich weiter in seiner Wohnung beherberge.
Vorsichtig tastete ich seine Reaktion auf einen weiteren Vorschlag ab: ob man auch Frau Kei-kung einladen könne, mitzufahren. (Das Geld reicht auch dafür ohne weiteres.) Herr Shi-shmi verzog keine Miene. Er sagte, man müsse dazu die Dame Kei-kung selber fragen. Aber was er wirklich dachte, habe ich natürlich an seinem Gesicht nicht ablesen können.

Das alles jedoch sind untergeordnete Probleme, denn das schwierigste ist die politische Situation und die Tatsache, daß man von hier aus nicht ohne weiteres in das Land der Mitte reisen kann, wenn man will.
Das wird Dir sehr schwierig sein, zu verstehen. Viele Abende habe ich Herrn Shi-shmi zugehört. Er ist ja Historiker (habe ich Dir das schon geschrieben? Es sind inzwischen so viele und so lange Briefe – an Seiten wohl zehnmal soviel wie Du mir geschrieben hast, Geliebtester –, daß ich nicht mehr im einzelnen weiß, was ich Dir schon berichtet habe und was nicht), Herr Shi-shmi ist Historiker und hat mir das alles erklärt, wie es zu dieser ungünstigen politischen Situation gekommen ist. Ich werde versuchen, einigermaßen bündig zusammenzufassen, was Herr Shi-shmi – sehr kontinuierlich und aus einem vollen Wissen schöpfend – an den vielen Abenden erzählt hat.
Es ist wieder einmal so, daß ich kaum weiß, wo ich anfangen soll. Ich beginne mit der Zeitrechnung der Großnasen. Vor etwa tausend Jahren unserer Zeit (und damit vor knapp zweitausend Jahren der hiesigen), also etwa gegen Ende der Dynastie Frühere Han und – wenn ich richtig rechne – kurz vor der Regierungszeit des Usurpators Wang Mang, wurde der Prophet geboren, an den die Großnasen glauben. Mit der Geburt dieses Propheten beginnt ihre Zeitrechnung. Auch über den Propheten – der in gewisser Weise unserem Erhabenen auf dem Aprikosenhügel ähnlich ist – hat mir Herr Shi-shmi viel erzählt, aber das will ich dir später in einem eigenen Brief mitteilen.
Etwa um die Zeit der Geburt dieses Propheten – den die Großnasen zumeist als Gott verehren – regierte in einer großen Stadt weit südlich von Min-chen, jenseits der Berge, ein Kaiser, den Herr Shi-shmi als Gründer des fast bis auf seine Zeit geltenden Staatssystems betrachtet und hoch schätzt. Der Kaiser hieß Hao-go-shu und die Stadt hieß Lom. Die Stadt gibt es immer noch und sie heißt immer noch Lom, bei ihren eigentlichen Bewohnern aber Lo-ma. Ein hohes Gebirge – im Grunde genommen eine dreifache Kette von Gebirgen – trennt das Land Ba Yan von dem Land, in dem die

Stadt Lom liegt, und jenes Land liegt auch am Meer. Dort ist es wärmer als hier und es regnet nicht so oft. (Die Wetterbesserung an jenem Tag, als wir Frau Kei-kung besuchten, die ihr auch gestattete, das unvergleichliche bunte Wellenkleid zu tragen, durch das ihr nicht minder unvergleichlicher Körper zu sehen war, war nur vorübergehend. Herr Shi-shmi nennt solche Schönwettereinbrüche Tsi-wi-shen-cho. Seit vier Tagen regnet es schon wieder. Der Wind biegt die Äste der Kastanien vor dem Haus. Die Vögel schweigen. Shei-we-ta.) Ich fragte Herrn Shi-shmi, warum dann um alles in der Welt die Großnasen (ich gebrauche diesen Ausdruck Herrn Shi-shmi gegenüber natürlich nicht) hier in diesen Landstrichen des Shei-we-tas siedeln und nicht dort im Land der Stadt Lom?

Ja, das sei einmal das Problem gewesen, das das Reich des Kaisers Hao-go-shu von Lom oder vielmehr von dessen Nachfolgern erschüttert habe. Aber dazu mußte er – und muß auch ich jetzt – weiter ausholen. Die Bedeutung des Kaisers Hao-go-shu liege darin, daß er das erste dauerhafte Reich geschaffen habe. Vor ihm habe es zwar auch verschiedene größere Reiche gegeben, aber die seien alle nur von begrenzter Ausdehnung oder von kurzer Dauer gewesen. Es war wohl insgesamt so, wie die Zustände bei uns vor dem Kaiser Shi-hoang-li oder noch früher waren: es gab eine Reihe von Staatswesen, mehr oder weniger bedeutend, die, alle um den Kern einer großen Stadt ausgerichtet, miteinander konkurrierten, gelegentlich harmonierten, aber meist um die Vormacht rivalisierten. Die Stadt Lom, ursprünglich unbedeutend, stieg dank der Tätigkeit und sittlichen Kraft ihrer Bewohner langsam zu beherrschender Stellung auf, verleibte sich nach und nach erst die benachbarten Städte und dann die ferner gelegenen Städte ein, und als endlich Hao-go-shu an die Macht kam, vereinigte er das ganze damalige Land der Großnasen zu *einem* Reich, dem Reich von Lom. Die Bedeutung des Kaisers Hao-go-shu – die Erforschung von dessen Leben und Wirken scheint mir das Spezialgebiet von Herrn Shi-shmi zu sein – lag nicht so sehr in seiner Eigenschaft als Feldherr, Held und Heerführer, sondern als Friedensfürst. Persönlich sei er eher ein nüchterner und trockener Mensch gewesen, weshalb sich die Historiker nicht so gern ihm zuwenden, sagt Herr Shi-shmi, denn die Ordnungsstiftung sei weniger sensationell als die Taten von Leuten, die alles durcheinanderbringen. (Genau wie bei uns.) Kaiser Hao-go-shu also hat das Reich geeint, die Verwaltung geordnet, gerechte Gesetze erlassen, das Geld- und Handelswesen geregelt, die Räuber und Piraten ausgerottet – ganz ähnlich unserem Shih-huang-ti – und eine befestigte Grenze gegen die nördlichen Barbaren errichtet – auch wie Shih-huang-ti.

Das alles war, wie gesagt, um die Zeit, als bei uns der Usurpator Wang Mang die Dynastie Frühere Han stürzte. So bestanden also damals und danach noch lange Zeit zwei Reiche, das unsere, das Erhabene Reich der Mitte, und das Reich der Großnasen von Lom, und keines hatte eine Ahnung von der Existenz des anderen, und sollte noch für viele Jahrhunderte keine Ahnung haben. Was aber, fragte ich, lag zwischen den beiden Reichen? Herr Shi-shmi meinte: dazwischen lagen Berge und Meere, damals wenig besiedelt, unwegsame Gelände, bevölkert von wenig gebildeten Stämmen, eigentlich: nichts.

Nun gut; aber wie ging es weiter? Der Kaiser Hao-go-shu begründete so etwas wie eine Dynastie, die, sagt Herr Shi-shmi, wenn man den Begriff Dynastie nicht zu eng versteht, bis fast in seine, Herrn Shi-shmis Zeit, reicht. Das Kennzeichen, das Staatssymbol quasi dieses von Hao-go-shu gegründeten Reiches sei einerseits der Adler gewesen (der später als Adler mit zwei Köpfen dargestellt wurde), andererseits die festgefügte Ansicht, daß die Macht des Kaisers diesem von der Gnade des Himmels verliehen worden sei. Das sei – auf den Kern zurückgeführt – die Säule der Macht gewesen. Noch Herrn Shi-shmis Vater ist unter der Herrschaft eines Kaisers aus dieser Tradition geboren, Herr Shi-shmi selber nicht mehr. Übrigens spricht Herr Shi-shmi, wofür ich wenig Verständnis habe, von diesem Kaiser sehr ehrfurchtslos. Der Kaiser hieß Wi-li, und Herr Shi-shmi nennt ihn: den Kaiser mit dem Kopf aus Holz. Seiner Dummheit sei es, sagt Herr Shi-shmi, letzten Endes zuzuschreiben, daß das Reich untergegangen sei – aber, fügte er hinzu, gerechterweise müsse man sagen, daß die Zeit für den Untergang des Reiches einfach reif gewesen sei. Auch ein weiser Herrscher hätte den Untergang nicht mehr als vielleicht um eine Generation hinausschieben können.

Aber zurück zu dem eigentlichen und ursprünglichen Reich des Kaisers Hao-go-shu, das in der Form, wie es gegründet wurde, an die 500 Jahre bestand, obwohl sich bereits nach dreihundert Jahren – also etwa in der Zeit, als bei uns die Dynastie Östliche Chin regierte – zwei Kaiser in die Macht teilten, ein östlicher und ein westlicher. Jeder nahm für sich in Anspruch, der wahre Kaiser zu sein; nicht viel anders als bei uns.

Um die Zeit aber, als sich das Reich von Lom teilte und damit kommt eine für mein Gefühl ungesunde Bewegung in die Geschichte der Großnasen, die bis heute nicht ausgeklungen ist –, rückten von Norden her, von den Regenländern, Völkerschaften heran, völlig fremd den Leuten von Lom, weißhäutig und fahlhaarig, die, was man ihnen nicht verdenken kann, auch Anteil am Leben in den sonnigen Ländern haben wollten. Ich will die Einzelheiten jetzt hier nicht aufführen, die ich im übrigen auch gar nicht im Kopf behalten habe bei der Fülle von Fakten, die mir Herr Shi-shmi erklärt hat. (Er nahm auch Landkarten, genealogische Tabellen und bildliche Darstellungen zu Hilfe. Unter anderem zeigte er mir ein sekundäres Bild jenes Kaisers Hao-go-shu, also das Bild eines Bildes, besser gesagt: das Bild einer Statue. Schon Kaiser Hao-go-shu hatte ganz deutlich eine Großnase.) Ich übergehe also die Details. Es gab, als die nördlichen Bleichhäute anrückten, ein großes Durcheinander. Das westliche Reich ging unter, das östliche verkümmerte und fiel später dem Ansturm einer Volkshorde zum Opfer, die, so sagt Herr Shi-shmi, uns geläufig sein müßte, denn sie sei verwandt mit den barbarischen Stämmen im Nordwesten, die uns ja auch zu Zeiten beschwerlich fallen. Das Westreich von Lom richteten die nördlichen Bleichhäute etwa um die Mitte der Regierungszeit der Dynastie T'ang (genauer: etwa als unser Kaiser Hsüa-tsung die Regierung antrat)

in veränderter Form wieder auf. Ihre Fürsten unterstanden zwar dem Namen nach dem Kaiser, machten sich aber zunehmend selbständig und grenzten ihre Herrschaften gegeneinander ab. So entstand ein mächtiges Reich hier, nördlich des Dreifachen Gebirges, ein anderes weiter im Westen, eins auf einer Insel im westlichen Meer, mehrere Reiche im Norden und so fort. In der Sprache und in der Sitte entfernten sie sich immer weiter voneinander, eine eigentliche einheitliche Geschichte gibt es nicht, wenn auch die Staatsidee des großen Hao-go-shu aufgesplittert und sozusagenden vervielfacht weiterlebte und – wirkte.
Ich habe lange darüber nachgedacht, wie ich den Unterschied der Geschichte unseres Reiches gegenüber dem der hiesigen Weltgegenden erfassen soll. Du mußt es Dir vielleicht so vorstellen: die Geschichte unseres Erhabenen Reiches der Mitte ist den Geschikken einer großen, weitverzweigten Familie vergleichbar, deren Mitglieder sich zwar oft und mit Ausdauer in den Haaren liegen, aber dennoch *ein* großes, offenes Haus bewohnen, die gleiche Sprache sprechen und nie vergessen – sei es auch mit Erbitterung –, daß sie zu *einer* Familie gehören. Die Geschichte der hiesigen Welt gleicht dem Leben in einer Herberge: in jedem Zimmer lebt ein Gast für sich, alles ist eine durch Zufall zusammengewürfelte Gesellschaft, keiner weiß vom anderen, woher er kommt, keiner versteht den anderen, und jeder sucht nur seinen Vorteil.
Daß die Großnasen bei solcher Entwicklung ihrer Geschichte – die, daran zweifle ich nicht, in ihrem Charakter angelegt ist – kulturell auf keinen grünen Zweig kommen können, scheint mir auf der Hand zu liegen. Ob dann ihre ständige Sucht zur Veränderung Ursache oder Wirkung dieser Entwicklung ist, vermag ich nicht zu sagen. Keinen Zweifel hege ich darüber, daß der barbarische Zustand ihrer heutigen Kultur aber auf diese kleinlich nach innen gerichtete Politik zurückzuführen ist, die sie offenbar bis auf den heutigen Tag betreiben.
Aber wie ging es weiter? Vor etwa fünfhundert Jahren – also: fünfhundert Jahre nach unserer Zeit und fünfhundert Jahre vor der Zeit, in der ich hier lebe – kam wieder Bewegung in die

Geschichte der Großnasen. Ein eigensinniger Mann aus einem der südlichen Königreiche segelte nach Westen und entdeckte, daß es außer dem Reich der Mitte und den hiesigen Ländern der Großnasen noch eine riesige Landmasse gab, von der bis dahin kein Mensch eine Ahnung gehabt hatte. Jene Landmasse, die sich durch mehrere Ozeane von Norden nach Süden erstreckt, nannte man Am-mei-ka, und die wenigen Einwohner hatten die Großnasen binnen kurzer Zeit ausgerottet. Wie sich die Großnasen, sagt Herr Shi-shmi, dort zuzeiten aufgeführt hätte, erfülle ihn heute noch mit tiefster Beschämung. Herr Shi-shmi las mir zeitgenössische Berichte vor, in denen das, was die Großnasen beschönigend Kolonisation nennen, geschildert ist. Ich sage Dir: es spottet jeder Beschreibung. Wir, die Angehörigen des Volkes der Mitte, sind gewiß auch keine Tugendstandbilder, und wenn man so liest, was die alten Kaiser und Heerführer mit den jenseits der Großen Mauer wohnenden Stämmen gemacht haben, überläuft einen auch die Gänsehaut. Aber das alles ist nichts im Vergleich zum Verhalten der Großnasen den Urbewohnern von Am-mei-ka gegenüber. Wenn es eine Gerechtigkeit des Himmels gibt, kann das den Großnasen kein Glück bringen; und – scheint mir – es hat ihnen auch kein Glück gebracht.

Nachdem die Einwohner von Am-mei-ka beseitigt waren, siedelten dort Ableger der hiesigen Großnasen. Das Land oder die Luft dort scheint ungeheuer fruchttreibend zu sein, denn die Großnasen vermehrten sich in Am-mei-ka wie die Kaninchen, und heute gibt es, sagt Herr Shi-shmi, heute, nach nur 500 Jahren, in Ammei-ka insgesamt mehr Großnasen als hier in ihren Stammländern. Herr Shi-shmi hatte schon mehrfach Gelegenheit, dorthin nach Am-mei-ka zu fahren und sich die Sache anzusehen. Er sagt: durch die größere Weite des Landes dort und die nahezu unbegrenzten Möglichkeiten zur Entfaltung hätten sich die typisch großnasischen Charakterzüge in Am-mei-ka besonders stark herausentwickelt, namentlich die Sucht, von sich selber fortzuschreiten. Wenn ich schon von der Größe, dem Lärm und dem Gestank Min-chen erschrecke, so sei das noch gar nichts gegen Größe,

Lärm und Gestank der Städte in Am-mei-ka. Es gäbe dort Häuser, die seien so hoch, daß sie mit Recht »Ich kratze die Wolke« heißen. Solche Häuser stünden in unvorstellbar beängstigenden Knäueln zusammengedrängt. In den Schluchten dazwischen tose der Lärm Tag und Nacht. Das Leben – sofern man das Leben nennen könne – brodle sozusagen Schicht auf Schicht aufeinander, und wer verdammt sei, unten zu leben, sähe den Himmel nie, und wer oben lebe, sähe auch nur einen dunstigen Schatten des Himmels. Solche versteinerten Riesenschlangen-Knäuel von Städten gäbe es unzählige. Sie seien heute den Regierenden schon aus der Hand geglitten und es herrsche nur noch Brutalität und Terror. Ich solle froh sein, sagt Herr Shi-shmi, daß ich nur in Min-chen auf diese Welt gekommen sei und nicht in einer dieser Städte in Am-mei-ka.

Selbstverständlich ist die Entwicklung dieses Reiches jenseits des Meeres nicht ohne Einfluß auf die hiesige Geschichte geblieben. Lang, sagt Herr Shi-shmi, habe man hier in den engen Zimmern der Konkursmasse des alten Reiches Lom das Land Am-mei-ka nur als koloniales Anhängsel betrachtet und dessen aufstrebende Macht nicht ernst genommen. Vor etwa siebzig Jahren aber sei hier in der »Alten Welt« (wie Herr Shi-shmi die Heimat der Großnasen nennt) wieder einmal ein Krieg entstanden, den unter anderem jener Kaiser Wi-li mit dem hölzernen Kopf vom Zaun gebrochen habe. Worum es denn in jenem Krieg ging? fragte ich. Das wisse eigentlich kein Mensch, so wenig, wie man wisse, warum Kinder oder Weiber untereinander stritten. Um nichts, eigentlich. Aber Tausende von Tausenden von Tausenden Toten habe es gegeben. Die einzelnen Staaten und Königreiche hätten sich darin überboten, Vernichtungsmaschinen zu erfinden, die immer grausamer waren. Es habe dann solche Maschinen gegeben, die in der Lage gewesen seien, hundert oder gar tausend gegnerische Soldaten auf einen Schlag zu Pulver zu zerreiben. Der Krieg habe vier Jahre gedauert, und danach habe kaum noch einer der Großnasen, sofern er den Krieg überhaupt überlebt hat, mehr als ein Bein, einen Arm und ein Auge besessen. Danach sei ein zweiter Kreig gekommen, den ein Pseudokaiser angezettelt habe, der ein solches Scheusal gewesen sei, daß – sagt Herr Shi-shmi – er ihm das Schlimmste antun wolle, was einem Historiker zur Verfügung steht: er weigere sich, sich seinen Namen zu merken. Diesen zweiten Krieg hat Herr Shi-shmi als Kind noch miterlebt. Er hat viele grausame Einzelheiten erzählt, die ich hier nicht berichten will. Du kennst Kriege, lieber Dji-gu, ich kenne sie. Sie sind in den tausend Jahren nicht anders geworden, und ihr Grund ist hier kein anderer als bei uns: das Überhandnehmen der Dummen oder das Überhandnehmen der Dummheit bei den Mächtigen.

Die eine Partei in diesen beiden Kriegen hat, als sie in die Klemme kam und als das Kriegsglück drohte, sich zu ihren Ungunsten zu wenden, den Obersten Fürsten von Am-mei-ka zu Hilfe gerufen. Es ist immer dasselbe: sofort sind die Leute von Am-mei-ka gekommen (mit Schiffen über das große Meer), haben mit frischen Truppen den Krieg entschieden – und sind geblieben. Das kennen wir alles auch ...

Das heißt – sagt Herr Shi-shmi – geblieben in dem Sinn, daß die seinerzeitigen Kolonisten in die »Alte Welt« zurückgewandert seien, seien sie nicht. Sie hätten nur ihre Abgesandten, Bevollmächtigen und Kaufleute zurückgelassen, hätten ihrerseits die »Alte Welt« kolonisiert, und jetzt – sozusagen ehe man's sich versehen habe – sei die »Alte Welt« nichts mehr als ein Anhängsel des mächtigen Am-mei-ka. Das sei – sagt Herr Shi-shmi – jedem denkenden in Ba Yan und jedem anderen Land ohne weiteres klar ... nur gebe man die Abhängigkeit ungern zu, und man räche sich für die Abhängigkeit, indem man sich in der »Alten Welt« für etwas Besseres dünke und viel auf die Tradition halte.

Es ist nicht anders als das Verhalten eines verarmten Adelsgeschlechtes einem Neureichen gegenüber, dem es seine Töchter verheiraten muß, um nicht zu verhungern. Ins Gesicht hinein wird mit dem Neureichen geredet wie mit seinesgleichen, aber wenn man unter sich ist, bricht der alte Dünkel hervor. Und der

Neureiche ist kindisch genug, sich vom verstaubten Ruhm, der nichts anderes mehr ist als eine hohle Nuß, blenden zu lassen. Aber das alles ei, sagt Herr Shi-shmi, nur die eine Seite. Es gibt noch eine andere, denn die Welt ist geteilt: die Kugelerde wie ein Apfel mitten auseinandergeschnitten, nur nicht so klar wie bei einem Apfel. Das andere Reich, das östlich der »Alten Welt« liegt – durch kein Meer getrennt – ist zwar ziemlich alt, älter als Am-mei-ka, aber auch erst in den letzten beiden Generationen zur Macht gekommen. Das sei ein äußerst komplizierter Vorgang gewesen, und im westlichen Reich Am-mei-ka schlage man sich fortwährend ans Hirn, wie man Fehler über Fehler machen konnte und den Aufstieg des Reiches der Lu-sen im Osten nicht unterbunden habe. Vor dreißig Jahren sei es noch möglich gewesen, heute nicht mehr. Es sei also so: die beiden Reiche, das von Am-mei-ka und das der Lu-sen stehen sich bis an die Zähne bewaffnet feindlich gegenüber. Lieber heute als morgen würde jedes über das andere herfallen, aber keiner wagt es, weil keiner die wirkliche Stärke des anderen genau abzuschätzen vermag. So stehen die beiden Riesen da, fletschen die Zähne, treten einander ab und zu – nicht zu fest – gegen das Schienbein und sind vor allem damit beschäftigt, sich ja nicht umzudrehen, weil sonst der andere die Gelegenheit ergreifen würde, dem Gegner eins über den Schädel zu ziehen. Dabei wäre eins über den Schädel ziehen harmlos. Die Großnasen haben weit gefährlichere Waffen. Pfeil und Bogen sind durch weithin reichende Feuer-Peitschen ersetzt, die in der Lage sind, selbst entfernte Leute mit Bleiklümpchen zu durchlöchern. Die Feuerpeitschen – zum Teil dann auf gepanzerte A-tao-Wägen montiert – sind zu Elefantengröße angewachsen, die mit einem einzigen Schlag ganze Häuserzeilen auf große Entfernung hin zermalmen können. Ich habe dies alles – dem Himmel sei Dank – nicht erlebt und nicht gesehen, aber Herr Shi-shmi hat mir Abbildungen in einem illustrierten Buch aus dem letzten Krieg gezeigt und die schaurigen Einzelheiten erklärt. Dabei sind die Waffen, die in jenem Krieg verwendet wurden, heute nur noch als Spielzeug zu gebrauchen, sozusagen.

Aber gegen Ende dieses letzten Krieges, das ist von hier aus gesehen etwa vierzig Jahre her, ist man auf etwas ganz Scheußliches draufgekommen. Wieder einmal muß ich, um Dir dies zu erklären, weiter ausholen. Denke Dir: Man teilt einen dünnen Holzstab. Dann wirft man die eine Hälfte fort. So hat man einen Holzstab halb so lang wie ursprünglich. Nun teilt man den halben Holzstab und erhält, logischerweise, einen Holzstab von einem Viertel der ursprünglichen Länge. Dann teilt man ihn wieder und nochmals und abermals und so fort, und der Holzstab wird immer kleiner und kleiner. In Gedanken kannst Du das unendlich fortspinnen, aber in Wirklichkeit kommt einmal ein Punkt, da kann man den inzwischen auf das Zehntausendstel eines Läuseohrs geschrumpften Holzstab nur noch einmal teilen – und dabei gibt es einen fürchterlichen Knall. Warum? Da gibt es Theorien, die die Großnasen in dicken Büchern beschrieben haben. Herr Shi-shmi, der kein Fachmann ist, hat mir das, was ich Dir nur verkürzt und sehr stark vereinfacht wiedergebe, zu erklären versucht. Sofern ich die Erklärungen behalte, kann ich sie Dir nach meiner Rückkehr in der Geborgenheit unserer Zeitheimat an ein paar Sommerabenden wiedergeben. Für heute begnüge Dich bitte mit der Mitteilung, daß das so ist.
Wozu taugt es aber nun, ein Holz (oder einen Stein oder einen Kübel Wasser) so lange zu teilen, bis es knallt? Nach unserer, nach Deiner, nach meiner Meinung zu gar nichts. Nicht so in den Augen der Großnasen. Sie sind sofort auf die Idee gekommen, daß man mit Hilfe des Knalls, der entsteht, wenn man das Zehntausendstel eines Läuseohrs teilt, eine Bombe konstruieren kann, die von unvorstellbarer Fürchterlichkeit ist. Und solche Bomben sind geworfen worden, wahrscheinlich letzen Endes aus Neugier, was da passiert. Die Neugier hat Tausende von Menschen auf einen Schlag das Leben gekostet, zwei Städte wurden ausradiert. Es gab nicht einmal Leichen, nur gestaltlose Aschenberge. Auch davon hat mir Herr Shi-shmi Bilder gezeigt.
Nun möchte man meinen, daß die Großnasen von weiterer Neugier in dieser Richtung abgeschreckt worden wären – weit gefehlt.

Sie haben die Teilungs- oder Spaltungsbombe noch verfeinert. Heute könnten sie ganze Länder mit einem Schlag auslöschen und die Meere aufs Land schütten. Nur ausprobiert haben sie es nicht – *noch* nicht.

Mit solchen Knüppeln in den Händen also fletschen sich die Generäle der beiden mächtigen Reiche zu, *solche* Zähne zeigen sie sich. Da die Vernunft noch nie die erste Tugend war, die einem einfällt, wenn man ans Militär denkt, kannst Du ermessen, auf welchem dünnen Seil über einem Abgrund die hiesige Welt balanciert.

Ich hieb – ganz unhöflich, aber es war ja nicht gegen ihn gerichtet – mit der flachen Hand auf den Tisch und sagte zu Herrn Shi-shmi: ja ist es denn nicht möglich, den Generälen diese schrecklichen Waffen zu entwinden? Stehen denn nicht die Denkenden auf und schreien: jetzt ist aber Schluß ... Ja, sagte Herr Shi-shmi, nein – das ginge nur, wenn beide, die Generäle von Am-mei-ka und die Generäle der Lu-sen die Knüppel gleichzeitig wegwürfen. Aber jeder sagt: du zuerst. Und jeder sagt: haha, und sobald ich ihn weggeworfen habe, haust du mir, statt wie vereinbart deinen Knüppel wegzuwerfen, den Schädel ein. Nein – wirf *du* zuerst den Knüppel weg – haha, sagt der andere ...

Seit Jahren, sagt Herr Shi-shmi, tagt eine Konferenz von Ministern und Generälen beider Länder, die diesen Dialog ununterbrochen fortspinnen. Aber immerhin, fügte Herr Shi-shmi hinzu, schlagen sie nicht zu, solange sie sich unterhalten.

Du fragst natürlich jetzt schon längst: und das Ewige, machtvolle Reich der Mitte? Wo bleibt das in dem politischen Weltsystem von tausend Jahren nach uns? Nur Geduld. Um es Dir, teurer Dji-gu, verständlich zu machen, muß ich wiederum weit ausholen.

Daß sich die ganze vorhandene Gewalt zwei Reiche teilen, die sich – solange die Stärke auf Messers Schneide steht – scheinbar friedlich gegenüber stehen, aber nur darauf warten, daß sich ein Vorteil zu den jeweils eigenen Gunsten ergibt, um dann sofort über den Rivalen herzufallen, kennen wir aus unserer eigenen Geschichte. Du, der Du in der Wissenschaft von der Tiefe der

Jahre besser bewandert bist als ich, könntest wahrscheinlich fünf solcher Epochen als Beispiele heranziehen.
Was neu hier ist: nicht zwei verschiedene um den Vorrang kämpfende Dynastien, nicht zwei verschiedene Religionen verkörpern sich in den Reichen Am-mei-ka und Lu-sen, sondern zwei verschiedene Anschauungen von der irdischen Seligkeit der Bürger, was – soweit ich es beurteilen kann – in den Augen der Regierenden unmittelbar damit zusammenhängt, auf welche Weise die Staatskassen am besten zu füllen sind. Die eine – die Staatstheorie des Reiches Am-mei-ka – besagt, daß man jeden tun und lassen soll, was er will, selbst den Dümmsten. Die Geschäftstüchtigen werden sich durchsetzen, so wie das stärkste Ferkel den besten Platz an der Zitze erkämpft. Die Regierung beobachtet die ganze Sache, wartet, bis sich die Stärksten hervorgetan haben und lobt und ehrt sodann diese. Diese Tüchtigen fühlen sich erhoben und vom Staat geschützt und zahlen zwar unwillig, aber doch in der Einsicht, daß sie dem allen ihre Stellung zu verdanken haben, die Steuern.
Als mir Herr Shi-shmi diese Staatstheorie erklärte, wandte ich ein: wie kann es dann anders sein, als daß dieses Reich ein Staat von Krämern und Pfeffersäcken wird? Geben da nicht die Kaufleute den Ton an? So ist es, sagte Herr Shi-shmi. Die Kaufleute, sagte Herr Shi-shmi, geben im Reich Am-mei-ka den Ton an, und ihr Ansehen ist größer als das aller Mandarine und Philosophen. Kann das gutgehen? Herr Shi-shmi zuckte mit den Schultern.
Die andere – die Staatstheorie des Reiches Lu-sen – geht davon aus (wo ihr, meine ich, wohl beizupflichten ist), daß die Bevölkerung, namentlich die in niederem Stand lebende, zu beschränkt ist, um zu erkennen, was ihr dienlich ist und was nicht. Daher regelt dort der Staat alles und jedes bis ins Kleinste, und keiner darf tun, was er will. Das bringt natürlich mit sich, daß ein ungeheurer Verwaltungsapparat aufgebaut werden muß, denn was normalerweise von allein geschieht, wenn man die Leute tun läßt, was sie wollen, muß jetzt verordnet werden. Sie haben, sozusagen, ein Ministerium, das bestimmt, daß die Flüsse abwärts fließen. Auch da hatte

ich einen Einwand: besteht dann dort nicht die Hälfte der Bevölkerung aus Beamten, die aufpassen, was die andere Hälfte tut? So ist es, sagte Herr Shi-shmi. Und die Steuern, fragte ich, die die Überwachten zahlen, decken gerade die Gehälter der Beamten? Ungefähr, sagte Herr Shi-shmi, obwohl die Regierung der Lusen dem Vernehmen nach doch noch einen gewissen Überschuß herausarbeitet. Vielleicht haben sie inzwischen ihr System verbessert, und es kommen auf drei Arbeiter nur zwei Beamte. Trotzdem sind sie bis heute, gemessen am Wohlstand des Reiches von Am-mei-ka, auf keinen grünen Zweig gekommen. Zumal, warf ich ein, die Korruption dort blühen dürfte, wo alles von Beamten geregelt wird? So ist es, sagte Herr Shi-shmi.

Weder in dem einen noch in dem anderen Reich gibt es eine regierende Dynastie, auch keinen Kaiser, jedenfalls keinen, der als Sohn des Himmels gälte oder sonstwie seine Macht auf die Gnade des Himmels zurückführte. Die Kaiser und die Könige sind abgeschafft, sagt Herr Shi-shmi, und man hat sie durch eine Art Ober-Mandarine ersetzt, die als Menschen gelten und keinen Anspruch auf göttliche Verehrung haben. Die Würde dieser Ober- oder Chef-Mandarine ist nicht erblich. Das scheint den Großnasen sehr wichtig zu sein. Es sei kaum jemals vorgekommen in den vielen Jahren, in denen das System jetzt gilt, daß der Sohn eines Ober-Mandarins auch Ober-Mandarin geworden ist. Man hütet sich davor. Ich nehme an: die Großnasen haben Angst, daß sich daraus eine Dynastie von Ober-Mandarinen bilden könnte, und daß es dann doch wieder einen Kaiser gäbe. Die heimliche Sehnsucht der Großnasen nach einem wirklichen Kaiser von göttlicher Herkunft scheint groß zu sein, wenn sie so ängstlich die Erblichkeit des Ober-Mandarinamtes umgehen. Ich kann es verstehen. Eine Welt ohne Regierung aus himmlischer Gnade? Kein Mensch bei uns könnte sich das vorstellen. Ich gehe auch nicht davon ab, daß unser Regierungssystem das natürlichere und für die Menschen angemessenere und wahrscheinlich auch das billigere ist.

Der Ober-Mandarin von Am-mei-ka wird von den Bewohnern

des Reiches gewählt, und zwar alle vier Jahre. Jeder bekommt einen Zettel und schreibt den Namen dessen darauf, den er für würdig hält, Ober-Mandarin zu werden. Hat so etwas die Welt schon gehört? Gut – meine Dichtergilde »Neunundzwanzig moosbewachsene Felswände« wählt auch den Ober-Dichter aus ihrer Mitte, und auch sie schreiben auf Zettel die Namen ... aber das sind 29 Mitglieder. In Am-mei-ka gibt es tausendmal-tausendmaltausend Bewohner, wohl dreißigmal mehr als im Reich der Mitte zu unserer Zeit leben. Wieviel Leute kennt einer? Die Familie, die Freunde, die Kollegen – alles in allem, wenn es hochkommt, zweihundert. Da kann doch niemand beurteilen, wer unter tausendmaltausendmaltausend der Würdigste ist? Wählt da nicht jeder nur sich selber (wie es das vorletzte Mal bei meiner Dichtergilde war)?
Ja und Nein, sagte auf diesen Einwand Herr Shi-shmi. Es wird da nämlich eine Vorauswahl getroffen. Ich solle mir das so vorstellen: die Kaufleute, die einflußreichsten Sippen dort im Land Am-mei-ka haben ein Interesse daran, daß einer der ihren oder zumindest ein Freund ihres Standes zum Ober-Mandarin gewählt wird. Sie schicken also Boten im Land umher, die den Namen dessen herumschreien, den die Kaufleute gewählt wissen wollen, und die dessen Bild überall hinkleben.
Warum wählen dann nicht gleich nur die Kaufleute den Ober-Mandarin? Warum fragt man dann überhaupt die anderen, unbedeutenden Leute? fragte ich.
Weil, sagte Herr Shi-shmi, die Kaufleute unter sich nie einig sind. Sie haben naturgemäß verschiedene Interessen und daher verschiedene Kandidaten. Das leuchtet mir, sagte ich, ein, es ist so wie bei uns: die Kohlenhändler ziehen es vor, daß die Leute nur wenig Kleider und dünne tragen, damit der Kohleabsatz floriert, während die Wollhändler den Kohlenhändlern schlechte Geschäfte wünschen, damit die Leute dicke Kleider tragen ...
So etwa ist es, sagte Herr Shi-shmi, und daher suchen die Boten im Land zu schreien, so laut es geht, und die anderen Boten zu überschreien, und noch größere Bilder ihrer Kandidaten an die

Wände zu kleben, möglichst noch über die Bilder der Gegner, grob gesprochen ...

Und wer die größten Bilder anklebt, fragte ich, dessen Kandidat wird gewählt? Abgesehen von gewissen Unwägbarkeiten, sagte Herr Shi-shmi, die immer noch eintreten können, könnte der Vorgang so dargestellt werden.

Kann denn bei diesem System, fragte ich, ein vernünftiger Kandidat bis zum Amt des Ober-Mandarins durchdringen? In Ausnahmefällen ja, sagte Herr Shi-shmi, aber in der Regel bringt dieses System – das sie (übersetze ich:) Volksherrschaft nennen – mit sich, daß nur Kandidaten erfolgreich sind, die zwei Voraussetzungen mitbringen: sie müssen von ihrer eigenen Bedeutung überzeugt sein und sie dürfen keinen eindeutigen Standpunkt haben. Denn ohne das eine, sagte Herr Shi-shmi, ohne die Überzeugung von der eigenen Bedeutung und Wichtigkeit hält es kein Mensch aus, so andauernd vom Wert seiner Person zu schreien, und ohne das andere, das Fehlen des Standpunktes, eckt er notgedrungen bei der Mehrheit an.

Das leuchtet mir sofort ein, sagte ich, aber folgt daraus nicht, daß die Ober-Mandarine Hohlköpfe sind und lügen? Denn nur ein Hohlkopf kann andauernd von der eigenen Bedeutung überzeugt sein. Einer, der denkt, zweifelt doch, zu allererst an sich selber? Und wer keinen Standpunkt hat, der muß doch wohl ununterbrochen lügen, ob er will oder nicht?

Sie sprechen, sagte Herr Shi-shmi, ein hartes Urteil über die Ober-Mandarine; aber es läßt sich nicht von der Hand weisen, daß das Urteil stimmt.

Übrigens werden nicht nur die Ober-Mandarine, sondern alle Kanzler, Mandarine, Gouverneure und so fort in dieser Weise gewählt, und nicht nur in Am-mei-ka, sondern in allen Ländern, die dieses System von dort übernommen haben, also in der halben Welt; auch in Ba Yan.

Wie aber ist es in der anderen Hälfte? Dort ist es einfacher, sagte Herr-Shi-shmi. Dort setzt nach dem Tod des regierenden Ober-Mandarins im Ober-Mandarinspalast ein Kampf bis aufs Messer

ein. Ein Mandarin bringt den anderen um, stößt ihn die Treppen hinunter, wirft ihn zum Fenster hinaus – bildlich gesprochen – und der stärkste bleibt übrig. Der tritt dann auf den Balkon, und das Volk jubelt ihm zu.
Dieses System, sage ich, ist mir geläufig.
Ja, sagte Herr Shi-shmi, das denke ich mir. Nur: auch dieses System legt Wert darauf, fast größeren sogar als das andere, eine Volksherrschaft genannt zu werden. Deswegen wird der eigentliche Vorgang der Machtergreifung im Land der Lu-sen ängstlich geheim gehalten und geleugnet.
Ja, sagte ich und zitierte ein Wort des alten Weisen vom Aprikosenhügel: »Regieren ist lügen«.
Nun gibt es, damit ich in der Sache weiterfahre und nicht ferner abschweife, sowohl Vasallenstaaten des einen wie auch des anderen Reiches, und wo die beiden Einflußsphären aufeinanderstoßen, haben sie eine Mauer ähnlich unserer Großen Mauer gebaut, nur, sagt Herr Shi-shmi, nicht so schön. Es sind aber da auch Reiche, kleinere und größere, die sich keinem der beiden Systeme angeschlossen haben. In den meisten Fällen, sagt Herr Shi-shmi, müsse man allerdings sagen: die *versuchen* sich keinem System anzuschließen, sondern einen eigenen und unabhängigen Weg zu gehen. Fast nie gelingt das. Entweder gehören die betreffenden Staaten insgeheim und ihrer eigenen Theorie widersprechend doch zu dem einen oder anderen Staatssystem, oder sie schwanken, je nach ihrem Vorteil, von einem zum anderen, oder sie sind restlos unbedeutend. Einzig, und das hat mich selbstverständlich mit Freude erfüllt, unser Ehrwürdiges Reich der Mitte – das auch längst keinen Kaiser mehr hat, sondern einen Ober-Mandarin – gehört zu keinem der beiden Systeme, und ist so, sagt selbst Herr Shi-shmi, nach vielen Jahren von Erniedrigung und Chaos wieder zu einem Reich der Mitte geworden. Es sei dort heute so, daß der Ober-Mandarin nach Art der Lu-sen bestimmt wird, nämlich durch Köpfen des Vorgängers, aber dennoch sind sich das Reich der Mitte und die verderblichen Lu-sen feindlich gesinnt, und das sähe das Reich

Am-mei-ka naturgemäß mit äußerstem Wohlwollen, um nicht zu sagen Schadenfreude.
So ungefähr, etwas vergröbert, aber nichtsdestoweniger wahr, sagt Herr Shi-shmi, stellt sich das Bild der Welt heute dar.
Das Reich der Mitte, so zwischen die feindlichen Blöcke Am-mei-ka und Lu-sen gezwängt, müsse darauf achten (zu seiner eigenen Sicherheit), daß niemand erfährt, was dort wirklich getan, gedacht und geplant wird. Ein sehr vernünftiger Standpunkt. Darum lassen die heute herrschenden Mandarine – unsere wirklichen Enkel, keine Großnasen – niemanden ins Land, der ihnen nicht ganz geheuer ist, und ich, das müsse ich ja wohl einräumen, wäre ihnen alles andere als geheuer. So ist es also ausgeschlossen, daß ich ins heutige Reich der Mitte fahre. Es würde mich auch schmerzen, sagte Herr Shi-shmi, zu sehen, wie dort das Andenken des großen K'ung-tzu mit Füßen getreten wird. Wird denn wirklich die Lehre des Weisen vom Aprikosenhügel heute dort verachtet?
Ja, sagte Herr Shi-shmi. Ich hüllte mein Gesicht in meinen Ärmel. Unsere Nachfahren sind zwar keine Großnasen geworden, aber klüger auch nicht.
So bleibe ich also hier; hier in Min-chen. Es hat den Vorteil, daß ich in der Nähe von Frau Kei-kung bin. Ich habe bei Herrn Shi-shmi vorsichtig vorgefühlt, wie er von einem weiteren Besuch bei der Dame denkt. Er hat ausweichend geantwortet. Ich will nicht stärker in ihn dringen, ihn nicht drängen. Es wird sich ergeben, wenn es sein soll. Wenn es eine Möglichkeit gäbe, ohne Herrn Shi-shmi zu kränken, würde ich ganz gern hier ausziehen und mir irgendwo in dieser Stadt eine eigene Wohnung mieten. Ich beherrsche die Sprache der Leute von Min-chen inzwischen so weit und bin so mit ihren Sitten vertraut, daß ich gut auf eigenen Füßen stehen könnte, und ich meine, daß ich das, was ich bei und von Herrn Shi-shmi lernen konnte – ich bin ihm ewig dankbar dafür –, gelernt habe, und daß ich Neues nur erfahre, wenn ich die Umgebung wechsle.
Aber auch das wird sich ergeben, wenn es sein soll. Der Brief ist

lang geworden. Es ist aber auch ein wichtiger Brief. Es grüßt Dich

Dein Kao-tai

Mandarin und Präfekt der kaiserlichen Dichtergilde »Neunundzwanzig bemooste Felswände«

Dreizehnter Brief

(Freitag, 3. September)

Liebster Dji-gu.

Wieder hat der Mond gewechselt. Es beginnt Herbst zu werden. Wenn ich am Morgen am Kanal entlang spaziere (dem Kanal, den ich anfangs für den »Kanal der blauen Glocken« hielt), ziehen leichte Schleier von Nebel auf. Manchmal ist es still, das Wasser plätschert, eine Mandarinente schwimmt im Kreis, und ich meine für Augenblicke, ich sei daheim.

Herr Shi-shmi hat mir eine wenig erfreuliche Bitte unterbreitet. Lange Gespräche sind vorausgegangen, die sich weit von den Gegenständen entfernten, die wir bisher besprochen hatten und die sich im Bereiche grundsätzlicher und philosophischer Natur erhoben. Herr Shi-shmi ist in großer Sorge um die Welt, um *seine* Welt. Um *unsere* Welt brauchen *wir* nicht Angst zu haben. Meine Reise hat gezeigt, da ich ja sonst über das Ende der Zeit hinausgeschossen wäre (was der Himmel gütigst verhindert hat; das war übrigens die einzige Sorge, die ich während der kurzen Fahrt hatte), daß wir eine Zukunft von noch mindestens tausend Jahren vor uns haben, wenngleich sie ein Abgrund ist. Herr Shi-shmi befürchtet, daß *seiner* Welt keine tausend Jahre mehr bevorstehen. Er zweifelt an hundert Jahren. Manchmal, sagt er, neige er zu der Ansicht, daß seine Welt keine zwanzig Jahre mehr bestehen werde.

Ich meinerseits zweifele nicht daran, nach allem, was ich sehe, daß Herrn Shi-shmis Sorgen nicht von der Hand zu weisen sind und nicht einer Überfunktion schwarzen Saftes in seinem Körper entspringen. Herrn Shi-shmis Sorgen sind berechtigt. Die Großnasen sind dabei, ihre Welt – die leider auch die Welt unserer

Enkel ist – zugrunde zu richten. Kein Mensch kann annehmen, daß das die Großnasen absichtlich tun. Sie treiben einem Abgrund zu und sehen es nicht. Die Jungen wollen es nicht wahrhaben und verschließen krampfhaft die Augen. Unter den Alten macht sich die Haltung breit zu hoffen, daß sie das schreckliche Ende nicht mehr erleben werden. Zurückzuführen ist die ganze Misere darauf, daß die Regierenden zu selbstsüchtig sind und im Grunde genommen nicht so sehr am Wohl ihres Vaterlandes interessiert sind als daran, selber möglichst lang an der Regierung zu bleiben. Wenn ein Ober-Mandarin nicht mehr gewählt wird, dann gilt das als Schande. Die Ober-Mandarine, Mandarine, Kanzler und Minister sind damit beschäftigt, sich mit beiden Händen an ihren Amtsstühlen festzukrallen. Da haben sie natürlich keine Hand frei für das Staatsschiff, das sie steuern sollten – allenfalls gelegentlich macht einer eine Hand frei . . . aber nur, um sie einem geheimen Geldgeber gegenüber aufzuhalten.
Eine im Ganzen durch und durch unedle Haltung. Vom vornehmen Wu-wei* haben die Großnasen noch nie etwas gehört. Es ist mir auch klar, woher das kommt: von der nahezu krampfhaften sucht der Großnasen, alles und jedes zu jeder Zeit zu verändern, und daß sie *neu* mit *gut* verwechseln. *Neu* kann *gut* sein, muß aber nicht. Wem sage ich das . . . Dir, dem besten Kenner des Tao-te-ching im ganzen Reich der Mitte. Die Großnasen sind ständig damit befaßt, Veränderungen vorzunehmen. Sie nennen es, habe ich Dir schon geschrieben, Fort-Schreiten. So ist es nur folgerichtig, daß bei ihnen einer, der sich zum Zwecke der Betrachtung, der Kontemplation, der Selbstvervollkommnung vom öffentlichen Leben zurückzieht, als *Versager*, als *Verlierer* gilt. Eine ungeheuer dumme und gefährliche Haltung. So wagt kein Minister, Ober-Mandarin oder Kanzler, freiwillig sein Amt zur Verfügung zu stellen, weil nachher alle mit Fingern auf ihn weisen würden.

---

* Wu-wei: die altchinesische Tugend der Zurückhaltung; wörtlich: Nicht-Eingreifen. Der Begriff geht auf Lao-tzu zurück. Er entspricht etwa dem aequus animus der römischen stoischen Philosophie.

Auch, sagt Herr Shi-shmi, ist das Beharren im Amt eine Frage der Einkünfte.
Es kommt eben alles davon, daß die Großnasen zu wenig die Lehren des Erhabenen vom Aprikosenhügel und des Tao-te-ching lesen. Dadurch sind die Herrschenden hier inkompetent für die Seele geworden. Ich würde sagen: sie verdienen nichts anderes als den Untergang ihrer Welt, wenn ich nicht befürchten müßte, daß sie damit auch unser geliebtes Reich der Mitte mit ins Chaos reißen. Herr Shi-shmi sagt, wenn ich ihm das darlege: er stimme mir zu, es gäbe schon viele, die so alarmiert wären, aber insgesamt seien der Vernünftigen zu wenig. Wenn es so weit sei, daß die Herrschenden oder gar die Masse der Dummen die Gefahr erkennten, sei es wahrscheinlich zu spät.
Das Hauptproblem sei, daß es zu viele Großnasen gibt. Sie haben sich in den letzten Jahrhunderten vermehrt, daß ihre Häuser und Städte geborsten sind. Es gibt nun viel zu viele, und für die meisten ist keine vernünftige Beschäftigung da. So sitzen sie in riesigen Werkstätten und fertigen Dinge an, die eigentlich niemand braucht, und der Staat zahlt das Defizit der Werkstätten, dennoch geht es damit abwärts, denn das Zeug, das sie herstellen, wird immer weniger brauchbar und wird nur weggeworfen, daher bekommt der Staat aber weniger Steuern, weil die Riesen-Werkstätten keinen rechten Profit mehr machen, und es reicht das Geld des Staates hinten und vorne nicht, um alle zu unterstützen, die danach schreien, und die Regierenden fürchten, daß die Leute, wenn sie einmal gar nichts mehr zu tun haben und nichts zu essen, aus Untätigkeit auf dumme Gedanken kommen und ihnen – den Regierenden – hinterrücks die Stühle anzünden, an denen sie sich so krampfhaft festhalten – es ist alles unglaublich kompliziert und für den einzelnen nicht mehr zu durchschauen. Es ist ein Dickicht – ein Dickicht von Großnasen, weil es eben zu viele sind. Ich erlebe es jeden Tag, wenn ich auf die Straße gehe.
Hier in Ba Yan, sagt Herr Shi-shmi, sei die Versorgungslage noch gut. Anderwärts, in ärmeren Staaten, sei schon der Hunger ausgebrochen. Es sei jedoch nur eine Frage der Zeit, wann der

Hunger auch hierher übergreife. Was tun die Großnasen? Was tun die Regierenden? Sie tun nichts anderes als die doppelte Ration zu fressen, solang sie sie noch kriegen. Hungern, sagen sie sich, können wir morgen auch noch. Sie schreiten von sich selber fort, sie schreiten fort von ihrer Seele. Sie haben das I Ching und das Tao-te-ching nicht gelesen.

Ein anderes Problem ist der Schmutz. Ich glaube, es war in einem meiner ersten Briefe, daß ich dir geschrieben habe: der Lärm fiel mir als erstes auf hier und der Schmutz. Es ist ein grundsätzlich anderer Schmutz als unserer. Wenn der Wind durch *unsere* Straßen weht, die nicht aus Stein sind, wirbelt er Staub auf. Wenn ein starker Wind oder gar ein Sturm aufkommt, dringt der Staub in die Häuser. Wenn ein Bote vom Land kommt, trägt er an seinen Sandalen Lehmklumpen auf sauber gebürstete Fußmatten. Viele Menschen waschen sich nicht und auch an Schweinen klebt Dreck, wenn sie sich im Mist suhlen. Aber das alles ist, wenn ich so sagen darf, sauberer Schmutz. Die Unsauberkeit hier besteht aus öligem und fettigem Ruß, der alles überzieht und sogar die Luft duchsetzt. Die Großnasen merken das gar nicht, nicht einmal Herr Shi-shmi, aber *ich* merke es, der aus einer reinen Luft kommt. Der Regen ist rußig. Wahrscheinlich ist durch diese alles überziehende und durchsetzende Unsauberkeit das Wetter so schlecht. In letzter Zeit, sagt Herr-Shi-shmi, sei beobachtet worden, daß über breite Strecken die Nadelbäume eingehen. Sie verkümmern, lassen die Äste hängen und die Nadeln fallen und sterben ab. Man erhebt ein großes Geschrei, aber man tut nichts. Es ist bereits abzusehen, wann der ganze Wald verschwunden sein wird. Die Flüsse sind so rußig, daß es schon kaum noch Fische gibt. Nur die Großnasen – durch die ihnen schon in die Wiege gelegte Affinität zum Ruß – baden unbeschadet in den Flüssen. Überall vergraben sie Gift, das sie aus lauter Sucht, sich irgendwie zu beschäftigen, in ihren Groß-Werkstätten – der Teufel weiß, warum – herstellen. Das Gift findet aber natürlich seinen Weg aus dem Erdboden und steigt durch die Wurzeln der Pflanzen wieder nach oben. Was tun die

Regierenden? Sie erfinden Gesetze, die es verbieten, Nachrichten darüber zu verbreiten.
Nur eine grundlegende Umkehr aller könnte diese Entwicklung aufhalten. Aber dazu fehlt die Einsicht, und vor allem ist die Sucht des Fort-Schreitens nicht auszurotten. Also wird es kommen, wie es kommen muß. Es sei ohnedies zu spät, meint Herr Shi-shmi. Und ich kehre, dem Himmel sei Dank, in einem halben Jahr wieder in meine Zeit-Heimat zurück; solang, hoffe ich, wird diese vergiftete Welt wohl halten. Herr Shi-shmi seufzte: er wollte, sagte er, er könne mit mir reisen. Aber das geht ja nicht. Abgesehen davon – aber das sage ich ihm natürlich nicht – würde ich, wenn ich könnte, lieber Frau Kei-kung mitnehmen.
Aber gestern abends hat mir Herr Shi-shmi einen anderen Vorschlag gemacht: ob ich ihm nicht meinen Mechanismus für ein paar Tage leihen könnte. Er wolle, wenn es ginge, nicht tausend Jahre, aber ein paar Jahrzehnte in *seine* Zukunft reisen. Er wisse, sagte er, daß das eine Zumutung sei, er habe auch lange gezögert, ehe er diese Bitte an mich gerichtet habe, aber es sei ihm doch sehr wichtig.
Du kannst dir denken, daß dieser Vorschlag nicht mein Entzücken auslöste. Andererseits bin ich Herrn Shi-shmi wie niemandem in dieser Welt zu Dank verpflichtet und kann ihm die Bitte nicht rundweg abschlagen. Theoretisch wäre es ja möglich, daß ich ihm eine kleine Zeit-Reise ermögliche. Aber was ist, wenn er den Mechanismus in seiner Zukunft beschädigt? Wenn er nicht mehr zurückkehrt? Dann stehe ich da und muß hier in dieser vergifteten Welt voll Albernheit bleiben und mein Leben fristen, und gerate auf meine alten Tage dann noch in den Strudel ihres Untergangs. Nein, nein – ich habe gesagt: ich wolle es mir überlegen, es sei sehr kompliziert, ihm seine Bitte zu erfüllen. Er hat genickt. Vielleicht vergißt er die Sache.
So grüße ich Dich für heute. Streichle meine schnurrende Shiaoshiao und lebe wohl. Schreibe mir wieder einmal einen Brief.

Ich bin Dein
Kao-tai

Vierzehnter Brief

(Freitag, 10. September)

Teuerer Dji-gu.

Heute habe ich mit Dame Kei-kung gesprochen, ohne bei ihr gewesen zu sein. Du staunst? Ja, das geht. Sie haben da ein Gerät, ein kleines Kästchen mit Löchern, in die man die Finger stecken kann, und man dreht in einer bestimmten Weise, und schon hört man aus einem Ding, das entfernt einer verwachsenen Rübe ähnlich sieht, die Stimme dessen, den man hören will. Die Sache klingt zauberhaft und wunderbar, ist aber im Grunde genommen weniger kompliziert als unsere Berechnungen, mit deren Hilfe ich in die Zukunft gefahren bin. Du muß Dir das so vorstellen, daß unter der Erde Schnüre aus Kupfer ausgelegt sind, wie mir das Herr Shi-shmi erklärt hat, und mittels unsichtbarer Kraftstöße wird die Stimme eines anderen, jedes beliebigen, sofern er nur so ein Gerät mit Rübe hat (Te-lei-fong heißt es) übertragen. Diese Schnüre aus Kupfer verbinden jedes Haus mit jedem, selbst in andere Länder. Auch nach Chi-na? fragte ich. Ja, sagte Herr Shi-shmi, auch nach Chi-na . . . aber ich kann ja Deine Stimme nicht hören über die Rübe und die Schnüre aus Kupfer, weil Du ja – verzeih' – für die hiesige Welt schon fast tausend Jahre tot bist. So habe ich durch dieses rübenartige Gerät auch nicht die süße Stimme meiner geliebten Shiao-shiao gehört (denn man kann jedwede Stimme damit übertragen, auch Geräusche), sondern nur – oder, um gerecht zu sein: immerhin – die Stimme der Katze von Frau Kei-kung, die im Hintergrund maunzte, als ihre Herrin mit mir zu sprechen die von mir unverdiente Herablassung hatte.
»Hier spreche ich«, sagte ich, »Ihr nichtswürdiger Diener und Knecht Kao-tai, der schmutzige Mandarin, nicht mehr wert, als mit Füßen von Ihrer erhabenen Schwelle vertrieben zu werden.« Ich machte zwei Verbeugungen und eine halbe, obwohl sie das durch das Te-lei-fong gar nicht sehen konnte.
Sie lachte und sagte: »Ach, wie geht es Ihnen. Sind Sie noch im Lande?«

Ich machte eine weitere Verbeugung und sagte: »Jawohl, ich habe nach wie vor die Ehre, unter einem Himmel mit Ihrer erlauchten Gegenwart, Dame Kei-kung nebst ehrwürdiger Katze, zu weilen, und schätze mich glücklich, den Honigwohllaut Ihrer Stimme durch das Gerät Te-lei-fong zu hören. Erlauben Sie Ihrem Knecht die Frage an Sie zu richten, ob Sie im Augenblick das weithinleuchtende bunte Wellen-Kleid zu tragen belieben?«

Sie lachte wieder und sagte: »Nein. Ich bin im Moment ganz schlampig angezogen und bin ganz mit Erde bedeckt, weil ich Blumentöpfe umgepflanzt habe.«

»Und darf ich mir die äußerst anmaßende Frage erlauben, obwohl einer derart niedrig stehenden Person wie mir das Recht dazu nicht im entferntesten zusteht, ob sich Ihre Katze wohlbefindet?«

»Komm, Meister Mi*«, sagte die Dame Kei-kung – Meister Mi heißt die Katze – »komm und sag' Onkel Kao-tai, wie es dir geht.«

Die Katze maunzte aber da gerade nicht. Frau Kei-kung erwähnte aber, daß die Katze schnurre, ob ich es höre? Ich hörte es nicht, sagte aber doch, daß ich es höre, um die Dame nicht zu kränken. Ich bemerkte dann, daß das Wetter im Augenblick annehmbar sei. Frau Kei-kung sagte, daß sie meine neue Vorliebe für das Getränk Mo-te Shang-dong bemerkt habe. Falls ich wieder einmal Lust hätte, einen Becher Mo-te Shang-dong zu mir zu nehmen, sollte ich sie doch besuchen. Ich verabschiedete mich mit verschiedenen ehrerbietigen Äußerungen sowie Verbeugungen (obwohl sie die, wie gesagt, gar nicht sehen konnte), und sie fragte danach: wann ich denn käme?

Du kannst Dir vorstellen, wie erstaunt ich über die Frage war. Das heißt: Du wirst erstaunt sein, denn ich, der ich nun schon einigermaßen mit den krummen Sitten dieser merkwürdigen Welt vertraut bin, war nicht so sehr erstaunt als zum Nachdenken veranlaßt. Die Großnasen sind nie dort, wo man sie vermutet. Gut: auch unsereiner, Du und ich, sind ab und zu verreist (wie ich

---

* -tzu bedeutet im chinesischen soviel wie »Meister«: K'ung-tzu = Meister K'ung; Lao-tzu = Meister Lao; Mi-tzu = Meister Mi.

im Augenblick), aber das weiß dann jeder und – wenn man nicht grade auf der Reise stirbt – irgendwann kommt man wieder und ist dann da. Ganz anders hier. Die Großnasen sind ständig unterwegs. Das sehe ich an Herrn Shi-shmi. Der ist einmal hier, einmal dort, fährt mit dem rollenden Eisenhaus kreuz und quer durch die Stadt. Von den vierundzwanzig Stunden des Tages ist er – mit Ausnahme der Nacht, wo er schläft – keine vier Stunden in seiner Wohnung. Er geht seinem Beruf nach, sagte er auf meine diesbezügliche Frage. Sein Beruf ist der eines Lehrers und Bibliothekars in der Großen Gelehrtenschule von Min-chen. Er ist also nie in seiner Wohnung anzutreffen. Keiner unter den Großnasen ist in seiner Wohnung anzutreffen. Sie sind ständig unterwegs, laufen hin und her oder fahren mit ihren A-tao-Wägen oder den rollenden Eisenhäusern, sind ununterbrochen in Bewegung. Das hängt vielleicht mit dem Mißbrauch von Rindsmilch zusammen, oder aber mit ihrer Philosophie (oder besser: ihrem Aberglauben) vom Fort-Schreiten. Wenn man jemanden besuchen will, kann man nicht einfach in dessen Wohnung gehen, wo er, möchten wir nach unseren Gewohnheiten annehmen, anzutreffen wäre (es sei denn, wie gesagt, er wäre verreist oder bei einer Audienz beim Kanzler, aber wie oft kommt das schon vor); wenn man da einfach hinginge, wäre es nur durch Zufall, daß man ihn antrifft. Nein: man muß einen äußerst genauen Zeitpunkt vereinbaren, weswegen sie eben diesen Mechanismus mit den Kupfer-Schnüren und der Rübe eingerichtet haben.
Deshalb haben auch die Großnasen winzig kleine Zeitanzeiger, die sie an Bändern am linken Handgelenk tragen. Es gibt aber auch solche Zeitanzeiger in größerer Ausfertigung, die wie Standbilder an Straßenecken stehen oder wie Bilder in den Wohnungen an den Wänden hängen. Ständig hantieren sie an diesen Zeitanzeigern herum, verstellen sie, drehen daran, damit sie ja die ganz genaue Zeit anzeigen.
Sonnenaufgang, Sonnenuntergang, Mittagsstunde und so fort sind ihnen viel zu ungenaue Anhaltspunkte. Die Zeiteinteilung ist äußerst verfeinert. Die Großnasen kennen wie wir das Jahr, den

Monat und den Tag, aber dazwischen haben sie noch eine Unterteilung, die »Wo-'che« heißt und ungefähr dem Mondviertel entspricht. Den Tag wiederum teilen sie nicht nur in Stunden ein, sondern darüberhinaus in Sechzigstel-Teile der Stunden (»Mi-nu-teng«) und sogar in Sechzigstel-Teile der Mi-nu-teng; dieser winzige Zeitraum – vielleicht der Flügelschlag eines Sperlings – heißt: »Se-kung-dang«. Das alles zeigen die kleinen und großen Zeit-Anzeiger an. Herr Shi-shmi hat mir einen geschenkt, den ich nun auch um das linke Handgelenk trage, und er hat mich auch gelehrt, die Zeit abzulesen.

Wenn ich also jemanden besuchen will, oder jemand besucht mich, so muß ich zur Rübe greifen, in den Löchern drehen und mit dem Betreffenden vereinbaren: am soundsovielten Tag der »Wo-'che« (jeder Tag hat eine reihum wiederkehrende Bezeichnung), wenn der Zeit-Anzeiger die soundsovielte Stunde und soundsovielte »Mi-nu-teng« anzeigt. (Soweit, daß sie den soundsovielten Sperlingsflügelschlag heranziehen, treiben sie – muß man gerechterweise sagen – ihren Unfug nicht.)

Es ist ein altes Gesetz, daß unterteilte Dinge kleiner sind als das Ganze. Das ungeteilte Ganze ist größer als die Summe der Teile. Zumindest gilt das, habe ich hier gelernt, in hohem Maß von der Zeit. Geteilte Zeit vergeht rasch. Die Großnasen haben ihre Zeit erbarmungslos zerhackt, und die Zeit rächt sich damit, daß sie entflieht, so schnell sie kann. Und darüber wundern sich die Großnasen ständig. Ständig jammern sie, daß ihnen – um einen Ausdruck jenes Herrn an dem Abend bei der Dame Kei-kung zu gebrauchen, dessen Namen ich mir nicht gemerkt habe – »die Zeit in den Händen wie Wasser zerrinnt«. Ist denn noch keiner von ihnen drauf gekommen, darüber nachzudenken? Es ist doch nicht schwer, den Zusammenhang zu erkennen. Mir ist schon mehrfach aufgefallen, daß man die Floskel: ». . . der ist einer, der immer Zeit hat« als Schimpfwort gebraucht. Daß den Großnasen dabei nicht sogar selber etwas auffällt? Aber Denken ist nicht die Stärke der Großnasen . . . dazu »haben sie keine Zeit«.

Herr Shi-shmi, dem ich diese Überlegungen mitgeteilt habe, hat sehr nachdenklich reagiert. Er hielte es nicht für ausgeschlossen, daß ich recht hätte. (Natürlich habe ich recht!) »Warum«, fragte ich ihn, »ziehen Sie dann nicht die Konsequenzen aus dieser Erkenntnis?« Einer allein, sagte er, könne sich nicht gegen die allgemeine Zeitzerstückelung stemmen. Das würde die Ansichten der andern nicht ändern und ihm nur schaden. Gut, vielleicht ist das richtig. Mag er tun, was er will. Ich bin nicht gekommen, um diese Welt hier zu ändern, sondern um sie zu erforschen und um Erkenntnisse für *unsere* Welt zu gewinnen.

So habe ich also mit Frau Kei-kung vereinbart, daß ich am dritten Tag der nächstfolgenden Wo-'che (das ist: ein Tag vor dem Septemberneumond), wenn der Zeit-Anzeiger die fünfzehnte Stunde sowie dreißig Mi-nu-teng anzeigt, zu ihr komme.

Herr Shi-shmi weiß davon. Mein Mißverständnis ist ausgeräumt, denn es war ich, der die Beziehung zwischen Herrn Shi-shmi und Frau Kei-kung mißverstanden hatte. Herr Shi-shmi hat kein Interesse an Frau Kei-kung, das den Besuch anderer Männer bei ihr verböte. Ich habe ihn eines Tages ganz offen gefragt, und er hat gesagt, daß es gut sei, wenn ich so offen frage, denn auch im täte es leid, wenn so ein Mißverständnis oder gar Eifersucht zwischen uns stände. Er sei, sagte Herr Shi-shmi, mit Frau Kei-kung lediglich befreundet. Ansprüche an ihren Körper stelle er nicht. Er fügte hinzu, und es war ein warnender Ton in seiner Stimme nicht zu verkennen, daß Frau Kei-kung im Ruf stehe, für Männer nicht ungefährlich zu sein. Es handle sich bei ihr zwar, wie ich selber gesehen hätte, um keine Kurtisane, die aus ihrem Geschlecht einen Beruf mache, aber sie führe, wie Herr Shi-shmi es formulierte, »ein lockeres Leben«, was nur durch den weiteren Umstand, daß sie in allen Künsten sowie in der Literatur und in der Philosophie bewandert sei, nicht sofort ins Auge falle. Am meisten bewandert sei die Dame Kei-kung, wie er mehrfach gehört habe, in allen Arten und Formen der Liebe, aber – wie gesagt – Geld nehme

sie dafür nicht. Die Dame Kei-kung, sagte Herr Shi-shmi, sei zweimal verheiratet gewesen. Jetzt lebe sie allein und nehme sich die Freiheit, sich von den Männern beschlafen zu lassen, in die sie verliebt sei.
Das alles war natürllich interessant für mich zu hören, wenngleich ich – was ich selbstverständlich nicht äußerte – dem warnenden Ton Herrn Shi-shmis nicht ganz traute.
Einer der »Freunde« der Dame sei unlängst eine Zeitlang ein stadtbekannter Lyriker gewesen. Der Lyriker habe sogar einige Gedichte auf die Dame Kei-kung verfaßt. Nach einigem Suchen fand Herr Shi-shmi das Buch mit den Gedichten und gab es mir zu lesen. Ich verstand die Gedichte nicht. Herr Shi-shmi sagte, er verstehe sie auch nicht. Das Buch habe er nicht absichtlich erworben, er habe es von der Dame Kei-kung geschenkt bekommen. Er vermute, sagte Herr Shi-shmi, daß sich das Buch mit diesen Gedichten eher schlecht verkauft habe (das kennen wir ja auch von den Produktionen mancher Ehrwürdigen Mitglieder der kaiserlichen Dichtergilde »Neunundzwanzig moosbewachsene Felswände«), und daß der Lyriker der Dame einen größeren Posten davon überlassen habe. Wenn ich die Dame nochmals besuche, sagte Herr Shi-shmi, würde ich sicher auch so ein Buch geschenkt bekommen.
Auch eine Methode, seine Gedichte unter die Leute zu bringen. Vielleicht schlage ich sie der Ehrwürdigen Dichtergilde vor, wenn ich wieder zurückkomme.
Alles in allem schien mir die Äußerung Herrn Shi-shmis (und der warnende Ton) verdächtig. Hat er selber auch schon Gedichte auf die Dame Kei-kung gemacht? – und hat sie die Gedichte nicht entgegengenommen? Ich halte es ganz anders aber auch für möglich, daß sich Herr Shi-shmi in fast mönchischer Weise des Geschlechtslebens enthält, denn ich habe nie, in den ganzen zwei Monaten, seit ich hier bin, auch nur eine Spur eines weiblichen Wesens in seinem Leben entdeckt; solche Menschen – so sehr ich Herrn Shi-shmi im übrigen schätze – neigen dazu, den anderen das zu mißgönnen, was sie selber nicht belustigt.

Auch das ist merkwürdig in dieser Welt. Ob das gut für die Sitten ist? Ich weiß es nicht. Bei uns sind die Frauen entweder Ehefrauen oder Konkubinen oder Mütter oder Töchter; oder aber sie sind Zofen und Dienerinnen. Kannst du dir vorstellen, mit einer Frau befreundet zu sein? So wie Du mit mir befreundet bist? Hier ist es anders. Die Weiber maßen sich an, zu reden und zu denken wie Männer, und die Männer – was für ihre Verweichlichung spricht – lassen sie nicht nur gewähren, sondern akzeptieren es sogar. (Ich werde mit solchen Gedankengängen in meinem Gespräch mit Frau Kei-kung nächste »Wo-'che« natürlich tunlichst hinterm Berg halten.)
Ich werde auch alleine zu Frau Kei-kung fahren, ohne Herrn Shi-shmi. Auch das habe ich ihm gesagt. Er hält es für richtig, erstens, weil er an dem fraglichen Tag wieder einmal »keine Zeit« hat, und zweitens, weil auch er meint, daß es gut sei, wenn ich lernte, mich in der Stadt selbständig zu bewegen. Ich habe dann diese Gelegenheit benutzt – um ihm zu eröffnen, daß ich – sofern er das nicht als Kränkung auffassen würde – seine Wohnung verlassen und eine eigene Wohnung für den Rest meines Aufenthalts suchen wolle, denn, so meine ich, und sagte es ihm auch, ich will ja einen möglichst umfassenden Überblick über diese Welt gewinnen, und hier – immer in der bequemen Obhut von Herrn Shi-shmi – wäre ich doch auf ihn, auf seine Gewohnheiten und Ansichten festgelegt. Nein, sagte er, er fasse das nicht als Kränkung auf, er verstehe das sehr gut und halte es auch für richtig. Er selber würde es nicht anders machen. Und unserer Freundschaft brauche das ja keinen Abbruch zu tun. Außerdem träfe es sich sogar ganz gut, denn seine verwitwete Mutter käme demnächst – wie jedes Jahr – für einige Wo-'che zu Besuch (die Dame Mutter Shi-shmi wohnt in einer anderen Stadt im Norden), und da könne sie dann in dem Zimmer wohnen, das ich jetzt innehabe; obwohl, fügte er gleich hinzu und ergriff meine Hand: auch wenn ich mich anders besänne und doch bei ihm bleiben wollte, ginge das auch, denn dann würde er seiner Mutter sein Schlafgemach einräumen und selber auf einem Diwan im Wohnzimmer schlafen.

Ich sagte: wir werden alles überlegen; aber im Herzen bin ich entschlossen, mich etwas selbständiger zu machen. So sind also meine Tage hier in diesem Haus gezählt. Aber vorerst richten sich meine Gedanken auf den bevorstehenden Besuch bei Dame Kei-kung, und diese Gedanken sind durchwegs angenehm.
Dennoch habe ich meine süße Shiao-shiao nicht vergessen, und meine Zärtlichkeit der Seele gegen sie ist groß wie immer. Schreibe mir von ihr. Was sich im übrigen in meiner Familie ereignet hat, kannst Du Dir zu schreiben sparen. Dann kannst Du Deine Briefe noch knapper halten. Ich erfahre früh genug bei meiner Rückkehr, ob meine Schwiegermütter noch dicker geworden sind, und ob eine Konkubine die Krätze zwischen den Zehen hat.
Ich umarme Dich, lieber ferner Freund

und bin Dein
Kao-tai

PS: Leider hat Herr Shi-shmi die Sache mit dem Ausleihen unseres Zeit-Kompasses doch nicht vergessen. Noch heute früh hat er wieder davon zu reden angefangen.

Fünfzehnter Brief

(Freitag, 17. September)

Über alles teurer Freund Dji-gu.

Ich danke Dir für Deine beiden Briefe – was für eine Überraschung für mich, und so lange Briefe –, die kurz hintereinander angekommen sind. Ich freue mich über den lieblichen Pfotenabdruck meiner sonnigen Shiao-shiao. Daß mein Lieblingshengst »Weißer Traum vom zunehmenden Mondviertel« eine Stute des Vizekanzlers decken soll, ist mir nicht recht. Der Vizekanzler ist ein bornierter Dummkopf und außerdem Buddhist. Er versteht von Pferden gar nichts, und ich möchte nicht, daß der kostbare Same meines edlen »Weißen Traums vom zunehmenden Mondviertel« im ungepflegten Stall des Vizekanzlers vergeudet wird. Bitte

verhindere es. Falls er Dir gekränkt scheinen sollte, biete ihm in meinem Namen an, daß sein Sohn – wenn ich mich recht erinnere, heißt er Tuan-po und ist nicht ganz so dumm wie sein Vater – eine meiner Töchter heiratet. Es sind ja drei oder vier mannbare herangewachsen. Wenn ich zurückkomme, werde ich alles regeln. Sag ihm das. Oder vielleicht lege ich einen Brief an ihn bei.
Ich freue mich, daß Du mit so großem Interesse und sogar Neugier alle meine Abenteuer hier verfolgst, und ich werde auch fernerhin nicht müde werden, Dir alles haarklein zu schildern.
Gestern abend war für mich eine Stunde neuer Offenbarung. Die Stunden – genauer gesagt: es waren zwei Stunden und eine halbe – zeigten mir, daß es in dieser fernen Welt nicht nur Lärm, sondern auch Musik gibt. Wie nicht anders zu erwarten, war mir die Musik zunächst äußerst fremd, aber ich habe schon bald begonnen, in ihren Kern einzudringen.
Herr Shi-shmi – der kein Musiker von Beruf ist, aber die Musik liebt – hat mich auf den Abend vorbereitet. An bestimmten Tagen kommen die Leute zu ihm (die vier Freunde treffen sich reihum in den Wohnungen der anderen), um zu musizieren. Daß ich diese Musik bis jetzt nicht kennengelernt habe, hatte seinen Grund darin, daß die vier Freunde im Sommer in ihren Gewohnheiten eine Pause einlegen, weil man da zu verreisen pflegt. Auch Herr Shi-shmi, sagte er, pflegt den Sommer woanders, meist jenseits der großen Drei-Gebirgszüge am Meer zu verbringen. Dieses Jahr habe er es meinetwegen unterlassen. Ich war beschämt, als er mir das erzählte. Er schnitt aber meine Einwendungen ab, indem er sagte, daß der Umgang mit mir ihm mehr Erkenntnisse verschafft und mehr Gewinn beschert hätte als eine Reise, und daß ihm die Gespräche mir mir hundertfach für die versäumte Reise dieses Jahres entschädigt hätten. Dennoch dankte ich ihm mit vielen Worten und einer Ein- und Zwei-Drittel-Verbeugung. Aber nun, im September, kämen er und seine vier Freunde wieder regelmäßig zusammen, um zu musizieren. Selbstverständlich nahm ich seine Einladung an, der Musik beizuwohnen.
Die Musik wird hier – jedenfalls von Herrn Shi-shmi und seinen

Freunden – sehr ernst genommen. Es wird nur Musik gemacht und dabei weder getanzt noch gesungen. (Es gibt aber auch, versichert mir Herr Shi-shmi, gesungene Musik.) Die Musik zu viert, sagt Herr Shi-shmi, gelte unter Kennern als die Krönung dieser Kunst. Sie erfülle keinen Zweck und sei, wenn überhaupt, nur ein Ritual ihrer selbst; eine Ansicht, die Du wie auch ich wohl aufs innigste teilen.

Jeder von den Vieren – den drei anderen wurde ich als Gast aus dem fernen Chi-na vorgestellt; sie fragten nicht weiter und redeten auch nicht viel – jeder spielte nur *ein* Instrument: zwei davon (darunter auch Herr Shi-shmi) spielten ein Instrument aus Holz, das unserer Er Hu ähnlich ist, nur flacher, mit geschlossenem Boden und kürzerem Hals. Ich ließ mir alles erklären: das Instrument heißt Kei-geh oder Wi-lo-ling und klingt etwas höher und heller als das Instrument, das ein ziemlich dicker, bärtiger Mann (er wurde Te-cho genannt) spielte. Jenes Instrument hat auch die Form der Kei-geh, ist aber etwas, kaum merklich größer und heißt Wa-tsche oder Wi-lo-la. Dazu kam – vom Sohn des Herrn Te-cho gespielt, einem noch bartlosen Jüngling – eine Art größere Kei-geh, das tiefer klingende, sogenannte Cheng-lo. Kei-geh und Wa-tsche werden beim Spielen unters Kinn und gegen die linke Schulter geklemmt; das Cheng-lo wird zwischen den Knien gehalten. Alle Instrumente werden mit einem Bogen gestrichen, wie bei unserer Er Hu, nur nicht an den Saiten von unten her, sondern von oben. Den Bogen halten sie in der rechten Hand, mit der linken bestimmen sie die Tonhöhe durch Verkürzen der Saite – wie eben bei der Er Hu.

Auch das hat mir Herr Shi-shmi gezeigt: es gibt eine eigene Schrift für Musik, die aus einem Gewirr von Punkten besteht und für mich selbstverständlich völlig unentzifferbar ist. Dennoch sei sie sehr sinnvoll, sagt Herr Shi-shmi, und, wenn ich wolle, könne ich die Schrift sicher auch lernen. Aber vorerst beschränke ich mich aufs Zuhören.

Sie setzten sich dann im Kreis mit dem Blick zueinander (ich hielt mich abseits im großen Sessel in der Ecke, um so wenig wie möglich zu stören), vor sich hatten sie kleine, eiserne Gestelle, auf denen die Blätter mit der Musikschrift ruhten, und dann begannen sie ungeniert, ihre Instrumente zu stimmen, was fürchterlich klang. Ich meinte zunächst, das sei schon die eigentliche Musik, aber dann erklärte mir Herr Shi-shmi – der wohl mein verzerrtes Gesicht gesehen hatte – lachend den wahren Sachverhalt.

Die Musik erinnert am ehesten an jene Art unserer Musik, die der unvergleichliche Su Ch'i-po aus den westlichen Ländern mitgebracht hat: sie besteht aus sieben Haupt- und fünf Nebentönen, und die Harmonie und Reinheit der Töne ist sehr stark erhebend. Am besten gefiel mir ein ziemlich langes, aus verschiedenen, teils rasch, teils langsam gespielten Sätzen bestehendes Werk des Meisters We-to-feng, der – sagt Herr Shi-shmi – vor etwa zweihundert Jahren gelebt hat. Von Meister We-to-feng sind viele unterschiedliche Werke überliefert; allein für die Art der Musik der Himmlischen Vierheit (so etwa wäre die Bezeichnung in unserem Sinn zu übersetzen) hat Meister We-to-feng siebzehn Werke geschrieben. Die Werke insgesamt sind numeriert, und das, welches gestern abends gespielt wurde, trägt die Nummer »132«. Es beruht auf dem Grundton »A« – wie mir Herr Shi-shmi sagte –, der etwa unserem »Yü« entspricht.

Es versteht sich von selbst, daß sich diese mir in jeder Hinsicht ungewohnte Musik mir nicht vom ersten Ton an erschloß. Ich saß also da in meinem Sessel in der Ecke; es war Abend. Alle Lampen hatten sie um sich versammelt, ich saß im Dunkeln, was mir aber recht war. Ich muß gestehen: ich habe in dieser kalten und lauten Welt so wenig Schönes und so viel Dummes, Albernes und Unsinniges vorgefunden, daß ich in meinem Innersten, wenn ich ganz ehrlich in mich hineinhorchte, eher geneigt war, auch die Musik dieser Welt häßlich zu finden. Die Musik des Meisters We-to-feng hatte in mir keinen fruchtbaren Boden zum Aufsprießen ihrer Blüten zu erwarten.

Der Herr, der die eine Wi-lo-ling spielte – Herr Shi-shmi sagte mir später, daß dieser Herr ein hervorragender Meister auf seinem Instrument und daß sein Beruf die Musik sei; er sei als der

Anführer der kleinen Gruppe zu betrachten; er spiele »die erste Wi-lo-ling« – dieser Herr, dessen Name zu lang und klanglos ist, als daß ich ihn mir merken konnte, gab, als alle mit – ich muß zugeben – erhabenem Ernst ihr Instrument unters Kinn, beziehungsweise zwischen die Knie geklemmt und den Bogen angesetzt hatten – mit dem Kopf durch ein kurzes Nicken das Zeichen zum Anfang. Das Cheng-lo begann mit getragenen, tiefen Tönen, und nach und nach fielen die anderen Instrumente ein und führten die Melodie in die Höhe. Es war eine sehr einfache Melodie und sehr leise. Dann folgte ein rascher gespielter, teilweise lauterer Teil, der aber immer wieder durch getragene, verhaltene Abschnitte unterbrochen wurde.

Obwohl schon bei den sanften ersten Tönen mein Vorurteil gegen die Musik der Großnasen hinzuschwinden begann – oder, um es ganz ehrlich zu sagen: obwohl diese sanften ersten Töne des großen Meisters We-to-feng es mir unmöglich machten, weiter an meinem Vorurteil festzuhalten, erschien mir doch die Musik zunächst wie unvollständig, wie willkürlich durchlöchert, auch unfaßbar ungenau und natürlich verwirrend. Aber noch im Lauf dieses ersten – nach unseren Begriffen sehr kurzen – Satzes, ergriff mich doch der Zauber der einen oder anderen Passage, bald schon erkannte ich die Wiederkehr einer Melodie, und als der Satz mit einer leise beginnenden, raunenden, dann wie ein gläserner Frühlingswind flirrenden Passage endete, war ich für die Musik des großen Meisters We-to-feng und damit möglicherweise überhaupt für die Musik der Großnasen gewonnen.

Es folgte dann ein Satz in durchgehend rascher Bewegung, mehrmals durch eine sehr süße, hohe Melodie unterbrochen, die nicht anders als Gesang eines Zaubervogels in einem Kristallwald bezeichnet werden kann. Mit diesem Zaubergesang endete der sehr kurze Satz. Dann folgte ein weiterer, etwas längerer Satz, von dem mir Herr Shi-shmi später sagte, daß da niemand von mir sofortiges Verständnis erwarten könne. Der Satz hieße: »Heilige Danksagung eines Genesenden an die Gottheit« und sei vielleicht das Kostbarste, was je ein Meister der Musik der Großnasen

geschrieben habe. Er sei so zu betrachten wie gewisse verschlüsselte Kapitel einer Heiligen Schrift, deren Sinn erst mit langer und ehrfürchtiger Betrachtung, der man wohl sein ganzes Leben widmen müsse, zu begreifen sei. Er selber, Shi-shmi, habe diesen Satz mit seinen Freunden mehrere Dutzend Mal gespielt, auch habe er ihn von anderen gespielt vielfach angehört: er glaube, sich damit dem Kern des Sinnes dieser unfaßbaren Musik einigermaßen genähert zu haben; daß er ihn ganz erfaßt habe, wage er nicht zu behaupten. Es ehre mich daher sehr, daß ich beim allerersten Hören dieses speziellen Satzes schon eine ferne Ahnung vom Geheimnis der »Himmlischen Vierheit« empfunden hätte.
Der Satz ist wie die Besteigung eines Berges im Nebel: ein mühsamer Aufstieg, der im Aufbrechen der Nebel auf der Höhe gipfelt; ein edler, leiser Gesang – durch keinen Text profaniert – führt an die Empfindung vom hellen, sanften Himmel heran, und in ergriffener Kontemplation, wie leise bewegtes Laub, klingt der Satz aus.
Es folgte dann wieder ein kräftiger, die Erde berührender Satz, der – wie mir Herr Shi-shmi anhand einer Zeichnung erklärte, die er anfertigte (denn ich verstehe ja die Musik-Schrift noch nicht) – eigentlich aus zwei ineinander übergehenden Sätzen besteht, die mir wie ein Menschenleben erschienen, das durch alle Höhen und Tiefen des Geschickes und durch den Wandel der Jahreszeiten torkelt. Der Satz – und damit das ganze Stück – endete mit kräftigen, lauten Schlägen, wie das Zuschlagen von Türen, wenn der Krieger hinausstürmt aus seinem Haus zum Kampf.
Ich war wie erschlagen. Es war eine Offenbarung, wie ich sie noch nie in meinem Leben erfahren, und wie ich sie am wenigsten hier in dieser Welt erwartet habe. Ich zog mich in mein Zimmer zurück, und erst, als die drei Freunde des Herrn Shi-shmi wieder gegangen waren, ging ich hinüber, und ohne Zweifel bemerkte Herr Shi-shmi meine Ergriffenheit und freute sich darüber. Wir sprachen lang über die Musik, und ich fragte viel. Herr Shi-shmi erzählte, daß der große Meister We-to-feng dieses Stück – mit mehreren anderen für die gleiche Besetzung – am Ende seines

Lebens, quasi als Vermächtnis seiner Kunst für die Nachwelt verfaßt habe, als ihn das für einen Musiker wohl schrecklichste Schicksal: nämlich taub zu werden, ereilt habe. Ja, sagte Herr Shi-shmi, so viele unmusikalische Dummköpfe haben ein vorzügliches Gehör und ausgerechnet der gewaltige We-to-feng mußte ertauben. Es sei ihm so verwehrt gewesen, jemals seine eigene Musik der Himmlischen Vierheit – und alles andere, was er in seinen späteren Jahren schuf – zu hören. Er hörte es aber mit seinem »inneren Ohr«, wie Herr Shi-shmi sich ausdrückte, und vielleicht erkläre sich daraus die schwebende Losgelöstheit von der irdischen Last. So sei diese Himmlische Vierheit nicht nur Musik, sondern förmlich der frei schwingende Geist der Musik in seiner ganzen Reinheit. Ich stimmte zu.

Es gäbe nun aber auch, sagte Herr Shi-shmi, noch andere gewaltige Meister, die durchaus neben Meister We-to-feng gestellt werden könnten. Das sei zwar immer alles Ansichtssache, und wenn er mir das sage, so sei das seine persönliche Meinung, die sich allerdings mit der vieler anderer Musikfreunde decke. So habe es etwa hundert Jahre vor We-to-feng einen erhabenen Meister namens Yo-yang' Se-wa-tang' Wa'ch (ein sehr langer Name) gegeben, dessen Musik äußerst schätzenswert sei. Dieser Meister Yo-yang' sei im Alter blind geworden (sonst sind Musiker in der Regel nicht blind*) und habe am Ende seines Lebens seinem Schwiegersohn eine Musik in die Feder diktiert, die vielleicht überhaupt der bis jetzt unausgelotete innerste Kern aller Musik sei. Sie heiße »Die Kunst der dahinfliehenden Notenwerte«, und man wisse gar nicht recht, mit welchen Instrumenten sie zu spielen sei. Diese Musik bestehe eigentlich bereits aus unirdischen Sphärenklängen und sei eine Art in der Seele tönende Mathematik. Dann habe etwa zur Zeit des Meisters We-to-feng, aber etwas früher als er, ein großer Meister gelebt, der Mo-tsa geheißen habe. Er sei sehr jung gestorben und habe dennoch eine Fülle von Werken hinterlassen, die oft deshalb mißverstanden würden, weil

* Im alten China waren alle Musiker blind.

sich eine Welt von Dämonen hinter einer gefälligen Fassade verberge. Das gleiche gelte für einen späteren Meister, ebenfalls früh verstorben, der sich als Schüler des Meisters We-to-feng verstanden habe und Fa-shu-we hieß. Vom Meister Fa-shu-we gäbe es ein Musikstück für »Himmlische Fünfheit« mit der Bezeichnung »Die Forelle«, das er, Herr Shi-shmi, besonders liebe. Später dann habe ein großer Meister gelebt, von dem man sagen könne, er habe in gewisser Weise vollendet, was We-to-feng begonnen habe. Dieser Meister, der einen langen Bart hatte (Herr Shi-shmi zeigte mir ein Bild), sei von grimmigem Ernst gewesen; seine Musik sei Musik einer Spätzeit. Ein Stück von ihm für die Besetzung »Himmlische Vierheit« hätten er und seine Freunde vor, das nächste Mal zu spielen. Diese Musik sei herb und bitter und wie eine Erinnerung an eine schönere Welt. Yo-yan'Wa-mas hieß dieser Meister, sei aus einer Stadt im Norden gekommen, und sei – meine *er*, sagte Herr Shi-shmi – der letzte der großen und erhabenen Meister gewesen.
»Gibt es heute keine Musiker mehr?« fragte ich. »Doch«, sagte er, »aber das ist alles Ansichtssache.« Er schätze zwar manches, was neuere Meister verfaßt haben, manches sei hübsch, manchem müßte man mit großem Respekt vor den Bemühungen der neueren Meister entgegentreten, aber den wahren Gipfel habe, meine er, seit dem Meister Yo-yan' Wa-mas keiner mehr erklommen.
So endete unser Gespräch. Ich legte mich in mein Bett und dachte an den Meister We-to-feng, der, von seinem unmenschlichen Schicksal geschlagen, die Musik der Heiligen, Himmlischen Vierheit aus seinem reinen, inneren Ohr heraus schuf. Ich weinte.
Das nächste Mal, bat ich Herrn Shi-shmi, möchte ich unbedingt wieder zuhören. Er versprach es mir. Er freue sich, sagte er. So hat auch diese Welt ihr Gutes. Eine Insel des Geistes in Lärm und Gestank.
Ich schlief in Beseligung. Noch jetzt umwehen mich die Töne des Meisters We-to-feng, die ich nie vergessen werde.
Und so grüße ich Dich, teurer Dji-gu. Ich wollte, Du könntest auch diese Töne hören.

Einen Brief für den Vizekanzler schließe ich bei *.

Dein Kao-tai

Sechzehnter Brief

(Samstag, 25. September)

Mein Freund Dji-gu.

So viel Freude mir Herr Shi-shmi bereitet hat, weil ich durch ihn und seine Freunde die Gelegenheit hatte, die Musik seiner Welt und insbesondere den erhabenen und unvergleichlichen Meister We-to-feng kennenzulernen, so viel Kummer macht er mir dadurch, daß er die Sache mit dem Ausleihen des Zeitkompasses nicht vergißt. Er kommt immer wieder drauf zu sprechen. Ich kann ihm die Bitte nicht gut rundweg abschlagen, da er mir doch so viel Gutes getan hat, namentlich zu Anfang meines Aufenthaltes hier. Inzwischen kann ich mich ja nahezu selbständig bewegen, tue es auch, und brauche seine Hilfe fast nicht mehr. Ohne Zweifel merkt er an meinen Ausflüchten, daß ich alles andere als glücklich bin über seine Bitte. Sonst sehr rücksichtsvoll und feinfühlig, übersieht oder übergeht er mein Zögern. Heute früh, bei unserem ausgiebigen Frühstück, hat er schon wieder damit angefangen. Dazu ist zu sagen, daß nicht jeder Tag so ein Frühstückstag ist. Es gibt einen gewissen Turnus, in dem zwei Tage wiederkehren, an denen die Großnasen nicht arbeiten. Das hängt mit der Zeiteinteilung zusammen, die sie »Wo-'che« nennen. Ich habe dir schon davon geschrieben. Heute und morgen sind solche Tage. Herr Shi-shmi verläßt da oft seine Wohnung gar nicht. Am ersten dieser Tage sind bis Mittag wenigstens die Läden der Kaufleute geöffnet. Am zweiten Tag – den sie »Tag des himmlischen Gebieters« nennen oder »Tag der Sonne«, ruht jeder sichtbare

* Dieser Brief an den Vizekanzler war im Konvolut der Briefe Kao-tais nicht enthalten, wohl weil ihn Dji-gu nicht aufbewahrt, sondern auftragsgemäß seinem Adressaten ausgehändigt hat.

Geschäftsverkehr. Das heißt aber nicht, daß die Großnasen an diesem Tag der Ruhe pflegen und endlich in sich gehen und nachdenken; nein: sie laufen und fahren just an diesen Tagen, wenn möglich, noch aufgeregter herum und führen ihre Kinder und sehr viele Hunde in die Parks. Die Hunde sind oft sehr fett, werden aber nicht gegessen; aber das habe ich Dir, glaube ich, schon berichtet.

An solchen Tagen also, wenn sich Herr Shi-shmi nicht so früh von seinem Lager erhebt wie sonst, bereitet er ein fast zeremoniöses Frühstück. Gelegentlich trinken wir da sogar schon ein Glas Mo-te Shang-dong oder zwei. Wir lieben beide diese ausgedehnte Frühstückszeit und die zwanglosen Gespräche dabei. Aber heute hat er wieder damit angefangen, daß ich ihm doch meinen Zeitkompaß und meine Tasche leihen soll.

Ich verbeugte mich zu Zwei Dritteln vor ihm und sagte: »Allerhöchstwürdiger Freund sowie Meister der historischen Wissenschaften Shi-shmi-tzu, mächtiger Gebieter über eine unabsehbare Schar gelehriger und folgsamer Schüler, die an der ohne Zweifel überaus bedeutenden Gelehrten-Akademie von Min-chen zu deinen nicht genug zu preisenden Füßen sitzen, sowie deine bedeutungsschweren Worte von den wohlgeformten Lippen saugen, Herr dieser köstlichen Wohnung und nicht zuletzt überaus edler Gastgeber und unschätzbarer und geliebter Freund, erlaube mir, daß ich unwürdiger und außerdem höhere Zusammenhänge zu erfassen unfähiger Schmutz-Wurm einige Bedenken vorbringe, die natürlich deinen erhabenen und unanfechtbaren Argumenten gegenüber ohne jede Hoffnung unterlegen sind.« Ich führte alles an, was wir – Du, liebster Dji-gu, und ich – seinerzeit selber an Einwänden gegen unseren Plan geprüft haben: was ist, wenn er über das Zeit-Ende hinausschießt, sei es durch einen Berechnungsfehler, sei es, daß der Lauf der Welt eher zu Ende ist, als wir meinen? dann kommt man womöglich irgendwo an, wo nichts mehr ist. Oder man löst sich, ehe man sich's versieht, in Dampf auf. Sowas ist schnell passiert. Aber Herr Shi-shmi meinte, er sei so neugierig auf eine Zeitreise, daß er das Risiko in

Kauf nehme. Ja, sagte ich: schon gut, aber ich? Wie stehe ich dann da ohne meine Reisetasche? Bin für den Rest meines Lebens hierher verbannt und verzehre mich vor Sehnsucht nach meiner Shiao-shiao und überhaupt meiner Heimat-Welt. Auf die Dauer gesehen wäre mir die Dame Kei-kung da auch kein Trost, trotz allem.
Das gleiche Problem wäre gegeben, wenn dem Zeit-Kompaß (unter seinen groben Großnasen-Händen, das dachte ich mir dazu, sagte es aber nicht) etwas zustoße.
Ja, sagte er: das alles sehe er ein. Aber er wolle versprechen, wie auf seinen Augapfel auf den Kompaß aufzupassen. Außerdem wolle er gar nicht tausend Jahre weiter in die Zukunft reisen, sondern nur zwanzig. Wenn meine tausendjährige Reise so glatt vor sich gegangen sei, werde doch auch wohl bei einer bloß fünfzigjährigen (womit er zwanglos seine Bitte innerhalb von zwei Sätzen um dreißig Jahre hinaufschraubte) nichts passieren. Seinen flehentlichen Bitten war endlich meine Ablehnung nicht mehr gewachsen. Ich wand mich hin und her und versprach zuletzt, es mir bis heute abend zu überlegen . . . aber: ich werde wohl nicht umhin können, seiner Bitte zu willfahren. Nie mehr – außer nach meiner endgültigen Rückkehr – werde ich so erleichtert sein wie dann, wenn er wieder da sein wird.
Ich weiß, mein Geliebtester, daß dieser Brief kürzer ist, als Du vielleicht inzwischen gewohnt bist (obwohl immer noch länger als Deine Briefe, die Du aber mit so ausgesucht schöner Schrift schreibst, viel zu schön für Mitteilungen an einen so unwürdigen Freund wie mich), aber ich muß mich eilen. Ich gebe zu: ich bin in diesem Punkt schon von der Hast der Großnasen angesteckt. Aber was will ich machen? Ein einzelner kann sich nicht gegen den rasenden Strom von Geröll stemmen, in dem das Leben in dieser Welt zu Tal stürzt. Ich bin in Eile: ich muß diesen Brief zum Kontaktpunkt bringen; dann begebe ich mich in eines der fahrenden Eisenhäuser und fahre damit zu Frau Kei-kung, die mich erwartet.
Die Zeit meines Aufenthaltes in dem Haus von Herrn Shi-shmi

neigt sich ihrem Ende zu. In den nächsten Tagen kommt die Ehrwürdige Mutter Witwe-Shi-shmi. Ich werde in ein öffentliches Gästehaus ziehen, wie sie hier in der Stadt vielfach Fremden gegen Bezahlung zur Verfügung stehen. Frau Kei-kung hat mir versprochen, ein mir angemessenes, bequemes und in der Nähe ihrer Wohnung befindliches auszusuchen. Wir werden heute – unter anderem – darüber sprechen. So eile ich denn, grüße Dich aber auf das innigste und bin

Dein ferner Freund
Kao-tai

Siebzehnter Brief

(Sonntag, 3. Oktober)

Liebster Dji-gu.

Heute haben wir den dritten Vollmond, seit ich auf diese ferne Welt meinen Fuß gesetzt. Die Tage werden kürzer, die Nächte sind schon merklich kühler, aber das Wetter dieses Herbstes ist sonst überraschend schön und mild.

Für Deine in letzter Zeit so überraschend häufigen Briefe danke ich Dir, auch für Deine herzliche Anteilnahme an meiner Bekanntschaft mit der Dame Kei-kung, die sich in so vielen freundschaftlichen Fragen äußert. Daß der Vizekanzler den Vorschlag einer Heirat zwischen seinem trotz seines Schielens die Erde überstrahlenden Sohn mit einer meiner lehmverkrusteten, abscheulichen Töchter, nach deren Hand sich andere, gleichrangige Väter die Finger abschlecken würden, abgelehnt hat und weiterhin auf seinem Vorschlag hinsichtlich meines kostbaren Deckhengstes beharrt, finde ich – um einen Ausdruck der Großnasen zu gebrauchen – »einen dicken Hund«. Wenn man etwas »einen dicken Hund« findet, meint man in der Sprache der Großnasen: es sei eine dreiste Ungehörigkeit. Was denkt sich der Kerl? Was ist schon ein Vizekanzler? Ich muß schließlich an die Versorgung meiner Töchter denken. Sie werden auch nicht jünger. Geh hin zu ihm, ich bitte Dich, und sage ihm, daß er Dir eine Liste seiner Stuten nebst genauem Stammbaum geben soll. Schreibe mir dann aus der Liste diejenigen Stuten ab (auch den Stammbaum, versteht sich), die Deiner Meinung nach für meinen köstlichen »Weißen Traum vom zunehmenden Mondviertel« in Frage kämen. Dann werden wir weitersehen. Aber bedeute ihm gleich – ich meine den Vizekanzler –, daß ich nur bereit bin, ihm den Hengst zum Decken der Stute zu überlassen, wenn sein Sohn mindestens *eine* meiner Töchter heiratet. Nein; sage ihm: mindestens zwei. Auf eine herunterhandeln lassen können wir uns immer noch. –

Ich wohne nun, seit vorgestern, in einem öffentlichen Gästehaus. Hong-tel heißen diese Häuser und sind nicht gleichzeitig Bordell; jedenfalls habe ich noch nichts davon gemerkt. Ich schreibe diesen Brief schon in der Großen Halle dieses Hong-tel, das den Namen »Hong-tel von den vier Jahreszeiten« trägt. Frau Kei-kung hat alles für mich geregelt. Sie hat mir auch eines dieser seltsamen viereckigen Lederetuis geliehen – die Ko-feng heißen –, ohne die die Großnasen nie zu verreisen pflegen. Sie hat gesagt: in diesem Etui kann ich meine Großnasenkleidung befördern und überhaupt alle Sachen, die sich inzwischen als mein Eigentum hier angesammelt haben. Außerdem, sagt sie, sei es nicht gut, wenn einer ohne Ko-feng in so ein vornehmes Gästehaus wie dieses Hong-tel kommt. Der Beschließer könne meinen, man sei eine unbedeutende Person, wenn man ohne Kofeng eintrifft. Der Rang werde an Anzahl und Größe der Ko-feng gemessen. Frau Kei-kung hat mich mit ihrem A-tao-Wagen bei Herrn Shi-shmi abgeholt, obwohl sie, wie sie sagt, unvorstellbar viel zu tun hat – frage mich nicht: was? Ich weiß es nicht. Außer dem Etui, in das sie meine Sachen packte, brachte sie noch weitere drei gefüllte Ko-feng mit, damit ich als Inhaber von vier Ko-feng mit gebührendem Respekt im Hong-tel behandelt werde. Ich muß nun zwar ziemlich weit fahren, um zum Kontaktpunkt für unsere Briefe zu gelangen, aber dafür wohnt Frau Kei-kung in einem Haus, das hier ganz in der Nähe liegt. Wenn ich nicht

zu kleine Schritte mache, brauche ich fünfhundert. –
Der Abschied von Herrn Shi-shmi war sehr herzlich. Wir beschlossen, daß durch meinen Umzug unsere Verbindung keineswegs abreißen würde. Für einen der nächsten Tage verabredeten wir uns, damit er mich in eine Gerichtsverhandlung führen könne. Das private Leben der Großnasen habe ich ja nun schon kennengelernt; es ist Zeit, daß ich mich dem Studium des öffentlichen Lebens zuwende. Außerdem werde ich regelmäßig die Musikabende von Herrn Shi-shmi und seinen drei Musik-Freunden besuchen. (Vor drei Tagen habe ich – mit womöglich noch tieferer Erregung, den zweiten dieser Abende erlebt.) So wird der Kontakt mit Herrn Shi-shmi nicht abbrechen. Auf die Sache mit dem Ausleihen des Kompasses sind wir damals abends dann noch zu sprechen gekommen. Ich habe Dir ja geschrieben: ich war entschlossen, dem Drängen Herrn Shi-shmis nachzugeben. So habe ich es dann auch gesagt. Herr Shi-shmi hat mir sehr stark gedankt. Am liebsten wäre er gleich losgefahren, aber es tauchte die Schwierigkeit auf, an die er nicht gedacht hatte, daß ja seine Frau Witwe-Mutter Shi-shmi zu Besuch zu erwarten war. Eine Abwesenheit des Sohnes in dieser Zeit wäre unschicklich. Also verschob Herr Shi-shmi die Zeit-Reise schweren Herzens bis auf die Zeit nach dem Ende des Besuches seiner Mutter. Daß ich über diesen Aufschub erleichtert war, brauche ich dir nicht zu schreiben. Vielleicht vergeht ihm bis dorthin die Lust doch noch. Den Kompaß habe ich hier im Hong-tel bei mir.
Als mich Frau Kei-kung abholte, schaute Herr Shi-shmi ziemlich verwirrt – unbeschadet der Herzlichkeit unseres Abschiedes –, denn er ist sich natürlich nicht im klaren darüber, welcher Art die Beziehungen sind, die sich zwischen Frau Kei-kung und mir entwickelt haben. Da ich zwar in seinem Gesicht einen Teil seiner Gedanken lesen kann, er die meinen bei mir aber nicht (das hat er oft gesagt), war er ganz unschlüssig. Frau Kei-kung aber benahm sich wie es ihre Art ist, freundlich und ungezwungen. Und was geht das auch letzten Endes Herrn Shi-shmi an, auch wenn er mein Freund ist und ich ihm viel verdanke.

Ja: ich kann in den Gesichtern der Großnasen einen Teil, sogar einen großen Teil ihrer Gedanken lesen, sie können das umgekehrt bei mir nicht. Warum? Herr Shi-shmi, mit dem ich in aller Offenheit auch darüber gesprochen habe, sagt: er habe früher schon mehrere Angehörige unseres Volkes kennengelernt, also heute lebende Ur-Enkel von uns, die, wie er sagt, äußerlich meiner Erscheinung doch sehr ähnlich seien. Auch bei denen sei ihm immer schwer gefallen, im Gesicht zu lesen. Bekanntermaßen, fuhr er fort, ginge es allen Großnasen so, und sie empfänden unser normales Alltagsgesicht als lächelnde, um nicht zu sagen grinsende Maske und damit als tückisch, weil sich unfreundliche Reaktionen nicht vorher durch Verändungen des Mienenspiels ankündigten.
Ich erkläre mir das so: die Großnasen haben ganz grobe Gesichtszüge. Sie haben eben diese großen Nasen, haben hervorquellende runde Augen, wulstige Lippen, ein hervortretendes Kinn und riesige Zähne. So ein Ungetüm an Gesicht im Zaum zu halten, vermag auch die stärkste Seele nicht. Jede Seelenregung setzt sich somit ins Gesicht fort, und da das Gesicht grob ist, spiegelt sich selbst die edelste Regung (die unedlen um so mehr) in verzerrter, vergröberter Weise in den Zügen. Wenn sie froh sind, fletschen die Großnasen die Zähne, verziehen den Mund nach oben – wenn sie böse sind, fletschen sie auch die Zähne, verziehen aber den Mund nach unten oder schieben die Unterlippe vor. Häufig werden sie erschreckend rot dabei. Das sind einfache Beispiele. Für den Unkundigen sieht alles bedrohlich aus, wie Du Dir vorstellen kannst, und ich brauchte meine Zeit, um die Unterschiede zu lernen. Heute finde ich es nicht mehr bedrohlich; es oft komisch zu finden, kann ich nicht verhindern. Nicht einmal bei Frau Keikung.
Herr Shi-shmi trug also – er ließ es sich nicht nehmen – das Lederetui Ko-feng, in dem meine Sachen verpackt waren, hinunter. Ich trug meine Tasche. Ich verabschiedete mich mit einer Dreiviertelverbeugung und einigen schmeichelhaften Redewendungen von Frau-Witwe Mutter-Shi-shmi, die dabei die Zähne

fletschte, und bevor Frau Kei-kung und ich in den kleinen A-tao-Wagen stiegen, umarmte ich Herrn Shi-shmi und dankte ihm in einer längeren Rede für die unzähligen Wohltaten, die er mir erwiesen hat.

Im blauen A-tao-Wagen von Frau Kei-kung war es – wir hatten ja vier dicke Ko-feng dabei und meine Reisetasche – sehr eng, wir kamen aber gut vorwärts, und sie wühlte sich mit ihrem A-tao-Wagen höchst geschickt durch das Chaos auf den Straßen, so daß wir schon nach kurzer Zeit im Hong-tel ankamen. Dort riß ein Diener das Türchen des A-tao-Wagens auf und – was ich sogleich in seinem groben Gesicht lesen konnte – wunderte sich, daß zwei Personen nebst vier Ko-feng und einer Reisetasche in dem winzigen Gefährt Platz hatten.

Es ergab sich sogleich eine peinliche Schwierigkeit. Um sie zu erklären, muß ich weiter ausholen und Dich daran erinnern, daß ich schon vor einiger Zeit die Verehrung der Großnasen für das Papier erwähnt habe, die soweit geht, daß man diese Welt, ohne ihr Unrecht zu tun, als Papier-Kultur bezeichnen kann, was schon daraus erhellt, daß sie mit Papier zahlen. Jede Großnase muß ein bestimmtes, nur ihr gehöriges, sie persönlich betreffendes kleines Papier-Büchlein haben und, wenn es geht, mit sich führen, in dem alle möglichen Angaben über den Inhaber vermekrt sind (zum Beispiel: wann ihn seine Mutter geboren hat und wo, was doch bei uns keinen Menschen interessieren würde, auch wie groß er ist, usw.); auch ein kleines Bild ist eingeheftet. Diese Papier-Büchlein sind ungeheuer wichtig, so wichtig, daß sie quasi die Hälfte der Person bilden. Verstehe: die Großnasen bestehen aus zwei Hälften; die eine Hälfte ist der lebendige Mensch aus Fleisch und Blut, die andere Hälfte das Papier-Büchlein. Die eine Hälfte ist ohne die andere nichts. Ich sagte zu Frau Kai-kung, daß ich versuchen werde, nach dem Muster ihres Papier-Büchleins eins für mich anzufertigen, das dürfte doch nicht schwer sein. Nein, sagte sie. Solche Papier-Büchlein stelle nur ein bestimmtes Amt aus. Ein nachgemachtes würde sofort erkannt, und ich würde dann für einen Räuber oder Mörder, mindestens für einen Tagdieb

angesehen werden. Gut, sagte ich, dann gehen wir eben auf das betreffende Amt und lassen uns ein Papier-Büchlein für mich ausstellen. Aber auch das geht nicht, denn dazu braucht man wiederum andere »Papiere«, über die ich natürlich auch nicht verfüge, und so fort. Das sei alles äußerst kompliziert. Sie werde zwar versuchen, mir ein solches Papier-Büchlein zu verschaffen, das brauche aber seine Zeit. Sie müsse da – unter geeigneten Ausflüchten – gewisse Freunde einschalten (unter anderem den mit dem unaussprechlichen Namen, der an jenem ersten Abend mit Herrn Shi-shmi und mir bei ihr war) und so fort.
Ich wurde im Hong-tel sogleich mit der Schwierigkeit, kein solches Papier-Büchlein zu besitzen, konfrontiert, denn der Ober-Beschließer des Hong-tels, ein ganz dicker Großnasen-Mann ohne Haare, der sich äußerst gravitätisch gebärdete, verlangte als erstes die Vorlage meines Papier-Büchleins. Frau Kei-kung redete mit sehr vielen und raschen Worten mit dem Ober-Beschließer. Ich verstand nicht alles, nur so viel, daß sie behauptete, ich hätte durch eine Verkettung unglücklicher Umstände mein Papier-Büchlein verloren. Zum Glück kannte Frau Kei-kung den Vorgesetzten des Ober-Beschließers, der dann geholt wurde. Auch mit dem Vorgesetzten redete Frau Kei-kung, verbürgte sich dafür, daß ich ein vollständiger Mensch auch ohne Papier-Büchlein sei, und die Tatsache, daß ich den Gegenwert von zwei Silberschiffchen (große braune Papier-Zettel) als Vorauszahlung für meine Aufenthaltskosten hinlegte, tat ihr übriges, und so begnügten sich der Vorgesetzte und der Ober-Beschließer damit, daß ich unter ein für mich unverständliches kleines Schriftstück in gedruckten Lettern in der Schrift der Großnasen (das habe ich länger schon gelernt) den Namen »Kao-tai« malte.
Das Hong-tel »Von den vier Jahreszeiten« ist groß und glänzend, und könnte ohne weiteres – im Stil der Bauwerke der Großnasen – für einen Palast eines Kanzlers gehalten werden. Es liegen dicke Teppiche aus und alles ist hell erleuchtet. Eine Vielzahl von Sälen, Fluren und Treppen verwirrt den Besucher, und überall stehen Diener herum, die einem behilflich sind. Alle erwarten aber auch

sofortiges Trinkgeld. Ich solle nicht zu viel geben, sagte mir Frau Kei-kung. Das leuchtet mir ein, denn es ist wie bei uns: der wirklich vornehme Mensch gibt ein kleines Trinkgeld. Nur Hochstapler werfen damit um sich.

Es gibt in dem Hong-tel zwar viele Treppen und Stiegen, aber die Großnasen sind zu faul, sie zu benutzen. Es sind daher spezielle Mechanismen eingebaut, die einem das ersparen. Diese Mechanismen bestehen aus winzigen Zimmern (in denen merkwürdigerweise immer einige Spiegel an der Wand hängen), die wie jene Eisen-Häuser auf der Straße fahren, aber nicht horizontal, sondern vertikal. In so ein Gefährt stiegen wir ein. Ein Diener schleppte die Ko-feng. Wir fuhren in das zweite Stockwerk. Dort schloß der Diener eine Tür auf, stellte die Ko-feng ab und streckte die Hand aus. Ich gab ihm ein Trinkgeld und der Diener verschwand. Frau Kei-kung entkleidete sich unverzüglich und sagte, wir müßten das (im übrigen: sehr prächtige und weiche) Lager einweihen. Sie legte auch ihr Augen-Gestell ab, und ich genoß die wie immer außerordentlichen Freuden der Liebe, die Frau Kei-kung zu bieten nicht müde wird. Sie entzückte mich diesmal mit der Variante »Sommerwind«, und ich befürchtete, daß sie das Kissen – das ja dem Inhaber des Hong-tel gehört und nicht mir – zerbeißen würde.

Danach kleidete sie sich wieder an, und ich ließ durch einen Diener eine Flasche Mo-te Shang-dong kommen, die wir leerten. Mein Zimmer ist sehr groß, viel größer als das, das ich in der Wohnung von Herrn Shi-shmi bewohnt habe. Das Zimmer hat mehrere große Fenster, die auf die Straße hinausgehen, sowie einige Nebenräume. Die Straße ist weit belebter als diejenige, in der Herrn Shi-shmis Wohnung liegt. Wenn ich den schweren Vorhang beiseiteschiebe und an die Scheiben aus Glas trete, kann ich das Treiben der Großnasen beobachten. Viele A-tao-Wägen fahren hin und her, auch der vorgezeichnete Eisenweg der rollenden Häuser verläuft durch diese Straße, so daß sich auch diese Eisen-Häuser noch durch das Gewirr zwängen. Dazwischen laufen die Großnasen kreuz und quer durcheinander, und es ist absolut kein

Sinn in ihrer Unrast zu erblicken, so oft ich auch dieses Chaos betrachte, und ich stehe oft bei beiseitegeschobenem Vorhang am Fenster und beobachtete. Manchmal, wenn es Abend wird, und Frau Kei-kung hat keine Zeit, und Herr Shi-shmi ist ja auch nicht mehr immer um mich, fühle ich Heimweh in dem großen Hong-tel. Der Mond wird noch oft wechseln, bis ich heimkehren kann. Vergiß nicht, zum Vizekanzler zu gehen.
Es grüßt Dich Dein ferner Freund

Kao-tai

Achtzehnter Brief

(Sonntag, 10. Oktober)

Lieber Dji-gu.

Ich habe in einem meiner letzten Briefe geschrieben, daß nun die Zeit für mich gekommen ist, nach dem privaten Leben der Großnasen das öffentliche Leben, und namentlich das ihres Staates, zu erforschen. Nicht zuletzt deshalb habe ich die Wohnung von Herrn Shi-shmi verlassen und bin hierher ins Hong-tel gezogen. Ich habe schon einige interessante Bekanntschaften gemacht, aber davon später. Heute will ich Dir von den öffentlichen Lustbarkeiten der Großnasen berichten.
Längst schon habe ich erkannt, daß sowohl Herr Shi-shmi wie auch Frau Kei-kung nicht als Maßstab für die Beurteilung der gängigen, allgemeinen Großnasen betrachtet werden können. Frau Kei-kung ist eine Frau von gehobener Bildung und Herrn Shi-shmi würden wir ohne weiteres – ungeachtet gewisser verquerer Ansichten – als Philosophen betrachten; außerdem ist er in der Kunst der Musik bewandert. Herr Shi-shmi und Frau Kei-kung ragen aus der Masse der Großnasen heraus. Das ist nicht viel anders als bei uns.
Nun wälzt sich aber also da die grobgesichtige Masse der grauen Leute durch die Straßen und blickt freudlos. Ich sagte Dir schon: es ist leicht, in ihren Gesichtern zu lesen. Fast auf allen Gesichtern

ist Mißgunst zu finden. Ob das von der Rindsmilch kommt, die sie ständig trinken? Oder macht sie ihr gehetztes Leben, ihr ständiges Fort-Schreiten, unzufrieden? Und vielleicht wissen sie das gar nicht?

Ich habe nicht angenommen, daß es öffentliche Lustbarkeiten für die Großnasen gibt; aber es gibt sie doch. Ich sage Dir: sie sind schrecklicher als der Mißmut. Es ist schon länger her, es war noch, bevor ich Dir den letzten Brief geschrieben habe, da hat mich Herr Shi-shmi zu einer solchen öffentlichen Lustbarkeit mitgenommen. Es sei dies, sagte er, einer der Höhepunkte des Jahres und dauere knapp einen halben Mond. »Das Fest des Herbstmondes« heißt es und spielt sich auf einer gigantischen Wiese etwas abseits vom Zentrum der Stadt ab. Es ist nahezu unbeschreiblich. Ich glaube, daß ich mich nie so geekelt habe wie dort. Dennoch bin ich einige Stunden geblieben. Schon von weitem leuchtete der Himmel über den Häusern, als ob eine Feuersbrunst ausgebrochen sei. Tosender Lärm hüllt einen ein, je näher man kommt. Obwohl ich mich sonst doch schon recht frei hier bewege, klammerte ich mich an den Arm von Herrn Shi-shmi. Aus Tausenden von Schellen, Trommeln und Rasseln quälte ein unversiegender Strom von kreischendem Lärm. Es soll Musik sein. Man kann sich nur schreiend unterhalten. Was würde Euer Meister We-to-feng zu diesem Lärm sagen?, schrie ich. Er war ja taub! schrie Herr Shi-shmi zurück. Das kann ich jetzt verstehen! schrie ich.

Zunächst erkannte ich gar nichts. Als sich meine Augen an das Blenden und Blitzen gewöhnten, das zahllose grelle Lampen verbreiteten, sah ich riesige Räder sich drehen, Schaukeln flogen, überall saßen Großnasen und ließen sich furchtlos oder, besser gesagt, selbstmörderisch durch die Luft schleudern. Überall stank es, denn zu der Lustbarkeit gehört es offenbar, daß sie ihre Notdurft verrichten, wo immer sie der Drang überkommt, und da ein Hauptteil der Lustbarkeit darin besteht, daß man Ma-'ße und Hal-bal in ungeheuren Mengen trinkt, müssen sie auch sehr viel von sich geben.

Ich weigerte mich natürlich, mich auf so ein Rad schnallen oder an so eine fliegende Kette hängen zu lassen. Aber ich folgte dann, nachdem ich – immer noch an den Arm meines Freundes geklammert – einen Rundgang von vielleicht einer Stunde gemacht hatte, Herrn Shi-shmi in eine der Haupt-Trink-Stätten. Das sind unvorstellbar riesige Zelte, in denen es vor Menschendampf wie in einem Stall riecht. Eine Gruppe von Musikern spielte auf sehr dicken Trompeten auf einem Podium in der Mitte äußerst kräftige Musik, die mit der des Meisters We-to-feng nicht das geringste zu tun hat. Die meisten Leute sind grün gekleidet und tragen stark lächerliche Hüte. Unvorstellbar dicke Dienerinnen, die – wie mir Herr Shi-shmi sagte – eigens darin ausgebildet sind, zehn, zwölf und noch mehr Ma'ßa-Krüge gleichzeitig zu schleppen, stampfen von Tisch zu Tisch und verteilen die Krüge. Man muß unverzüglich bezahlen. Die Großnasen, oft mit merkwürdigen Insignien geschmückt, mit Papierblumen bekränzt oder mit Haarbüscheln am Hut, schlagen sich auf die Schenkel und schreien ohne ersichtlichen Grund. Sie öffnen den Mund weit und schütten das Ma-'ßa-Getränk, kaum daß ihnen die Dienerin den Krug gebracht hat, in den Schlund. In regelmäßigen Abständen spielt die ohnedies alles übertönende Musik noch lauter ein sehr kurzes, offenbar äußerst beliebtes Lied, dessen Sinn mir nicht ganz klar war. Es lautete: Wan-tswa-xu-fa . . ., worauf auf einer gewaltigen Trommel drei mächtige Schläge erdröhnen. Das ist das Zeichen, daß jeder seinen Ma-'ßa-Krug ergreift und soviel in sich hineingießt, wie ihm möglich ist. Danach entlädt sich ein Brüllen, und alle schreien nach den Dienerinnen, damit neues Ma-'ßa gebracht wird. In riesigen Fässern wird es von draußen herangerollt, und dämonische Berserker in Lederschürzen mit Händen wie Schaufeln stechen die Fässer an bestimmten Stellen an, aus denen sich dann die Flüssigkeit in die Krüge ergießt.

Es bleibt natürlich nicht aus, daß die sehr bald berauschten Großnasen entweder untereinander oder mit den Krug-Dienerinnen zu streiten anfangen. Das artet oft blitzartig in eine Schlägerei aus, und dann kommt so ein Dämon mit Schaufelhänden, ergreift den zappelnden Unruhestifter und schleudert ihn aus dem Zelt

hinaus. Das ist stets von mehr oder weniger freudigen Zurufen begleitet, und unmittelbar danach spielt die Musik wieder das beliebte: Wan-tswa-xu-fa... und alle singen mit ihren tiefen Stimmen mit.
Das geht fast bis gegen Mitternacht so, dann werden die Lichter gelöscht und keine Fässer mehr hereingerollt. Die zu der Zeit längst besoffenen Großnasen schlagen – sofern sie nicht schon unter den Tischen liegen – mit den Krügen auf die Tische, weil sie weiteres Ma-'ßa wollen. Sie kriegen aber keines mehr. Die Stadtverwaltung ist immerhin so weise, daß sie, aus Angst wohl, daß die Großnasen sonst die ganze Stadt zertrümmern würden, nur begrenzten Ma-'ßa-Ausschank zuläßt. Auch die Musiker packen ihre Instrumente ein. Nur noch das Grölen und Rülpsen der Trinker ist zu hören. Endlich kriechen sie nach Hause.
Auch wir gingen – vorsichtig, um nicht in Kot oder Erbrochenes zu treten –, und ich war wie betäubt. Vierzehn Tage halten die Großnasen das durch. Dabei vergessen sie oder vertreiben mit Gewalt und zwanghaft ihren Mißmut. Viele werfen, sofern sie noch in der Lage dazu sind, ihre Hüte in die Luft und stoßen dabei kurze, gellende Rufe aus. Viele steigen dann in ihre A-tao-Wägen und fahren gegen Bäume, was die anderen besonders komisch finden. Das ist die Lustbarkeit der Großnasen. Ich habe Herrn Shi-shmi gefragt: ob das denn *ihm* wirklich gefalle? Nein, hat er gesagt, aber er sei mit mir hergegangen, weil er meine, ich müsse das auch sehen. Damit hat er freilich recht.
Eine andere Lustbarkeit öffentlicher Art, hat mir Herr Shi-shmi gesagt, findet im Winter statt. Im Gegensatz zum »Fest des Herbstmondes«, dem man sich dadurch entziehen kann, indem man nicht hingeht, sei das Winterfest umfassend, und dem könne keiner entgehen. Ich werde es zwangsläufig erleben, sagte Herr Shi-shmi. Näheres äußerte er nicht.
Jetzt, wo ich dieses schreibe, ist das »Fest des Herbstmondes« schon vorbei. Es geht so schnell, wie es gekommen ist. Die Großnasen brechen die Ma-'ßa-Zelte und Lustbuden ab und transportieren die Trümmer irgendwohin. Zurückbleibt eine

Wiese voll Dreck. Was sie mit dem Dreck tun, weiß ich nicht. Wahrscheinlich verlassen sie sich darauf, daß es ohnedies fast immer regnet, und daß der Regen im Lauf des Jahres bis zum nächsten »Fest des Herbstmondes« alles weggeschwemmt hat. Der Dreck auf den Straßen übrigens wird meiner Beobachtung nach dadurch beseitigt, daß die Großnasen mit ihren A-Tao-Wägen drüberfahren. Dadurch wird der Dreck zerkleinert, zerdrückt, pulverisiert und endlich vom Wind weggeweht. Daher der ständige ölige Ruß in der Luft, an den die Großnasen aber gewöhnt sind. Ich wunderte mich immer schon die ganze Zeit, daß die Tiere und Pflanzen das aushalten. Über dieses Problem habe ich viel nachgedacht, bin aber bis vorgestern zu keiner Lösung gekommen. Vorgestern aber habe ich in der Halle dieses Hong-tels hier einen hochinteressanten Mann kennengelernt. Du mußt Dir das so vorstellen: die Halle des Hong-tel, eigentlich eine Vielzahl von ineinandergehenden, mit Teppichen ausgelegten, zum Teil durch kurze Treppen oder Balustraden voneinander getrennte, sehr prächtige Hallen, stehen allen Gästen des Hong-tel zur Verfügung. Es stehen kleine Tische herum und sehr bequeme Sessel. Diener laufen herum und befragen einen nach seinen Wünschen. Ich sitze gern da, denn es gibt immer etwas zu beobachten, und da andere Leute (übrigens auch Frauen) ständig herumsitzen, kommt man leicht ins Gespräch.
So saß ich vorgestern mit einem Herrn zufällig hier unten, der mir nicht zur primitiven Art der Großnasen zu gehören schien. Er war riesig, wie fast alle Großnasen, und hatte einen gewaltigen runden Bart von schwarzer Farbe. Er saß schon da, als ich in die Halle kam, und las in einem Buch. Kein anderer kleiner Tisch war frei, also trat ich zu ihm, machte eine Drittel-Verbeugung und sagte: »Erlaubt der Ehrwürdig-bärtige Mandarin in seiner selbst von fernen Urenkeln noch zu preisenden Gutmütigkeit sowie Langmut, daß ein nichtsnutziger Angehöriger eines fernen, zwergenwüchsigen Volkes die Luft um den herrlichen Tisch hier verschmutzt und sich hersetzt?«
Der Bärtige blickte kurz auf, schaute verdutzt, fletschte aber dann

die Zähne und sagte: »Aber bitte.« Er sagte nur das: »Aber bitte.« Höflichkeitsformeln sind unter Großnasen nicht üblich. Ich weiß das längst; ich weiß auch, daß meine höflichen Anreden – obwohl ich sie ohnedies, wie Du an der eben wiedergegebenen siehst, schon auf ein nahezu beleidigendes Maß verkürze – von den Großnasen oft mißdeutet und schlecht gewürdigt werden. Dennoch kann ich mir die Höflichkeit nicht abgewöhnen, bin auch nicht gewillt, es zu tun. Ich bin außerstande, die durch meine Erziehung und die ewigen – naja ... »ewigen« – Grundsätze des Konfuzianismus in mir eingeprägten Seelenzüge zu verleugnen. Daß sie die Welt hier nicht ändern werden, ist natürlich klar. Aber ich fühle mich wohler dabei. Das habe ich auch Frau Kei-kung gesagt, die mich gebeten hat, wenigstens während des Liebesaktes auf höfliche Reden und lobende Erwähnungen ihrer verschiedenen Körperstellen zu verzichten.

»Aber bitte«, sagte also der Bärtige, und ich setzte mich unter nochmaliger Verbeugung. Als der Diener kam, bestellte ich für mich ein Getränk, das ich hier im Hong-tel schätzen gelernt habe: ein starkes rotes Wasser, das Kang-pa-li heißt. Der Bärtige las zunächst weiter, aber als ich aus meinem kleinen Leder-Etui (dem Abschiedsgeschenk von Herrn Shi-shmi) eines jener wohlriechenden Brandopfer meiner bevorzugten Sorte Da-wing-do in den Mund steckte und anzündete, schaute er von seinem Buch auf und schnupperte wohlgefällig. Ich bot ihm ein Da-wing-do aus meinem Etui an. Er nahm es und dankte, und so kamen wir ins Gespräch. Später tranken wir noch eine Flasche Mo-te Shang-dong.

Der Herr – er wohnt immer noch hier im Hong-tel, ich sehe ihn oft – ist ein Meister der Waldpflege, stammt aus einer nördlichen Stadt, wo er an einer Gelehrtenakademie unterrichtet, und hält sich in Min-chen zu Studienzwecken auf. Seinen eigentlichen Namen, sagte er, könne ich sicher nicht aussprechen und noch weniger mir merken. Er nannte mir deshalb seinen Intimnamen. Die Großnasen haben nämlich immer mindestens zwei Namen: einen öffentlichen und einen, manchmal zwei, mit dem sie im familiären Kreis angeredet werden. Der öffentliche Name des

Herrn Shi-shmi ist eben »Shi-shmi«, der familiäre Name Ma-ksi-mi-lan; so nennen ihn etwa seine Musik-Freunde; seine Frau Witwe-Mutter aber nennt ihn »Ping-tsi«. Herrn Shi-shmis Frau Witwe-Mutter heißt mit öffentlichem Namen auch Shi-shmi, mit familiärem Intim-Namen Yo-cha-na, Herr Shi-shmi aber nannte sie Ma-'ma. Frau Kei-kung heißt mit Intimnamen Ak'-ga-ta. Über weitere Intimnamen verfügt sie nicht. Ich nenne sie aber: »Frühlingsmandelbäumchen in der Morgensonne«. Aber dies nur nebenbei.

Der bärtige Herr also sagte: ich solle ihn der Einfachheit halber mit seinem Intimnamen anreden, und der laute Yü-len.

Ich sprach mit Meister Yü-len – denn er hat wohl den Anspruch auf diese Anrede – über den Ruß in der Luft.

Das sei allerdings ein Problem, sagte Yü-len-tzu, ein Problem, das die Großnasen lange Zeit nicht erkannt hätten. Meine Frage, sagte er, ob die Tiere und Bäume denn den beständigen Ruß in der Luft vertragen könnten, könne er mir nur hinsichtlich der Bäume beantworten, denn von Tieren verstehe er nichts, von Bäumen aber schon, und da müsse er die eindeutige Antwort geben: nein. Die Bäume vertragen es nicht, oder besser gesagt: nicht mehr. Und was passiert? fragte ich. Ganz einfach, sagte Meister Yü-len, die Bäume verkümmern, werden fahl und welk, lassen die Zweige hängen, sterben ab und fallen um; erst die Nadelbäume (bei denen sei es jetzt soweit) und später die Laubbäume. Wenn ich mit ihm an bestimmte Stellen ins Land hinaus fahren würde, sagte er, könnte er mir die räudigen Stellen im Wald zeigen, die in den letzten Jahren immer mehr um sich gegriffen hätten. Es würde nicht mehr lang dauern, dann würden nicht die räudigen Stellen als Inseln oder Lichtungen im Wald auffallen, in wenigen Jahren würden die noch heilen Stellen wie Büschel im Chaos der Rußkrätze stehen, bis endlich alles an Bäumen verschwunden sei.

Ich müsse mir das so vorstellen, daß jahrzehnte –, ja fast jahrhundertelang die Großnasen in ihrem Wahn vom Fort-Schreiten allen Unrat gedankenlos über den Wald und überhaupt über die Natur ausgegossen haben. »Die Bäume können nicht schreien und um

Hilfe rufen«, sagte Yü-len-tzu. »Vergeblich wedeln sie stumm mit ihren Blättern. Gnadenlos wurden sie geschunden. Tapfer haben sie versucht, zu widerstehen. Jetzt ist der Moment gekommen, in dem ihre Kraft erlahmt ist. In wenigen Jahren wird es wahrscheinlich keinen Wald mehr geben.«
»Ja«, sagte ich, »was wird denn da unternommen?«
»Im Grunde genommen: nichts«, sagte Meister Yü-len. »Ich und meinesgleichen schreien zwar – stellvertretend für die Bäume, sozusagen –, aber die Schmutzerzeuger sind stärker, und die Minister sind deren Freunde.«
»So«, sagte ich, »aha. Ich verstehe. Die Minister sind korrupt?«
»Ja«, sagte Meister Yü-len.
»Habe ich es mir doch gedacht«, sagte ich. – So hat sich die Welt also in dem Punkt nicht geändert, habe ich in Gedanken für mich hinzugefügt. Die Minister sind korrupt. Das alte Lied. Offenbar hält sich das Schlechte über die Jahrhunderte hinweg. Den Brand eines Hauses überleben die Wanzen.
»Ja, ja«, sagte Meister Yü-len. »Es gibt nur eine Hoffnung für den Wald: die Minister gehen gern auf die Jagd. Fast alle Minister gehen gern auf die Jagd.« (Aha: auch das ist nicht anders geworden). »Es gilt als fein, vornehm und als Privileg, auf die Jagd zu gehen. Wenn es eines Tages soweit ist«, sagte Yü-len-tzu und hob die Hand, »daß der Wald auch dort verkommt, wo die Minister zur Jagd gehen, und daß es keine Rehe und Hirsche mehr gibt, die sie erlegen können, dann kann es sein, daß die Minister ein Interesse daran bekommen, den Wald zu retten. Aber dann ist es womöglich zu spät.«
Ich faßte große Zuneigung zu Yü-len-tzu.
»Ich weiß«, sagte ich, »daß es keinen Kaiser mehr gibt und auch keinen Wu, der den korrupten Ministern auf die Finger klopfen oder ab und zu einen köpfen lassen könnte...« Meister Yü-len lachte.
»Ich kann Ihnen sagen«, fügte ich hinzu, »es wirkt oft Wunder, wenn ein korrupter Minister geköpft wird. Es ändert die Welt nicht, aber ein paar Jahre lang sind die Minister weniger korrupt.«

»Sie reden«, sagte er, »als kämen Sie aus einer anderen Welt.« Ich antwortete nichts. Ich will möglichst wenigen meine wahre Herkunft verraten. Herr Shi-shmi weiß sie, auch Frau Kei-kung; darauf will ich es vorerst beschränken. Auch kenne ich Herrn Yü-len-tzu noch nicht lange genug, um mir ein wirklich abschließendes Bild von ihm machen zu können.
»Nein«, sagte er dann, »einen Kaiser gibt es nicht mehr, der den korrupten Ministern auf die Finger klopfen würde, und der letzte Minister, der geköpft wurde ... das ist lang her. Hundertfünfzig Jahre.«
»Zu lang«, sagte ich.
»Außerdem war der letzte Kaiser selber ein arroganter Dümmling.«
»Wi-li mit dem Holzkopf«, sagte ich.
»Ach, Sie kennen die Geschichte«, sage er. »*Jetzt* haben wir ein politisches System, das postuliert, daß das Volk der Kaiser ist.«
»Dann scheint mir«, wandte ich ein, »dieses politische System selbst schlecht zu sein?«
»Das kann man nicht sagen«, sagte Herr Yü-len ernst, »das System ist gut, nur die Menschen sind schlecht.«
»Die Weisen lehren«, sagte ich, »also ich meine: unsere alten Weisen lehren, daß nur jenes politische System wirklich gut ist, das den schlechten Menschen voraussetzt.«
»Den schlechten oder den dummen?«
»Was das politische System angeht«, sagte ich, »lehren unsere Weisen, ist dumm so viel wie schlecht. Aber solche Weisheit ist für diese Ihre Welt wohl zu alt. Sie schätzen nur die neue Weisheit.«
Verzeih, mein treuer Dji-gu, hier wurde ich unterbrochen. Ab und zu schreibe ich einige Seiten dieser Briefe oben in meinen Gemächern, ab und zu aber auch unten in der großen Halle des Hong-tel. Was Du eben gelesen hast, habe ich unten in der Halle geschrieben. Herr Yü-len ist gekommen, hat mir über die Schulter geschaut – er ist von unbekümmertem Wesen, man muß sich daran gewöhnen – und hat sich aber dann an den schönen, ihm

natürlich völlig fremden Schriftzeichen erfreut. Ich sagte, was ja stimmt, ich schriebe einem fernen Landsmann. Er sagte: er lade mich ein, heute abend ein öffentliches Speisehaus mit Tanz zu besuchen. Da ich es für richtig halte, auch dies kennenzulernen, habe ich mich verbeugt und seine Einladung angenommen. So unterbreche ich also diesen Brief. Ich verschließe ihn und werde ihn erst morgen zum Kontaktpunkt bringen. Vielleicht ist dann auch ein Brief von Dir da. Yü-len-tzu wartet schon unten. Ich grüße Dich

Dein Freund Kao-tai

Neunzehnter Brief

(Montag, 11. Oktober)

Lieber Freund Dji-gu.

Ich weiß nicht recht, ob ich das, was ich gestern erlebt habe, dem privaten oder dem öffentlichen Leben der Großnasen zurechnen soll. Ich sitze wieder in der Großen Halle des Hong-tel, und es ist Vormittag. Meister Yü-len war vorhin herunten. Wir haben zusammen gefrühstückt. Danach ist er wieder in sein Zimmer hinaufgegangen, um sich von der Zofe eine kalte Kopf-Kompresse machen zu lassen. Er war nicht unfreundlich, wohl aber wortkarg. Eigentlich hätte er jetzt zu einem Vortrag gehen sollen, den ein Fachkollege von ihm hält, ein anderer Meister der Waldbau-Kunst. Er versage sich das diesmal, hat Herr Yü-len gesagt, und man dürfe ihn keineswegs vor Ablauf von vier Stunden wecken. Ich versicherte ihm mein tiefempfundenes Mitgefühl und sagte, daß auch ich nicht so ganz recht aufrecht um meine Seele herum angeordnet sei, wie es sein soll.
Dennoch schreibe ich Dir diesen Brief und werde ihn dann zusammen mit dem von gestern zum Kontaktpunkt bringen.
Wir begaben uns also gestern von hier, vom Hong-tel, aus zu einem öffentlichen Speisehaus, das nicht sehr weit entfernt liegt. Ich sei sein Gast, sagte Meister Yü-len, und er habe eine große

Überraschung für mich. Der Abend war mild und schön. Wir gingen zu Fuß durch die Stadt und redeten dieses und jenes. Die von Yü-len-tzu versprochene Überraschung gelang vollkommen, war allerdings von der etwas derben Art, die das ganze Wesen Meister Yü-lens ausmacht und die ich als ungehobelt (selbst gemessen an der generellen Grobheit der Großnasen) empfinden könnte, wenn ich nicht die aufrichtige und herzliche Einstellung Meister Yü-lens zu mir vorher gekannt hätte. Auch ging alles nur knapp an einer äußerst peinlichen Situation vorbei; aber das konnte Meister Yü-len ja nicht ahnen, da er nicht weiß, woher ich wirklich komme.

Schon beim Betreten des öffentlichen Speisehauses stutzte ich: standen da nicht neben Anschriften in der Sprache der Großnasen *unsere* Schriftzeichen? Ja – lies und staune: da stand in dieser fernen Welt und Zukunft in den uns geläufigen Schriftzeichen »Großes Haus«. Die Schriftzeichen waren nicht anders, als wir sie zu schreiben gewohnt sind. Yü-len-tzu lächelte verschmitzt, als er meine Verblüffung bemerkte. Er zog mich hinein. Was sage ich Dir: liefen da nicht ein paar Leute herum, die – obzwar in der Art der Großnasen gekleidet – unbestritten die Gesichtszüge und Merkmale von Menschen aus dem Reich der Mitte trugen? Ich wußte nicht, was ich davon halten sollte, und obwohl ich einen gewissen Anflug von Vertrautheit empfand, war mein erster Gedanke: zu fliehen. Ich fühlte mich entdeckt. Aber ich sagte mir: schließlich ist das, was ich tue, meine Reise hierher, so ungewöhnlich sie auch sein mag, kein Verbrechen und braucht die Entdekkung nicht zu scheuen, auch wenn sie mir unangenehm wäre.

Einer der Diener stürzte diensteifrig zu uns her (es waren wenig Leute in dem Speisehaus) und erkannte in mir selbstverständlich sofort einen – vermeintlichen – Landsmann. Nun gut: Landsmann bin ich ja, nur kein Zeitgenosse. Er redete mich an, aber ich verstand wenig. Das war wiederum ein Glück: er stammte aus dem exotischen Kuang-chou * und redete wohl das dortige Kau-

* Kuang-chou = Kanton

derwelsch. Ich erklärte das Herrn Yü-len. Er sagte verstehend: aha.

Diese Gefahr war umgangen (auch die anderen Diener, alles Verwandte des ersten, stammten, wie sich ergab, aus Kuangchou), und wir setzten uns.

Das Lokal sollte wohl ein Haus aus dem Reich der Mitte imitieren, und als Imitation war es gar nicht so schlecht, wenn auch manche Schriftzeichen, die an den Wänden als Dekoration gemalt waren, hellen Unsinn ergaben. An einer Wand stand: »Ein Kaninchen aus Kung-te frißt keine Maikäfer« und an der anderen: »Bilsenkraut mit Reiswein und Frau altes Schiff«. Ich konnte es mir nicht versagen, den Diener – in der Sprache der Großnasen, denn er verstand mich so wenig wie ich ihn – nach dem Sinn dieser Sprüche zu fragen. Der Diener wurde verlegen und sagte entschuldigend: ein großnäsiger Kalligraph hätte die Zeilen, ohne ihre Bedeutung zu erkennen, aus einem Buch abgemalt. Noch niemand habe sich daran gestoßen, und wenn eine Großnase danach frage, erlaube er sich zu erklären, es handle sich um Aussprüche des weisen K'ung-tzu. Eine Frechheit, wofür ich dem Diener eigentlich die Schüssel mit Reis über den Kopf hätte stülpen sollen. Ich unterließ es mit Rücksicht auf Herrn Yü-len-tzu, der die Sache in seiner munteren Art eher lustig fand.

Die Ausstattung des Speiselokals war so, mußt Du Dir vorstellen, als habe man sie mit einer fernen Ahnung vom Schatten unserer glorreichen Zeit eingerichtet. Einige Schnitzereien an den Balustraden erinnerten etwas an unseren Stil, und ein paar Vasen, die herumstanden, hätten für vergröberte Abbilder von Produkten unserer Zeit gelten können, wenn man nicht genau hinsah. Meine Hoffnung, daß es gebratenen Hund gab, erfüllte sich indessen nicht. Ich aß Huhn. Auch dessen Zubereitung erinnerte mich entfernt – wie die des Reises – an unsere Küche; wohltuend und sehr erleichternd für mich war, daß alles unter Vermeidung von Rindsmilch und deren Derivaten zubereitet war. Das immerhin scheint die Küche unserer Enkel noch nicht verdorben zu

haben. Mo-te Shang-dong gab es auch. Trotz allem war ich doch erleichtert, als wir dieses merkwürdige »Große Haus« wieder verließen.
Wir betraten die Straße. Ich habe Dir schon von der Einteilung der Monde in »Wo-'chen« erzählt und von der wiederkehrenden Bedeutung einzelner Tage in diesen Zyklen. Gestern war einer der Tage – der »Tag der Sonne«, an dem alle Läden geschlossen sind und die Großnasen sinnlos durch die Parks rennen. Gegen Abend verliert sich das Gerenne und die Stadt wird fast still. Sofern es den edlen Ausdruck nicht beleidigt, könnte man sagen, etwas wie ein Schatten von Poesie wehe dann in der Stadt. Man hört Brunnen plätschern, aber dann ist es wieder so, daß die wenigen herumfahrenden A-tao-Wägen, weil einzeln Lärm machend, besonders stören.
So ein Abend war gestern. Als Meister Yü-len und ich die Straße betraten, war es schon dunkel. Das macht in der Stadt gar nichts, denn erstens haben die Großnasen eine automatisch-magnetische Beleuchtung der Straßen. An baumhohen Masten hängen in verschwenderischer Fülle lauter solche Lampen und machen die Nacht ganz sinnlos zum Tag. Aber immerhin hat das den Vorteil, daß man nicht stolpert. Zweitens haben die Großnasen-Kaufleute – ich habe es Dir schon erzählt – die Angewohnheit, die Fenster ihrer Läden in schamloser Weise zu beleuchten, um auf ihre Waren hinzuweisen, selbst dann, wenn die Läden selber geschlossen sind und man gar nichts kaufen kann. Ich kann das immer noch nicht verstehen: diese so würdelos nach außen gekehrte Darbietung des eigenen Verdienstes, also der Waren. Wenn mir nicht schon durch meine konfuzianische Erziehung der Abscheu vor allen Kaufleuten eingepflanzt wäre: spätestens hier hätte ich ihn erworben.
»Tja –«, das ist kein Wort aus der Sprache des Reiches der Mitte, obwohl es so klingt. »Tja –«, sagte Herr Yü-len-tzu, und das bedeutet ungefähr: ich wüßte gern, was ich jetzt wollte. »Tja – wo gehen wir hin?«. Er blickte von seiner gewaltigen Höhe die Straße hinauf und hinab und wendete seinen mächtigen runden Bart in

alle Himmelsrichtungen. Ich schlug vor, Frau Kei-kung einen Besuch zu machen, und erklärte, daß ich inzwischen die unverdiente Ehre gehabt hätte, für Frau Kei-kung ein weiß-seidenes, äußerst spinnwebdünnes Hosen-Kleid erwerben zu dürfen, mit leicht-goldenen Ornamenten, das ihren Körper bei geeigneter Beleuchtung in höchst vorteilhafter Weise durchschimmern läßt, mehr noch als das bunt-weithinleuchtende Wellenkleid. Ich stellte in Aussicht, daß auf meine Bitte hin die Dame Kei-kung ohne Zweifel dieses bewundernswürdige Hosenkleid anziehen würde, schilderte auch die himmlischen Vergnügen beim Anblick ihres Leibes; auch erzählte ich von der Katze Meister Mi.

»Ach was«, sagte Herr Yü-len-tzu, »da können wir immer noch hingehen. Erst stülpen wir uns noch dort drüben einen unter die Weste.« Das ist einer der Lieblingsausdrücke von Meister Yü-len. Er bedeutet soviel wie: er beabsichtigt, einen erfrischenden Trunk zu sich zu nehmen.

So gingen wir also quer über einen großen Platz und in ein anderes Speisehaus, das sehr groß war und ungefähr so roch wie das große Zelt auf dem »Fest des Herbstmondes«. Meister Yü-len wollte unbedingt, daß ich ein Hal-bal trinken solle, aber ich lehnte mit einer Viertel-Verbeugung ab. So trank er allein Hal-bal, und zwar in rascher Folge drei Krüge hintereinander. Ich weiß nicht, wie die Großnasen das machen. Unsereinem würde es den Leib zerreißen, wenn wir solche Mengen Flüssigkeit in uns hineingössen. Ihm schmeckte es. Der Schaum des Hal-bal-Getränkes blieb in seinem Bart hängen, und er wischte ihn sich mit fröhlichen Gesten ab. Ich trank einen Becher Traubenwein. Das heißt: ich duldete es, daß der Diener einen solchen Becher vor mich hinstellte. Ich nippte auch daran, aber ich trank es nicht aus. Es war bitter. Ich hatte das Gefühl, die Finger- und Zehennägel zögen sich in den Körper zurück. Im Lokal war es sehr laut. Eine musikalische Gruppe spielte stark. Auch sangen einige Leute, aber nicht schön. Um den Geruch, der hier vorherrschte, etwas von uns fernzuhalten, zündeten wir uns je eine Da-wing-do an. Als wir sie zu Ende geraucht hatten, verließen wir dieses Speisehaus.

Im Lokal war Herr Yü-len-tzu wieder auf die Probleme der Waldbau-Kunst, sein Fachgebiet, zu sprechen gekommen. Es sei alles nicht so einfach, seufzte er, und ob wir in »Chi-na« diese Schwierigkeiten nicht auch hätten? Er hält mich natürlich für einen Reisenden aus dem heutigen Reich der Mitte. Wie auch anders. Er hat schon ein paar Mal in seiner unbekümmerten Art gefragt, was ich denn so treibe, und warum und wie lang ich mich in Min-chen aufhalte. Ich habe ausweichend geantwortet. Mehrmals hat er auch nach dem Stand der Waldbau-Kunst im Reich der Mitte gefragt. Es interessiere ihn sehr stark. Er sei schon einmal dorthin eingeladen gewesen, aber aus verschiedenen Gründen habe er nicht fahren können, was ihm sehr leid tue. Ich konnte ihm über den Stand der Waldbaukunst im heutigen Reich der Mitte leider naturgemäß keine Auskunft geben und antwortete wieder ausweichend. Das wird mir langsam peinlich und erschwert mir die Fragen an ihn.
Im zweiten Lokal, das wir aufsuchten, fing er wieder damit an. »Woher kommen Sie?« fragte er. »Aus Chi-na«, sagte ich. »Ja«, sagte er, »ich meine aber, aus welcher Stadt?« Ich antwortete – vielleicht etwas unbedacht, um der Wahrheit so nahe wie möglich zu bleiben –: »Aus K'ai-feng«. Er nahm ein kleines Papierbüchlein aus der Tasche und schlug etwas nach, dann sagte er: »Kennen Sie einen Meister der Waldbaukunst, der an der Gelehrten-Akademie in Pei-ching lehrt und Chiang Chiao-yü heißt? Er gilt als der beste Waldbau-Experte in Chi-na und hat mich seinerzeit eingeladen.« Natürlich kenne ich den fernen Enkel Chiang Chiao-yü nicht, der tausend Jahre nach mir geboren ist. (Zu Pei-ching, das die Großnasen Peking nennen, ist zu sagen, daß es hier – jetzt – wieder wie ehedem vor unserer Zeit dem Reich der Mitte einverleibt ist; wenigstens *ein* erfreulicher Zukunftsaspekt. Es ist heute die Hauptstadt des Reiches.)* Ich sagte: »Oh ja. Persönlich hatte ich

* Unter der Sung-Dynastie, in deren Zeit Kao-tai lebte, ging Peking an die nördlichen Barbaren verloren. Der Kaiserhof wurde weiter südlich in die Stadt K'ai-feng in der heutigen Provinz Ho-nan verlegt.

zwar noch nicht die Ehre, aber sein unvorstellbarer und wohlverdienter Ruhm ist selbstverständlich auch bis zu meinen schmutzverkrusteten Ohren gedrungen.«

Du und ich und jeder bei uns würde aus so einer Antwort unschwer die Bedeutung entnehmen: ich habe keine Ahnung, wer der Mann ist. Nicht so die Großnasen. Sie nehmen alles wörtlich. Man kann nicht vorsichtig genug sein. Meister Yü-len jubelte, schlug mir mit seinen überaus mächtigen Händen auf die Schulter und schrie: »Das trifft sich ja großartig. Dann werden wir ihn morgen *an-rufen.*«

Unter Anrufung versteht man hier keine kultische Handlung, sondern den Vorgang, daß man zu dem Dir schon geschilderten Rüben-Gerät Te-lei-fong greift und mit einem fernen Menschen zu sprechen versucht.

»Herrn Chiang Chiao-yü an-rufen?« rief ich erstaunt aus. »Nach Peking? Geht denn das?«

»Warum denn nicht«, sagte Meister Yü-len. »Es dauert vielleicht ein bißchen länger bis die Verbindung zustande kommt, aber gehen tut es selbstverständlich. Haben Sie denn, seit Sie hier sind, noch nie nach Peking, nachhause te-lei-fogniert?«

»Ich faßte mich rasch. »Ah ja«, sagte ich, »wo sind meine Gedanken. Selbstverständlich habe ich schon zuhause angerufen.«

»Eben«, sagte er. »Dann können wir ja auch den Herrn Chiang Chiao-yü anrufen.«

»Aber ich kenne ja den Mann, dessen welterstaunende Fachkenntnisse ich im übrigen nicht anzweifle, gar nicht!«

»Macht nichts, macht nichts«, sagte er, »er ist ein Kollege von mir, und Sie brauchen ihm nur meinen Namen zu sagen, dann weiß er schon Bescheid.«

»Gut«, sagte ich, morgen. Ich hoffte, daß er die Angelegenheit vielleicht bis morgen vergessen würde.

Wir verließen also das zweite öffentliche Speise- (oder vielmehr: Hal-bal-) Haus. Es war schon spät, und ich hoffte, daß wir unsere Schritte zu unserem Hong-tel hin richten würden. Das taten wir auch zunächst, aber dann faßte mich Herr Yü-len-tzu sanft am

Arm, beugte sich zu mir herunter und sagte, während sein harter, runder Bart meine Backe kitzelte: »Und jetzt gehen wir ins ›Paradies‹!«
Es handelte sich dabei um ein weiteres öffentliches Lokal, das sich gänzlich unangemessenerweise mit dieser Bezeichnung schmückt.
Das Lokal war sehr dunkel, und wir betraten es durch einen schweren rot-samtenen Vorhang, den ein schwarzgekleideter Diener beflissen zur Seite schob. Viele zerbrechlich wirkende goldene Stühlchen standen dort an wackligen Tischen, und es roch nach einer Mischung von Kampfer und Zitrone. Offenbar wird dieses Lokal wenig frequentiert, und ich sagte sogleich zu Herrn Yü-len-tzu: »Ich glaube mich berechtigt, in Unbescheidenheit und gleichzeitig Unwissenheit darauf aufmerksam machen zu müssen, daß wir die einzigen Gäste zu sein scheinen; und wie ich, obgleich sonst alles andere als scharfsinnig, die Diener solcher Etablissements kenne, und vor allem die Wirte, werden sie nicht zögern, auf uns den nicht getätigten Umsatz umzuwälzen.«
Herr Yü-len-tzu sagte, das sei ihm »ein mit gehacktem Fleisch gefüllter Rindsdarm« (das ist ein Großnasenausdruck und bedeutet: es ist völlig gleichgültig), denn er habe gestern das unerwartet hohe Honorar für einen Vortrag bekommen, und das sei er fest entschlossen, heute mit mir zu verjubeln.
Es waren aber, in der Finsternis im ersten Augenblick nicht zu bemerken, doch noch andere Gäste da, allerdings sehr wenig; höchstens zehn, alles Männer. Sie saßen in samtgeschmückten Höhlen und schauten vor sich hin. Träge saßen einige Damen, die sichtlich nicht zu den Gästen zählten, sondern das waren, wofür man sie, selbst wenn man fremd in dieser Welt ist, sofort hält, auf einer Bank in einer Ecke. Als die Damen uns kommen sahen, stand eine auf, räkelte sich und schickte sich an, sich zu uns zu bewegen. Der Diener fragte: »Wünschen die Herren Gesellschaft?« Meister Yü-len winkte ab und sagte: »Später vielleicht«, worauf sich der Diener der Dame zuwendete, ihr einen Wink gab und sie sich schmollend wieder hinsetzte.

Auch hier spielte eine Gruppe von Musikern. Ich zählte drei. Sie spielten dankenswerterweise nicht laut, aber auch sichtlich lustlos. Der Diener führte uns auch in eine Samthöhle, und Meister Yü-len bestellte eine Flasche Mo-te Shang-dong.
Plötzlich wurde es noch dunkler. Die Musik hörte zu spielen auf. Ein großer Samtvorhang wurde beiseitegezogen, und ein Kerl, der aussah wie ein Frosch, begrüßte uns – das heißt: alle Gäste, die da halb-versteckt in den Höhlen saßen – ziemlich unterwürfig und kündigte eine, soviel ich verstand, akrobatische Darbietung an. Sogleich begann die Musik wieder zu spielen, eine Dame in einem silbernen Kleid betrat die Bühne und hob zu singen an, obwohl sie es nicht konnte. Nach einiger Zeit legte sie ein Kleidungsstück nach dem anderen ab (ohne im Singen nachzulassen) und warf die Kleidungsstücke durch die Luft zu uns her in die Höhlen. Alle Kleidungsstücke waren silbrig, wir durften sie aber nicht behalten; der Diener sammelte sie nachher wieder ein. Die Dame sang auch noch weiter, als sie schon ganz nackt war; da hielt sie eine große silberne Rose vor ihr dreieckiges Gärtchen. Als ihr Lied, dessen Text ich nicht verstand, zu Ende war, warf sie auch die Rose in die Luft und entfernte sich hüpfend.
Herr Yü-len-tzu und auch die anderen Gäste schlugen vor Freude die Hände ineinander. Ich fragte Herrn Yü-len-tzu, ob ihm das wirklich gefallen habe. Er sagte: es geht.
Unterbrochen von Pausen folgten dann noch mehrere solche Darbietungen. Kaum eine war wirklich akrobatischer Natur. Immer waren es Damen, die sich – teils singend, teils stumm – entkleideten. Eine war sehr dick und wurde von einem Hund ihrer Kleider entledigt. Auch der Hund war sehr dick. (Ich verstehe natürlich, daß man so einen Hund nicht schlachtet und ißt, weil es offensichtlich redliche Mühe kostet, den Hund so abzurichten, daß er die Dame entkleidet.) Die Dame quiekte jedesmal, wenn der Hund ihr mit dem Maul ein Kleidungsstück fortnahm und damit hinauslief. Der Hund selber blieb stumm. Als sie ganz nackt war, legte sich die Dame auf ein Sofa und

nahm den Hund zwischen die Beine. Sie begann zu stöhnen. Als ich lachte, sagte ein Herr aus der Neben-Höhle: Pst!
Eine Darbietung, die einzige, die die Bezeichnung akrobatisch verdiente, bestand darin, daß ein Mann in einem sehr stark pomeranzenfarbenen Höschen einen Finger in eine Flasche steckte, die am Boden stand, und nur auf diesem Finger balancierend die Füße in die Luft streckte. Mit großer Mühe entkleidete er mit der freien Hand drei Damen, die ihn umtanzten.
Eine andere Dame, die bereits völlig nackt die Bühne betrat, schluckte kleine weiße Bälle und gab sie auf unaussprechliche Weise wieder von sich, ohne Zweifel ein Taschenspieler-Trick. Eine weitere entkleidete sich, während sie unter beständigen Verrenkungen ein Tablett mit fünf Gläsern auf der flachen Hand trug. Eins der Gläser fiel ihr herunter, und in eine Scherbe setzte sich die nachfolgende Entkleidungsdame, worauf sie am Hintern blutete und zornig ihre Darbietung unterbrach. Ich nehme nicht an – obwohl mir das weitaus am besten gefiel –, daß das zum eigentlichen Programm gehörte.
Zu dieser Zeit bemerkte ich, daß Herr Yü-len-tzu immer wieder in die Neben-Höhle hinüberlugte. Er fixierte den Herrn, der mir »Pst!« zugerufen hatte, stieß mich dann an und sagte leise: »Sehen Sie – das ist einer der mächtigsten Minister. Er heißt Herr Ch'i, der dämonische Südbarbar, und gilt als meineidig.«*
Ich verplapperte mich und sagte: »Das kennen wir auch. Auch wir haben meineidige Minister...« Ich dachte, wie Du Dir denken kannst, an den Mandarin Ting-wei, der durch die Lieferung von Streitwagen an die nördlichen Generäle sein Vermögen gemacht hat.
»Ja, ja –« sagte Herr Yü-len-tzu, »man hört davon.« Offensichtlich bezog er meine Äußerung auf das heutige Reich der Mitte, wo das also immer noch so zu sein scheint.

---

* Wen Kao-tai mit Herrn Ch'i meint, ist nicht ganz klar. Die Silben Man-man, die Kao-tai im Original gebraucht, können Verschiedenes bedeuten; die gängigste Bedeutung ist »Fremdstämmiger, Nicht-Chinese, Barbar aus dem Süden«.

Der meineidige Minister Ch'i, dämonischer Südbarbar, ist für den Ruß in der Luft zuständig, erklärte mir Herr Yü-len-tzu, allerdings erst seit kurzer Zeit. Der vorhergehende Minister habe Herr Mu geheißen, sei zwar nicht meineidig gewesen – jedenfalls sei nichts davon bekannt geworden, fügte er hinzu, insoweit müsse man das Urteil bei jedem Minister einschränken –, aber eine höchst unbedeutende Person.

»Und was«, fragte ich, »gedenkt der Verehrungswürdige, wenngleich meineidige Minister gegen den Ruß in der Luft zu unternehmen?«

»Er hat eine geharnischte Verordnung erlassen«, sagte Meister Yü-len. An seinem Gesicht bemerkte ich, daß er das nicht ernst meinte.

»Eine Verordnung gegen den Ruß in der Luft? Hält sich der Ruß daran?«

Meister Yü-len lachte. »Eine gute Frage«, sagte er dann. »Der Ruß hält sich nicht daran, vor allem aber die Leute, die den Ruß erzeugen, halten sich nicht daran.«

Ich prallte zurück: »Es gibt Leute, die Ruß erzeugen und in die Luft hinausblasen? Absichtlich? Kann man denen nicht das Handwerk legen?«

»Sie fragen«, sagte Herr Yü-len-tzu, »als kämen Sie von hinter dem Mond!« Ich tat so, als überhörte ich diese für mich so verfängliche Äußerung. »Was heißt: absichtlich – ja, mehr oder minder absichtlich. Aber das Problem haben Sie doch auch in China, wenn auch wahrscheinlich nicht in dem Ausmaß wie bei uns.«

Es war mir klar, daß ich, wollte ich weitere Kenntnisse aus dem speziellen Wissensschatz des Meisters Yü-len erwerben, irgendeine Erklärung für meine völlige Unwissenheit finden mußte. Das Einfachste wäre natürlich gewesen, daß ich ihm meine Herkunft offengelegt hätte. Ich scheute davor zurück – tue es auch jetzt noch –, denn: er würde sie mir nicht glauben. Er ist anders als Frau Kei-kung und Herr Shi-shmi, denen ich mich anvertrauen konnte. Nicht, daß Meister Yü-len nicht vertrauenswürdig wäre, aber er ist von der Art der Leute, die nur glauben, was sie mit Händen greifen können. Gut, ich könnte ihn überzeugen, indem ich ihm den Kompaß zeigte und ihn einmal zum Kontaktpunkt mitnähme und Zeuge sein ließe, wie die Kontaktkapsel mit dem Brief verschwindet. Er würde mir dann glauben; aber so, wie ich ihn einschätze, würde er das auch sofort an die große Glocke hängen (ein Großnasen-Ausdruck, der soviel bedeutet wie: etwas überall herumerzählen), und dabei noch meinen, er erweise mir einen Dienst.

Ich behauptete also – in wohlgesetzter Rede und mit vielen höflichen und schmeichelhaften Anreden – ein Philosoph zu sein und Erforscher der Gedanken des himmlischen K'ung-tzu. (Der Weise vom Aprikosenhügel war ihm bekannt). Ich behauptete weiter, daß ich die letzten Jahre ausschließlich mit Betrachtungen philosophischer Art und zurückgezogenen Studien der alten Schriften zugebracht hätte. Was in der Welt vorgegangen sei, hätte ich nicht registriert. Ich sei praktisch ein Eremit gewesen.

Herr Yü-len-tzu schaute mich zweifelnd an, fragte aber nicht weiter. »Gehen Sie also davon aus«, sagte ich, »daß ich hinter dem Mond gelebt habe.«

»Dann weiß ich gar nicht, wo ich anfangen soll, Ihnen das alles zu erklären«, sagte Meister Yü-len, »wo waren wir stehengeblieben?«

»Sie machten mir das übergroße Vergnügen zu erwähnen, daß es Leute gibt, die mehr oder weniger absichtlich Ruß in die Luft blasen.«

Was er dann sagte, kann ich in unserer Sprache gar nicht wiedergeben. Es sind da Wörter gefallen, die nicht übersetzbar sind, für die es nicht einmal ein Äquivalent in unserer Sprache gibt, weil uns – dem Himmel sei Dank – der Gegenstand zu dem Begriff fehlt. ›Ab-cha'se‹ und ›Sse-we-so‹ und ›Fawiq‹ – das einzige, was ich Dir ungefähr übersetzen kann, ist der Begriff Essig-Regen. Ich war sehr erstaunt, als mir Herr Yü-len-tzu sagte, daß es hier Essig-Regen gäbe. Ich habe zwar, sagte ich, viele verschmutzte und ungesunde Dinge wahrgenommen in dieser Welt, aber daß

es Essig regnen würde, habe ich noch nicht festgestellt, obwohl es mich nach dem Stand der Dinge hier nicht wundern würde.
Ja, doch – sagte er. Es regnet Essig, aber die Menschen merken es nicht. Es ist sozusagen sehr stark verwässerter Essig, der den Menschen nicht auffällt, aber den Bäumen schadet. Der Essigregen sei schuld an dem Verdorren der Bäume, namentlich der Nadelbäume, von dem er mir neulich berichtet habe. Wenn ich wollte, könne er mir – ganz in der Nähe hier von Min-chen – Wälder zeigen, die gar keine Wälder mehr seien, sondern nur noch Skelette von Wäldern. Dürre Strünke erhöben sich dort nur noch, und etwas Unkraut am Boden. Eine Strafe des Himmels, buchstäblich, denn von dort käme ja der Essig-Regen. Bald würde es überall so aussehen, wo früher Wald gewesen sei. Aber natürlich sei das keine Strafe des Himmels, vielmehr habe der Mensch, dieses Ungeziefer, selber den Essigregen hervorgerufen. Und er – Herr Yü-len-tzu schüttelte die Faust hinüber zu der Samthöhle, in der immer noch der meineidige Herr Minister Ch'i saß, der aber vom Faustschütteln nichts sah, weil er gebannt einer Dame zuschaute, die eben mit dem Schnabel eines Papageien koitierte – und *er* gibt eine Verordnung heraus!
Wie gesagt, ich kann das alles überhaupt nicht in unsere Sprache übersetzen. Was ist eine Fa-wiq? Ich weiß es nicht. Offenbar gibt es Dinge in dieser Welt, die ich überhaupt noch nicht zu Gesicht bekommen habe. Vielleicht sind das die eigentlich wichtigen Dinge!
Nur soviel kann ich sinngemäß wiedergeben – so auch etwa hat mir Meister Yü-len die Dinge in seiner etwas derben und vordergründigen, aber auch bildhaft-faßbaren Art zu umschreiben versucht: wie der menschliche Körper überflüssige und störende Säfte und Gase und Kot von sich gibt, die alle miteinander ja auch stinken, so gibt die Gesellschaft insgesamt auch giftige Gase, Säfte und Gestänke von sich. Im Gegensatz zum einzelnen Menschen, der für das Abladen des Unrats eher die Abgeschlossenheit aufsucht, tut es die allgemeine (also die großnäsige, füge ich hier hinzu) Gesellschaft in aller Öffentlichkeit und völlig schamlos.

»Es ist so«, sagte Herr Yü-len-tzu, »als ob Sie – verzeihen Sie den Ausdruck – jahrelang in Ihr Wohnzimmer scheißen würden, und dann wundern Sie sich, daß es stinkt und unbewohnbar wird. Genau in dieser Situation befindet sich unsere Gesellschaft heute.«
»Ist es schon zu spät, um etwas dagegen zu tun?« fragte ich vorsichtig.
»Manchmal befürchte ich das«, sagte er.
Wir verließen das Damen-Entkleidungs-Etablissement, nachdem Herr Yü-len-tzu eine nicht unbeträchtliche Summe bezahlt hatte. Es war schon spät, lang nach Mitternacht. Wir gingen schweigend und nachdenklich zu unserem Hong-tel. Es begann zu tröpfeln. Ich hielt meine Hand flach ausgestreckt und betrachtete die Tropfen auf meinem Handrücken.
»Ja, ja –« sagte Meister Yü-len.
»Essig?« fragte ich.
»Früher«, sagte Herr Yü-len-tzu, »war ich Optimist und befürchtete nur ab und zu, daß es schon zu spät ist. Heute? Heute gibt es nur noch seltene Momente, wo ich das *nicht* befürchte.« In der Halle des Hong-tels verabschiedeten wir uns.
Habe ich nicht schon genug von dieser Welt gesehen? Weiß ich nicht schon, daß sie verrottet und verkommen ist, ihrem unweigerlichen Untergang entgegengeht? Wenn ich auch vieles noch nicht gesehen habe, könnte ich eigentlich zurückkommen... natürlich nicht ohne Frau Kei-kung noch einen Besuch gemacht zu haben. Frau Kei-kung und der alte Meister We-to-feng sind Lichtblicke. Aber was helfen Lichtblicke, wenn man an einen Abgrund gedrängt wird. So fühle ich mich. Ich wollte, ich könnte fliehen, aber der Kompaß, den wir konstruiert haben, verbietet es. Ich muß warten, bis der berechnete Kontaktzeitpunkt wiederkommt, und das dauert ja leider noch lang.
Ich werde mir die Zeit bis dahin hier so angenehm wie möglich machen. In drei Tagen besuche ich wieder Herrn Shi-shmi. Die Himmlische Vierheit spielt dann bei ihm. Darauf freue ich mich. Morgen aber geht Frau Kei-kung mit mir zu einem Mann, der jene

kleinen Augen-Gestelle herstellt. Er soll mir eins anmessen, meint sie, damit ich besser lesen kann und nicht immer die Blätter beim Lesen und Schreiben so weit weg halten muß.
Ich umarme Dich, mein liebster, treuester Freund. Ich freue mich auf die Rückkehr

und bin Dein
Kao-tai

Zwanzigster Brief

(Sonntag, 17. Oktober)

Teurer Freund Dji-gu.

Es ist nun endgültig Herbst geworden. Die Blätter verfärben sich. Heute haben wir den ersten Herbst-Neumond. Kein Mensch bei den Großnasen kümmert sich um so etwas. Als ich es der Dame Kei-kung sagte, antwortete sie nur: »Ach so?« Die Großnasen haben nicht nur den Zusammenhang mit den Dingen verloren, sie haben sogar den Sinn für die Notwendigkeit des Zusammenhanges verloren, daher empfinden sie ihre Unordnung nicht als Unordnung.
Da könnte man sich fragen – wenn man nach Art der Großnasen dächte, die alles immer hin- und herwenden, so wie sie auch ständig hin- und herrennen –: ist es dann nicht eben gut, wenn sie schon in Unordnung leben, daß sie diese Unordnung wenigstens nicht als solche empfinden? Ist nicht Unordnung, die man nicht als solche empfindet, Ordnung?
Eine Großnase – sofern sie überhaupt soweit denkt – würde nicht anstehen, diese Fragen zu bejahen. Das kommt aber daher, daß sie den Zusammenhang mit den Dingen verloren haben, und daß sie die Kenntnis der Zusammenhänge durch die Bedeutung ihrer Person, die sie für groß halten, ersetzen. Wir, liebster Freund, aber wem sage ich das, haben dank der Lehren des weisen K'ung-fu-tzu und seiner Schüler eine festgefügte Kenntnis vom runden Himmel und der viereckigen Erde, vom Dunklen und vom Lich-

ten, von den fünf Himmelsrichtungen, den vier Jahreszeiten und den fünf Getreidearten. Unsere Welt ist untadelig in ihrem Aufbau, wie ein ordentliches Gebälk gezimmert, und alles stimmt, wenn wir uns an die Gegebenheiten halten. Und wenn wir wissen wollen, was die Wahrheit ist, brauchen wir uns nur in das unsterbliche »Lun Yü« vertiefen oder in das »Li Chi«.

Ohne jeden Zweifel ist auch unsere Welt nicht immer in Ordnung gewesen. Das wissen wir, die Angehörigen unserer Generation, nur zu gut, da wir alt genug sind, um die entsetzlichen und abstoßenden Greuel der Kriege in der Zeit der Fünf Dynastien erlebt zu haben, von denen uns erst der leider viel zu früh verewigte Erhabene Begründer unserer Dynastie befreit hat. Aber worauf waren diese Greuel, diese Bürgerkriege, zurückzuführen? Auf Unordnung. Darauf, daß die alten Riten und Bräuche nicht mehr eingehalten wurden, daß man die Belehrung des Volkes nicht mehr für wichtig hielt, daß der jüngere Bruder nicht mehr dem älteren diente, daß Kindesehrfurcht weitgehend verlorenging, und daß die Fürsten nicht mehr die Würdigsten zu Kanzlern, Großschreibern, Geheimschreibern und Mandarinen erhoben haben, sondern diejenigen, die am lautesten schrien. Daß der dreimal, was sage ich, der dreitausendmal verfluchte Buddhismus an der Unordnung mit schuld war, daran hast Du so wenig Zweifel wie ich.

Aber ich will hier nicht über die dumme und törichte, und vor allem primitive Lehre dieses albernen Buddha reden, die unser Volk leider seit fünfhundert Jahren vergiftet und offenbar nicht auszurotten ist.

Es war ganz klar, unter diesen Umständen, daß, wenn der Mechanismus, der zwischen Himmel und Erde besteht, vernachlässigt wird, das nicht ohne Folgen bleiben würde. Die Flüsse traten über die Ufer, das Getreide wuchs nicht, das Nephritszepter wurde trüb, die Skorpione bissen die kleinen Kinder, und zum Schluß kamen die Bürgerkriege der Fünf Dynastien. Es war aber auch ganz klar, daß dieser Mechanismus zwischen Himmel und Erde nur wiederhergestellt zu werden brauchte, damit wieder Ordnung eintrat.

Die Großnasen erkennen diesen Mechanismus nicht mehr. Sie empfinden dumpf die Unordnung, sind von Unrast befallen – ich sehe das zu genau bei Frau Kei-kung –, weigern sich aber, feste Maßstäbe anzuerkennen. Sie meinen immer, die Dinge müßten sich nach ihnen richten und haben jeden Sinn dafür verloren, daß sie sich nach den Dingen richten müßten.

Es gibt bei ihnen eine ganze Wissenschaft, die behauptet, die menschliche Seele erforscht zu haben. Diese Wissenschaft ist so lächerlich wie der Buddhismus, mit dem sie übrigens einige Verwandtschaft zeigt. Aber diese angebliche Wissenschaft ist typisch für die Großnasen. Statt die Zusammenhänge von Himmel und Erde zu beachten und sich danach zu richten, was erforderlich ist, horchen sie in ihre jämmerlichen Seelen hinein und versuchen zu ergründen, welche Würmer sich darin krümmen. Und alles Unglück führen sie nicht auf die Unordnung zurück, die durch den Verlust der Kenntnis vom Zusammenhang der Dinge entsteht, sondern auf irgendwelche komischen Dinge, die ihrer Seele in der Kindheit oder gar im Mutterleib zugestoßen sein sollen, oder daß sie mit dem falschen Hirsebrei ernährt worden oder zu heiß oder zu kalt gebadet worden sind.

Wenn die Großnasen ihre Seele erforscht haben, dann empfinden sie sich als krank – selbstverständlich, lächerlich, wie auch anders. Wenn man sich lang genug von einem Arzt untersuchen läßt, wird man krank. Wenn die Großnasen ihre Seele als krank empfinden, werden sie unzufrieden und unstet. Wenn sie unzufrieden und unstet sind, essen sie kleine weiße oder rosarote oder gelbe Pillen (die Farbe richtet sich *nicht*, wie ich anfangs angenommen habe, nach der Jahreszeit, sie ist vielmehr willkürlich), und davon bekommen sie Magenkrämpfe. Ich beobachte das – leider – auch bei Frau Kei-kung. Sie hat lieber Magenkrämpfe, als daß sie sich bemühen wollte, den Zusammenhang der Dinge zu erkennen. Ich habe ihr empfohlen, das ehrwürdige Buch »Li Chi« zu lesen – denn auch dieses Buch gibt es in einer Übersetzung in die Sprache der Großnasen! Ich war in einem der riesigen Bücher-Läden und habe mich – vorsichtig, ich war darauf gefaßt, ausgelacht zu werden –

danach erkundigt. Es war eine Dame da, die die Bücher an die Kunden verteilte. Die fragte ich, und tatsächlich brachte sie nicht nur das »Li Chi«, sondern auch das »Lun Yü« und das »I Ching«, auch das »Tao-te-ching«, alles in die Sprache der Großnasen übersetzt. Ich kaufte das »Li Chi«. Ich lese inzwischen so gut die Sprache der Großnasen, daß ich ganz gut ermessen konnte, ob die Übersetzung den Sinn dieses ehrwürdigen Werkes richtig wiedergibt. Es war der Fall. Daher schenkte ich das Buch der Dame Kei-kung mit einer Verbeugung und bat sie, es zu lesen. Bis jetzt hat sie es nicht gelesen. Sie sagt: sie habe im Augenblick keine Zeit dazu. In Wirklichkeit, vermute ich, ist es so, daß sie sich vor der Erkenntnis fürchtet und lieber die kleinen Pillen schluckt.
Auf die ganze Sache mit der angeblichen Wissenschaft von der Seele bin ich durch Frau Kei-kung gekommen. Eines Tages, das ist schon länger her, sagte sie zu mir, daß eine Freundin von ihr mich kennenlernen wolle. Da ich nichts dagegen habe, im Gegenteil, da ich drauf aus bin, soviel Erfahrung wie möglich zu sammeln, willigte ich ein; nicht ahnend, worauf ich mich da einließ. Vor wenigen Tagen, kurz nachdem ich den letzten Brief geschrieben hatte, sagte mir Frau Kei-kung, daß wir beide, sie und ich, bei jener Freundin abends zum Essen eingeladen seien.
Nun darfst Du aus allem, was ich eben von Frau Kei-kung geschrieben habe, und was vielleicht wie Tadel klingt, nicht auf gewandelte Gefühle meinerseites gegenüber der Dame schließen, oder daß ich sie nunmehr bei näherer Kenntnis als verrücktes Huhn betrachte. Nein: ich bin ihr nach wie vor äußerst gewogen, auch die Freuden der Liebe, die sie spendet, sind für mich ein Quell der Erquickung. Was ich an ihr auszusetzen habe, ist nicht *ihr* Gebrechen, sondern das allgemeine Gebrechen der Großnasen, der Umgebung, in der sie lebt, und der sie sich natürlich nicht entziehen kann; es sei denn, sie läse endlich das »Li Chi«. Nach wie vor ist Frau Kei-kung rührend um mich besorgt, nennt mich ihren »Kleinen Chinesen«, und tut viel, um meine Tage angenehm zu machen. So hat sie sich, zum Beispiel, nunmehr ein rostbraunes Netzkleid gekauft . . . aber davon wollte ich nicht schreiben. Sie ist

fürsorglich und hat ihrer Freundin gleich mitgeteilt, daß diese ja nichts kochen solle, in dem Rindsmilch enthalten ist, und daß in genügender Menge Mo-te Shang-dong kühlgestellt werden solle.

Gegen Abend also stiegen wir in den kleinen A-tao-Wagen von Frau Kei-kung und fuhren durch viele Straßen bis in einen Vorort hinaus, wo es Bäume gibt. Dazwischen stehen aber auch große Häuser, zum Teil große, wie im Innern der Stadt. In einem dieser Häuser wohnt die Freundin. Sie heißt Frau Da-Ch'ma und ist nicht viel größer als ich.

Frau Da-Ch'ma ist zwar verheiratet, erfuhr ich, aber ihr Mann lebt zur Zeit irgendwo in der Ferne und gibt ihr seine Befehle nur mittels des Te-lei-fong. Kinder hat Frau Da-Ch'ma nicht. Das ist auch so eine Sache. Ich habe mich danach erkundigt. Du weißt, daß ich nicht dazu neige, mich in Intimitäten zu verbreiten, aber da dies zur Welt der Großnasen gehört, werde ich es doch schreiben. Nachdem ich nun schon seit einiger Zeit mit meiner schönen Freundin, der Dame Kei-kung, der Liebe pflege, und da ich mich dabei noch nie zurückgehalten habe, die ganze Kraft meiner Männlichkeit ihrem Schoß zu spenden, habe ich mir meine Gedanken darüber gemacht, wie es denn sein wird, wenn – das wäre, meiner Berechnung nach, nicht lang nach meiner Abreise – Frau Kei-kung ein Kind zur Welt bringt. Wenn es ein Sohn ist, habe ich mir gedacht, soll man es Kao-kung nennen.

Eines Tages habe ich mit Frau Kei-kung dann auch darüber gesprochen, denn ich wollte ihr anbieten, für die Erziehung des Sohnes meine eiserne Reserve, die Goldbecher, zurückzulassen.

Sie lachte aber und sagte: ich solle mir keine Sorgen machen. Wieso Sorgen? fragte ich. Kinder bereiten doch nur Sorgen, wenn sie die Erziehung nicht richtig aufnehmen und die Ordnung nicht anerkennen. Wieso sollte ein Sohn eine Sorge sein? Ich habe zwar – in ferner Vergangenheit, aus der Sicht der Großnasen – vier Söhne von meiner Hauptfrau und acht von Konkubinen, außerdem etwa dreißig Töchter, dennoch freue ich mich über jedes Kind, namentlich über einen Sohn. Ein wenig merkwürdig dabei wäre natürlich schon, daß dieses Kind aus einem Samen gezeugt wird, der sozusagen tausend Jahre alt ist, also die geprägte Ordnung der Generationen heillos durcheinanderbringt. Aber wenn der Himmel nicht einstürzt bei der ganzen Unordnung, die ich in der Welt der Großnasen sehe, stürzt er auch wegen dieses eigenartigen Kindes nicht ein, denke ich mir.

Nein, nein, sagte Frau Kei-kung, sie bekäme kein Kind. Ob sie unfruchtbar sei? fragte ich. Nein, sagte sie. Sie nehme da auch eine Pille.

Ja – so ist das. Nicht nur gegen ihre Seelenkrämpfe nehmen die Großnasen Pillen, sondern auch, um keine Kinder zu bekommen. Ich habe mir dann natürlich die Kind-Verhinderungs-Pille zeigen lassen. Sie ist sehr klein und weiß, und wird nicht an jener Stelle von der Dame eingenommen, die Du vielleicht in dem Zusammenhang vermutest, sondern mit dem Mund.

Da nun unbestreitbar das Kindergebären für das Weib eine gewisse Unannehmlichkeit bedeutet, wie ich mir habe sagen lassen, könnte man denken, daß, da es die Großnäsinnen mit dieser kleinen Pille so leicht verhindern können, überhaupt kein Weib mehr ein Kind zur Welt bringt. Das ist aber offensichtlich nicht so, denn ich sehe ja Kinder herumlaufen. Auch darüber befragte ich Frau Kei-kung. Es sei so, antwortete sie mir, daß sich das Problem verlagert habe, in zweifacher Hinsicht. Die Höherstehenden, mit Verstand ausgestatteten Frauen, aber auch die pfiffigen, die sich ihre Unabhängigkeit bewahren wollen (eine Vorstellung, die wir nur schwer begreifen können) oder aber auch Konkubinen und die Entkleidungskünstlerinnen sowie Tänzerinnen und dergleichen, bekommen keine Kinder, oder nur ganz, ganz wenige und die eher aus Irrtum, weil sie einmal vergessen haben, die kleine weiße Pille zu nehmen. Mehr Kinder bekämen die Weiber der niedrigeren Volksschichten. Es gäbe natürlich Ausnahmen, so kenne sie, sagte sie, einen überaus gebildeten Mann mit einer sehr klugen Frau, und die hätten viele Kinder, sieben, glaube sie, oder neun. Sie habe ihn nie gefragt, aber sie nehme an, daß der betreffende Mann, ein hoher Gelehrter mit unsterblichen Verdiensten um die Musik, einfach sehr gerne

Vater sei. Das gäbe es, aber die Regel sei das nicht. Im übrigen habe die Sache auch religiöse Hintergründe – das erklärte sie mir auch, aber hier würde das jetzt zu weit führen.
Überhaupt, fuhr Frau Kei-kung fort, sei es aber so, daß hier in Ba Yan und in den angrenzenden Ländern immer weniger Kinder zur Welt kämen, denn hier sei die Bevölkerung reich und es gäbe das magnetische Licht aus Drähten und vielfache Unterhaltung für das Volk. Wo es das nicht gäbe – Frau Kei-kung bezeichnete die betreffenden Gegenden mit dem nicht auf den ersten Blick einleuchtenden Namen »die dritte Welt« –, kämen viele Kinder zur Welt, viel zu viele, so viele, daß schon fast kein Platz mehr da sei, und vor allem nichts zu essen, dort in den Gegenden.
»Gehört das Reich der Mitte, Chi-na, wie du es nennst, auch zu den Gegenden, die du als die dritte Welt bezeichnest?« fragte ich.
»Ja und nein«, sagte sie. Das sei schwierig.
»Gut«, sagte ich. »Warum aber, wenn dort in jenen Gegenden sich die Leute schon so vermehrt haben, daß sie sich gegenseitig auf den Füßen stehen –« (groß genug sind ja ihre Füße, das sagte ich aber nicht, dachte es nur, denn Frau Kei-kung hat, unter uns gesagt, für unsere Begriffe viel zu große Füße) »– und wenn sie dort schon anfangen, einander aufzuessen, was einen gewissen Ausgleich zur unerwünschten Vermehrung bilden würde, aber doch letzten Endes auch keine Lösung ist, warum aber reisen die Leute von dort nicht zu euch hierher, wo ihr noch genug Platz und auch genug zu essen habt?«
»Aus dem einfachen Grund«, sagte Frau Kei-kung, »weil die Leute das dort nicht wissen.«
»Und ihr bindet es ihnen auch nicht auf die Nase?« fragte ich.
»So ist es«, sagte sie.
Aber es wird wohl nicht ganz so sein. Ich werde versuchen, der Sache noch auf den Grund zu gehen. Vielleicht frage ich Herrn Yü-len-tzu danach.
Jedenfalls also hat auch Frau Da-ch'ma keine Kinder. Sie gehört also zu den gebildeten Damen, die sich ihre Unabhängigkeit bewahren wollen, was immer das bei einem Weib auch sein mag.

Sie empfing uns sehr freundlich. Das Essen war passabel. Der Mote Shang-dong war richtig gekühlt. Wir sprachen über dies und jenes, und ich fühlte mich wohl, wenngleich einige kleine Statuen, ein Teppich und verschiedene andere Dinge, die herumstanden, mich unbehaglich an buddhistische Symbole erinnerten.
Einige Zeit nach dem Essen schlug Frau Da-ch'ma vor, wir sollten doch in den Schwitzkeller gehen. Ich verstand nicht recht, was damit gemeint war, aber Frau Kei-kung war sogleich einverstanden, sagte mir, bevor sie es mir lange erkläre, solle ich einfach mitgehen, dann würde ich schon sehen, wie das sei. Sie finde es erfrischend und belebend.
Ich will das jetzt nicht alles im einzelnen schildern. Zusammenfassend ist zu sagen, daß diese Schwitzkeller, die die Bezeichnung »Sao-na« tragen, erst in jüngerer Zeit aufgetreten sind. Wer sie erfunden hat, und was in einem Hirn vorgeht, das solches gebiert, ist mir ein Rätsel. Insgesamt hängt es mit der offenbar unstillbaren Sucht der Großnasen zusammen, sich naß zu machen. Auch davon werde ich Dir noch gelegentlich berichten. – Ich habe länger schon den Verdacht, daß die Großnasen einen merkwürdigen Hang haben, sich zu benetzen. Seit diese Erscheinung aufgetreten ist, wurden in vielen Häusern solche Schwitzkeller errichtet. (Auch im Hong-tel ist einer, habe ich inzwischen erfahren; aber ich gehe natürlich nicht hin). Der Raum ist eng, mit Holz ausgeschlagen und so heiß, daß es einem den Atem verschlägt. Man bespritzt sich auch mit Wasser, obwohl man ohnedies schwitzt wie ein ängstliches Ferkel, man schlägt mit kleinen Reisigruten einander auf den Rücken, und ab und zu, das ist das Allerunangenehmste, muß man in kaltes Wasser steigen. Seit die Glühende Säule als Folterinstrument abgeschafft ist, gibt es wohl nichts Vergleichbares.
Interessant war, und insofern verdanke ich diesem eigenartigen Martyrium neue Erkenntnis, daß sich die beiden Damen ohne jede Scheu vor mir vollkommen der Kleider entledigten. Ich meine: auch Frau Da-ch'ma ohne jede Scheu. Obgleich ich mich heftig sträubte, mußte auch ich es tun. Frau Kei-kung zischte mir zu, daß

ich mich nicht so zieren solle. In einem Sao-na-Schwitzkeller sei dies so üblich, und wenn ich – wie ich zuletzt noch inständig bat – meine Hose anbehalten wolle, würde die Gastgeberin das als äußerst unhöflich empfinden.
So saßen wir also da: Frau Kei-kung, Frau Da-ch'ma und ich. Wir schwitzten. Nach einiger Zeit wagte ich, meinen Blick auf die Gastgeberin zu wenden. Sie war schlank, fast wie ein Knabe, braun gebrannt am ganzen Körper wie ein Sklave nach der Feldarbeit und verfügte über einen Busen von gebirgsartigen Ausmaßen. Es ist mir dies schon bei den Entkleidungstänzerinnen in jenem Lokal aufgefallen, das ich mit Meister Yü-len besucht habe, und ich muß in dem Zusammenhang das Bild revidieren, das ich von Frau Kei-kung anfangs gezeichnet habe.
Ich muß weiter ausholen, um Dir das verständlich zu machen: anfangs, das schrieb ich Dir, konnte ich hier in dieser Welt die Leute nicht unterscheiden, so wenig, wie wir in einem Knäuel feuchter Lurche, die in einer Felshöhle sitzen, die einzelnen Lurche voneinander unterscheiden können. (Daß ich diese abstoßende Parallele wähle, ist kein Zufall, wie Du Dir denken kannst, wenn Du meine Briefe aufmerksam gelesen hast – woran ich nicht zweifle.) Mit der Zeit lernte ich, die Gesichter der Großnasen zu unterscheiden, ich konnte aber lang nicht erkennen – es sei denn, es war ein Bart vorhanden, was aber nicht sehr häufig der Fall ist –, ob es sich um eine männliche oder weibliche Großnase handelt. Die Großnäsinnen haben alle riesige Füße (für unsere Begriffe), und die Füße unterscheiden sich nicht von Männerfüßen. Lang war ich der für uns naheliegenden Ansicht, daß alle Großnasen, die mir auf der Straße begegneten, männlichen Geschlechts seien. Eine Frau hat nach unseren Sitten außerhalb des Hauses nichts zu suchen. Ich übertrug die Meinung, daß diese Sitte auch hier gelten würde, auf meine Beobachtung. Wie Du inzwischen weißt, stimmt das aber nicht. Dann war ich eine Zeitlang der Meinung, daß man männliche und weibliche Großnasen an der Farbe der Schirme auseinanderhalten könne. Das stimmt, wie ich erforscht habe, nur in begrenztem Maß, und dieses Unterscheidungsmerk-

mal ist natürlich nur brauchbar, wenn es regnet, denn die Großnasen kennen nur den Regen-, nicht aber den Sonnenschirm. Zwar regnet es oft, aber doch nicht immer.
Später dann fielen mir die enormen Brüste der Großnäsinnen auf. Alte Weiber und Ammen haben bei uns auch große Brüste, aber das betrachten wir als abwegige Erscheinung. Selten hat eine Großnäsin einen nach unseren Begriffen normalen Busen. Ihre Kleidung ist auch so, daß die Brüste hervorspringen und betont sind. Die ersten Brüste, die ich unverhüllt sah – seitlich durch das weithinschimmernde Wellenkleid –, waren die von Frau Kei-kung. So mußt Du es als natürlich betrachten, daß mir diese Brüste, obwohl, muß man sagen, schön geformt und von der Farbe junger Pfirsiche, als enorm groß vorkamen. Inzwischen hatte ich aber nun Gelegenheit, die im Sommer unbekleidet auf Wiesen liegenden Großnasen zu beobachten, des weiteren konnte ich in dem erwähnten Lokal mit Herrn Yü-len-tzu die Entkleidungskünstlerinnen erforschen, und jetzt ergab sich die Möglichkeit, die Brüste der Dame Da-ch'ma aus der Nähe zu betrachten. Es ist also folgendes zusammenfassend zu sagen: obwohl die Großnäsinnen es nach Möglichkeit vermeiden, Kinder zur Welt zu bringen, und wenn, dann nicht säugen (das weiß ich aus einem Gespräch mit Meister Yü-len, das wir angesichts eines besonders auffallenden Busens einer der Entkleidungskünstlerinnen führten), haben sie enorm entwickelte Brüste, und den Mädchen werden die Füße nicht bandagiert. Nach *unseren* Begriffen hat Frau Kei-kung riesige Brüste und große Füße. Nach *hiesigen* Begriffen ist der Busen eher klein, und das gleiche gilt von den Füßen.
Der Ehrwürdige Weise vom Aprikosenhügel sagt: der Edle, wenn er in die Fremde kommt, versucht nicht, dort seine Sitten einzuführen, sondern richtet sich, wenn er es mit seinem Gewissen vereinbaren kann, nach den Sitten, die dort herrschen. So richte ich mich also nach den Sitten der Großnasen in diesem Punkt und halte große Brüste für schön. Es hat dies, kann ich Dir sagen, auch seine angenehmen Seiten. Mich weiter in diesbezüglichen

Intimitäten auszubreiten, ist nicht meine Art, und ich lasse es also dabei bewenden. –

Nachdem die beiden Damen ihrer Meinung nach genug geschwitzt hatten, kleideten wir uns an und gingen wieder hinauf in die Wohnung von Frau Da-ch'ma. Mein armer Leib hatte soviel Flüssigkeit verloren, daß er sich wie Dörrobst anfühlte, und ich trank, glaube ich, eine Flasche Mo-te Shang-dong fast in einem Zug aus.

Im Lauf des weiteren Gesprächs kam dann die Rede darauf, daß Frau Da-ch'ma jene bewußte Seelen-Wissenschaft betrieb. Frau Kei-kung, meine Freundin, hatte Frau Da-ch'ma nur gesagt, daß ich »Chinese« und auf einem Studienaufenthalt hier in Min-tschen begriffen sei. Das schien Frau Da-ch'ma brennend zu interessieren. Sie begann, vom Unterschied der – wie sie sagte – »fernöstlichen« Seele und der »westlichen« (also ihrer und der anderen Großnasen) Seele zu reden. Dabei stellte ich fest, daß sie von den Lehren des K'ung-fu-tzu keine Ahnung hatte und die »fernöstliche Seele« mit dem Aberglauben des Buddhismus gleichsetzte. Ich hielt es nicht für angebracht, die Dame zu belehren, außerdem, muß ich gestehen, tat der Mo-te Shang-dong eine gewisse Wirkung und versetzte mich in eine wohlige Wolke von Wu-wei. Ich nickte immer nur und sagte: Ja, ja.

Als wir uns verabschiedeten, dankte mir Frau Da-ch'ma für das interessante Gespräch (obwohl ich nichts als »ja, ja« gesagt hatte), und sagte, daß ihre Seelen-Wissenschaft durch die Kenntnis meiner hochinteressanten Seele enormen Zuwachs gewonnen habe. Ich verbeugte mich und sagte: ich sei dankbar für das großartige Essen, das sie an einen so unwürdigen Zwerg wie mich vergeudet habe, für das hervorragende Schwitzen sowie für den freundlichen Anblick ihres so über die Maßen umfangreichen Busens, der mich an die Formen des heiligen Berges T'ai-shan erinnert habe und den ich als kostbaren Schatz in immerwährender Erinnerung behalten würde.

Das hätte ich offenbar nicht sagen sollen, denn Frau Da-ch'ma stutzte etwas und trat einen Schritt zurück. Danach, als wir heimfuhren, sagte mir Frau Kei-kung, daß es ausgesprochen ungehörig sei, die Brüste einer Dame so unverhohlen zu erwähnen. Das verstehe ich wieder gar nicht: wenn sie sie schon so freigebig herzeigen. Aber verstehe das, wer will. Ich beobachte und registriere. »Der Wissende«, sagt der große K'ung-fu-tzu im vierten Buch der »Lun Yü«, »ist noch nicht so weit wie der Forschende; der Forschende ist noch nicht so weit wie der teilnahmslos Erkennende.«

Einige Tage später richtete mir Frau Kei-kung Grüße von Frau Da-ch'ma aus. Ich fragte, ob die Dame mir meine ungewollte Ungehörigkeit verziehen habe? Ja, sagte Frau Kei-kung, denn die Dame habe nachgedacht und in ihren Büchern von der Seelenwissenschaft nachgelesen. Mein Kompliment über den Busen sei darauf zurückzuführen, daß mir wahrscheinlich in zarter Jugend meine Amme die Brüste beim Stillen zu früh entzogen habe. – Was die nicht alles weiß, dachte ich mir. – Und außerdem solle sie mir ausrichten, sagte Frau Kei-kung, daß Frau Da-ch'ma meine Seele so interessant finde, daß sie bereit sei, sie ohne finanzielle Kosten für mich zu untersuchen. Ich solle bald kommen. Das werde ich, denke ich, natürlich bleiben lassen.

So grüße ich Dich also mit zärtlichen Empfindungen für Dich, meinen Freund,

Dein alter Kao-tai

Einundzwanzigster Brief

(Montag, 25. Oktober)

Mein überaus lieber Freund,

ich danke Dir für Deinen schönen und erfreulichen Brief. Daß Du Dir die Mühe gemacht hast, die ganzen zweiundneunzig Gedichte auf das Zeitreise-Papier zu kopieren, rührt mich, aber es wäre nicht notwendig gewesen. Außerdem ist das Zeitreise-Papier kostbar, und es ist wünschenswert, daß Du es für wichtigere Mitteilungen aufsparst, als es die Kopien der Gedichte der Ehrwürdigen Mitglieder der kaiserlichen Dichtergilde »Neunundzwanzig bemooste Felswände« sind. Zweiundneunzig Gedichte! Davon allein neunzehn von Herrn Kuang Wei-fo! Dabei habe ich vor meiner Abreise verfügt, daß für den herbstlichen Poesiewettbewerb höchstens zwei pro Ehrwürdigem Mitglied eingereicht werden dürfen. Was sich dieser Kuang Wei-fo dabei nur denkt? Neunzehn Gedichte! Und alles so lang. Das soll ich alles lesen . . . Dieser Kuang Wei-fo ist schon einer der penetrantesten Lyriker, der mir je untergekommen ist. Wenn der nicht immer vorn dran ist und immer überall dabei, wird er unausstehlich. Dafür hat, wie ich sehe, der faule Ku Kua-sheng wieder einmal überhaupt kein Gedicht eingereicht. Wahrscheinlich ist er nicht fertiggeworden. Das hat immerhin den Vorteil, daß ich das Geseiere nicht lesen muß, aber eine grobe Ungehörigkeit ist es doch. Was habe ich nur verbrochen, daß mich der Himmelssohn mit der ehrenvollen Aufgabe der Präfektur dieser Hochehrwürdigen Dichtergilde betraut hat? Lieber würde ich die kaiserliche Pekinesenzucht beaufsichtigen oder die Düngung der Staatsfelder. Ich werde Dir zu gegebener Zeit meine Entscheidung über den Preis für das beste Gedicht mitteilen. Es hat ja noch gute Weile.

Daß der Vizekanzler endlich in der Heiratssache seines Sohnes mit meiner Tochter einlenkt, freut mich. Es soll alles tunlichst beschleunigt werden. Wenn ich nächstes Jahr, wie ich hoffe: gesund und wohlbehalten, zurückkehre, möchte ich, daß der erste Enkel gefälligst schon unterwegs ist. Sage ihm das in gebührender Zartheit. Andernfalls bin ich so unhöflich, ihn zu meinen Großen Ahnenopfern nächstes Jahr nicht mehr einzuladen, oder ich setze ihn auf einen ganz schlechten Platz. Welche Tochter hast Du ausgewählt? Der Name Kao-fa sagt mir nicht viel. Ist es die mit den großen Ohren? Die hat sie von ihrer Mutter. In meiner Familie hat nie einer so große Ohren gehabt.

Gedichte aber bitte, schicke mir keine mehr. Wenn der faule Ku Kua-sheng doch noch eins abliefern sollte, so schicke es ihm mit dem Vermerk zurück, daß die Einlieferungsfrist abgelaufen ist. Zweiundneunzig Gedichte! Mein ewiger Himmel. Es gibt zu viele Leute, die Gedichte schreiben. Ich sage Dir: neulich habe ich wieder einmal mit Herrn Shi-shmi ein längeres, sehr angenehmes Gespräch gehabt. Aus der Sicht der Großnasen hier auf unsere Zeit hat man den Eindruck, daß wir nichts Besseres zu tun hatten als Hekatomben von Gedichten zu verfassen. So stehen wir in den Augen der Nachwelt da!

Daß ich mit Herrn Shi-shmi dieses längere Gespräch hatte, es ist schon ein paar Tage her, hatte aber natürlich einen anderen Grund. Er holte mich hier im Hong-tel ab und zu früher Stunde, denn er führte mich zu einer Gerichtsverhandlung, damit ich die Rechtspflege in diesem Staat kennenlerne, die ja schließlich ein wichtiger Bestandteil des öffentlichen Lebens ist.

Wir frühstückten zunächst hier im Hong-tel zusammen, dann marschierten wir los. Das Gerichtsgebäude ist nicht weit entfernt. Dabei handelt es sich nicht um jenes Gebäude, in dem ich gezwungenermaßen die erste Nacht meines hiesigen Aufenthaltes zubringen mußte. Jenes ist das Polizeigericht, dieses, in das wir heute gingen, ist das Große Stadtgericht von Min-chen.

Jener Richter, der ein Freund von Herrn Shi-shmi ist, derjenige, der mich ganz zu Anfang an ihn verwiesen hat, ist nur am Polizeigericht beschäftigt, er hat uns aber freundlicherweise einem Kollegen von ihm am Großen Stadtgericht empfohlen, und bei diesem Richter – er heißt Me-lon – meldeten wir uns. Wir wurden von dem Ehrfurchtgebietenden Herrn Richter Me-lon sehr freundlich empfangen, aber sonst war der Eindruck, den ich mitnahm, niederschmetternd. Ich kenne nun inzwischen die hiesigen Sitten zu gut, um ein wahrhaft imponierendes Gebäude mit geschmackvoll bemalten Säulen zu erwarten. Aber dann war ich doch entsetzt. Das Gebäude ist zwar groß, strahlt aber keinerlei Mächtigkeit und nichts aus, was Ordnung und Zucht widergespiegelt hätte, wo doch Ordnung und Zucht die Dinge sind, die ein Gericht wiederherstellen soll, wenn sie in Verfall geraten sind.

Zunächst fiel mir auf, daß unten in dem Gerichtsgebäude Kaufläden eingerichtet sind. Ja! – Du hörst recht: Kaufläden. Und während in den Stockwerken drüber das Maß der himmlichen

Gerechtigkeit zurechtgerückt werden soll, verkaufen unten die Krämer in aller Seelenruhe Hosen, Kissen, Blumen, lederne Fuß-Futterale oder Musikteller. (Über diese Musikteller muß ich Dir auch noch berichten; dies aber ein anderes Mal).

Das Zimmer, in dem Herr Richter Me-lon residiert, ist mehr als kärglich. Es riecht komisch, und die Möbel sind abgeschabt. Das Zimmer ist klein wie ein Hundezwinger, und trotzdem sitzen dort drinnen zwei Richter, die nicht anders können als so sich gegenseitig auf die Füße zu treten. Offenbar genießen Richter in dieser Welt weder bei der Bevölkerung noch bei der Obrigkeit – deren Ordnungsorgane sie ja nun eigentlich sind – keinerlei Hochachtung. Das bestätigte mir mit Wehmut auch sogleich Herr Me-lon, der darauf verwies, daß die Kaufläden unten viel größer und viel schöner eingerichtet sind als die Zimmer der Richter.

Herr Me-lon hat innerhalb des Großen Stadt-Gerichts von Minchen eine spezielle Aufgabe. Ganz zu Anfang schrieb ich Dir, daß es an ein Wunder grenzt, wenn die chaotisch hin- und herflitzenden A-tao-Wägen und die fahrenden eisernen Häuser und alles, was sich so durch die steinernen Straßen dieser unübersichtlichen Stadt wälzt, nicht ständig durcheinandergeraten. So groß ist, wie ich nun erfahre, das Wunder nicht. Die A-tao-Wägen stoßen sehr wohl zusammen, und nicht zu selten. Dabei werden sie zerbeult und die Fahrer stoßen sich die Schädel an. Es kommt vor, daß die A-tao-Wägen dabei völlig unbrauchbar werden, und daß sich die Fahrer von dem Zusammenstoß nicht mehr erholen und für sie der endgültige Bong* eintritt. Sofern aber die Fahrer überleben, streiten sie nachher darüber, wer Schuld an dem Zusammenstoß ist, das heißt: wer die Wiederherstellung des anderen A-tao-Wagens zahlen muß.

Für diese Streitigkeiten sind am Großen Stadtgericht sechs Richter zuständig, die ununterbrochen nur damit beschäftigt sind. Herr Me-lon ist einer von ihnen. Nachdem mir also Herr Me-lon in seinem Zimmer dies und jenes erklärt hatte – der andere Richter,

---

* Euphemistischer Ausdruck für Tod.

der auch in dem Zimmer seinen Stuhl und Tisch hat, war nicht da –, stand er auf und sagte, jetzt müsse er sich fertigmachen und anfangen. Er band sich einen speziellen weißen Halsschmuck um, eine Art weißer Schleife, wie sie zur T'ang-Zeit Weiber im Haar getragen haben, und einen weiten schwarzen Mantel.

Es ist immer wieder das gleiche: obwohl ich inzwischen die hier herrschende Unordnung und den Niedergang der Sitten kenne, erwarte ich, daß ein Rest Ehrfurcht vor dem Altertum sich auch in der Welt der Großnasen bewahrt habe. Ich bin noch nicht gefestigt genug. Ich lasse mich immer wieder enttäuschen. Vielleicht ist es überhaupt unmöglich für jemanden wie mich, der seine Wurzeln in einer so weit entfernten Zeit hat, die andauernde Enttäuschung zu verlernen. Der Saal, in dem die Gerichtsverhandlung stattfinden sollte – Herr Me-lon zeigte Herrn Shi-shmi den Weg, und wir gingen voraus einen engen, finsteren Gang hinunter –, der Saal war eigentlich kein Saal, sondern ein etwas größeres Zimmer. Der kleinste Nebensaal im Hong-tel »Zu den vier Jahreszeiten« ist ein Palast gegen dieses Zimmer. Von Würde und Pracht keine Spur. Furchteinflößende Zeichen fehlen völlig. Wir nahmen auf einer Bank ganz hinten Platz, die quietschte, wie um meine Seelenstimmung beim Anblick dieser Würdelosigkeit wiederzugeben. Eine Menge von Leuten standen herum, schwätzten laut in ihren ordinären, tiefen Stimmen – auch Weiber! –, lasen in Papierblättern und raschelten damit. Ich versuchte zu ergründen, was die Würdelosigkeit des Raumes ausmachte. Die Bank, die quietschte? Die abgewetzten Stühle vorn? (Einer der Stühle war in seine Teile zerfallen und lag unbeachtet am Rand.) Die leicht rußigen Wände? Die achtlos schwätzenden Großnasen, die sich benahmen wie auf dem Markt? Ja, das alles auch, aber vor allem, und das wurde mir in dieser Zeit klar, wo ich mit Herrn Shi-shmi auf jener Bank saß, vor allem: daß der Raum so niedrig war. Die Großnasen, obwohl sie so riesenwüchsig sind im allgemeinen (selbst die Frauen; Dame Kei-kung zum Beispiel ist gut einen Kopf größer als ich), leben und wirken mit Vorliebe in ganz niedrigen Räumen. Grad, daß sie noch aufrecht stehen können. Warum ist das so? Das hat mir noch keiner sagen können. Unsere Tempel sind hoch, die Säle der Paläste haben einen Plafond wie der Himmel, selbst in Privathäusern sehen wir darauf, daß die Decke hoch ist und uns nicht bedrückt. Die Großnasen können in ihren Räumen fast nicht aufrecht stehen. Als mir das hier so klar geworden war, habe ich Herrn Shi-shmi darauf angesprochen. Er hat mich groß angeschaut und im ersten Moment meine Frage offensichtlich gar nicht verstanden. Dann hat er gesagt: wieso? Man braucht ja über den Köpfen nicht viel Raum, das wäre ja Verschwendung. So kann man bei gleichbleibender Höhe der Gebäude mehr Stockwerke unterbringen. Und das sagt ein Herr Shi-shmi, der mit Recht in seiner Welt als Weiser gilt!

Ich sagte es nicht, aber ich dachte mir: die Großnasen halten ihre Räume so niedrig, weil sie eine panische Angst vor der Würde haben. Raumverschwendung über dem Kopf bedeutet Würde. Warum haben sie Angst vor der Würde? Weil Würde notwendigerweise dem einzelnen – dem Edlen, dem Weisen, dem Richter – zukommt, und das gönnen sie einem einzelnen nicht. Lieber verzichten sie überhaupt auf Würde. So regiert hier die Mißgunst der Niedrigen, und das nennen sie »Herrschaft des Volkes«. Dabei wissen manche Großnasen sehr wohl, zum Beispiel Herr Shi-shmi und Meister Yü-len, daß nur die Würde Ordnung verbürgt. Aber sie wagen nicht, das laut zu sagen.

Mitten in den schnatternden Haufen kam der Richter, Herr Melon, herein. Eine Dame, die, wie sich später herausstellte, eine Art Bütteldienste versah, und es dann doch fertigbrachte, von den schnatternden Großnasen etwas respektiert zu werden, schrie: »Bitte aufstehen, das Gericht!« Natürlich erhob ich mich sofort, auch alle anderen, soweit sie vorher saßen, erhoben sich, aber wenn Du nun erwartest, daß sich alle, wie es sich gehört, zu Boden warfen und auf den Zeitpunkt warteten, wo der Richter sich herabließ, ihnen zu gestatten, wieder ihr Antlitz zu erheben, gehst Du fehl. Keiner warf sich zu Boden. Der Boden war auch ziemlich schmutzig, denn draußen regnete es und alle hatten Lehm an den Füßen. Ich fragte Herrn Shi-shmi leise – nachdem wir uns auf ein Zeichen

des Richters wieder gesetzt hatten –, wer die Leute alle hier seien? Es waren berufsmäßige Fürsprecher. Es ist nämlich so hierzulande, daß kaum jemand selbst zu Gericht geht. Es gibt eine spezielle Kaste von berufsmäßigen Fürsprechern, die die eigentliche Partei vor Gericht vertreten. Warum gehen die, die es in Wirklichkeit betrifft, nicht zu Gericht? Beileibe nicht aus Angst, sondern weil sie die Gerechtigkeit nicht verstehen. Ich habe nachher, nach der Verhandlung, als der Ehrfurchtgebietende Herr Me-lon seinen Talar wieder ausgezogen und auch den weißen Halsschmuck wieder abgelegt hatte, lang mit ihm in einem Speise-Gästehaus in der Nähe des Gerichtsgebäudes gesprochen (ich hatte mir ein Herz genommen und kühn den Richter zum Essen dort eingeladen; er hat es angenommen) und habe ihn viel gefragt.
Ja, sagte er, es gäbe wohl schon noch so etwas wie eine Gerechtigkeit im Reich der Großnasen, allein diese Gerechtigkeit sei sozusagen tranchiert, aufgeschnitten und in zahllosen Splittern in einer schon unübersehbar großen Zahl (selbst für ihn und seine Kollegen unübersehbar großen Zahl) von niedergeschriebenen Gesetzen versteckt. Es sei eine Spezialwissenschaft geworden, die Gerechtigkeit zu erkennen. Der einfache Mann verstehe das überhaupt nicht mehr, weshalb es eben die berufsmäßigen Fürsprecher gäbe.
Wer läßt diese niedergeschriebenen Gesetze festsetzen? fragte ich.
Der Staat, sagte Herr Me-lon.
Hast Du Worte, teurer Freund Dji-gu? Es ist also hier so, daß nicht die althergebrachte Gerechtigkeit, die feststeht, sofern man die Ordnung von Himmel und Erde beachtet, daß nicht diese althergebrachte Gerechtigkeit dem Staat und seinen Dienern diktiert, was sie gerechterweise zu tun haben, sondern daß der Staat und seine Diener – die sich aber als Herren über den Staat fühlen, wie jener meineidige Minister Ch'i – Dämonischer Südbarbar, den ich in dem nächtlichen Speise- und Trinkhaus mit den Entkleidungskünstlerinnen angetroffen habe –, daß dieser Staat festsetzt, was gerecht sein soll und was nicht. Daß da keine Ordnung im öffentlichen Leben eintritt, ist mir völlig klar.

Aber zurück zur Gerichtsverhandlung. Alle setzten sich, der Richter auch. Neben ihm saß eine junge Dame mit mürrischem Gesicht. Wer das sei? fragte ich. Das sei eine untergeordnete Gehilfin des Richters, die sehr schnell schreiben könne und das Wichtigste von dem aufzuschreiben versuche, was der Richter und die Fürsprecher sagen.
Ich verstand natürlich das allerwenigste von dem, was verhandelt wurde. Mehrfach mußte der Richter die wartenden Fürsprecher ermahnen, ruhig zu sein. Ich bewunderte die Geduld des Richters in diesem Zusammenhang. Offenbar muß die Langmut die Haupttugend der Richter hierzulande sein.
Es wurden in rascher Folge viele Fälle abgehandelt. Manchmal schimpfte der Richter, daß das, was der Fürsprecher vortrug, der bare Unsinn sei. Das ist dann wieder der Nachteil dieses Systems: in so einem Fall hebt der Fürsprecher die Hände, legt den Kopf schief und sagt, er wisse selber, daß das Unsinn sei, sein Auftraggeber habe ihn aber so instruiert. Da sei eben nichts zu wollen.
In einem Fall wurde etwas länger verhandelt. Da war – das muß schon länger her sein, muß sich im letzten oder womöglich vorletzten Winter abgespielt haben – ein A-tao-Wagen im Schnee ausgerutscht und nicht mit einem anderen A-tao-Wagen, sondern mit dem Eck eines Hauses zusammengestoßen. Der Fürsprecher des A-tao-Wagen-Fahrers argumentierte verbissen, soweit ich das verstehen konnte, daß an diesem Zusammenstoß nicht der A-tao-Wagen, sondern das Haus schuld sei. Wiederum mit unerschöpflichem Langmut versuchte der Richter diesem Fürsprecher einzureden, daß er Unsinn von sich gäbe. Aber der Fürsprecher verbiß sich zusehends in seine Argumentation, bekam einen roten Kopf und begann förmlich zu bellen. Ich hielt den Atem an. Der Richter saß immer noch da und hörte in Geduld zu. Endlich sprang der rotköpfig gewordene Fürsprecher auf und schrie: er lehne den hier anwesenden Richter ab, er wolle einen anderen. Ich erwartete es in Wahrheit nicht, aber einen Augenblick lang dachte ich doch, daß der Richter die Hand

ausstrecken, nach drei oder vier starken Bütteln rufen und den frech antwortenden Fürsprecher unverzüglich köpfen lassen würde.
Aber nichts von dem geschah. Zwar gab es ein wenig Geraune im Saal. Ein paar andere Fürsprecher versuchten, den rotköpfigen zu beruhigen; vor allem sagten sie: er solle nicht so lang reden, weil sie endlich auch drankommen wollten. So beruhigte sich nach einiger Zeit alles wieder, und die Verhandlungen gingen weiter. Nach vielleicht einer Stunde war der Gestank so groß im Saal, daß sich der Richter gezwungen sah, eine Pause zu machen. Auch wir, Herr Shi-shmi und ich, gingen hinaus. Draußen sagte der Richter, Herr Me-lon, zu uns, wir sollten doch mit ihm eine kleine Erfrischung einnehmen gehen. Der Richter zog seinen schwarzen Talar aus, den weißen Halsschmuck behielt er an. Wir gingen wieder durch lange Gänge, dann kamen wir in einen Raum, der scherzhaft »Kleine Stube der Meineide« genannt wird (oder, wenn man es anders übersetzen will: »Stube der kleinen Meineide«), und wo uns ohrenbetäubender Lärm entgegenschlug. Dort saßen an einem Tisch alle die Fürsprecher, die sich vorher so fürchterlich gestritten hatten, und erzählten sich kurze, schelmische Anekdoten, wie sie hier beliebt, für mich aber unverständlich sind. Auch einige Richter saßen hier. Herr Richter Me-lon stellte uns vor, und wir setzen uns. Ich hielt mich bescheiden in einer Ecke. Der Lärm war kaum zu überbieten, weil alle – wie bei den Großnasen häufig – gleichzeitig sprachen. Die »kleine Erfrischung« der Richter und Fürsprecher bestand aus einem ungeheuer gewaltigen tulpenförmigen Glas von Hal-bal, von dem einige, ließ ich mir sagen, schon mehrere getrunken hatten ohne umzufallen. Ich fragte ganz leise Herrn Me-lon, ob es möglich sei, ein halbes Fläschchen Mo-te Shang-dong zu bekommen. Es war aber nicht möglich. So trank ich Thee.
Mir wurden zwar die Namen einiger der Fürsprecher und Richter genannt, aber ich konnte sie mir natürlich unmöglich merken. Einer hatte einen sehr runden Kopf und ganz kurze Haare – wie Igel-Stacheln – und ist besonders geschätzt wegen eines uner-

schöpflichen Schatzes von schelmischen Kurz-Anekdoten, die er in seinem Gedächtnis herumträgt. Er erzählte mir einige davon. Ich verstand keine, sagte aber, daß ich sie in unverwelklicher Erinnerung behalten werde. Er zeigte sich dann äußerst interessiert an der Küche des Reiches der Mitte und erwähnte, daß er selber gern koche, namentlich nach unserer Art. Ja, das gibt es. Einen Mann, der nicht Koch ist und doch den Herd bedient. Ich mußte ihn enttäuschen, weil ich keinerlei Auskunft und Rezepte mitteilen konnte. Ich weiß nur, ob mir die Sachen schmecken, nicht wie man sie zubereitet.

Ein anderer, ein ziemlich umfangreicher Herr, der ein Richter war, handelte nebenher mit Fischen und kleinen eigenartigen Schreibgeräten; ein sehr langer Fürsprecher, der einen Bart nach Art der Ziegen hatte, handelte am Tisch mit Büchern. Ich wagte nicht, nach den näheren Umständen mich zu erkundigen. Alles verwirrte mich. Ein anderer Fürsprecher war ungeheuer dick und groß und erschien in einem Helm wie die Krieger der Han-Zeit ... ich erschrak und wollte entfliehen, aber es zeigte sich dann, daß der betreffende Fürsprecher völlig harmlos war und keine kriegerische Absicht hatte.

Ein weiterer Fürsprecher – dessen Namen ich mir als Wi-li-we-wa gemerkt habe – war eher von meiner Größe, was mich angenehm berührte. Es traf sich, daß ich neben ihm saß. Nach einiger Zeit fragte er mich etwas, aber ich verstand seine Sprache nicht. Der erwähnte ziegenbärtige Fürsprecher, der nebenher mit Büchern handelt, lachte laut, als er sah, daß ich den Herrn Wi-li-we-wa nicht verstand, und sagte, das sei ohne weiteres einleuchtend, denn Herr Wi-li-we-wa stamme aus etwas westlich gelegenen Gegenden, dort seien die Leute sehr sparsam und die Zunge sei ihnen verkehrt herum angewachsen. Herr Wi-li-we-wa schaute nur sehr ruhig zu dem ziegenbärtigen Herrn auf und sagte – nun um Verständlichkeit bemüht –: »Noch ein Wort und ich schütte dir den Inhalt dieses Glases über deinen Kopf.« Wieder wollte ich fliehen, da wandte sich aber Herr Wi-li-we-wa wieder an mich und wiederholte seine Frage deutlicher: ob es bei uns im Reich der

Mitte bei Gericht auch so lustig zugehe? »Nein«, antwortete ich und verbeugte mich zu einem Drittel, »aber ich werde nicht verfehlen, von den vergnüglichen Sitten in der schönen Stadt Min-chen bei mir zuhause zu berichten, und ich zweifle nicht, daß sie auf meine Schilderung hin allsogleich nachgeahmt werden.« Da erhob er sein Glas und stieß einen Laut aus, der so ähnlich wie »Plo-sh-cht« klang und – das kannte ich schon – soviel bedeutet wie: er trinke, damit es mir wohlergehe. Ich verbeugte mich wieder, trank etwas von meinem Thee und sagte: »Plo-sh-cht, auch ich erlaube mir diesen Thee in der Hoffnung zu schlürfen, daß dem überaus verdienstvollen Herr Wi-li-we-wa sowie seinen schätzenswerten und verehrungswürdigen Ahnen Ruhm und Ansehen fortwährend ersprießen mögen.«

Ich war froh, als wir endlich den Raum wieder verließen. Im zweiten Teil der Verhandlung wurde es ruhiger. Es kamen nicht mehr so viele Fürsprecher, und es wurde auch nicht mehr so viel geschrien.

Dicke Bündel von Papier wurden hin- und hergetragen. Ab und zu blätterte der Richter in einem solchen Bündel. Hin und wieder reichte ein Fürsprecher – ohne Verbeugung – ein Stück Papier dem Richter hinauf. Ich fragte Herrn Shi-shmi, ob das Ergebenheitsadressen an den Richter wären. Nein, sagte er, in den hinaufgereichten Papieren stelle der Fürsprecher seine Ansicht der Sache dar. Gelegentlich schleuderte der Richter auch ein Papier zu den Fürsprechern herab, das die aber mit nur wenig äußerer Ehrerbietung entgegennahmen.

So ging die Verhandlung zu Ende. Als kein Fürsprecher mehr im Zimmer war, entließ der Richter seine mißmutig schreibende Gehilfin und auch die Schergin. Dann lud ich, wie gesagt, ihn und Herrn Shi-shmi ein, mit mir zu essen.

Da fragte ich ihn dann vieles. Zum Beispiel: ob er denn das alles lesen müsse, was die Fürsprecher ihm da hinaufgereicht hätten. Nein, sagte er, denn wenn er das alles lesen würde, würde er im Lauf von nur vier Tagen wahnsinnig.

Wie er dann die Gerechtigkeit finde? fragte ich ihn. Die Gerechtigkeit zu finden, sagte Herr Me-lon nach einigem Nachdenken, sei heutzutage gar nicht mehr möglich. Es gäbe ein Rechtssprichwort, ein ungeschriebenes, die seien aber ohnedies die wichtigeren, und dieses Rechtssprichwort laute: wenn du zu einem Richter gehst, bekommst du keine Gerechtigkeit, du muß froh sein, wenn du einen Urteilsspruch bekommst. Es sei schwer, sagte Richter Me-lon mit einem tiefen Seufzer, in einer Welt, die so in Unordnung geraten sei, noch der Gerechtigkeit zu dienen.

Mir schien Herr Richter Me-lon ein Mann von tiefen Einsichten zu sein, und ich hoffe, ihm wieder zu begegnen, um weiteres fragen zu können. So verabschiedeten wir uns, und so endete dieser merkwürdige Besuch, der mir tiefen Einblick in alles gewährte, was dieser Staatsordnung an Würde fehlt.

Ich grüße Dich aus der fernen Zeit und bin doch Dein naher Freund

Kao-tai

Zweiundzwanzigster Brief

(Montag, 1. November)

Teurer Freund Dji-gu.

Deine Briefe erfreuen mein Herz in dieser regnerischen Welt. Ich kann sie übrigens inzwischen wirklich besser lesen und brauche sie, um scharf zu sehen, nicht mit weitgestreckten Armen vor mir zu halten, seit ich das kleine Augengestell besitze, das mir Frau Kei-kung hat machen lassen. Nach den Gedichten fragst Du? Ich bin noch nicht dazugekommen, sie anzuschauen. Das Ergebnis des Wettbewerbs wird ja ohnedies nicht vor dem ersten Winterneumond verkündet. Die Ehrwürdigen »Neunundzwanzig bemoosten Felswände« sollen sich gedulden. Außerdem sind die Gedichte wahrscheinlich ungefähr so wie die Gedichte vom letzten Jahr, und die waren wie die vom vorletzten. Es gibt zu viele Leute, die Gedichte schreiben. Das sagt auch Herr Me-lon, den ich inzwischen schon zweimal getroffen habe, und der, obwohl er von

Beruf Richter ist, von Literatur etwas versteht. Er meint natürlich: *Hier*, in dieser Welt, in Min-chen gibt es zu viele Leute, die Gedichte schreiben. Offenbar gibt es immer und überall zu viele Leute, die Gedichte schreiben. Ein fixer Punkt in der Weltgeschichte.

Herr Yü-len-tzu, nach dem Du in Deinem Brief fragst, ist abgereist, schon lang. Er mußte nachhause. Seine Geschäfte riefen ihn. Aber er kommt wieder, spätestens im nächsten Monat. Wir wollen uns dann gleich, um unser Wiedersehen zu feiern, die Entkleidungstänzerinnen in dem Trink- und Speisehaus »Paradies« anschauen. Bis dahin sind neue Künstlerinnen da und haben neue Tänze einstudiert. Was meinst Du in Deinem Brief: die Sache mit den kleinen weißen Kugeln –? Ich verstehe die Stelle nicht.

Ja, es ist schon eine Zauberwelt, wenn auch eine regnerische zumeist. Ich manipuliere hier in Min-chen in dem Hong-tel »Zu den vier Jahreszeiten« an einem Te-lei-fong und schon läutet im fernen Pei-ching eben ein solcher Apparat am Tisch eines fernen Enkels von uns. Meister Yü-len hat wirklich damals darauf bestanden, daß ich diesen Versuch unternehme: vor der Benützung des Te-lei-fong habe ich keine Angst, wohl aber hatte ich Angst, ob ich die Sprache, die der ferne Enkel spricht, überhaupt verstehe, und daß mich die Rührung überkommt. Aber zum Glück, muß ich sagen – obwohl mich die Sache schon auch interessiert hätte –, war der ferne Enkel in Pei-ching nicht da, und das Glöckchen seines Te-lei-fongs läutete ganz vergeblich. Herr Yü-len-tzu war sehr enttäuscht, aber es war nichts zu machen. Das war am Tag vor seiner Abreise. Am Abend leerten wir noch bei der Dame Kei-kung einige Flaschen Mo-te Shang-dong. Das weithinleuchtende Wellenkleid ist der kalten Jahreszeit nicht mehr angemessen. Frau Kei-kung trug ein rotes Kleid, das um ihren unvergleichlichen Körper sanfte Falten warf. Meister Yü-len war sehr angetan von Frau Kei-kung. Als die Rede auf dies und das kam, sprachen wir auch von meinen Abenteuern im Schwitzkeller. Herr Yü-len-tzu ist ein großer Schwitzer – sagte er – und hat gleich geäußert, daß er unbedingt mit Frau Kei-kung einmal den Schwitzkeller besuchen will.

Das werde ich zu verhindern wissen. Aber sonst freue ich mich darauf, wenn er wiederkommt.

Heute ist Vollmond. Ich weiß es nur, weil ich nachrechne. Sehen kann man den Mond nicht. Der Himmel ist voll von schweren Wolken. Es regnet, und es ist kalt. Ich denke an den Mond, wenn ich auch die Mondriten – das muß ich zugeben – nicht vollziehe. Ich habe, seit ich hier bin, vier Neumonde vergehen lassen ohne ein Neumondopfer darzubringen. Wie sollte ich es auch tun? Es würde auf unüberwindliche Schwierigkeiten stoßen. Wie hätte ich bei Herrn Shi-shmi auf die Stufen der Osttreppe treten sollen, wenn sein Haus nur eine einzige Treppe hat, und die geht nach Westen? Herr Shi-shmi hätte zwar Verständnis für den Vollzug der Zeremonie gehabt, hätte mir sogar assistiert, wenn ich ihn darum gebeten hätte, aber das dumme Gelächter der anderen Hausbewohner wäre nicht auszudenken gewesen. Außerdem: wer sind meine Ahnen, wenn ich hier in einer fernen Zeit-Welt lebe? Bin ich selber mein Ahn, da ich doch eigentlich schon tausend Jahre tot bin? Ist es statthaft, daß ich mir gewissermaßen selber opfere? Verständlicherweise wird man weder im »Yun Lü« noch im »Chia Yü«, im Erhabenen »I Ching« nicht und nicht im »Frühling und Herbst der Lü Pu-wei« eine Antwort darauf finden. Der Aprikosenhügel schweigt zu dieser Frage, vom Alten Meister auf dem Schwarzen Ochsen, den ich ohnedies nicht so sehr schätze, gar nicht zu reden.

Ich gebe zu, daß ich beim Antritt meiner Reise mir zwar vorgenommen hatte, für meine Person die Riten und Sitten meiner Welt einzuhalten, komme, was da wolle. Dabei habe ich nicht eingerechnet, wie sehr sie sich in den tausend Jahren (und den zehntausend Meilen, von denen ich damals keine Ahnung hatte) verändern würden. So habe ich mich schon nach wenigen Tagen für die Zeit meines Aufenthaltes im Land der Großnasen von den Riten dispensiert. Ich berufe mich dabei auf den Ehrwürdigen Meister K'ung, der immer wieder sagt, daß man sich in der Fremde nach den dortigen Gegebenheiten richten soll, und daß es töricht ist, dem Fremden die eigenen Sitten und Gebräuche aufdrängen zu wollen. Und im Abschnitt »Yü Li« des »Li Chi« heißt es: wenn man in ein fremdes Haus kommt, erkundigt man sich nach den Ausdrücken, die dort vermieden werden. Zwar sagt der Weise vom Aprikosenhügel auch, daß der Edle durch stilles, aber bestimmtes Vorbild wirken soll . . . aber sag' selber, teurer Dji-gu, was könnte ich allein in dieser Welt von Unordnung bewirken, selbst wenn meine Tugenden zehnmal so stark wären wie sie sind? Herr Shi-shmi besitzt eine Übersetzung des »I Ching«, ob er sie gelesen hat, weiß ich nicht. Frau Kei-kung habe ich, wie Du weißt, eine Übersetzung des »Li Chi« geschenkt. Sie wird sie später lesen . . . sagt sie. Was kann ich mehr tun? »Die Sitte will, daß man von den Menschen gesucht wird, nicht daß man die Menschen sucht; die Sitte will, daß andere zu uns kommen, um zu lernen, nicht, daß man andere aufsucht, um sie zu lehren.« Auch das steht im »Li Chi«.

So lebe ich hier ohne die Riten zu beachten, ohne die ehrwürdigen Sitten zu befolgen, wie ein Barbar, wenngleich ich versuche, meine innere Tugend für mich selber zu bewahren. »Wenn es solche Menschen gibt – unter den Großnasen, füge ich hinzu –, die an mir Freude haben, so ist es mir recht. Wenn niemand sich an mir freut, so freue ich mich wenigstens an mir selbst.« (Wie es im Buch »Tsung-tzu« heißt).

Mit Frau Kei-kung über die Sitten zu sprechen, ist fast ohne Sinn. Nicht, daß Sie etwa keine tugendhafte Frau wäre – in gewisser Hinsicht –, sondern weil sie ganz im Streben nach ihrer Zufriedenheit lebt, was natürlich, wie ich schon erwähnt habe, zu Unzuträglichkeiten führt. Wenn man den Zusammenhang mit den Dingen verliert, wenn man, anstatt die ewige Ordnung von Himmel und Erde zu erforschen und zu beachten, versucht, diesem Mechanismus den eigenen Willen aufzuzwingen, dann wird man zwangsläufig unzufrieden. Aber gut – dafür ist sie eine Frau und sehr schön. Meister Yü-len ist ganz ungeeigent für solche Gespräche. Er ist zwar ein Experte auf dem Gebiet der Waldbaukunst und hat

viele tiefe Gedanken, was den hiesigen Staat und seine Ordnung betrifft, aber für die alten Riten hat er gar kein Verständnis. Er kenne nur *einen* Ritus, sagte er, und der sei, daß es ihm gut gehe. Einzig Herr Shi-shmi (und in Zukunft vielleicht Herr Richter Me-lon, aber den kenne ich noch nicht gut genug) ist geeignet für derartige Fragen. Vor wenigen Tagen war ich wieder bei Herrn Shi-shmi, weil die Musik der Heiligen Vierheit bei ihm stattfand. (Ich kann mich nicht satthören daran. Sie spielten zwei Werke des göttlichen Meisters Mo-tsa. Herr Shi-shmi versprach mir, mich demnächst in eine öffentliche musikalische Unterhaltung mitzunehmen, wo ich die Musik eines Orchesters kennenlernen soll. Übrigens kam er – leider, ich hatte gehofft, er hätte es nun doch vergessen – wieder auf das Ausleihen meines Zeitreise-Kompasses zu sprechen. Sobald seine Frau Witwe-Mutter wieder abgereist sei, wolle er die Zeitreise unternehmen. Seine Frau Witwe-Mutter solle nichts davon erfahren, weil sie sich sonst nur ängstige.) Nachdem die anderen drei Musikfreunde gegangen waren, saßen Herr Shi-shmi und ich noch lang bei einigen Da-wing-do-Brandopfern beisammen. Die Rede kam auf die Religion.
Wir kamen darauf, weil ich eine Beobachtung anmerkte, die ich schon ganz zu Anfang gemacht habe: einerseits scheuen sich die Großnasen, das Essen mit den Händen anzulangen und grausen sich vor allem und jedem, anderseits betasten sie sich andauernd gegenseitig. Die Begrüßung (selbst zwischen Männern und Frauen, sogar zwischen Höhergestellten und Niedergestellten) findet so statt, daß man die Hand des anderen ergreift und knetet und walkt und den ganzen Arm schüttelt. Häufig schlägt einem jemand auf die Schulter, und das Unangenehmste ist, wenn einer einem – was nicht selten vorkommt – das Gesicht mit seinem Mund befeuchtet. Bei uns, sagte ich, ist es so, daß sogar Eheleute voneinander nichts aus der Hand entgegenehmen. Das sei Höflichkeit. Wenn einer dem anderen etwas geben will, dann legt er es in einen Korb, und der andere nimmt den Korb. Ist kein Korb da, dann legt er es auf eine Matte. Erst wenn sie über siebzig

sind, sagte ich, bewahren Eheleute ihre Kleider nicht mehr in getrennten Truhen auf.

Die Sitten seien eben anders, sagte Herr Shi-shmi. So kamen wir ins Gespräch darüber. Ich will hier dieses Gespräch nicht im einzelnen schildern, fasse aber die Gedanken zusammen, die ich daraus entnahm.

Die Großnasen haben nicht nur andere Sitten, sie haben überhaupt keine Sitten. Ich meine damit nicht, daß sie sittenlos im Sinne von: zügellos und ohne Moral sind (das ist wieder eine andere Frage); ich meine das in dem Sinn, daß fast keine festgefügten Sitten, Riten und Gebräuche vorhanden sind. Nur in ganz unwichtigen Dingen sind noch spärliche Reste von Sitten und Riten vorhanden. Was sie im einzelnen bedeuten, ist mir unklar. In den wenigen Tagen, in denen ich die Ehrwürdige Frau Witwe-Mutter Shi-shmis beobachten und befragen konne, habe ich das erfahren. So gilt es als Unglück bringend, wenn man unter einer Leiter durchgeht, eine Schere offen liegenläßt, den Hut auf dem Tisch oder die Schuhe aufs Bett legt. Der dreizehnte Tag des Großnasenmonats (unabhängig von der Mondphase) gilt als unheilvoll, im gemäßigten Sinn der fünfte Tag der »Wo-ch'e«. Wenn dieser fünfte Tag zufällig mit dem dreizehnten Monatstag zusammentrifft, gehen manche Großnasen nicht aus dem Haus. Wenn einer niest, sagen die anderen »Zum Wohl!«, warum, hat mir kein Mensch sagen können, und auf Ahnengräber legen sie Blumen, sonst nichts. Dabei ist es so, daß sie diese Blumenopfer fast nur den Eltern darbringen, denn die Gräber der Großeltern sind ihnen unbekannt, und von den Urgroßeltern wissen sie kaum noch die Namen.

Das sind also – mag sein, einige habe ich nicht beobachtet – im wesentlichen die Riten, auf die diese Welt ihre Ordnung stützt. Es ist klar, daß eine weitreichende Ordnung, Kindesliebe, Ehrfurcht, Wissenschaft, Unbestechlichkeit der Minister und Wohlstand sich nicht aufrechterhalten lassen, wenn nichts anderes geschieht, als daß keine Schere offen hingelegt wird. Übrigens halten sich gar nicht alle daran: bei Frau Kei-kung habe ich einmal eine Schere offen liegen sehen. Ich habe sie ernstlich darauf aufmerksam gemacht. Da hat sie gelacht und gesagt: ja, ja – das kenne sie von ihrer Mutter. Offenbar ist es also so, daß sich nur noch die alten Leute an diese ohnedies schon dürftigen Riten halten, während sie unter den jüngeren in Verfall zu geraten drohen.

Daß A-tao-Wägen an Kreuzwegen anhalten, wenn eine dort aufgestellte Leuchte rotes Licht zeigt, und erst weiterfahren, wenn das rote durch grünes Licht ersetzt wird, ist keine Sitte, sondern ein willkürlich eingeführtes Gesetz. Dies hat mir Herr Richter Me-lon erklärt. Überhaupt sind Riten und Sitten in dem Maß in Verfall gekommen, wie diese willkürlichen Gesetze, von denen es wahrhaft unzählige gibt, überhandgenommen haben. So sind Sitte und Gesetz getrennt, das heißt: das Gesetz ist losgelöst von jeder Moralvorstellung. Da das Gesetz zu übertreten für Großnasen nicht als unmoralisch gilt, muß der Staat zu Strafen greifen. Belehrungen fruchten nichts mehr. Moralvorstellungen gibt es zwar schon noch, die sind aber religiöser Natur und sind für das öffentliche Leben unverbindlich. Moral und Religion haben nur noch ungefähr poetischen Wert. Man kann sich an ihnen erfreuen, wenn man will, aber das Leben regeln sie nicht mehr.

Daß so ein Staat in Unordnung gerät, und daß hier die Vernunft ein Faktor von nur noch dekorativem Wert ist, leuchtet mir ohne weiteres ein.

Die Religion ist übrigens merkwürdig. Sie hat starke Züge von Aberglauben und ähnelt in gewisser Weise dem Buddhismus. Die Großnasen glauben, daß einmal (sie fixieren es genau: ungefähr um die Zeit, als die Östliche die Westliche Hyn-Dynastie abgelöst hat) ein Gott auf die Erde gekommen sei. Dieser Gott habe dreiunddreißig Jahre auf der Erde gelebt, habe gelehrt und einen Moralkodex hinterlassen, und sei dann von den Menschen hingerichtet worden. Eine groteske Vorstellung. Der Gott sei dann wieder auferstanden und in den Himmel aufgefahren, wo er sich in drei Götter aufgefächert habe. Auch seine Mutter habe er mitgenommen, dafür auf Erden einen Stellvertreter in Form eines Oberpriesters zurückgelassen. Es mag sein, daß ich diese Mytho-

logie ungenau wiedergebe, denn zum einen habe ich sie nicht klar verstanden, zum andern sind mehrere Spielarten davon im Umlauf, die sich zum Teil heftig befehden oder zumindest befehdet haben.
Ich habe nach der Lehre dieses Gottes gefragt. Die Lehre ist aller Ehren wert. Die Lehre besagt nichts anderes als jenes große Wort des K'ung-fu-tzu im XV. Buch des Yun Lü, wo es heißt: »Tzu Kung fragte und sprach: ›Gibt es Ein Wort, nach dem man das ganze Leben hindurch wandeln kann?‹ Der Meister antwortete: ›Die Nächstenliebe. Das du selbst nicht wünschest, tu nicht den anderen.‹«
Von »hier« aus gerechnet liegt die Han-Zeit fast zweitausend Jahre zurück. Es sind also fast zweitausend Jahre her, seit dieser Gott seine Lehre verkündet hat. Es scheint sich in der Moralvorstellung der Großnasen seitdem nichts geändert zu haben, denn ihre religiöse Lehre von der Nächstenliebe appelliert nicht an die Vernunft und an die Menschlichkeit, sondern allein an ein hartes System von Lohn und Strafe, das auch der Kernpunkt dieser religiösen Lehre ist.
Wie die Buddhisten – und darin sehe ich die Ähnlichkeit – haben die Großnasen einen heillosen Horror davor zu denken, daß ihr bißchen Seele einmal nicht mehr sein könnte. Sie nehmen sich so wichtig, daß sie es als Katastrophe empfänden, wenn ihre Seele nach dem Tod nicht weiterleben würde. Komischerweise empfinden sie es nicht als schrecklich, daß ihre Seele vor ihrer Geburt wohl nicht gelebt hat. Sie nennen ihre Seele »ewig«. Ewig heißt aber, ohne Anfang und ohne Ende. Wie kann etwas ewig sein, wenn es keinen Anfang hat? (Dieser Gedanke sei, sagt Herr Shishmi, allerdings der großnäsigen Philosophie nicht fremd. Es habe – ungefähr zur Zeit des Meisters We-to-feng einen Weisen gegeben, der Sho Peng-kao geheißen habe. Der habe diesen Gedanken schon geäußert, sei aber nicht so recht durchgedrungen damit.) Mit Hilfe dieses kindischen Schreckens, der für meine Begriffe viel von Dämonenangst und Geisterfurcht in sich trägt, baut die Religion der Großnasen ihr System von Lohn und Strafe

auf. Denn nicht um ein vollkommener Mensch zu werden, nicht um mit sich selber ins reine zu kommen, nicht um die Gesellschaft der Menschen im Gleichgewicht zu halten, soll man das Gebot der Nächstenliebe befolgen, sondern – wie es heißt – »Schätze im Jenseits« anzusammeln. Im Grunde genommen appelliert diese Religion also an den Geiz. Wer hier auf dieser Welt, heißt es, die Lehre der Religion befolgt, dessen Seele fliegt nach dem Tod in den Himmel, wo ein sorgenfreies Leben in Gegenwart des Gottes für alle Ewigkeit bevorsteht. Es wird also vorausgesetzt, daß die Seele jedenfalls ihre Erinnerung an das irdische Leben bewahrt. Sonst dürfte sie ja nicht belohnt werden. Umgekehrt: wer die Gebote der Nächstenliebe nicht befolgt, kommt nach dem Tod in eine gräßliche Unterwelt, wo es permanent brennt.

Kann ein gütiger Gott, dem Nächstenliebe am Herzen liegt, so unmenschlich sein? Überhaupt: kann ein Gott auf solche juristischen Voraussetzungen das ewige Heil oder Unheil seiner Kinder, nämlich der Menschen, aufbauen? Denn als Kinder Gottes bezeichnet die Religion der Großnasen die Menschen ausdrücklich. Zwar ist auch viel von Gnade die Rede. Aber auch diese Gnade Gottes ist keine wirkliche Gnade, denn sie wird nur dem zuteil, der sie – in den Augen der Lehre – wirklich verdient. Diese Gnade ist also wieder nichts als versteckter Lohn. Die Großnasen haben eine Krämergesinnung ihrem Gott gegenüber. Das ist, meine ich, eine verheerende Folge der abergläubischen Personifizierung ihres Gottes, zu der sie sich versteigen. Sie stellen ihn sogar auf Bildern dar. Er ist ein würdiger alter Mann mit langem, grauem Bart. Seine Züge sind die Züge der Großnasen. Wenn das stimmen sollte, so wären wir, die wir ganz anders aussehen, von vornherein benachteiligt. Das soll ein gnadenreicher Gott sein? Wirkliche Gnade ist die, die dem zuteil wird, der sie nicht verdient. Der Gott der Großnasen, wenn er wirklich gnädig wäre, müßte den zu sich aufnehmen, der ihm flucht.

Aber ich vermute, daß das alles gar nicht die wirkliche Lehre des Gottes war, der auf die Erde gekommen ist. Ein Gott ist so fern und

groß, daß er sich menschlichen Begriffen gar nicht offenbaren, geschweige denn, sich selber in ein Gerüst von juristischen Vorschriften begeben kann, das man dann mit menschlichem Witz auslegt und interpretiert. Ich habe mich erkundigt: von jenem Gott, der vielleicht aber nur ein verehrungswürdiger Weiser war mit unfaßbar tiefen Einsichten in göttliches Wesen, von jenem Ye-su, wie sie ihn nennen, gibt es keine einzige Zeile von seiner eigenen Hand. Alles, was von ihm überliefert ist, stammt von Jüngern seiner Jünger. Es ist enthalten in vier Heiligen Büchern, von denen aber auch nur spätere Abschriften erhalten sind. (Es ist das gleiche, wie mit unserem Meister K'ung-tzu, um ehrlich zu sein.) Herr Shi-shmi hat mir diese Heiligen Bücher gegeben. Sie sind nicht sehr umfangreich, und ich habe sie mit großer Anteilnahme in einer einzigen Nacht gelesen. An *keiner* Stelle bezeichnet sich der Verehrungswürdige Ye-su, dem höchste Achtung zu zollen ich nicht anstehe, als *Gott*. Er bezeichnet sich als *Menschen-Sohn* und läßt keinen Zweifel, daß alle Menschen Kinder Gottes sind. Ich vermute, daß die Lehre stark korrumpiert ist. Ich nehme an, daß der achtunggebietende Menschen-Sohn Ye-su die Menschlichkeit um ihrer selbst willen gelehrt hat, und daß seine Jünger ihn nur nicht verstanden und die krämerische Vorstellung von Lohn und Strafe hinzugefügt haben, weil sie es nicht besser begriffen.
Aber auch dieser Gedanke, sagte Herr Shi-shmi, sei nicht neu. In den zweitausend Jahren, die seitdem vergangen sind, hat die Lehre manche Wandlung durchgemacht und zahllose Interpretationen erfahren, die nicht nur zu gelehrten Auseinandersetzungen, sondern zu Streit und Krieg geführt haben. Herr Shi-shmi erzählte mir von einigen dieser Interpretationen. Eine machte mich stutzig: sie geht auf einen weisen Meister zurück, der Ge-go aus Natsia heißt (und zur Zeit unserer Östlichen Chin-Dynastie gelebt hat). Die Lehre besagt, grob gesprochen, daß Gott zu unbegreiflich und zu unfaßbar ist, als daß man über ihn nachdenken könnte. Man *darf* überhaupt nicht über ihn nachdenken. Jedes Nachdenken über Gott ist Blasphemie.

Selbstverständlich hat sich auch diese Lehre des großen Ge-go aus Na-tsia nicht durchgesetzt in einer Welt, die alles Neue zunächst immer einmal als besser als das Alte betrachtet, ihren Sinn im Fortschreiten sieht und ständig von sich fortschreitet. Wie heißt es im Buch IX des unsterblichen »Lun Yü«? »Der Meister seufzte hinsichtlich des Yin Yü: ›Ach, ich habe ihn immer fortschreiten sehen, ich habe ihn nie stillstehen sehen.‹«

Als mir Herr Shi-shmi das alles erzählte, als ich das las und mit meinen Freunden darüber redete, dämmerte mir eine eigenartige Verbindung dieser Welt hier mit meiner Heimat. Dämmert Dir nicht auch etwas? Bei uns im Reich der Mitte lebt eine abgekapselte Sekte von Leuten, die an einen Gott im fernen Westen glauben. Das sind Anhänger der Lehre jenes Ye-su. Sie sind durch religiöse Verfolgungen mehrfach versprengt und zuletzt, ganz weit weg von ihresgleichen, bei uns seßhaft geworden. Sie nennen sich die Leute von der Leuchtenden Lehre (Ching-chiao). Ich werde versuchen, nach meiner Rückkehr mit ihnen in Verbindung zu kommen. Bisher habe ich sie nicht beachtet.*

Das also ist meine, zugestanden kursorische Zusammenfassung über den Stand der Religion der Großnasen. Ich möchte nicht rechten. Niemand weiß, was die Wahrheit ist. Ist es besser, durch Nachdenken (das leicht zum Spekulieren führen kann) das Wesen des Himmels zu ergründen zu trachten? Ist selbst ein Irrweg lehrreich? Oder sollen wir es dabei bewenden lassen, *gute Menschen* zu sein? Ich weiß es nicht. Aber ich halte es mit dem lapidaren Wort des Meisters vom Aprikosenhügel: »Man beschäftigt sich nicht mit der Prophezeiung, das ist es.«

Und so grüße ich Dich nach diesem langen Brief, der vielleicht der wichtigste von allen ist bisher

als Dein ferner Freund
Kao-tai

---

* Kao-tai irrt nicht. In der Tat sind im 4. und 5. Jahrhundert Nestorianer über Persien und Indien nach China gelangt, wo sie unangefochten ihrem Glauben leben konnten.

Dreiundzwanzigster Brief

(Montag, 8. November)

Teurer Dji-gu!

Je mehr ich aus dem Privatleben heraustrete, desto größer wird die Gefahr, daß meine Herkunft entdeckt wird. Das ist nur natürlich. Solang ich bei Herrn Shi-shmi gewohnt habe und sozusagen in seiner Obhut war, war ich sicher. Jetzt lebe ich hier in dem Hongtel, in dem die Leute ein- und ausfliegen wie in einem Taubenschlag, und die Gefahr nimmt zu. Zwei gibt es, die um die Bewandtnis wissen, die es mit mir hat: Frau Kei-kung und Herr Shi-shmi. Herr Shi-shmi nimmt meine Zeitreise und die Tatsache, daß ich in seiner Welt nur »Zeit-Gast« bin, sehr ernst, und er weiß, was es heißt und wie wichtig es ist, ein Geheimnis zu hüten. Er wäre ein Edler im Sinn der Lehren des K'ung-fu-tzu, wenn er in unserer Welt lebte. Frau Kei-kung wäre auch ein Edler, wenn sie ein Mann wäre. Das ist – abgesehen vom Lob ihrer Schönheit – das beste, was man von einer Frau sagen kann. Aber ich bin mir nicht sicher, ob sie die Offenbarung meiner Herkunft wirklich glaubt. Sie fragt nie. Meinte sie vielleicht, daß ich mit meiner Geschichte, die in ihren Ohren natürlich absurd und unglaublich klingen muß, ein anderes, zwar glaubwürdigeres, aber anrüchiges Geschick verbergen will? Ich lasse es dabei bewenden.
Warum habe ich Angst vor der Entdeckung meiner wahren Herkunft, da ich ja mit meiner Zeitreise wohl nichts Verbotenes getan habe? Man würde mich als Gespenst ansehen. Das wäre mir unangenehm. Man würde mir nicht glauben. Das müßte mir noch unangenehmer sein, denn ich wäre versucht, den Beweis anzutreten, was ich ja könnte. Dann aber gälte ich als Weltwunder und könnte nicht mehr beobachten, denn ich wäre sogleich das Ziel vieler fremder Beobachtungen. Nein, es ist besser, es ist sogar unabdingbar, daß ich sozusagen aus dem Verborgenen spähe und selber ganz unauffällig bleibe, wie schwer das für mich auch ist, da ich selbst in der Kleidung der Großnasen so wenig in die Erscheinungen dieser Welt passe.

Meister Yü-len ist zurückgekehrt. Er wohnt jetzt in einem anderen Zimmer, aber immer noch hier im Hong-tel. Er fragt viel und ist deshalb eine Gefahr. Mich ihm rückhaltlos zu offenbaren, wie ich es bei Herrn Shi-shmi und Frau Kei-kung getan habe, halte ich nicht für gut. Ich muß eben sehen, daß ich immer geeignete Antworten auf seine verfänglichen Fragen finde. Ein kritischer Punkt ist erledigt: das Gespräch mittels Te-lei-fong mit dem Waldbau-Experten in Peking. Es war nicht mehr zu umgehen. Herr Yü-len-tzu hat die Dame, die das Haupt-Te-lei-fong im Hong-tel bedient, fast verrückt gemacht. Sie mußte andauernd versuchen, so eine Te-lei-fong-Verbindung mit Peking zustande zu bringen. Oft ist es nicht gelungen. Oft wurde eine hergestellte Verbindung wieder unterbrochen. (So ganz ausgefeilt scheint das System doch nicht zu sein, zumindest nicht auf die große Entfernung.) Aber endlich meldete sich, ganz leise und kaum hörbar, der entfernte Waldbau-Experte. Zum Glück wußte ich ja kaum, was ich mit ihm reden sollte. Ich richtete ihm nach einigen einleitenden Höflichkeiten die Grüße von Herrn Yü-len aus. Der Herr aus Peking, unser Ur-Enkel, hat viel von unserer Höflichkeit verlernt. Erstens hat er mich für einen Sinkiang-Chinesen gehalten, der einen seiner Meinung nach unverständlichen Dialekt spricht, und zweitens hat er sich so gut wie gar nicht nach meinem Befinden und danach erkundigt, ob meine Eltern noch am Leben sind. Er ließ Herrn Yü-len grüßen. Das war dann alles. Aber Herr Yü-len-tse freute sich, und ich hoffe, daß damit die Sache erledigt ist.
Eine andere Sache ist aber keineswegs erledigt: sie fängt vielmehr erst an. Sie dreht mir fast den Magen um vor Angst, anderseits erweckt sie ganz ungeheuer meine Neugier.
Das war gestern: ich komme nichtsahnend in die Halle des Hong-tel hinunter, wo ich mich mit Herrn Yü-len zu einem Fläschchen Mo-te Shang-dong verabredet hatte. Sitzt er also da – und wer sitzt neben ihm? Eine leibhaftige Dame aus dem Reich der Mitte. Ich prallte zurück, aber es war zu spät, um mich wieder zurückzuziehen, denn man hatte mich schon bemerkt. Ich war so verblüfft, daß ich jede Höflichkeit vergaß, was aber – nachträglich besehen –

wieder günstig war. Eine leibhaftige Dame aus dem Reich der Mitte, allerdings, wie ja auch ich, nach Art der Großnasen gekleidet, das Haar nach der Art der Großnäsinnen geschnitten, ohne bandagierte Füße, mit unverschleiertem Gesicht – aber unverkennbar eine Dame aus dem Reich der Mitte. Meister Yü-len sprang auf und präsentierte mir die Dame mit einer Miene, aus der zu erkennen war, daß er meinte, ich müsse angesichts der Dame vor Freude bersten.

Nun – ich faßte mich bald. Zuhilfe kam mir der Umstand, daß die Dame aus der Fu-kien vorgelagerten Insel* stammte, die heute von Leuten unseres Volkes bevölkert wird, aber ein unabhängiger Staat ist. Sie sprach einen schauderhaften Dialekt; aber wir konnten uns doch ganz gut verständigen. Ihr Name war »kleine Frau« Chung. »Kleine Frau« ist bei den Großnasen die Bezeichnung einesteils für ein unverheiratetes weibliches Wesen, andererseits für eine Aufwärterin in einem Speisehaus, gleichgültig, ob sie verheiratet ist oder nicht. Als ich einmal mit Herrn Yü-len-tzu in einem jener schönen Gärten war, wo die Leute von Min-chen bei gutem Wetter unter ausladenden Kastanien sitzen und Hal-bal oder Ma-'ßa trinken, bediente uns eine Dame, die ein Gesäß hatte wie zwei Pferdeärsche, Hände so groß, daß sie fünfzehn Ma-'ßa-Krüge auf einmal schleppen konnte, und mindestens vier Köpfe größer war als ich. Ein Turm von Fett. Dennoch rief sie Herr Yü-len-tzu: »Kleine Frau!« Das war im Herbst, an einem der letzten warmen Tage. An einem Tisch, etwas entfernt von uns, saß ein Herr, der mir sogleich auffiel. Herr Yü-len-tzu sagte leise: das sei einer der bekanntesten Poeten von Min-chen. Er heiße Si-gi und dichte – wenn ich das recht verstanden habe, was Herr Yü-len-tzu mir da erzählte – nur im Sommer. Sehr vernünftig ist das. Ich wollte, meine »Neunundzwanzig bemoosten Felswände« würden auch nur im Sommer dichten. Aber die dichten tagaus, tagein, daß sich die Balken biegen, ob die Sonne brennt oder ob es hagelt.

Herr Dichter Si-gi ist schon ein älterer Herr. Seine Haut ist wie

---

* Kao-tai meint das ihm nur ungenau geläufige Formosa (Taiwan.)

von Leder. Ich hätte ihn aufs Ansehen für einen Hirten gehalten. Meister Yü-len sagte mir leise: normalerweise sitze Herr Si-gi mit einer ganzen Anzahl von Freunden dort und halte förmlich Hof. Es sei eine große Ehre, dort an jenem Tisch eingeladen zu werden, und die Ehre sei schwerer zu erlangen als die Einladung zum Abendtisch des Obermandarins von Ba Yan. Selten sitze Herr Si-gi allein da.

Obwohl Meister Yü-len sehr leise sprach, wurde Herr Poet Si-gi aufmerksam und schaute zu uns herüber. Er zog seine Stirn in staunenswert viele Falten und sagte in der etwas derb-kargen Art der Leute von Min-chen: »Redet ihr womöglich von mir?« Ich erhob mich, machte eine Zwei-Drittel-Verbeugung und sagte: »Ich habe in der Tat die nicht zu verzeihende Ungehörigkeit begangen, mit meiner mißtönenden Krächzstimme über die unnahbare Erhabenheit Ihrer verehrungswürdigen Person zu sprechen. Aber ich habe eben erst erfahren, daß ich das unverdiente, einem im Osten aufziehenden Regenbogen vergleichbare Glück habe, in der Gegenwart des bedeutendsten Poeten der gewaltigen Stadt Min-chen zu atmen. Was auch immer ich unnützer Zwerg in Zukunft verbrechen werde, so wird mein unwertes Leben doch überglänzt von dem Verdienst, einige Augenblicke lang vom selben Sonnenstrahl beschienen worden zu sein wie der Fürst aller Poeten von Min-chen und Ba Yan sowie der ganzen Welt.«

»Ah – gehts weiter«, sagte der Dichter, »setzts euch her zu mir, auf daß wir ein kleines Gespräch führen.«

Ich wollte mich höflich weigern und erst drei weitere Aufforderungen abwarten. Aber Herr Yü-len-tzu raffte sehr rasch seine Sachen zusammen und rückte hinüber zu Herrn Dichter Si-gi, wohl in der Absicht, die schwerer als eine Einladung zum Obermandarin zu erlangende Ehre, an jenem Tisch zu sitzen, sich nicht entgehen zu lassen. So rückte ich also auch zu Herrn Si-gi hin, nicht ohne mich zweimal in verschiedenen höflichen Formulierungen dafür zu entschuldigen, daß ich die makellose Erscheinung des großen Dichters mit meiner Gegenwart beflecke.

»Ah – gehen Sie doch weiter«, sagte der Dichter in vollendeter Bescheidenheit und Höflichkeit, die manchen unserer Herren von den »Neunundzwanzig bemoosten Felswänden« zieren würde, »ich bin doch nichts anderes als ein einfacher Schreiber, und ich kritzle halt so hin, was mir in den Sinn kommt.«
Ich entgegnete, daß ich, obzwar mein Blick eher die liliengleich erhabenen Verse des Herrn Si-gi beschmutzen würden, demnächst mir von meinem Freund die so erhabenen wie unvergleichlichen Werke beschaffen lassen und mich in ihnen bis an mein Lebensende vertiefen würde.
»Ah – gehen Sie doch weiter«, sagte der edle Si-gi. Dazu ist zu sagen, daß diese Floskel »– gehen Sie doch weiter...« in der Umgangssprache von Min-chen keineswegs eine Aufforderung ist, sich zu entfernen. Die Floskel bedeutet: »Machen Sie sich keine unnötigen Gedanken darüber –» oder »Sie dürfen das nicht so wichtig nehmen –«
»Sie sind von ›Chi-na‹ herübergekommen?« fragte er dann. Er schnitt, während er sprach, eine jener rübenartigen, weißen Früchte in hauchfeine Scheiben, wie sie hierorts gern zum Hal-bal genossen werden. La-di heißen die Früchte. Herr Si-gi, nachdem er die La-di-Frucht sorgsam geschnitten, streute ein wenig Salz zwischen je zwei Scheiben und stellte sie wieder zur Ursprünglichen Rübe zusammen. »Der La-di muß weinen, sagt man bei uns«, belehrte mich Herr Si-gi in seiner herablassenden Güte. Er meinte damit, daß das Salz die Feuchtigkeit aus der Rübe ziehen müsse.
»So, so«, sagte er, »dann sind Sie also von ›Chi-na‹. Kennen Sie den Konfuzius?« Damit meinte er den Meister K'ung. Ich war verwirrt und meinte im ersten Augenblick – unsinnigerweise – er spiele auf meine entfernte zeitliche Herkunft an. Daher sagte ich unwillkürlich: »Nicht persönlich.«
Da lachte Herr Si-gi aus vollem Hals und wiederholte ein paar Mal, daß ich ihm gefiel. Herr Yü-len-tzu, obwohl nicht vom Meister Si-gi angeredet, sonnte sich in der Gnade, die sich über mich ergoß. Es stellte sich heraus, daß Herr Si-gi schon dies und

jenes von Kung-fu-tse gehört hatte. Ich erzählte ihm von der himmlischen Lehre des Weisen vom Aprikosenhügel. Herr Si-gi war sehr interessiert und fragte immer weiter. Ich erzählte ihm vom Meister Meng, von der Verachtung, die dieser Meister für den Krieg und das Militär hatte, was Herrn Si-gi sehr gut gefiel, und vom Cheng-ming * was er auch überaus beifällig aufnahm. »Die Richtigstellung der Begriffe«, sagte er, »daran hapert es bei uns. Haben Sie das auch schon bemerkt?« Ich erlaubte mir zu bejahen. »Das Irrenhaus«, sagte er, »nennt man heute ›Nerven-Heil-Anstalt‹, statt ›lahm‹ sagt man ›gehbehindert‹, statt ›Lehrling‹ ›Auszubildender‹ . . . lauter verlogene Begriffe. Und wissen Sie, woher das kommt? Weil wir ein verlogenes Zeitalter haben. Daher kommt das. Die Richtigstellung der Begriffe . . .« Er nickte mit dem Kopf. »Wie heißt das bei Ihnen?« »Cheng-ming«, sagte ich. »Cheng-ming«, memorierte er ein paar Mal. »Cheng-ming . . . das muß ich mir merken. War schon ein Hund, Ihr Konfuzius.«
Erschrick nicht, das ist weit davon entfernt, eine Beleidigung zu sein. In Verbindung mit dem Wort ›schon‹ besagt ›Hund‹ in der Sprache von Min-chen: für diesen habe ich die allergrößte Wertschätzung sowie Bewunderung.
Wir redeten lang. Sehr stark pflichtete er dem bei, was ich von den Theorien Hsün-k'uangs erzählte, daß nämlich der Mensch formbar, aber an sich schlecht sei. Auch da nickte Herr Si-gi. »Richtig, richtig«, sagte er, »schlecht *und* dumm.« Dann zitierte er, während er zu den Blättern der Kastanie hinaufsah, durch die die Nachmittagssonne schimmerte, ein Gedicht seines verstorbenen Lieblingsdichters und Lehrers. (Den Namen dieses Lehrers habe ich mir von Herrn Si-gi aufschreiben lassen. Er läßt sich in unseren Schriftzeichen nur annähernd mit Che ** wiedergeben.) Das Gedicht lautet:

---

* Cheng-ming: »Richtigstellung der Begriffe«, ein Kernpunkt der konfuzianischen Lehre.

** Che = das Verbum *brechen*, aber auch ein verbreiteter Familienname.

»Ja, Mensch, mache einen Plan
Und empfinde dich als Himmelsleuchte
Und mache weitere Pläne.
Sie gehen alle nicht.«

Es kamen dann nach und nach mehrere Freunde von Herrn Si-gi, die mir nur zum Teil gefielen. Ich veranlaßte Herrn Yü-len-tzu, daß er aufstand, ich verbeugte mich, versicherte Herrn Si-gi meiner Ehrfurcht vor ihm und seinen Werken und zog mich zurück. Laut rief mir der Dichter nach: »Ich bin Konfuzianer! Im Ernst!« Übrigens hatte er mir, nachdem die Rübe »geweint« hatte, mehrere Scheiben davon, auf sein Messer aufgespießt, gereicht. Sie stießen mir noch auf, als wir schon wieder längst im Hong-tel waren. Aber sonst beeindruckte mich die Begegnung mit Herrn Si-gi-tzu, dem Meister, der nur im Sommer dichtet, außerordentlich.

Aber wie komme ich auf den Meister Si-gi? Ja, richtig: über die gewaltig große »Kleine Frau« in jenem Kastaniengarten, und daß es hier diese merkwürdige Bezeichnung gibt, die auch »die kleine Frau« Chung führte, der ich so unvermittelt in der Halle des Hong-tel gegenübersaß.

Ich schrieb Dir schon mehrfach, lieber Dji-gu, daß eine der auffallendsten Erscheinungen in dieser Welt die Stellung und Haltung der Frau ist, daß sie sich wie ein Mann bewegt, und daß so gut wie kein Unterodnungsverhältnis der Frau unter dem Mann besteht. Daß die Dinge in den tausend Jahren diese Entwicklung nehmen konnten, ist für mich vielleicht das unfaßbarste. Ich habe mit Frau Kei-kung darüber sehr ernstlich geredet, und wir haben viele Gedanken hin- und hergewendet. Diese Entwicklung nur als Verfall der Sitten und der Ordnung der Familienbande anzusehen, wird der Sache nicht gerecht. Frau Kei-kung sagt: ich solle doch versuchen, die Duldsamkeit, die ja auch ein Kernpunkt der Lehre des Erhabenen K'ung-tzu ist, wie etwa auf Barbaren und Kaufleute auch auf Frauen anzuwenden. Nirgends am Himmel stehe,

sagte sie, daß eine Frau nicht auch ein Chun-tzu sein* könnte. Ein Argument, dem schwer zu widersprechen ist.
Wie Frau Kei-kung – sie ist, wie ich inzwischen herausgefunden habe, Lehrerin – übt auch Kleine Frau Chung einen Beruf aus: sie ist Fliegende Servier-Zofe.
Du wirst fragen: was ist das, eine Fliegende Servier-Zofe? Um Dir das zu erklären, muß ich wieder einmal weiter ausholen. Diese Welt der Großnasen ist so unendlich fremd unserer Welt, daß es fast unmöglich ist, Dir, der Du sie nur aus meinen Briefen kennst, auch nur den Grad der Fremdheit klarzustellen. Es sind nicht nur die Dinge hier, die anders sind, es ist die Fremdartigkeit der Begriffe und der Denkvorgänge. Die Entsprechungen zwischen unserer vertrauten und dieser Welt sind so gering, daß mir oft, wenn ich etwas schildern soll, die Anknüpfungspunkte fehlen. Es ist so, als ob ich einer blinden Schildkröte das Erscheinungsbild eines Kamels erklären wollte. Beide, Schildkröte und Kamel, haben vier Beine, einen Kopf und einen stummeligen Schwanz, das ist schon alles an Übereinstimmung, und selbst Beine, Kopf und Schwanz sind ganz verschieden an Schildkröte und Kamel und haben kaum Ähnlichkeit.
Ich habe Dir bis jetzt in meinen Briefen Phänomene geschildert, die mir aufgefallen sind, habe sie zu erklären versucht, zu analysieren, so gut ich sie selber verstanden habe. Bei weitem aber ist das alles noch längst nicht das Bild dieser Welt im Gesamten. Es gibt Erscheinungen, Verhaltensweisen, Fremdartigkeiten, die das ganze Leben prägen, die mir natürlich längst aufgefallen sind, die ich mir erklären konnte oder nicht, von denen ich aber dennoch bisher nicht gesprochen habe. Warum? Weil ich nicht alles gleichzeitig schildern kann. Ich bin, so mußt Du Dir das vorstellen, vor einen riesigen gewebten Wandteppich gestellt

* Chun-tzu: ein in der konfuzianischen Lehre oft wiederkehrender Zentralbegriff, wird meist mit »der Edle« übersetzt. Genauer trifft der englische Begriff »Gentleman«.

mit tausenden von Figuren und Gegenständen. Der Blick erfaßt zwar – oberflächlich – rasch und vieles auf einmal, aber die Schilderung hinkt nach.
So habe ich noch nie etwas von den künstlichen Fliegenden Drachen erzählt. Ich sah den ersten aus der Nähe, als ich mit Frau Kei-kung in ihrem A-tao-Wagen einen Ausflug in die Umgebung machte (übrigens: an einen recht idyllischen See, an dem ein Ort mit dem anheimelnden Namen Tu-ching liegt). Wir machten damals, es war noch im Sommer, eine kleine Rundreise, besuchten sogar mehrere Seen im Süden von Min-chen und kehrten auf einer der großen Stein-Straßen, die nur dem Verkehr für A-tao-Wägen vorbehalten sind, in die Stadt zurück. Kurz bevor wir wieder in die Randbezirke der Stadt einfuhren (Tore gibt es nicht mehr; die Stellen sind dadurch bezeichnet, daß die radialen A-tao-Straßen in die tangentialen einmünden, wodurch, habe ich mir sagen lassen, ein ständiger Knäuel von A-tao-Wägen entsteht), sah ich in geringer Höhe den grauen Eisendrachen über uns hinwegfliegen. Er flog ruhig und majestätisch, den Kopf weit vorgereckt, die Flügel ausgebreitet, glitt eigentlich mehr, wirkte deshalb nicht drohend, weil er unsren kleinen A-tao-Wagen da unten überhaupt nicht beachtete, glitt dahin, sichtlich im Begriff, sich sogleich niederzulassen, und verschwand hinter den nächsten höheren Häusern.
Hätte ich dieses Erlebnis ganz am Anfang meines Aufenthaltes gehabt, wäre ich zu Tode erschrocken. So aber, nachdem ich den fliegenden grauen oder silber-grauen Drachen erst nach vielen Erfahrungen mit den Phänomenen dieser Welt beobachtet habe, ergriff mich keine Furcht. Frau Kei-kung erklärte mir auch sogleich das Phänomen. Ganz in der Nähe, sagte sie, sei ein sehr großes Feld, das dafür eingerichtet sei, daß die fliegenden Eisendrachen landen und auch auffliegen könnten. Einige Tage später besuchten wir dann auch dieses Feld, und da sah ich diese Drachen stehen. Es gibt unzählige davon. Sie fliegen kreuz und quer durch die Lüfte in viele Gegenden und überwinden mit Leichtigkeit große Strecken. Es gibt sogar welche, die bis ins Reich der Mitte

und wieder zurückfliegen. Sie brauchen dafür nicht mehr als vielleicht zwanzig Stunden.
Die grauen Eisendrachen sind natürlich keine Drachen. Es sind Maschinen. So wie es hier eiserne Häuser gibt, die Passagiere durch die Stein-Straßen befördern, so gibt es mit Flügeln ausgestattete eiserne Häuser, die durch die Luft fliegen. Ich habe, wie wir da auf dem großen Drachenfeld waren, solche Maschinen landen und auffliegen sehen. Der Lärm, der dabei entsteht, ist unvorstellbar und übertönt sogar den ganzen Tumult, den die Großnasen ohnehin den ganzen Tag über machen. Es ist ein gegen die Erde dröhnendes Donnern, daß man meint, die Erde würde bersten. Aber die Erde hält es aus. Es ist erstaunlich, was die Erde alles aushält.
Ein einziger solcher silbergrauer Drache kann hundert und noch mehr Passagiere befördern. Frau Kei-kung hat sich erboten, mir die Berechtigung zu so einer fliegenden Drachenfahrt zu kaufen. Sie sei, sagt sie, oft schon mit so einer Drachenmaschine geflogen, es sei ganz ungefährlich. Sie erbot sich, mitzufahren. Ich gestehe, daß mich das schon ein wenig reizt, aber andererseits sagt der Große Weise vom Aprikosenhügel, daß es zur Pietät gehört, den von den Eltern ererbten Leib nicht leichtfertig in Gefahr zu bringen. So habe ich gesagt, ich wolle es mir überlegen; vielleicht später. Es ist dann nicht mehr die Rede darauf gekommen.
Nun ist es aber natürlich so, daß die Passagiere dieser silbergrauen Drachen-Maschinen, da sie oft viele Stunden lang unterwegs sind, bedient und verpflegt werden müssen. Man kann ja, wenn man so durch die Luft fliegt, nicht ohne Weiteres aussteigen und Rast machen. Also haben sie da alles mögliche zum Essen und zum Trinken dabei, und es ist fast wie in einem Speisehaus auf der Erde, daß Zofen und Dienerinnen die Passagiere betreuen. Das ist eine eigene Zunft, und Kleine Frau Chung ist eine solche Fliegende Servier-Zofe. Das ist ihr Beruf.
Schon um zu verhindern, daß sie mich ausfragt, habe ich sehr viel gefragt. Sie erzählte, daß sie fast ständig mit so einem Fliegenden Eisen-Drachen unterwegs sei. Es sei für sie schon gar nichts

Besonderes mehr. Unangenehm sei nur, wenn der Drache in der Luft Sprünge mache, was ab und an vorkomme. Dann müsse man sich sehr stark festhalten, und viele Passagiere begännen, sich zu erbrechen. Die Spuren davon wegzuwischen, gehöre leider auch zu den Aufgaben der Fliegenden Servier-Zofe. Im übrigen fliege sie aber so mit den Drachen von Stadt zu Stadt. Manchmal ruhe der Drache für zwei Tage oder drei, dann schaue sie sich die betreffende Stadt an. Jeden Monat einmal etwa sei sie so für einige Tage in Min-chen.

Herr Yü-len-tzu, Kleine Frau Chung und ich verbrachten den Abend miteinander. Sie fragte nichts mehr. Die Leute – und nicht nur die Großnasen – reden alle lieber von sich, als daß sie anderen zuhören. Das ist ein Schutz für mich. Wir speisten in einem sehr feinen, ganz mit Holz ausgekleideten Speisehaus, das ziemlich ruhig war und »Der Schwarze Wald« hieß. Herr Yü-len-tzu war dort gut bekannt. Er ließ den Küchenchef zu sich bitten, Herrn Sha-ba, der weißgekleidet zu uns trat, und bat ihn, für mich etwas zuzubereiten, in dem keine Rindsmilch enthalten ist. Ich wagte Herrn Sha-ba zu fragen, ob etwa mit einem gedünsteten Hund zu rechnen sei; aber das mußte Herr Sha-ba bedauernd verneinen. Im übrigen war das Essen hervorragend – mir ließ Herr Sha-ba Reh servieren – und die Getränke vorzüglich erquickend. Wir tranken nicht Mo-te Shang-dong, sondern ein Getränk, das in der gleichen Art perlend hergestellt wird, Do-pe-nong heißt und, wie mir Herr Yü-len-tzu sagte, unter Kennern noch höher geschätzt wird als Mo-te Shang-dong; es ist auch dreimal so teuer. Danach besuchten wir eine kleine unterirdische Trinkstube, in der laute Musik, rötliche Beleuchtung und Rauchqualm herrschte. Es war ähnlich wie in jenem Etablissement »Das Paradies«, nur daß keine Entkleidungskünstlerinnen auftraten. Das Publikum führte – woran ich mich natürlich nicht beteiligte – selber Tänze vor. Auch Herr Yü-len-tzu bot mit Kleine Frau Chung einen solchen Reigen dar. Die Regeln durchschaute ich nicht. Für unsere Begriffe wirken diese Großnasentänze ziemlich primitiv. Eigentlich tun sie nichts, als daß sie sich paarweise betasten und etwas hüpfen. Als

Herr Yü-len-tzu fragte, ob ich nicht auch einmal Kleine Frau Chung zu einem Tanz führen wolle, verbeugte ich mich entschuldigend und sagte, ich erlaube mir abzulehnen, da ich diese Tanzkunst nicht beherrsche.
Später dann gingen wir ins Hong-tel. Meister Yü-len war ziemlich müde geworden und zog sich zurück. Kleine Frau Chung begleitete mich noch in mein Zimmer. Dort tranken wir eine weitere Flasche Do-pe-nong (ich erfuhr, daß auch dieses Getränk im Hong-tel vorrätig ist), und dann gestattete Kleine Frau Chung, daß ich sie beschlief. Auch sie entkleidete sich dazu nach der Sitte der Großnasen völlig. Sie hat zwar unbandagierte, also große Füße, aber einen anheimelnd kleinen Busen. Die Form ihres Haarwäldchens erinnerte mich an meine Konkubine Feng-ma, und ich bekam wieder einmal Heimweh. Kleine Frau Chung schlief nachher ein. Ich lag noch lang wach und vergoß eine Träne in Gedanken an mein Haus in K'ai-feng, an Dich, an Fong-ma und an meine süße kleine Shiao-shiao. Aber es mag sein, daß das nur eine weiche Seelenstimmung aufgrund des vielleicht etwas zu reichlich genossenen Do-pe-nong war. Danach schlief ich gut und ruhig.
Und so grüße ich Dich, lieber ferner Freund, und bin

Dein alter Kao-tai

Vierundzwanzigster Brief

(Montag, 15. November)

Mein lieber Dji-gu.

Bitte sei nicht ungeduldig. Du brauchst es mir auch nicht in jedem Brief zu schreiben. Ich merke es mir und denke daran. Wenn es mir irgend möglich ist, werde ich versuchen, jener Entkleidungskünstlerin den Trick mit den kleinen, weißen Bällen zu entlocken. Ich war noch nicht wieder in dem Etablissement »Das Paradies«. Ich kann Dir nur soviel sagen, daß sich die betreffende Künstlerin restlos nackend entkleidet hat, sodann hat sie sich mit etwas ausgestellten Beinen hingestellt, hat mit drei weißen Bällen, die etwa so groß waren wie kleine Hühnereier, jongliert (wenig kunstvoll), hat dann einen Ball nach dem anderen geschluckt – oder hat jedenfalls so getan, ist dann etwas gehopst und an einer Stelle weiter unten, die für anderes gedacht ist, sind die Bälle nacheinander wieder herausgekommen – scheinbar, natürlich. Die Künstlerin hat dazu kleine, spitze Schreie ausgestoßen. Genau hat man es nicht gesehen, wie die Bälle herausgekommen sind, kannst Du Dir doch denken. Wahrscheinlich hat die Entkleidungskünstlerin die Bälle in ihren Händen verborgen. Woanders kann sie sie kaum verborgen haben, weil sie nichts angehabt hat. Oder doch: sie hat, wenn ich mich recht erinnere, ein breites, weißes Halsband angehabt, das mit glitzernden (wahrscheinlich wertlosen) Steinen bestickt war. Aber das hatte wohl mit dem Trick nichts weiter zu tun. Aber wenn es Dich beruhigt: ich werde, sollte die Dame noch im Etablissement »Das Paradies« auftreten, versuchen, mit ihr zu sprechen, und ihr gegen ein Geldgeschenk den Trick entlocken.

Vielleicht interessiert Dich jedoch auch das, was mir vor wenigen Tagen Meister Yü-len gezeigt hat. Es war am Tag, nachdem ich mich am Abend vorher bei einem der Freunde von Herr Shi-shmi an der Musik der Heiligen Vierheit wieder einmal ergötzt hatte. Ich erwähne das nur, weil die beiden Eindrücke so unvorstellbar weit voneinander entfernt waren: die Heilige Vierheit von Herrn Shi-shmi und seinen Freunden und das, was mir Herr Yü-len-tzu gezeigt hat. Dazwischen liegt abgestuft die zerrissene Welt der Großnasen.

Herr Yü-len-tzu mietete einen A-tao-Wagen, und wir fuhren in eine Gegend der Stadt, wo ich noch nie war. Daß das Wetter scheußlich war – es schneite vermischt mit Regen –, verstärkte den trostlosen Eindruck der Stein-Straßen und der schmutzigen Häuser. Diese Häuser sind überaus hoch und unregelmäßig gebaut. Sie sind gar nicht aus Stein, wie es aufs erste Hinsehen erscheint, sondern *gegossen.* Herr Yü-len-tzu hat mir das erklärt: aus zerriebenen Steinen, Wasser und anderen Ingredienzien wird ein

Brei gemacht, der, wenn er trocknet, sehr hart wird. Aus Holz werden Formen gezimmert. Der Brei wird in die Formen gegossen. Man wartet ein wenig, bis er getrocknet ist, dann schlägt man die Form weg, und das Haus steht da. Wie bei uns Glocken gegossen werden. Die Architekten der Großnasen haben es in dieser schnellen Art des Häusergießens zu großer Fertigkeit und Schnelligkeit gebracht. Wir fuhren also an einer Reihe von solchen Guß-Häusern vorbei. Es ist ein ganzes, einheitlich auf einmal gegossenes Stadtviertel. Tausende von Leuten wohnen darin. Von weither, sagt Herr Yü-len-tzu, kommen lernbegierige Architekten, um dieses gegossene Stadtviertel zu sehen. Es gilt als besonders schön und gelungen. Ich kann das nicht finden.
In der Nähe davon steht ein Turm, der – ob Du es glaubst oder nicht – fast ein halbes Li hoch ist. Keines der uns geläufigen Gebäude, nicht die höchsten Tempel, sind annähernd so hoch. Wenn man am Fuß steht und die Spitze sehen will, muß man den Kopf ganz in den Nacken legen. Der Turm ist ebenfalls ganz schmucklos und hat keinen ersichtlichen Zweck; jedenfalls konnte mir Herr Yü-len-tzu keinen nennen. Man kann mit einer Art senkrecht laufenden A-tao-Wagen hinauffahren, aber ich habe das abgelehnt. Herr Yü-len sagte zwar, man habe von oben einen ganz außerordentlichen Blick in die Weite, aber ich meine, daß die Welt der Großnasen aus der Perspektive der Vögel nicht schöner aussieht als von der Erdbodenhöhe aus betrachtet. Auch der Turm ist ganz aus dem Stein-Brei gegossen.
Nahebei befindet sich ein mir völlig rätselhaftes Gebäude, wenn man überhaupt so sagen kann, auf das selbst der sonst so aufgeklärte Herr Yü-len-tzu so stolz war, als habe er es selber gegossen. Dieses Gebäude ist so gut wie ohne Dach, ist nur teilweise von einem schmutzfarbenen Ding überdeckt, das ganz entfernt wie ein riesiges Zelt aussieht. Das Gebäude ist eigentlich nur ein unvorstellbar großes Oval, das von außen der Mitte zu absinkt in Stufen, auf denen unzählige Stühle angebracht sind, die alle in eine Richtung zur Mitte hin ausgerichtet sind. Fast hunderttausend Leute können in diesem Riesenoval gleichzeitig sitzen. (Den Lärm

und den Gestank kann ich mir lebhaft vorstellen!) In der Mitte befindet sich ein großes, aber auf die Entfernung klein wirkendes Rasenstück. Herr Yü-len-tzu schien sich zu wundern, daß ich von diesem Bauwerk noch nie etwas gehört hatte. (Er weiß zwar, daß ich von weiter her komme, ahnt aber nichts davon, daß ich aus einer anderen Zeit stamme.) Er sprach von seiner Meinung nach offenbar weltbewegenden Ereignissen, die in diesem ovalen Haus stattgefunden haben und in regelmäßigen Abständen stattfinden. Er redete in mir vollkommen unklaren Ausdrücken. Ich glaubte ihn so zu verstehen, daß es sich um irgendwelche Massen-Rituale handelt, möglicherweise um öffentliche Hinrichtungen.
Auch dieses Riesen-Oval ist gegossen. An sich ist dieses Steingießen natürlich eine gute Sache. Aber wie so oft verleiten Erleichterungen schwieriger Tätigkeiten dazu, daß allerhand Unfug angestellt wird. So pervertieren die besten Errungenschaften, und es wäre letzten Endes besser, man ließe es beim Althergebrachten bewenden. Wenn die Großnasen ihre Häuser aus gestampftem Lehm und gebrannten Ziegeln mühsam errichten müßten, würden sie es sich schwer überlegen, ob sie sinnlose Gebäude wie den halb-Li-hohen Turm und das große Oval bauen wollten!
Wir fuhren weiter. Unser eigentliches Ziel war eine Groß-Werkstätte, sozusagen eine Schmiede gigantischen Ausmaßes. In einem meiner früheren Briefe habe ich Dir ja angedeutet, daß Meister Yü-len beabsichtige, mit mir einmal dergleichen zu besuchen. Er kennt den Verwalter dieser Schmiede oder Groß-Werkstätte, der in der Rangordnung der Großnasen eine hohe Stellung einnimmt und mehr Einfluß hat (wahrscheinlich durch Bestechung, so wie ich das sehe) als mancher Mandarin und Minister. Du darfst Dir diese Schmiede nicht wie eine Schmiede in unserer Zeit vorstellen. Sie besteht nicht aus einem Haus oder gar einem Raum, sie ist vielmehr eine Ansammlung von zahlreichen Häusern (alle gegossen, versteht sich), die verstreut auf einem unübersichtlichen Areal stehen, eine ganze Stadt, umgeben von einer Mauer. Einige Häuser haben unvorstellbar hohe Schornsteine, fast so hoch wie jener Turm. Die stoßen schwarzen, gelben und

weißen Rauch aus; der Gestank ist unvorstellbar. Wie die Großnasen das auf die Dauer aushalten, ist mir rätselhaft. Übrigens – das nebenbei – büßen die Großnasen ihren Geruchssinn ein. Das ist mir vielfach schon aufgefallen. Sie können nur ganz grobe Gerüche voneinander unterscheiden. Feinere Gerüche nehmen sie überhaupt nicht wahr. Das ist wohl auf den immerwährenden Gestank zurückzuführen, der ihre Nasen von Kind auf verdirbt.
Am Tor der Mauer wurden wir von einem Abgesandten des Erhabenen Schmiede-Verwalters empfangen und an einigen Gebäuden vorbei in ein Haus geführt, in dem weniger Lärm ist. Auf dem Weg kamen wir an anderen Häusern vorbei: da hatte ich den ersten Eindruck von dem Dröhnen der tausend Hämmer, das durch die Mauern schon nach außen drang. Das weniger lärmgeplagte Haus war der Amtssitz des Erhabenen Schmiede-Verwalters. Der empfing uns sehr freundlich. Er begrüßte Herrn Yü-len-tzu mit Herzlichkeit. Ich machte eine halbe Verbeugung. Dann wurde uns ein Glas Mo-te Shang-dong serviert. Der Erhabene Schmiede-Verwalter roch gut. Er gebot über verschiedene sehr schöne Damen, die in einer Flucht von Zimmern an allerlei unverständlichen Geräten hantierten. Nach einigen belanglosen Floskeln erwähnte Herr Yü-len-tzu, daß wir gekommen seien, weil ich – ein Gast aus einem fernen Land – die Schmiede zu sehen wünsche. Der Erhabene Schmiede-Verwalter erklärte, daß er sehr geschmeichelt sei darüber, drückte auf einen Knopf, worauf es pfiff und der Abgesandte von vorhin wieder erschien. Der führte uns dann durch die Schmiede. Obwohl wir nur – was mir vollauf genügte – einen Teil der Häuser und unermeßlich großen (und unermeßlich schmutzigen) Hallen besichtigten, dauerte das über zwei Stunden.
Ich will nicht, und bin auch außerstande, diese Hallen und Säle in der Reihenfolge, wie wir sie gesehen haben, schildern, zumal mir die Zusammenhänge und Arbeitsvorgänge, nicht klar sind. Der Abgesandte erklärte zwar dieses und jenes, aber selbst Herr Yü-len-tzu gestand mir danach, daß er nicht alles verstanden habe. Das sei nur für einen Experten möglich.

Was in dieser Schmiede geschmiedet wird, ist überhaupt nicht zu erkennen. Aus einem weiteren Gespräch nachher mit dem Erhabenen Schmiede-Verwalter erfuhr ich, das alles irgendwie mit der Herstellung von A-tao-Wägen zu tun hat. Eine Schelle aus Messing, wie sie bei uns an den Geschirren der Pferde hängt, wird in *einem* Arbeitsgang hergestellt. Du siehst den Gießer, siehst die Form, siehst, wie der Gießer das flüssige Metall in die Form gießt, siehst, wie der Dampf aufsteigt und hörst, wie es zischt, wenn der Gießer die Form ins Wasser hält; siehst danach die Schelle. Das ist ein einfacher Vorgang. Wenn ein Meister das Schloß einer Armbrust herstellt, ist das, meinen wir, schon ein ungeheuer komplizierter Vorgang: wie die kleinen Teile gehämmert und geformt und ineinandergepaßt werden. Aber auch hier siehst Du noch das Ausgangsmaterial, den Vorgang und das Produkt. Nicht so hier in dieser Schmiede. Ein fertiger A-tao-Wagen oder gar einer jener fliegenden Eisen-Drachen verhält sich an Kompliziertheit der Herstellung zu einem Armbrustschloß wie das Armbrustschloß zur Pferdegeschirr-Schelle. Wissen denn die Leute, fragte ich den Abgesandten, wissen denn die Leute, die da arbeiten, was sie herstellen? Nach einigem Zögern verneinte der Abgesandte. Ich hatte mir das schon gedacht.

In langen Reihen stehen Geräte von ungeahnter Größe, aus höchst komplizierten Teilen zusammengesetzt, behängt mit Drähten. Alles ist wirr und verwirrend. Überall liegen Scherben und Metallteile herum. Alles ist voll rußigem Öl. Die Leute, die diese Geräte – es sind diese Geräte nichts anderes als ins Dämonische gewachsenes Handwerkszeug – nicht bedienen, sondern eher bändigen, sind in der Farbe kaum noch von ihrem Gerät zu unterscheiden. Aus großer Höhe fallen dröhnend Gewichte herunter. Dampf zischt aus engen Röhren. Blitze zucken. Helles, weißes Feuer sprüht auf. Wie von Geisterhand bewegen sich hoch oben Geräte vom Gewicht eines ganzesn Hauses hin und her. Alles bedeckt Ruß und Schmutz. Der Abgesandte bewegte sich – unterwürfig begrüßt von den Handwerkern – sehr vorsichtig, um seinen schönen An-tsu nicht zu beflecken.

»Und diese Leute«, fragte ich, »arbeiten hier tagaus, tagein?«
»Ja«, sagte der Abgesandte und machte ein erstauntes Gesicht über meine Frage.
»Tagaus, tagein?« wiederholte ich.
»Acht Stunden am Tag«, sagte der Abgesandte, »aber zwei Tage in der ›Wo-'che‹ (jener Sieben-Tage-Zyklus der Großnasen) sind frei, dazu drei oder vier ganze ›Wo-'chen‹ im Jahr.«
»Das ganze Leben?« fragte ich.
»Naja«, sagte der Abgesandte, »schon das ganze Leben. Hier oder in einer anderen Schmiede. Aber sie bekommen auch viel Geld dafür. Viel zu wenig zwar nach ihrer Meinung, aber viel zu viel nach Meinung des Erhabenen Schmiede-Verwalters.«
Ich fragte noch viel und bekam viele Antworten. Aber der Kopf dröhnte mir nach den zwei Stunden. Danach sprachen wir noch eine Stunde mit dem Erhabenen Schmiede-Verwalter. Ich fragte ihn, ob ihm die Schmiede gehöre. Er lachte, und sagte: so eine Schmiede sei viel zu groß, als daß sie nur einem einzelnen allein gehören könne. Wem sie dann gehöre? fragte ich. Das könne man gar nicht beantworten, sagte er. In seinem Gesicht war zu lesen, daß er meine Frage für dumm hielt.
Wir verabschiedeten uns. Es war inzwischen später Nachmittag geworden. Es regnete noch immer, mit Schnee vermischt. Es war dunkel. Die Arbeit in der Schmiede hörte auf. Die Leute, die gearbeitet hatten, strömten aus dem Tor. Gegenüber befand sich ein großes, freies Feld, auf dem eine unübersehbare große Menge von A-tao-Wägen stand. Jeder Schmiede-Sklave schlich, müde, wie er war, zu einem der A-tao-Wägen und fuhr weg. *Jeder* hat einen solchen Wagen, sagte Herr Yü-len-tzu. Es gab ein unglaubliches Gewühl. Zwei rumpelten aneinander und beschimpften sich dann. Das gibt, dachte ich mir, einen Prozeß bei Herrn Richter Me-lon.
Da sehen also diese Leute nichts als den Ruß und Schmutz den ganzen Tag, abends fahren sie im Gewühl mit ihren A-tao-Wägen zwischen anderen A-tao-Wägen, dann verkriechen sie sich in ihren Häusern aus gegossenem Stein, in denen sie ihre großnäsigen

Frauen erwarten, trinken Rindsmilch oder Hal-bal ... kann man sich ein freudloseres Leben denken? Es ist nicht zu verwundern, daß ihnen der Sinn für die Schönheit und das Bewußtsein vom Zusammenhang der Dinge geschwunden ist. Ich bin weit davon entfernt, der Lehre des alten Mo-ti anzuhängen, der behauptet, jeder könne sich ernähren, wenn er sein eigenes Gärtlein bebaue und im übrigen die allgemeine Liebe übe. Das geht nicht, wie auch wir längst wissen, aber hier – was ich hier gesehen habe in dieser Schmiede, das kann nur zum Chaos des Geistes führen. Dabei ist diese Schmiede, die ich heute besichtigt habe, sagt mir Meister Yü-len, eher eine kleine. Selbst in Min-chen gäbe es solche, die sich zu der verhalten, wie diese zu einem Betrieb, wie wir ihn kennen. Und die größte Schmiede in Min-chen ist klein gegen Schmieden in einem gewissen Gebiet weiter nördlich, wo ganze Landstriche praktisch eine einzige Schmiede sind, oder gar jene, die in jenem Land Am-mei-ka aufgebaut sind, wo sich ganze Schmiedestädte in ewigem Rauch und Qualm aneinanderreihen. Es habe Zeiten gegeben, sagte Meister Yü-len, da habe man diese Schmieden als Triumph des Fortschreitens bejubelt. Inzwischen, sagte er, bekäme man Zweifel. Er fürchte aber, fuhr er fort, daß diese Zweifel zu spät kämen.

Bald, so habe ich das Gefühl, habe ich alles gesehen, was diese unordentliche Welt zu bieten hat. Ich werde zurückkehren. Lang dauert es nicht mehr. Was bringe ich mit? Nicht viel, höchstens die Erkenntnis, daß es sich nicht lohnt, die Zukunft zu kennen.

Die poetischen Ergüsse der »Neunundzwanzig bemoosten Felswände« habe ich noch nicht gelesen. Bitte, verschone mich mit Drängeln in dieser Hinsicht, und lasse auch Du Dich von den Dichtern nicht drängeln. Ich habe hier so viel zu tun, daß ich nicht dazu komme, so eine Hekatombe von Gedichten zu lesen. Wenn Du wüßtest, was für Mühe es macht, es so einzurichten, daß sich Dame Kei-kung und Kleine Frau Chung nicht begegnen. Grüße die Dichter, sie sollen sich noch gedulden. Grüße aber vor allem meine Shiao-shiao: ich kehre bald zurück

Dein Kao-tai

Fünfundzwanzigster Brief

(Dienstag, 23. November)

Geliebter Dji-gu, alter Freund.

Vorweg also endlich, damit Ruhe eintritt: ich habe die Gedichte gelesen. Ich fahre tausend Jahre durch die Zeit und sitze hier im Zimmer eines Hong-tel in einer chaotischen Zukunft an einem feuchten und regnerischen Novembernachmittag, ich werde mir nasse Füße holen jetzt dann, wenn ich zum Kontaktpunkt eile, um diesen Brief zu hinterlegen, und alles nur, um achtzig oder wieviel überflüssige Gedichte der Verehrungswürdigen Mitglieder der kaiserlichen Dichtergilde »Neunundzwanzig bemooste Felswände« zu lesen. Aber ich habe sie gelesen. Das Gedicht »Hat die Zeit ein Gewicht« vom jungen Lo To-san ist das am wenigsten schlechte. Der Gedanke, daß ein Mann versucht, erst das Wasser, dann die Luft, dann das Licht und endlich die Zeit auf einer hauchfeinen Waage zu wiegen, ist sehr hübsch, und die Moral des Gedichts, daß die Zeit am schwersten auf uns lastet, rührt mich in meiner jetzigen Situation besonders an. Also soll Lo To-san den Preis bekommen. Verkünde das bitte in der Dichtergilde. Die Verleihung erfolgt, wenn ich zurück bin.

Ich werde mir übrigens einen kleinen literarischen Scherz erlauben. In einem der Läden, die Bücher verkaufen, habe ich eine Sammlung von Gedichten aus dem Reich der Mitte gefunden in Übersetzung in die Sprache der Menschen von Min-chen. Es enthält Gedichte von den verschiedenen Poeten unseres Volkes. Mit tiefer Befriedigung habe ich festgestellt, daß kein einziger von den aufgeblasenen Hohlköpfen der »Neunundzwanzig bemoosten Felswände« dabei ist, nicht einmal der noch relativ geistreiche Lo-do-san. Fast alle Gedichte, soweit sie zu oder vor unserer Zeit geschrieben sind, waren mir geläufig. Die Sammlung enthält übrigens – ich habe mich sofort erhoben, wie ich das festgestellt habe, und wieder zur Erde geworfen – das Dir ohne Zweifel auch bekannte Gedicht »Ein zarter Nebelhauch schwebt überm Land...« aus der Feder der Erhabenen Majestät, des Himmels-

sohnes. Die Sammlung beginnt im übrigen mit Gedichten anonymer Poeten aus der Chou-Zeit und führt hin bis zu Gedichten von Dichtern, die jetzt – in der Großnasenzeit – im Reich der Mitte leben.
Aus der Sammlung entnehme ich, daß vierundzwanzig Jahre nach meiner Rückkehr ein Kind zur Welt kommen wird, das unter dem Namen Ou-yang Hsiu Dichterruhm erlangt. Ou-yang Hsiu wird im Alter von fünfundsechzig Jahren sterben und ein Gedicht mit der Anfangszeile: »Tief, tief die Höfe, tief wie das Verlangen. / Wie tief? – Dunstschleier an den Weidenbäumen –« schreiben. Ich übersetze das Gedicht zurück in unsere Sprache. Die Geburt des Ou-yang Hsiu werden wir – ob wir sie bemerken oder nicht, ich kenne die Familie nicht – vielleicht erleben, seinen Tod nicht mehr. Ich werde das Gedicht in meiner Schrift kalligraphieren und in meinen Papieren hinterlassen. Vielleicht findet es dereinst Ou-yang Hsiu ... und dann kann er sich die Sache zweifellos nicht erklären.
Vor wenigen Tagen war ich mit Herrn Shi-shmi – Frau Kei-kung war auch dabei – in einer öffentlichen musikalischen Darbietung. Sie ähnelte in keiner Weise unseren öffentlichen Konzerten, hatte aber unverkennbare Züge eines Rituals.
Man kleidet sich festlich. In einem großen, hell erleuchteten Saal versammeln sich die Musikliebhaber und setzen sich auf festgenagelte Stühle. Es werden Hefte verteilt, in denen sich Bemerkungen über die Musik befinden, die gespielt werden soll. Die Musiker sitzen – durchwegs schwarz gekleidet – auf einer erhöhten Bühne an der Stirnseite des Saales. Aus dem Heft entnahm ich, daß zwei Stücke gespielt werden sollten, zwei »Himmlische Zusammenklänge«. Es ist hier ja so, daß die Musikstücke nicht nach der Art, nach der Gelegenheit, bei der sie erklingen müssen und desgleichen geordnet werden, sondern nach dem Meister, der sie verfaßt hat. Komischerweise weiß man auch von so gut wie jedem Stück, welcher Meister es verfaßt hat. Das hängt wahrscheinlich damit zusammen, daß immer nur ganz neue Musik gespielt wird, so daß der Name des Autors noch nicht in Vergessenheit geraten ist. Ich

habe Dir schon geschrieben: der von mir so geschätzte Meister We-to-feng (ich werde seine Musik vermissen, wenn ich nachhause zurückgekehrt sein werde) hat vor weniger als zweihundert Jahren gelebt. Das ist schon fast die älteste Musik, die gespielt wird. Selten erklingt ein Werk, das älter als dreihundert Jahre ist. Das erste Stück »Himmlischer Zusammenklang« stammte von jenem Meister Shu-we, von dem ich schon das Stück »Überirdische Fünfheit, die Forelle« kenne, das zweite Stück von einem jüngst verstorbenen Meister namens Sho-ta-ko-wi.
Wir setzten uns also. Das Orchester war sehr zahlreich. Ich schätzte: sechzig Musiker. Viele Wi-lo-long-Spieler, auch viele Wa-tsche und Cheng-lo-Spieler, aber auch Flötisten, Trompeter und ein Trommler. Das Orchester wird geleitet von einem Musik-Meister, sagte mir Herr Shi-shmi, der jedoch vorerst noch nicht sichtbar war und erst nach einiger Zeit die Bühne betrat. Ein unbeschreiblicher Lärm überraschte mich wieder einmal. Ich war der Meinung, ich sei längst an die Lärmfreude der Großnasen gewöhnt, aber es gelingt ihnen immer wieder, mich mit Lärmbekundungen zu unerwarteter Zeit zu überraschen. Während der Musik-Meister – er hieß Hai-ting, stammt aber nicht aus dem Reich der Mitte – die Bühne und dort wiederum ein kleines Podest betrat, klatschten die Großnasen wie wild in ihre Hände. Da auch Frau Kei-kung und Herr Shi-shmi so klatschten, tat ich es ebenfalls. Es gilt das als Ovation. Meister Hai-ting verbeugte sich artig, dann drehte er ganz unhöflich dem Publikum den Rücken zu und drohte den Musikern mit einem Stock. Sie ließen es sich ohne weiteres gesagt sein und begannen zu spielen. Offenbar sind die Musiker so undiszipliniert, daß der Musikmeister die ganze Zeit über, und manchmal sogar sehr wild fuchtelnd, mit dem Stock drohen mußte, damit sie nicht zu spielen aufhörten. Nach dem ersten Stück (das aus zwei Teilen bestand) trat eine Pause ein, in der wir – und alle anderen auch – in ziemlichem Gewühl im Vorraum des Saales auf- und abgingen. Wir tranken aber auch ein Gläschen Mo-te Shang-dong; das wird dort an einer Theke verkauft. Das Stück, das nach der Pause gespielt wurde, bestand aus

vier Teilen. Danach wurde wieder geklatscht. Die Musiker standen auf, Meister Hai-ting verbeugte sich mehrmals, dann gingen alle nach Hause.
Die Musik, die Herr Shi-shmi in kleinem Kreis seiner Freunde spielt, gefällt mir besser. Die Orchester-Musik klingt mir zu großnäsisch, das heißt: vor allem zu laut. Das gilt vor allem für das Stück nach der Pause. Der jüngst-verstorbene Meister Sho-ta-ko-wi hat, sagt Herr Shi-shmi, über ein Dutzend solcher »Himmlischer Zusammenklänge« geschrieben. Was ich hörte, war Nummer Fünf. Es klang für meine Begriffe sehr kriegerisch, nur der dritte Teil war verhaltener und getragener. Das Stück vor der Pause – auch Meister Shu-we hat, obwohl er im Alter von nur einunddreißig Jahren verstorben ist, mehrere »Himmlische Zusammenklänge« verfaßt – war angenehmer. Es handelte sich dabei um den achten seiner »Himmlischen Zusammenklänge«, den er unvollendet hinterlassen hat, weswegen von den eigentlich vorgeschriebenen vier Teilen zwei fehlen.
Ich möchte versuchen, diesem Stück gerecht zu werden, obwohl es für mich schwer ist, schwerer als bei der intimen Musik der »Göttlichen Vierheit«, denn hier verwirrte mich die Vielzahl der gleichzeitig erklingenden Töne, gespielt von den verschiedensten Instrumenten. Herr Shi-shmi schätzt das Werk außerordentlich. Ich vermag die Harmonien in dieser Wirrnis der Töne nicht zu erkennen, obwohl ich nicht zweifle, daß ich es lernen würde. Es wird wohl das einzige sein, worum es mir leid tut, wenn ich diese Welt wieder verlasse: daß ich diese Harmonien zu erkennen nicht werde erlernen können. Es bleibt nicht die Zeit.
Dieser »Himmlische Zusammenklang« Nummer 8 vom Meister Shu-we besteht aus einem etwas bewegteren und einem recht langsamen Teil. Daß die Töne im Herzen der Menschen entstehen, wie es im Yüeh Chi des Li Chi heißt, ist namentlich im langsamen Teil dieses Werkes offenbar. An einigen Stellen verspürte ich eine innige Vereinigung mit dem Geist des Meisters Shu-we, der lang nach mir geboren werden wird und doch vor mir gestorben ist. Ein Geheimnis ist in seinen Tönen, ganz anders als

in den Tönen des in anderer Weise unvergleichlichen We-to-feng. Meister We-to-feng muß man *achten* – Meister Shu-we kann man lieben. Hätte ich das alles vorher gewußt, hätte ich vielleicht meinen Zeit-Reise-Kompaß so eingestellt, daß ich in die Welt Meister Shu-wes gekommen wäre. Vielleicht wäre ich ihm begegnet. Vielleicht hätte er auch mich geliebt. Dem Meister We-to-feng wäre ich aber, so grenzenlos ich ihn bewundere, eher aus dem Weg gegangen.
Aber ich wende mich von der Musik wieder ab; vielleicht interessiert Dich das auch gar nicht so sehr, denn Du fragst nie danach, was ich empfinde, Du fragst danach, wie diese Welt und deren Staatswesen beschaffen sind. Und damit hast Du auch recht, denn das ist der Zweck meiner Reise. Anders wäre sie vor der Lehre unseres großen Meisters K'ung nicht zu verantworten.
Ich gestehe, daß ich manchmal, namentlich, wenn ich Musik höre, vergesse, daß ich ein Mandarin des Volkes der Mitte bin. Aber ich erwache dann schon wieder aus der Welt der Töne, und ich weiß, daß – mögen sie auch einen We-to-feng und einen Shu-we haben – die Großnasen über keinen Kung-fu-tzu verfügen.
So leb wohl, mein Freund, grüße mir den Lo To-san. Sein Gedicht ist wirklich nicht schlecht. Vielleicht ist es nur deshalb nicht in jene Sammlung aufgenommen, weil es in den tausend Jahren dazwischen verlorengegangen ist. (Das kannst Du ihm natürlich nicht ausrichten). An Deine weißen Bällchen denke ich.
Ich umarme Dich und bin und bleibe

Dein Kao-tai

Sechsundzwanzigster Brief

(Mittwoch, 1. Dezember)

Teurer Dji-gu.

Bevor Meister Yü-len abgereist ist – für mich endgültig abgereist, denn er kommt erst wieder im nächsten Jahr nach Min-chen, zu einer Zeit, wo ich nicht mehr hier sein werde –, hatten wir in der

Halle des Hong-tel noch ein langes und großes Gespräch. Obwohl er mich in zweifelhafte Etablissements geschleppt hat, obwohl er von sprunghafter Lustigkeit und oft unkontrollierter Laune ist, obwohl er, wenn er ein Glas zuviel getrunken hat, dazu neigt, stark dumme Sprüche von sich zu geben, ist er ein Mann von tiefen Einsichten. Das muß ich jetzt, da ich für immer von ihm Abschied genommen habe – er freilich glaubt, daß wir uns wiedersehen und freut sich darauf; es schmerzt mich, ihn enttäuschen zu müssen –, das muß ich und darf ich jetzt sagen. Er ist zwar nur ein Gelehrter der Waldbaukunst, aber er macht sich viele und ohne Zweifel richtige Gedanken über den Zustand der Welt, in der er lebt, die Welt der Großnasen.
Die Welt der Großnasen – das ist nicht nur das Fazit unseres Gespräches, das selbstverständlich an meine Eindrücke an jenem Tag in der großen Schmiede anschloß, sondern auch das Fazit meiner bisherigen Beobachtungen – die Welt der Großnasen ist dem Untergang geweiht. Das politische System ist verworren und gibt der Selbstsucht der Politiker Vorschub. Das gesellschaftliche System ist in Unordnung, weil jede natürliche Autorität fehlt. Die Familie als Einrichtung gibt es fast nicht mehr. Die Religion ist ein Aberglaube. Allein der Handel ist es letzten Endes, der hier den Gang der Dinge bestimmt.
Herr Yü-len-tzu hat mir folgendes Gleichnis erzählt: er stammt aus bäuerlichem Geschlecht. Sein Vater hatte einen Bauernhof in der Ebene, die sich nördlich von Ba Yan bis zum Meer erstreckt. Eines Tages, als eine gute Ernte verkauft war, beschloß der verewigte Vater Yü-len, anstelle der alten Bettgestelle und Schränke neue anzuschaffen. Das geschah auch, allein die alten Bettgestelle und Schränke stammten noch aus der Zeit von Herrn Yü-len-tzus Vaters Großeltern und waren überdies mit wertvollen Schnitzereien verziert. (Unsereiner hätte diese Wohn-Geräte weiter benutzt; nicht so die Großnasen, die müssen immer etwas Neues haben. Aber dieses Phänomen, das ich oft genug erwähnt habe in meinen Briefen, gehört nicht zu dieser Geschichte.) Aus Pietät also, was immerhin doch ein schöner Zug ist, wurden diese

Bettgestelle und Schränke nicht zerhackt und verheizt, sondern in einem unbenutzten Zimmer oben im Haus aufbewahrt. Dort drangen die Holzwürmer in die Gestelle und Schränke. Die Umstände wollten es, sagte Herr Yü-len-tzu, daß die Temperatur und die Feuchtigkeit dieses Zimmers, das fortan so gut wie nie jemand betrat, vorzüglich günstig für Holzwürmer waren. Sie vermehrten sich, und da sie an Bettgestellen und Schränken einen ungeheuren Vorrat an Nahrung vorfanden, wurden sie größer und fetter und damit fortpflanzungsfreudiger als gängige Holzwürmer. Sie vermehrten sich immer mehr und mehr und immer schneller, wurden mit ihrer Vermehrung immer noch größer und fetter, und je größer und fetter desto gieriger, und fraßen die gesamten Bettgestelle und Schränke auf, bis alles zu Staub zerfiel und nichts mehr da war – und da verreckten die ganzen großen und fetten Holzwürmer auf einen Schlag. – Genau in dieser Zeit, kurz vor dem Zusammenbruch des Systems, befinden sich die Großnasen.

Der Handel, sagte ich, bestimmt in der Welt der Großnasen letzten Endes den Gang der Dinge. Ihr Handel – und damit das Geldsystem, damit wieder die Steuern, damit das Staatswesen, damit das Zusammenleben der Großnasen – floriert nur, wenn ständig Neues hervorgebracht wird, ob man es wirklich braucht oder nicht. Wörtlich sagte Herr Yü-len-tzu: das wirtschaftliche System funktioniert nur solange, als jeder Arbeiter einen größeren A-tao-Wagen hat, als er es sich eigentlich leisten kann. Die Großnasen leben auf Kredit auf die Zukunft. Sie werden die Zukunft aufgebraucht haben, ehe sie kommt.

Habe ich gesagt, daß die Religion der Großnasen ein Aberglauben ist? Wenn ich das gesagt habe, so habe ich etwas Falsches gesagt. Ihre Religion wäre edel, wenn sie sie befolgten. Es ist so ähnlich wie mit dem Taoismus. Die Lehren des Lao-tzu wären schön und gut, wenn der Mensch so beschaffen wäre, daß er sie befolgen könnte. Der etwas weniger edle Konfuzianismus ist in der Praxis edler, weil er befolgt werden kann. Die Religion der Großnasen ist edel, aber sie befolgen nur ihre äußeren Gebote, und auch die nur oberflächlich. So ist die Religion kein Aberglaube, aber die Großnasen handhaben ihn wie einen solchen. Die Glaubenslehren, denen sie wirklich anhängen, sind die West-Lehre und die Ost-Lehre, von denen ich Dir schon geschrieben habe. West und Ost ist nicht in unserem Sinn zu verstehen, denn der Antagonismus der West- und der Ostlehre kennt bezeichnenderweise keine Mitte.

Die West-Lehre besagt, daß durch Reichtum Glück entsteht. Sie besagt, daß jeder verpflichtet ist, so glücklich zu sein wie möglich. Die West-Lehre stellt den Profit an die höchste Stelle der Errungenschaften und unterwirft ihn theoretisch – allein gewissen Korrelaten der Moral. Diese Moralkorrelate können religiös-abergläubischer oder aber allgemein-ethischer Natur sein. Die Unterwerfung ist aber theoretisch. Sobald der Profit auf dem Spiel steht, werden entweder die Moralkorrelate so zurechtgerückt, daß sie nicht stören – oder noch einfacher – schlichtweg nicht beachtet. Zum Beispiel weiß man – sagt Meister Yü-len, der ja ein eigentlicher Fachmann auf dem Gebiet ist – daß die Rauchschwaden, der Qualm, die giftigen Dämpfe, die jene Schmieden (von denen die von mir besuchte eher klein ist) seit Jahren und Jahrzehnten, ja seit einem Jahrhundert ausstoßen, daß die giftigen Essenzen, die bei ihrem Betrieb entstehen und in die Flüsse geschüttet werden, jenen Essigregen erzeugen, der die Wälder zerfrißt. Man weiß das und kann die Schuldigen benennen. Aber wenn die Schmieden nicht ihren Giftqualm ausstoßen dürfen, können sie nicht weiterbetrieben werden; wenn sie nicht weiterbetrieben werden können, geht der allgemeine Profit (nicht nur der des Erhabenen Schmiede-Verwalters und der geheimnisvollen Eigentümer der Schmiede, sondern vor allem auch der der Arbeiter) zurück; wenn der Profit zurückgeht, verlieren sie – meinen sie – das Glück. Also wird das Moralkorrelat in dem Fall so zurechtgerückt, daß man schlichtweg so gut wie nicht davon redet. Der Minister Ch'i = Dämonischer Südbarbar stellt sich hin und sagt: es sei alles nicht so schlimm; und wer wagt, ihm zu widersprechen, wird bestraft oder zumindest geächtet.

Ein spezieller Punkt dabei ist, daß alle Minister, sagt Herr Yü-len-tzu, zu den geheimnisvollen Eigentümern der Schmieden gehören. Die Folgen sind leicht auszumalen.
Nun möchte man meinen, daß es im Volk einen Aufstand gibt, wenn man ihm die Luft zusehends verpestet. Weit gefehlt. Die Arbeiter der Schmieden sind in großen, in riesigen Zünften zusammengeschlossen. Diese Zünfte (sie heißen »Einmal geben«, was aber ein Hohn ist, denn sie müßten »Zehntausendmal nehmen« heißen*) haben aber nichts anderes im Sinn als die Profitvermehrung ihrer Mitglieder, haben also im Grunde genommen die gleichen Ziele wie die geheimnisvollen Eigentümer und der meineidige Obermandarin, wenn sie es auch nicht zugeben. Dazu kommt, sagt Herr Yü-len-tzu, daß die höchst einflußreichen und wohlhabenden Mandarine dieser I-gei-Zünfte selber wiederum zu den geheimnisvollen Eigentümern der Großen Schmieden gehören, ja, daß die Zünfte als solche einzelne Schmieden betreiben . . .
Das ist, kurz skizziert, die West-Lehre von der Tugend des Profits.
Die Ost-Lehre ist anders, aber nicht besser. Die Ost-Lehre besagt – das dürfte eine der größten Dummheiten sein, die mir je untergekommen ist –, daß die Geschichte einer unverrückbaren Gesetzmäßigkeit unterworfen ist. Dabei weiß jeder, der unverblendet die menschliche Geschichte betrachtet, daß sie zwar schon gewissen Gesetzlichkeiten unterliegt, im wesentlichen aber das Produkt des Zufalls ist. Sie ist wie ein Strom, der dem Gesetz unterliegt, daß er zu Tal fließen muß. *Wie* er aber fließt, und ob er um diesen Felsen rechts herum und an jenem Felsen links herum strömt oder umgekehrt, hängt oft von einem Kiesel ab, der zufällig dem ersten Tropfen des Flusses im Wege gelegen ist.
Aber die Ost-Lehre geht von einer Gesetzmäßigkeit der Geschichte aus, und ihr Stifter hat sich sogar erkühnt, diese Gesetzmäßigkeit zu errechnen. Es erinnert mich das an die Torheiten der Astrologie.
Die Ost-Lehre geht weiter davon aus, daß das Volk dumm ist – ein

---

* »Einmal geben« lautet auf Chinesisch: I-gei (ausgesprochen i-ge).

an sich nicht falscher Gedanke – und daß es zu seinem Glück geführt werden muß. Das Glück, sagt diese Lehre, liegt in ferner Zukunft. Was es ist und worin es besteht, kann keiner der Ost-Lehrer sagen. Einer davon hat zwar verkündet, dieses allgemeine Glück sei, daß keiner mehr hungern und keiner mehr frieren müsse. Wenn das alles ist? Ich danke.

Nur sträubt sich das dumme Volk – das aber gar nicht immer so dumm ist – gegen das Gängeln zu einem fernen, unbekannten Glück. Deshalb müssen die Ost-Lehrer die Staatsgewalt übermächtig ausbauen, und so steht in den Ländern der Ost-Lehre schon neben jedem, der zum Glück zwangsweise geführt werden soll, einer, der ihn mit vorgehaltenem Säbel führt. Aber das habe ich auch schon erwähnt. Unsere Enkel im heutigen Reich der Mitte gehören – ich lobe den Himmel, daß es erst in tausend Jahren sein wird – zu den Anhängern der Ost-Lehre.

Das merkwürdigste an der Ost-Lehre ist aber das, daß gerade sie, die so etwas Irrationales und allenfalls Poetisches wie ein irdisches Paradies verspricht, sich für eine rationalistische und materialistische Weltanschauung hält.

Wie nicht anders zu erwarten, stehen sich West-Lehre und Ost-Lehre feindlich gegenüber – nicht nur im Geist streitend, wie zwei philosophische Schulen, was ja fruchtbar sein könnte, sondern ganz real: ihre Soldaten fletschen sich bis an die Zähne bewaffnet an. Es ist nur deshalb bisher noch zu keinem offenen Konflikt gekommen, sagt Herr Yü-len-tzu, weil sich keiner der beiden ganz sicher ist, daß er siegen wird. Ab und zu bricht ein Konflikt irgendwo am Rand aus, und da gelingt es manchmal dem einen, dem anderen ans Schienbein zu treten. Mehr wagen sie nicht. Gleichgewicht des Schreckens nennt Meister Yü-len das. Daß das keine Grundlage für eine geordnete Welt ist, in der gedeihliches Leben sprießt, ist klar. Aber auch das habe ich in anderem Zusammenhang schon erwähnt.

Die West-Lehre hat einen gewissen Vorteil: das Glück mit dem eigenen Profit gleichzusetzen, leuchtet dem einzelnen eher ein als das Glück in der Ferne zwangsweise zu suchen. Die Ost-Lehre hat

den Vorteil, daß sie leichter zu handhaben ist. Überleben wird keine, sagt nicht Herr Yü-len-tzu, das sage ich. Alle sitzen wie die Holzwürmer in den schon fast aufgefressenen Bettgestellen und Schränken.
Auch mit Herrn Me-lon, dem Richter, habe ich über dieses Problem gesprochen. Er sagt: ich solle doch ein Buch veröffentlichen, in dem ich das alles niederlege und den Großnasen zu wissen gebe. Nur ein Außenstehender könne in der heutigen Situation den verblendeten Großnasen, gleichgültig, ob sie der West- oder der Ost-Lehre anhängen, die Augen öffnen. (Herr Richter Me-lon ahnt nicht, wie *sehr* »außen« ich stehe.) Er gab mir ein Buch, das Buch eines großnäsischen Autors, das vor knapp dreihundert Jahren geschrieben wurde. Ich habe das Buch gelesen, und es hat mich außerordentlich merkwürdig berührt. Der Autor war ein aristokratischer Herr aus einem von hier aus gesehen westlichen Land und hieß Mo-te-kwjö. Der Autor tut in dem Buch so, als sei er ein Prinz aus einem fernen Land, und beschreibt die Zustände im damaligen Reich der Großnasen aus einer scharfen, kritischen Distanz. Das ferne Land, aus dem der Prinz angeblich kam, lag auch im Osten ... Du kannst Dir denken, wie betroffen ich war, als ich das las. Ich konnte Herrn Me-long, als ich ihm das Buch zurückgab, den ganzen Umfang meiner Betroffenheit gar nicht sagen – begreiflicherweise. Ich fragte ihn daher nur: hat dieses Buch des Ehrwürdigen Mo-te-kwjö irgendeine Wirkung gezeigt? Herr Me-lon meinte: ja, mußte aber einräumen, daß diese Wirkung gering war.
Also werde ich nicht meine Zeit damit vergeuden, für die Großnasen ein Buch zu schreiben, und ich halte mich an den Weisen vom Aprikosenhügel: »Der Meister sprach: Seltsame Lehren anzugreifen ist verderblich.«
Ich grüße Dich und bin wie immer

Dein ferner Freund Kao-tai

Siebenundzwanzigster Brief

(Dienstag, 7. Dezember)

Mein lieber Dji-gu.

Das Jahr der Großnasen neigt sich dem Ende zu, so wie auch mein Aufenthalt in ihrer Welt. Es schneit und es ist kalt. Frau Kei-kung und Kleine Frau Chung sind sich in die Haare geraten. Ich verstehe auch das nicht. Wahrscheinlich hängt das damit zusammen, daß die Frauen in dieser Welt zu leben gelernt haben wie Männer. Da wollen sie offenbar die Zuneigung eines Mannes ausschließlich für sich alleine haben. Ein Gedanke, der mir zutiefst fremd ist. Außerdem halte ich das für schädlich und dem gedeihlichen Zusammenleben für abträglich. Habe ich nicht von beiden, sowohl von Frau Kei-kung wie auch von Kleiner Frau Chung die Freuden der Liebe mit gleicher Anteilnahme und gleicher Dankbarkeit entgegengenommen? Habe ich nicht jeder von ihnen – jeweils zu ihrer Zeit – von meiner männlichen Kraft gleichermaßen und vorbehaltlos gespendet?

Herr Yü-len-tzu, der leider abgereiste Freund, der von den beiden Damen wußte, hat mich gewarnt. Er hat gesagt, daß sich die Frauen nunmehr das Recht der Eifersucht angeeignet hätten. Was ist schon Eifersucht? Nichts anderes als eine Form des Neides. Das ist auch so eine Merkwürdigkeit in der Welt der Großnasen: der Neid gilt als verwerflich, es sei denn, er tritt in der Form der Eifersucht auf. Es gibt, sagte Herr Yü-len-tzu, eine weitverzweigte Literatur, ja, man kann sagen, so gut wie die ganze Literatur der Großnasen handele von nichts anderem als von der Eifersucht.

Ich habe Herrn Yü-len-tzus Warnung ernst genommen und versucht, so gut es ging, die beiden Damen voneinander fernzuhalten, und habe keiner von der anderen erzählt. Es ging deshalb ganz gut, weil ja Kleine Frau Chung nur immer für zwei oder drei Tage in Min-chen ist, und Frau Kei-kung oft keine Zeit hat und mit allen möglichen Dingen beschäftigt ist, um die ich mich nicht kümmere.

Aber vorgestern trat die verhängnisvolle Konstellation ein, daß

mich Kleine Frau Chung überraschend besuchen wollte, als ich mich gerade mit Dame Kei-kung vergnügte. Ich sagte nur immer: still, still – es ist schon spät in der Nacht, und womöglich schlafen die Nachbarn schon. Ich will Dir die unschöne Szene im einzelnen nicht schildern. Bäche von Tränen waren das wenigste. Ich hörte vorwurfsvolle Worte, und zum Schluß rannten beide fort. Das heißt: sie wollten beide fortrennen, fürchteten aber, dieselbe Stiege benützen zu müssen. So wartet jede, bis die andere endlich gehe, und gleichzeitig beschimpften sie mich; die eine in der Sprache der Leute von Min-chen, die andere in unserer Sprache. Erst als ich meinerseits Miene machte, mein Zimmer zu verlassen, stürzten beide mit der Drohung, daß ich keine jemals wiedersehen würde, hinaus.
Ich schloß hinter mir ab und öffnete eine Flasche Mo-te Shang-dong. Es ist schade, teurer Dji-gu, daß ich Dir keine Kostprobe dieses Getränks mitbringen kann, wenn ich zurückkehre. Ich darf ja meine Zeit-Reise-Tasche nicht übermäßig belasten, sonst bleibe ich womöglich unterwegs für immer stecken. Schade. Der Mo-te Shang-dong würde Dir schmecken.
Küsse mir meine treue und so gar nicht eifersüchtige Shiao-shiao. Tröste sie und sage ihr: ich kehre bald zurück. Sie versteht es, ich zweifle nicht.

Ich bin immer Dein
Kao-tai

Achtundzwanzigster Brief

(Mittwoch, 15. Dezember)

Teurer Dji-gu.

Heute haben wir hier den letzten Herbstneumond. Wie immer verschwenden die Großnasen keinen Gedanken daran. (Übrigens sind – oder muß ich besser sagen: waren? – auch Kleiner Frau Chung die alten Riten völlig fremd; sie lebt nach der Sitte der Großnasen.) Dafür aber herrscht jetzt in der Stadt mehr Betrieb-

samkeit als gewöhnlich. Für die Großnasen gilt dieser Monat als Besonderheit, denn sie glauben, daß jener Gott, den sie verehren, an einem bestimmten Tag am Ende dieses Monats – kurz vor ihrem Neujahrsfest – geboren worden sei. Herr Shi-shmi, bei dem ich wieder zu Besuch war, weil vor einigen Tagen dort die Himmlische Vierheit musizierte, erklärte es mir: die Zeit vor dem Fest, an dem die Erinnerung an die Geburt ihres Gottes gefeiert wird, heißt »Ankunft« und dient zur Sammlung der Gedanken, wird auch gern von allerlei Leuten in der Fern-Blick-Maschine »die stille Zeit« genannt. Es ist ein Hohn, denn nie im ganzen Jahr bisher war ein solcher Tumult auf der Straße wie eben jetzt. (Da fällt mir auf: habe ich Dir von der Fern-Blick-Maschine geschrieben? Ich glaube nicht. Ich verliere etwas den Überblick darüber, wovon ich Dir schon erzählt habe und wovon nicht. Die Fern-Blick-Maschine ist eine der wichtigsten Gegenstände der Großnasen. Es ist eine grobe Unterlassung, wenn ich sie bisher nicht erwähnt habe. Ich werde das nachholen.)
Es ist üblich, sagte mir Herr Shi-shmi, daß man anläßlich des Gottes-Geburtsfestes, das auch »die Heilige Nacht« genannt wird, seinen Verwandten oder Freunden etwas schenkt. Es ist nicht nur üblich, es ist förmlich ein Zwang. Der Sohn schenkt den Eltern, die Eltern den Kindern, die Schwester dem Bruder, Onkel, Tante, aber auch Schwägern und Cousinen, selbst Nachbarn, Kollegen und Geschäftsfreunden wird geschenkt, die Untergebenen schenken dem Vorgesetzten, alle beschenken sich, ob sie sich leiden können oder nicht. Herr Shi-shmi stöhnt schon bei dem Gedanken, daß er ja rechtzeitig alle Geschenke beisammen hat. Seit Anfang des Monats sind die Großnasen in einem einzigen Rennen begriffen und jagen nach den unsäglichsten Dingen, die sie einander schenken könnten. Die Kaufleute reiben sich natürlich die Hände. Wenn alle ihre Geschenke selber behalten würden, sagt Herr Shi-shmi, gäbe es das ganze Gewürge nicht und es hätte noch den Vorteil, daß man weiß, was man hat, denn in der Regel bekommt man unnötige, überflüssige und unschöne Dinge geschenkt, die man nicht wegwerfen darf, weil sonst der Schenkende beleidigt

wäre, und auch nur unter Aufbietung größter Vorsicht und in gebührendem Abstand von einigen Jahren weiterschenken darf. Die Geschenke werden auf den Schlag am Abend des 24. Tages dieses Monats ausgetauscht. Das Schlimmste, was einem passieren kann, ist, daß man von jemandem etwas geschenkt bekommt, dem man seinerseits – entweder, man hat es für unnötig befunden oder gar vergessen – nichts geschenkt hat. Da die Geschenke auf einen Schlag ausgetauscht werden, ist dieser Fehler irreparabel, und der betreffende vergeßliche oder nachlässige Beschenkte muß ein Jahr lang den Kopf einziehen und darf sich bei dem anderen nicht blicken lassen.

So zermartern sich die Großnasen die Köpfe, daß sie ja keinen noch so entfernten Stief-Onkel vergessen, und ich sehe Männer wie Weiber wie von Dämonen gepeitscht durch die schneenassen und eisverkrusteten Straßen hecheln, mit großen und kleinen Paketen bis über den Kopf beladen, die sie aus den Läden – wo sie sich hoch verschulden – nachhause schleppen, um sie dort zu horten und am 24. Tag gegenseitig austauschen. Oft rutschen sie aus auf dem Eis. Ich beobachte das gern aus meinem Fenster des Hong-tel, das auf eine Straße hinausgeht, in der viele Läden sind. Es reißt ihnen die Beine in die Luft, die Pakete fliegen den anderen um die Köpfe. Manche Pakete rollen auf die Fahrbahn, wo die A-tao-Wägen darüberrollen. Achtlos steigen die anderen gehetzten Großnasen über die Gestürzten hinweg, die verzweifelt versuchen, ihre Pakete wieder einzusammeln.

Das nennen die Großnasen »die stille Zeit«. So feiern sie die Ankunft ihres Gottes. Der wird eine Freude haben. Ich fürchte übrigens, daß ich auch, obwohl so denkbar fernstehend, in den Strudel des Geschenkaustausches hineingezogen werde. Wenn ich einige Andeutungen von Herrn Shi-shmi richtig verstanden habe, so bereitet er meuchlings ein Geschenk für mich vor. Und so werde auch nicht umhinkönnen, ihm etwas zu schenken.

Aber das alles war nicht das, was ich mir für diesen Brief zu berichten vorgenommen habe. Nicht nur in den Straßen, an den Wänden der Häuser und in den Fenstern der Läden sind strahlende

Sterne und alle möglichen anderen Symbole (Tannenzweige, in merkwürdigen Wiegen liegende Kinder, immer paarweise je ein Ochse und ein Esel), die die Großnasen mit ihrem Erinnerungsfest verbinden, aufgehängt und ausgestellt – hauptsächlich aber natürlich, um die Kauflust noch mehr anzuregen –, vor allem in der Fern-Blick-Maschine wird dauernd von der kommenden »Heiligen Nacht« geredet, die dabei nicht ungern als »Fest des Friedens« apostrophiert wird. Ich habe mich erkundigt: in der Tat herrscht Frieden vom 24. Tag des Monats mittags bis zum 27. Tag des Monats in der Früh. Aber nur deswegen, weil das Feiertage und alle Läden und Behörden geschlossen sind und in den Schmieden nicht gearbeitet wird. Die Leute sind damit beschäftigt, ihre Geschenke auszupacken, zu betrachten und sich über deren Nutzlosigkeit zu ärgern. Tatsächlich ruhen auch die Prozesse vor Gericht in der Zeit, aber nur, weil die Richter nicht in ihr Amt gehen. Ob auch eventuelle Kriege ruhen? habe ich Herrn Shi-shmi gefragt. Nein, hat er gesagt, es habe noch nie einen Feldherrn gegeben, der wegen dieses »Festes des Friedens« einen Feldzug unterbrochen habe. Im letzten Krieg, der noch nicht so lange her ist und den Herr Shi-shmi als Kind erlebt hat, habe man widersinnigerweise sogar von den »Kriegs-Festen des Friedens« gesprochen. Verstehe die Großnasen, wer will. Die Verwirrung der Begriffe ist bei ihnen unausrottbar.
In den Tagen des »Festes des Friedens« fallen die häufigsten Selbstmorde vor, Familienväter erschlagen ihre Frauen (oder gelegentlich umgekehrt), Kinder werden ausgesetzt, und Greise verhungern. Das komme daher, meint Herr Shi-shmi, daß die Wohnungen zu klein sind. Die Leute ertragen es nicht, in den kleinen und niedrigen Wohnungen drei Tage lang so eng aneinandergepreßt zu leben. Sie ertragen es nicht, daher gibt es häufig Streit. Er selber, Herr Shi-shmi, könne sich nicht erinnern, daß in seiner väterlichen Familie jemals im Jahr so gestritten worden sei wie immer in den Tagen des »Festes des Friedens«. Einmal sei sein Vater für einige Zeit davongelaufen, weil seine Mutter ihm eine gebratene Gans an den Kopf geworfen habe, nachdem der Vater

viele Stunden lang über nichts geredet habe, als daß jene Gans zu scharf gebraten sei.
Es ist üblich, wahrscheinlich aus Langeweile, an den Tagen des »Festes des Friedens« sehr viel zu essen. Bevorzugt werden »Fest des Friedens«-Gänse und »Fest des Friedens«-Karpfen. Ich sehe sie jetzt schon in den Fenstern der Läden angeboten. Getrunken wird wahrscheinlich auch nicht wenig, und wenn sich die Großnasen nicht streiten, denke ich mir, tun sie das, was sie überhaupt am liebsten tun: lieber als essen und trinken, lieber als schlafen, lieber als geschlechtlich zu verkehren – sie betrachten die Fern-Blick-Maschine. In jedem Haus, in jeder Wohnung, fast in jedem Zimmer (in meinem Hong-tel-Zimmer auch), stehen solche Fern-Blick-Maschinen. Sie sind sehr teuer und oft kaputt. Dennoch verzichtet eine Großnase lieber auf ihren A-tao-Wagen, lieber verzichtet sie auf anständige Mahlzeiten, lieber verzichtet sie auf ein Schlafgestell und einen Herd, als daß sie auf ihre Fern-Blick-Maschine verzichtet. Auch die ärmste Großnase hat so eine Maschine, und sie würde lieber Weib und Kind verpfänden, ja selbst die Seele wäre ihr feil, sie liefe bei Kälte nackt auf der Straße, sofern sie nur ihre Fern-Blick-Maschine behalten kann.
(Die Leute, die ich im Sommer vor allen Blicken nackt auf den Wiesen des Parks habe liegen sehen, sind allerdings nicht Leute, die ihr letztes Hab und Gut geopfert haben, um sich ihrer Fern-Blick-Maschine nicht entäußern zu müssen. So wörtlich ist das nicht zu verstehen. Jene Leute lagen nackt dort aus Schamlosigkeit, und weil es angeblich gesund ist.)
Die Fern-Blick-Maschine ist ein mäßig großer Schrein, der vorn so etwas wie ein Fenster hat. Irgendwo gibt es ein Gremium, das in der Lage ist, Bilder, die leben, durch die Luft zu schleudern. Die Bilder werden von dem Mechanismus in der Fern-Blick-Maschine aufgefangen und wiedergegeben, sofern man auf einen Knopf dückt und die Maschine nicht gerade kaputt ist. Es ist keine Zauberei, wenngleich es aufs erste Hinsehen so wirkt. Der Mechanismus ist nicht komplizierter als unsere Zeit-Reise-

Berechnung. Ich habe ihn mir von Herrn Yü-len-tzu erklären lassen, aber ich nehme an, daß Dich das im einzelnen nicht interessiert.

Du sitzt also vor der Fern-Blick-Maschine und schaust wie durch ein Fenster anderen Leuten zu. (Diese anderen Leute können allerdings Dich, der Du davorsitzt, nicht sehen. Ich habe mir das zu meiner Beruhigung versichern lassen.) Das meiste, was Du durch dieses Fern-Blick-Fenster siehst, ist überflüssig. Obwohl: ich muß zugeben, daß es mich anfangs fasziniert hat. Stelle Dir vor, Du hättest die Möglichkeit, anderen Leuten unbeobachtet ins Zimmer zu schauen – aber mit der Zeit wird es langweilig. Was passiert schon bei anderen Leuten? Nichts, was Du Dir nicht ohnedies denken kannst. Sie essen, sie trinken, sie lieben und sie verprügeln einander, sie reiten auf Pferden oder fahren in A-tao-Wägen ... alles ganz langweilig, nichts, was man nicht ohnedies kennt.

Wenig ansprechend ist es, wenn einer durchs Fern-Blick-Fenster singt. Dieser Gesang hat meist mit der edlen Musik des Meisters We-to-feng und der anderen Meister nichts zu tun. Komisch ist es allerdings, und das unterhält mich ab und zu, wie die Herren und Damen, die in der Fern-Blick-Maschine singen, das Gesicht verzihen. Sehr häufig wird im Fern-Blick-Fenster aber gezeigt, welche Gegenstände man demnächst in den Läden kaufen soll. Man ist aber, habe ich mich erkundigt, nicht verpflichtet, sich danach zu richten.

Zu bestimmten Zeiten erscheint im Fern-Blick-Fenster eine Großnase, die liest von gelben Blättern ab, welche Katastrophen in den letzten Stunden in der Welt vorgefallen sind, und regelmäßig kommt danach einer, der erklärt, daß das Wetter schlechter wird. Aber das alles ist nicht das Schlimmste in der Fern-Blick-Maschine. Ich habe mir die Zusammenhänge mehrfach erklären lassen, denn dieses Fernblicken ist einer der wichtigsten Faktoren im Leben der Großnasen. Die lebenden, bunten Bilder, die einem da vorgegaukelt werden, sind so natürlich, daß man sie – und ich habe es anfangs getan und bin erschrocken – für *wahr* hält, das

heißt: für wirklich. Das sind sie aber nicht alle. Zwar ist die Großnase, die kommt und von einem gelben Blatt abliest, daß ein Schiff gesunken ist, oder die Großnase, die verkündet, daß es morgen mehr regnen wird als heute, *wirklich*. Auch die Großnase, die das von sich gibt, was sie als Gesang versteht, ist wirklich, nicht aber sind es die Großnasen, die nachher kommen und zwei Stunden lang aufeinander losreden, einander beschimpfen und umbringen. *Die* sind unwirklich, das heißt: die tun nur so. Das ist ein – manchmal, muß ich zugeben – sehr geschickt gestelltes Schauspiel. Ich (obwohl, oder vielleicht: gerade weil von so fern kommend) durchschaue das, nicht aber die Mehrzahl der dumpfen Großnasen, die in ihre Fern-Blick-Maschine glotzt und alles für bare Münze nimmt, was sie sieht. So nimmt die Mehrzahl der Großnasen die Realität nicht mehr wahr und ersetzt die Wahrnehmung durch das, was sie aus der Fern-Blick-Maschine erfährt.
Und es sitzt, habe ich mir sagen lassen, die Mehrzahl der Großnasen jede freie Minute, sofern sie eben nicht mit ihrer Arbeit beschäftigt sind, vor der Fern-Blick-Maschine.
Ich halte das für nur folgerichtig. Nachdem sie den Sinn ihres Lebens und ihrer Geschichte darin erblicken, ständig von sich fortzuschreiten, ist es klar, daß sie auch nichts lieber tun, als von sich fortzublicken. –
In einem meiner letzten Briefe habe ich versprochen, von den Musiktellern zu erzählen. Das Phänomen gehört zur Sucht der Großnasen, alles zu vervielfältigen, die im Grunde genommen auch das Fern-Blicken bewirkt, denn wie es sich dort um die unendliche Vervielfältigung eines – und sei es noch so unerfreulichen – Bildes handelt, handelt es sich hier beim Musikteller um die Vervielfältigung eines Musikstückes. Du muß Dir einen sehr flachen, dünnen, schwarzen Teller vorstellen, den legst Du vorsichtig in eine eigens dafür bestimmte Maschine (die nicht schwer zu bedienen ist), drückst auf einige Knöpfe – das Drücken der Knöpfe hat bei den Großnasen mehr Bedeutung als die Fortpflanzung – und schon ertönt aus der Maschine die schönste Musik, nicht schneller und nicht langsamer, als wenn sie von Musikern

gespielt würde, wenn die sich im Raum befänden. So komisch das ist und so symptomatisch für die Welt der Großnasen, so hat es doch ein Gutes, denn Du bist ohne weiteres in der Lage, jede Musik zu spielen, die Du Dir wünschst, ohne ein Orchester bezahlen zu müssen. Ich habe mir so einen Apparat gekauft (gesehen habe ich den ersten bei Herrn Shi-shmi), nachdem ich neulich in der öffentlichen Musikdarbietung war, und habe ihn hier in meinem Hong-tel-Zimmer aufgestellt. Ich höre die beiden Musikstücke, die damals gespielt wurden, sehr oft und versuche in ihren Sinn einzudringen. Auch die Stücke von We-to-feng höre ich gern.

Vor einigen Tagen war ich in einer Musikdarbietung ganz anderer Art. Auch da hat Herr Shi-shmi mich mitgenommen. Er hat mich im Hong-tel abgeholt und gesagt, es werde eine große Überraschung für mich.

Wir gingen in ein großes Haus, dessen Front mit hohen Säulen geschmückt war. Viele Großnasen gingen drinnen herum. Das Haus war ganz anders als das Hong-tel. Ich hatte den Eindruck eines Tempels, und als ich das Herrn Shi-shmi sagte, lachte er und erwiderte, daß das Haus mitunter tatsächlich: »Tempel der Göttinnen der Kunst« genannt würde. Wir spazierten ein wenig auf Gängen und Stiegen herum, dann ertönte ein schriller, metallischer Ton, und wir begaben uns in den, wie ich da bemerkte, eigentlichen Kern des Hauses. Der nun wieder erinnerte mich eher an den Saal, in dem die große öffentliche Musikdarbietung stattgefunden hatte, und in der Tat saßen weiter unten (diesmal ziemlich verdeckt) verschiedene Musiker und stimmten mit unschönen Tönen ihre Instrumente. Hunderte von Stühlen standen unten, weitere Stühle standen auf – wenn ich richtig gezählt habe – fünf oder sechs Reihen Balkonen, die sich nicht wie bei sonstigen Häusern außen, sondern *innen* um die Wände herumzogen. Mehr oder weniger eilig nahmen nun die Leute Platz. Alle schauten – so waren die Stühle angeordnet – in *eine* Richtung. Wir saßen auf dem ersten Balkon, von unten gezählt.

Das Licht wurde schwächer, dann erlosch es ganz. Die Leute

klatschten wieder in die Hände. Als ich Herrn Shi-shmi um eine Erklärung bat, lächelte er und sagte, ich würde gleich sehen. Aber ich sah zunächst gar nichts. Die Musiker spielten ein kurzes Musikstück, das mir nicht sehr viel sagte – sie spielten es bei fast vollkommener Dunkelheit. Dann aber geschah es, daß ein riesiger Vorhang, dem ich vorher gar keine Beachtung geschenkt hatte, sich hob und einen weiteren, hell erleuchteten Raum freigab, in dem nach und nach . . . ich weiß es nicht, wie ich das sagen soll: verschiedene Bilder aufgebaut waren. Kurzum: es war eine Tanz- und Gesangsdarbietung, wurde von lebendigen Leuten (Weibern und Männern) unternommen, die, wie ich erfuhr, eigens zu diesem Beruf ausgebildet und dafür bezahlt werden. Es sind Schauspieler, wie wir sie auch kennen, und die Darbietung hatte entfernte Ähnlichkeit mit einer Theaterdarstellung, wie wir sie kennen.

Sie hatte weder rituellen noch allegorischen Charakter, sondern sozusagen illustrierenden. Es ist nicht so wie bei uns, wo die Sänger und Tänzer in Tönen, Mienen und Gesten andeuten, was dann jeder versteht und weiß – es ist alles ganz direkt und soll die Illusion wirklichen Lebens erwecken. Das ist sehr komisch, denn die Leute in dem hell erleuchteten Raum tun so, als ob sie nicht sähen, daß da tausend Großnasen im Dunkeln sitzen und zuschauen. Wenn einer dort drin sagt: es leuchtet der Mond, dann taucht tatsächlich der Mond auf, und alles ist in fahles Licht getaucht, daß man im ersten Augenblick meinte, man sähe durch ein großes Fenster in eine andere Gegend; wenn einer sagt: er gehe jetzt in ein Haus, dann steht die Imitation eines Hauses da. Dazwischen allerdings singen sie unvermittelt, manchmal allein, manchmal im Chor, immer vom Orchester begleitet.

Das Ganze sollte, aber das habe ich erst verstanden, als Herr Shi-shmi es mir erklärte, eine natürlich dargestellte Ballade sein. Es hängt wohl damit zusammen, daß ich den Text der Lieder kaum vertand: der Sinn der Ballade war mir verschlossen. Offenbar ging es darum, daß eine Frau in ein fernes Land kam und dort einen hochgestellten Herrn heiratete, den sie dann wieder verließ (oder

er sie). Dazwischen wurden auch Späße gemacht, über die die Großnasen ganz laut lachten; dennoch taten die Leute vorn weiterhin so, als ob sie es nicht bemerkten.
Nach etwa zwei Stunden schloß sich der Vorhang wieder und die Leute klatschten in die Hände. Es wurde hell im Haus, und nun begab sich das Merkwürdigste: die Frau und der hochgestellte Herr und alle von vorhin schlüpften durch den Vorhang nach vorn, und nun gaben sie unverhohlen zu erkennen, daß sie sehr wohl wußten, was da an Großnasen saß und die ganze Zeit zugeschaut hatte. Sie verbeugten sich mehrfach.
Die Kleider, die diese Leute trugen, waren ganz anders, als die übliche Bekleidung der Großnasen. Ich wunderte mich, daß mir noch nie so einer auf der Straße begegnet war, aber Herr Shi-shmi lachte und sagte: das sei nur Verkleidung. Jetzt gingen die Damen und Herrn nach hinten in einen anderen Teil des Hauses, legten die bunten Gewänder ab, zögen alltägliche Kleider an und gingen nach Hause.
Das taten auch wir – das heißt: erst begaben wir uns noch in ein öffentliches Speisehaus, um zu essen. Herr Shi-shmi fragte mich, und ich merkte schon an seinem Gesicht und seiner Stimme, daß er einen Hintergedanken hegte: wie es mir gefallen habe? Nun ja, sagte ich, es sei interessant gewesen. Ob mir nichts aufgefallen sei? Vieles, sagte ich, sei mir aufgefallen . . . Nein, meinte er, ob mir nichts *Spezielles* aufgefallen sei? Ob mir nichts *bekannt* vorgekommen sei? Nein, sagte ich.
Herr Shi-shmi lachte. Auch von dieser vorgeführten Ballade kennt man den Verfasser. Er hat Le-ha geheißen und ist vor etwa dreißig Jahren gestorben. Die Ballade hatte den Titel »Ballade, die sich in dem Land abspielt, wo man lächelt«. Damit ist das Reich der Mitte gemeint! Nun lachte ich. Ich hatte das Ganze für sehr entschieden großnäsisch gehalten, und dabei sollte es eine Geschichte vorstellen, die bei *uns*, im Reich der Mitte handelt! *So* stellen sich die Großnasen das Leben bei uns vor! Man sieht, daß sie und besonders dieser Le-ha keine Ahnung davon haben, wie es bei uns aussieht. Ich lachte und lachte. Ich bat Herrn Shi-shmi,

daß wir morgen sofort wieder in dieses Tempel-Haus gehen sollten, um die Darbietung nochmals zu sehen. Erst jetzt, wo ich das alles wüßte, könnte ich mich richtig freuen. Aber das geht nicht: denn es gibt viele Balladen, und nicht jeden Abend wird die vom »Land, in dem man lächelt« vorgestellt. (Die anderen Balladen spielen übrigens nicht alle im Reich der Mitte.) Herr Shi-shmi schaute in einem kleinen Büchlein nach und stellte fest, daß diese Ballade erst wieder im nächsten Monat dargeboten wird. Da gehe ich unbedingt hin. Aber solange muß ich mich gedulden.
So ziehen die Tage. Es schneit immer noch. Ich habe mir einen dicken, blauen Mantel nach Art der Großnasen gekauft. Wenn Du mich sehen könntest! Manchmal komme ich mir selber komisch vor. In dem Etablissement »Das Paradies« war ich inzwischen nochmals. Die Entkleidungskünstlerin mit den weißen Bällen tritt nicht mehr auf. Es tut mir leid, daß ich Dir nicht dienen kann. Sie ist fort und tritt in einer anderen, fernen Stadt auf. Du wirst hoffentlich nicht erwarten, bei aller freundschaftlichen Liebe zu Dir, daß ich ihr nachreise.
Grüße mir den Dichter Lo To-san. Sage ihm, daß der Nachruhm nicht ewig währt, auch wenn er in diesem Jahr den Dichter-Preis bekommen hat. Aber sage ihm nicht, woher ich das weiß.
Ich grüße Dich und umarme Dich

Dein alter Freund
Kao-tai in der Ferne

Neunundzwanzigster Brief

(Donnerstag, 23. Dezember)

Teurer Freund Dji-gu.

Das hast Du falsch verstanden: wenn man verschiedene Musikstücke spielen will oder besser gesagt, spielen lassen will, braucht man entsprechend viele Musikteller. Auf einem Musikteller ist immer nur ein bestimmtes Musikstück, das heißt: entweder ein längeres oder mehrere kürzere. Insofern ist das Musik-Teller-

Gerät nicht eigentlich ein Instrument. In einem Instrument sind immer alle Musikstücke schweigend enthalten, und wenn ein Spieler es schlägt oder rührt, so tritt das Musikstück, das der Spieler wünscht, aus dem Instrument tönend hervor. Das kann man mit dem Musik-Teller-Gerät nicht machen. Man könnte auch sagen: in einem Instrument sind die Seelen aller Musikstücke enthalten, und der geschickte Spieler kann nach Belieben je eine dieser Seelen hervorheben und für einige Dauer in den Körper der Töne kleiden. Auf dem Musik-Teller-Gerät kann immer nur das Musikstück gespielt werden, das der schwarze Musik-Teller zu spielen gestattet. Insofern ist das Musik-Teller-Gerät seelenlos oder besser gesagt: erlaubt nur die Beschwörung von Schatten von Seelen. Dennoch halte ich das Gerät für nützlich, weil man – durch Hören, so oft man will – in den Kern und den Sinn des Musikstückes eindringen kann.
Aber wie immer, so, wie ich es schon beim Häusergießen geschildert habe, führt die Erleichterung zur Perversion. Da den Großnasen das Hören von Musik so leicht gemacht wird, hören sie die albernsten Musikstücke, auch pausenlos. Jede Erleichterung des Lebens führt dazu, scheint es mir, daß nur die Zahl der unnützen Dinge und Betätigungen zunimmt. Gerechterweise muß man sagen: das ist nicht erst bei den Großnasen so. Wenn Du es recht bedenkst: ist es bei uns anders? Du mußt antworten: nein. Seit der Wagen mit Rädern erfunden wurde, und seit man Pferde züchtet, fahren die Leute überall in der Gegend herum, auch wenn sie nicht müssen. Wieviel unnötige Reisen wurden seitdem unternommen? Unzählige. Was haben die Leute dort getan, wo sie hingefahren sind? Nichts anderes, als was sie daheim getan hätten. Das soll nicht gegen das Reisen an sich gerichtet sein (obwohl ja schon der alte Weise Meister vom Aprikosenhügel gewisse Einwendungen gegen das Reisen an sich vorgebracht hat), das Reisen kann auch gut und sinnvoll sein. Meine Reise hierher halte ich – selbst wenn meine vielen Erkenntnisse zwischen Dir und mir verborgen bleiben sollen – für gut und nützlich. Aber durch die genannte Erleichterung des Reisens ist der Sinn und die Kunst des Reisens

weitgehend verlorengegangen. Die Leute reisen nicht mehr, die Leute fahren nur noch hin und her.
Es ist natürlich überflüssig zu sagen, daß das in noch höherem Maß für die Großnasen gilt, denen es durch ihre A-tao noch viel einfacher gemacht wird als durch Pferd und Wagen, achtlos durch die Welt zu fahren. Aber insofern ist hier ein Punkt, wo ich sagen muß: vielleicht ist unsere Welt nicht ganz unschuldig an dem, was sich hier – also: in der Zukunft – an unsinnigen Dingen abspielt. Wie viel haben unsere großen Philosophen der Vergangenheit über die Entstehung der Kultur nachgedacht, ob der Mensch von Natur aus gut ist, wie Meng-tzu behauptet, oder schlecht, wie Hsün-tzu postuliert, ob die alten, weisen Könige die Kultur eingeführt haben, oder ob sie wie eine Flechte auf einem Stein von allein entstanden ist. Die Fragen werden wir nie beantworten können, es sei denn, ich entschließe mich eines Tages, mittels meines Zeit-Reise-Kompasses rückwärts zweitausend oder dreitausend Jahre in die Vergangenheit bis auf die Zeit der Kaiser Yao oder Shun zu fahren. Aber ich glaube, daß ich, wenn ich im Frühjahr zurückkehre, eine zeitlang genug vom Zeitreisen habe. Außerdem – wer weiß, ob ich da nicht noch mehr enttäuscht sein werde und womöglich feststellen muß, daß Yao und Shun – ihr Ehrwürdiges Andenken dauere zehntausend Generationen – nichts anderes als ungehobelte Klötze waren. Aber das wollte ich nicht sagen – ich meine: wie viel haben unsere Weisen vom Großen K'ung-fu-tzu bis zum spitzfindigen Kung Sun-ling darüber nachgedacht und sind zu keinem einheitlichen Ergebnis gelangt. Aber es sei dem, wie ihm wolle, klar scheint mir zu sein, daß von dem Augenblick an, wo die erste Flechte der Kultur sich am Stein der Menschheit gezeigt hat, der weitere Prozeß unaufhaltsam war. Warum läßt sich dieser Prozeß nicht rückwärts rollen? Das weiß niemand. Vielleicht ist es schlichtweg so, wie es eben so ist, daß die Flüsse abwärts fließen, vom Berg zum Meer und nicht umgekehrt. Es ist eben so, und kein Mensch kennt den Grund. Übrigens wissen es die Großnasen auch nicht; ich habe mich bei Herrn Yü-len-tzu erkundigt. Er sagt: man wisse in seiner

Welt viel und verstieg sich zu der Behauptung: mehr als in allen früheren Welten und Zeiten, aber *was* das für eine Kraft sei, die bewirke, daß ein Stein auf die Erde falle, das habe noch keiner ergründen können.

So scheint der einmal begonnene Prozeß, der die Menschheit (wobei ich nicht nur das Volk im Reich der Mitte meine) vom unproblematischen Urzustand bis zur Herrschaft des reinen Unsinns führt – der hier bei den Großnasen schon fast erreicht ist –, unaufhaltsam und unwendbar. Vielleicht ist es so, daß der Mensch zwar von Natur aus nicht böse und schlecht ist, wie Hsün-tzu meint, aber ein Hang zur Ausbreitung der Dummheit in ihm wohnt, der bewirkt, daß er Unfug hervorbringt, wie der Baum Blätter treibt.

Das alles ist dunkel, und je mehr ich darüber nachdenke, desto dunkler erscheint es mir. Ob das menschliche Leben auf dieser Kugel-Welt überhaupt einen Sinn hat? Herr Me-lon, der Richter, mit dem ich gern über solche Dinge spreche, sagt, daß man sich zunehmend scheut, darüber nachzudenken. Die Großnasen erforschen alles Mögliche und denken über ungeahnte Dinge nach, und für alles und jedes gibt es staatlich geprüfte Spezialisten. Aber sie hüten sich, über das Detail hinauszugehen. Die Großnasen-Welt ist eine Welt der Details. –

Dies hier ist wieder ein kurzer Brief. Viel werde ich Dir ohnedies nicht mehr schreiben. Ich kehre bald zurück, und dann kann ich Dir alles erzählen, das ist besser und anschaulicher. Ich freue mich schon darauf, wenn wir an vielen schönen Nachmittagen im Park Deines Hauses oder meines Hauses sitzen, in bequemer Kleidung, von einem feinen kalten Hund, mit Essigfleischmus gefüllt, naschen, und ich Dir dann von dieser kuriosen Welt berichte. Und meine sanfte Shiao-shiao liegt auf meinem Schoß.

So schließe ich diesen kurzen Brief. Bitte, warte in der nächsten Zeit nicht auf den nächsten. Der wird zehn oder sogar fünfzehn Tage auf sich warten lassen. Ich verreise (!) mit Frau Kei-kung. Wir fahren mit ihrem A-tao-Wagen ins Gebirge, obwohl Winter ist. Das ist weit, weit weg vom Kontaktpunkt. Schreibe mir bitte

auch Du keine Briefe, die ja in der Zeit nur am Kontaktpunkt ungeschützt herumliegen und womöglich gestohlen würden. Wegen des Tricks mit den weißen Bällen kann ich Dir wirklich nicht mehr helfen. Ich empfehle Dir: erkläre einem Taschenspieler – im Vorort Da gibt es einen Meister dieser Kunst –, was Du wünschest. Du kannst es gern als Deine Erfindung ausgeben. Dann führe ihm eine Deiner Konkubinen zu, die Dir geeignet dazu erscheint. Der Taschenspieler soll über den Trick nachdenken und ihn neuerdings (eigentlich: *alter*-dings) erfinden. Wenn er gewissenhaft nachdenkt, und wenn ein Honorar von Deiner Seite winkt, wird er zu einem Ergebnis kommen. Den Trick soll er dann der Konkubine beibringen. Wenn wir im Frühling im Park sitzen, vom Hund naschen und die Glöckchen im Wind klingeln hören, wenn ich Dir dann genug erzählt habe für den Nachmittag, mag dann die Konkubine kommen, sich entkleiden und uns den Trick mit den Bällchen vorführen, um uns damit zu zerstreuen. Das empfehle ich Dir.
Im übrigen bin ich unverbrüchlich

Dein treuer Kao-tai.

Dreißigster Brief

(Donnerstag, 6. Januar)

Mein lieber Freund Dji-gu.

Nun bin ich also zurück in Min-chen und sitze wieder in meinem Zimmer im Hong-tel. Draußen liegt viel Schnee, und es ist sehr unfreundlich. Der Ober-Beschließer hat mich unlängst – unter Wahrung aller Formen und Höflichkeit, soweit das einer Großnase möglich ist – gefragt, wie lange ich das Hong-tel noch mit meiner Gegenwart zu beglücken gedenke. Ich sagte ihm, daß ich kurz nach dem letzten Wintervollmond abreisen werde. (Ich sagte nicht: kurz nach dem letzten Wintervollmond, das hätte er nicht verstanden, weil keine Großnase registriert, ob Vollmond ist oder nicht, oder wann der nächste kommen wird. Ich sagte es ihm unter Bezug auf den hiesigen Kalender, den handzuhaben ich längst gelernt habe.) Warum der Ober-Beschließer das wissen wollte? Das wird Dir auch unverständlich sein. Es bedeutete nicht – was wir sofort denken würden –, daß ich im Hong-tel »Die vier Jahreszeiten« nicht mehr als Gast willkommen wäre. Nein – der Ober-Beschließer weiß genau, daß ich über viel Geld verfüge, daß ich ein ruhiger Gast bin, der sich selten über die Untugenden des Personals beschwert, der es hinnimmt, wenn andere Gäste in betrunkenem Zustand laute Reden von sich geben, der sehr viel vom Mo-te Shang-dong konsumiert, kurzum, ein Gast, mit dem Profit zu machen ist. Der Ober-Beschließer hat auch mehrmals versichert, daß ich bleiben (und zahlen, das hat er aber nur gedacht) könne, solang ich wolle. Warum will er dann wissen, wann ich abreise? *Damit er in sein Buch eintragen kann, wann er über meine Zimmer anderweitig zu verfügen vermag.* Die Großnasen machen ständig Pläne, bohren ständig in die Zukunft hinein, können sich nicht genug tun, darüber nachzudenken, ob und wann sie über dies oder jenes »anderweitig verfügen« können. Sie können nicht sehen und darauf warten, was kommt. Das hängt auch mit der Sucht zusammen, von sich fortzuschreiten. Sie leben mehr in der Zukunft als in der Gegenwart, und sie versäumen darüber ihre Gegenwart. Dann jammern sie darüber – wie jener Dichter, den der Poet Si-gi, der nur im Sommer dichtet, zitiert hat –, daß die Pläne, die sie machen, nicht gehen, daß alles anders eintrifft als erwartet. Sie verstehen nicht, daß dieses Problem nicht existiert, wenn man nicht über die Zukunft nachdenkt. Der Frühling kommt, ob man ihn plant oder nicht. Hier in Min-chen kommt er spät, hat der Ober-Beschließer bei jener Gelegenheit gesagt. Er fürchtet, hat er gesagt, daß der Schnee und die Kälte bleiben, bis ich abreise.

Trotz dieser unerfreulichen Witterung – nein: ich hätte es vorher nicht geglaubt, ich habe erst dort die Erfahrung gemacht: gerade wegen dieser ungünstigen Witterung – sind wir, also Frau Kei-kung und ich, ins Gebirge gefahren. Das Gebirge, in dem noch mehr Schnee liegt als hier, wie man sich denken kann, liegt südlich

von Min-chen. Wir erreichten es in zwei Stunden Fahrt mit dem A-tao-Wagen. Mit Pferd und Wagen hätte man, nach meiner Berechnung, etwa zwei Tage gebraucht. Wir fuhren in einen Ort, der Ki-tsi-bü heißt und sehr scheußlich ist. Er besteht praktisch nur aus Hong-tel-Häusern. Eine Einwohnerschaft gibt es, nach meiner Feststellung, so gut wie gar nicht. Es gibt nur Gäste. Die Gäste kleiden sich in eigenartige, bunte Anzüge, drängeln sich durch die Straßen jenes kleinen Ortes und schreien immer sehr laut. Sie setzen ihr Gesicht der winterlichen Sonne aus und sind daher stark rot. Es war mir zunächst unklar, was die Großnasen (dort wäre der Ausdruck *Rotnasen* besser angebracht) wohl in Ki-tsi-bü tun, und warum sie ein so starkes Bedürfnis haben, ausgerechnet zur unwirtlichsten Jahreszeit, wo jeder vernünftige Mensch das Gebirge meidet, dorthin zu fahren.
Die Antwort ist nicht leicht. Kannst Du Dich daran erinnern, was ich Dir von Frau Kei-kungs Freundin Da-'chma schrieb und dem Schwitzkeller? Kannst Du Dich an meinen Bericht von dem rätselhaften Gegenstand Shao-bo erinnern? Das hängt alles zusammen, und dies alles hängt wiederum zusammen mit einer eigenartigen und charakteristischen Verhaltensweise der Großnasen: sie lieben es, naß zu werden. Gut: auch wir waschen uns, und der Edle und Gebildete hält darauf, daß er reinlich ist und wohl riecht. Das ist aber gar nichts im Vergleich zu jener Verhaltensweise, die – für meine Augen – schon eine Sucht ist. Wie immer bei einem Aberglauben wird das für die Gebildeten mit einer angeblich rationalen Erklärung umhüllt: man sagt, es sei gesund. Ich bezweifle das.
So benetzen sich die Großnasen beim Waschen eher weniger als wir. – Herr Yü-len-tzu sagt, daß er einmal gelesen habe, zwei Drittel der Großnasen wüschen sich überhaupt nicht. Ich glaube das gern, wenn ich nach dem Geruch urteile, der einer empfindlichen Nase entgegenschlägt, nachdem man ihre Häuser betreten hat. Dafür springen sie zur warmen Jahreszeit in alle Gewässer, ob stehende oder fließende, und schwimmen darin hin und her. Ist es kälter, besuchen sie eigens dafür angelegte kleine künstliche Seen,

die angewärmt und überdacht sind. Oder aber sie setzen sich in einem Schwitzkeller nackend der Hitze aus, bis sie naß vor Schweiß sind. Wenn im Sommer einer nicht direkt in das Wasser will, bläst er sein Shao-bo auf, das eine Art kleines Schiff aus speziellem Stoff ist, und rudert damit auf dem Wasser herum. Bei jedem Wetter kannst Du Großnasen sehen, die in eigenartiger Bewegung durch Parks laufen, ein unwürdiger Anblick. Auch diese Leute wollen schwitzen. Es gibt rötliche Felder mit Netzen, auf denen schlagen Großnasen wie stumpfsinnig kleine weiße Bälle hin und her (etwas größer sind diese Bälle als jene der bwußten Dame; Du weißt schon), oder auf einem Feld rasen zwei Dutzend Leute einem größeren Ball nach und versuchen, sich gegenseitig zu treten. Auch sie schwitzen. Oder, wenn sie älter sind, und zu keinen schweißtreibenden Anstrengungen mehr in der Lage, fahren sie in bestimmte Orte, wo Wassergräben ausgehoben sind. Dort krempeln sie ihre Hosen auf und stampfen im Wasser im Kreis umher. Im Fern-Blick-Gerät wurde das einmal gezeigt. Es war das Komischste, was ich je gesehen habe, mit Ausnahme vielleicht der Tanz- und Gesangsdarbietung »Das Land, wo immer gelächelt wird«.

Und im Winter also, wenn alles Wasser zu kalt oder sogar gefroren ist, wälzen sie sich im Schnee. Ja – es ist nicht zu glauben: sie fahren eigens mit dem A-tao-Wagen zwei Stunden, bis sie in eine Gegend mit abschüssigem Terrain kommen. Dort lassen sie sich mit schwebenden A-tao-Wägen auf die Gipfel der Berge tragen, werfen sich in den Schnee und rollen herunter. Damit es nicht zu gefährlich ist, und damit sie nicht zu rasch rollen, schnallen sie sich längliche Bretter an die Füße und nehmen zwei Stöcke in die Hände. Die spreizen sie, wenn die Gefahr droht, daß das Wälzen zu schnell wird. Dennoch brechen sich die Großnasen, wie nicht anders zu denken, bei dieser Gelegenheit oftmals die Gliedmaßen oder den Hals, wenn sie einen felsigen Abhang herunterfallen, gegen einen Baum oder gegen eine andere sich wälzende Großnase prallen. Eine solche Verwundung gilt nicht als schimpflich, sondern im Gegenteil.

Frau Kei-kung verleitete mich dazu, das Schneewälzen zu lernen. Schon im Sommer und im Herbst hat sie mich immer dazu bewegen wollen, mit ihr im See herumzuschwimmen. Das habe ich immer abgelehnt. Aber jetzt, dort in Ki-tsi-bü . . . ich konnte nicht gut ablehnen; nicht, weil ich ihr geglaubt hätte, daß mir das Schneewälzen, so sagte sie, große Freude bereiten würde, sondern weil ich, ehrlich gesagt, ein schlechtes Gewissen wegen der Sache mit Kleiner Frau Chung hatte. So gab ich nach. Frau Kei-kung meldete mich bei einem Meister der Schneewälze-Kunst an. Ich bekam einen der komischen An-tsu, die etwa so aussehen, wie die Kleider, in die die Völker der nördlichen Steppe ihre Kleinkinder hüllen, und ich bekam auch längliche Bretter (sie heißen bezeichnenderweise: *Leichnam**) und Stöcke. Ich näherte mich dem mir angekündigten Meister der Schneewälz-Kunst mit Ehrfurcht, stellte aber dann mit Erstaunen fest, daß es sich bei ihm um einen ganz jungen Lümmel von rüden Manieren handelte. Er hatte langes, fettiges Haar und roch aus dem Mund. Er schrie fürchterlich, und wir – das heißt: ich und vielleicht zehn andere Schneewälzungs-Lernbegierige – mußten uns weiter oben an einem Abhang aufstellen. Ich wollte es besonders gut machen, warf mich hin und rollte auch sehr schön den Abhang hinunter direkt bis zum Meister, den ich allerdings dabei leider umwarf. Da ihn eines meiner länglichen Bretter am Kopf berührte, wurde er ungehalten und, wenn möglich, noch unhöflicher als vorher. Ich verlor meine Fassung nicht, stand auf, verbeugte mich, so gut es mit den Brettern an den Füßen ging und sagte: »Sie sehen, Ehrwürdiger Meister des Schneewälzens, mich als einen des verfeinerten sprachlichen Ausdrucks unkundigen, verächtlichen Bösewicht außerstande, mein Bedauern über eine möglicherweise stattgehabte Verletzung Ihres bewundernswürdig schönen Hauptes auszudrücken; meine Zerknirschung ist so groß, als hätte ich meiner Schwiegermutter zu Neujahr statt eines gebratenen Ferkels eine Hand voll Grütze dargereicht.« Er hielt sich den Kopf und schrie

---

* Leichnam: chinesisch Shi

noch lauter. Ich verstand nichts, was er schrie. Er wedelte mit den Armen. Als ich Miene machte, den Abhang nochmals zu erklimmen, überschlug sich seine Stimme, und ich verstand wohl recht, wenn ich aus seinen unartikulierten Lauten zu entnehmen vermeinte, daß er mit großem Bedauern darauf verzichte, mich weiter in die Geheimnisse seiner Kunst einzuführen.

So verließ ich den Platz. Da ich nicht imstande war, ohne die Hilfe von Frau Kei-kung (die sich entfernt hatte und mich erst nach einer Stunde, nach dem Ende der Unterweisung wieder abholen wollte) den komplizierten Mechanismus zu lösen, der die sperrigen Bretter mit meinen Füßen verband, mußte ich so, wie ich war, durch den Ort ins Hong-tel stapfen. Ich hörte viele böse Worte von anderen Passanten. Als ich im Begriff war, eine Straße zu überqueren, fuhr ein unachtsamer A-tao-Wagen knapp vor meinen Füßen über die Bretter. Da sie somit kürzer geworden waren, erleichterte sich mir von da ab das Gehen etwas. Im Hong-tel entfernte mir ein Diener das Shi von den Füßen. Ich war naßgeschwitzt und legte mich ins Bett. Insofern – als ich wenigstens im Schweiß gebadet war – hatte sich der Zweck aber erfüllt.

Frau Kei-kung wälzte sich gern im Schnee. Sie oblag dem jeden Tag. Der Körper war mit unschönen blassen Flecken übersät. An den Freuden der Liebe hinderte sie das aber nicht.

Wir blieben mehr als zehn Tage in Ki-tsi-bü. Nachdem mich der Schneewälz-Meister von der weiteren Unterweisung ausgeschlossen hatte, zog ich mich in die Halle des Hong-tel zurück, wo ich tagsüber fast allein war, und las in verschiedenen Büchern. Ab und zu versuchte ich mich mit einem der Diener zu unterhalten, aber das war so gut wie unmöglich. Ki-tsi-bü liegt im Land Ti-long und die Sprache der Leute von Ti-long ist fast unverständlich. Es ist eine Art mit Sprechen verbundenen Rülpsens. Auch scheint mir die Intelligenz nicht diejenige Eigenschaft zu sein, die die Leute von Ti-long an allererster Stelle auszeichnet. Als wir wieder fortfuhren, war ich froh. Ich schlug Frau Kei-kung vor, daß wir mit ihrem A-tao-Wagen, selbst wenn wir statt zwei zwanzig Stunden unterwegs sein sollten, irgendwohin fahren, wo kein

Schnee liegt. Aber leider hatte Frau Kei-kung dazu keine Zeit. Sie ist nämlich, wie ich inzwischen weiß, eine Lehrerin. Sie lehrt Kinder und junge Leute (merkwürdigerweise auch Knaben) die rechte Handhabung der Sprache. Sie mußte wieder zurück, um weitere Unterweisungen vorzunehmen. Erst in etwa drei Monaten ist sie wieder für einen längeren zusammenhängenden Zeitraum ihrer Pflichten entbunden. Aber da bin ich längst nicht mehr in dieser Welt.

Ja – das ist auch so eine Sache. Du fragst in Deinem Brief, den ich bei meiner Rückkehr am Kontaktpunkt vorgefunden habe, wie es gekommen sei, daß ich trotz des Zerwürfnisses mit Frau Kei-kung diese Reise unternähme. Ich will es Dir beantworten.

Nachdem sich damals die beiden Damen entfernt hatten, war ich zunächst erleichtert. Am nächsten Tag aber bedauerte ich, daß ich so diese Zerstreuung verloren hatte. Auch um Kleine Frau Chung, die fliegende Servier-Zofe, tat es mir leid, mehr noch aber – merkte ich da – um Frau Kei-kung. Ich ließ also einen Strauß von großen Blumen binden, kaufte ein Armband aus Perlen sowie einen Ring aus glitzernden Steinen, die bei den Großnasen als besonders kostbar gelten (der Ring allein kostete den Gegenwert von zwei Silberschiffchen), und schickte einen Lakaien des Hong-tel mit dem allen zu ihr. Ein paar Tage später ging ich selber zu ihr und wollte unter der Tür zu einer wohlgefügten Rede ansetzen, die ich vorher sogar schriftlich entworfen hatte, sie aber ließ mich gar nicht zu Wort kommen, umschlang mich mit den Armen, drückte ihren Mund auf den meinen und befeuchtete meine Lippen mit ihrer Zunge (was unter Großnasen zwischen Mann und Frau als besonderes Liebeszeichen gilt) und hauchte mehrfach, daß ich ihr »lieber kleiner Mann aus Chi-na« sei.

Ich bemerkte in mir in diesem Augenblick, daß Dame Kei-kung meine Seele mehr beschäftigt als jede andere Frau vordem.

Sie sagte: sie sei böse auf mich, nicht wegen der Sache mit Kleiner Frau Chung sondern weil ich ihr jetzt, danach, als Entschuldigung diese wertvollen Geschenke geschickt habe. Solche Ge-

schenke schicke man der Konkubine eines Ministers, den man damit indirekt bestechen wolle. Auf diese Argumentation war ich am allerwenigsten gefaßt. Ich verhehle nicht, daß ich die Dame Kei-kung vordem als nicht unempfänglich für schöne und kostbare Dinge angesehen habe. Vielleicht habe ich es mir zu leicht gemacht, in ihrem Gesicht zu lesen. Zu meiner Entschuldigung muß ich anführen, daß ich, durch die allgemeine Grobheit der Großnasen verleitet, die Sache vereinfacht habe. Ich halte es nicht für ausgeschlossen, daß Frau Kei-kung – um es ganz deutlich zu sagen – ein Mensch ist. Es wird mir sehr schwer fallen, sie zu verlassen.
Die Blumen waren verwelkt, als wir aus Ki-tsi-bü zurückkamen. Den Ring und das Armband hatte sie mir zurückgegeben. Beschämt hatte ich diese beiden Dinge achtlos in eine Tasche meines An-tsu gesteckt, den ich im Zimmer des Hong-tel ebenso achtlos liegen ließ in der Hoffnung, eine Zofe oder ein Diener würden sie stehlen. Aber die Dinge waren noch da, als ich zurückkam. So ist das Leben. Wenn man sich auf die Schlechtigkeit der anderen verläßt, wird man selbst unter Großnasen enttäuscht.
Als ich gestern abend wieder zu ihr ging, nahm ich den Ring und das Armband mit. Ich bat sie, die Dinge ihrer Freudin Da-'chma zu überbringen als Zeichen meiner Hochachtung für die Seelenwissenschaft. So ist Frau Kei-kung: oft lacht sie und oft ist sie traurig, und nicht selten beides gleichzeitig. Sie benetzte wieder meine Lippen mit ihrem Mund und ihrer Zunge, lachte, und sagte: so sei es auch wieder nicht. Sie wisse, daß meine Hochachtung für die Seelenwissenschaft nicht so groß sei wie der Gegenwert zweier Silberschiffchen. Außerdem habe ihre Freundin sie unlängst stark geärgert durch unangemessene Rede. Frau Kei-kung nahm mir den Ring und das Armband aus der Hand, machte eine Bewegung, wie um die Dinge anzulegen, lachte aber dann wieder und ging in das andere Zimmer. Rasch entkleidete sie sich völlig, kam zurück und legte dann erst Armband und Ring an – damit kein anderes Kleidungsstück und auch sonst nichts, wie sie sagte, von der

Wirkung des Schmuckes ablenken könne. Da bemerkte ich aber den Schmuck schon gar nicht mehr und stürzte mich in ihre Arme.
Manchmal erscheint mir ihr Wesen rätselhaft. Sie hat viele Eigenschaften und fast immer auch das Gegenteil von jeder. Es ist nicht leicht, das zu schildern. Ich wünschte, Du könntest sie kennenlernen. Einesteils kreist ihr Denken und Sinnen – wie so oft bei den Großnasen – stark um ihre eigene Person, und ihr Wohlergehen ist ihr vielfach wichtig. Andernteils ist sie – nicht nur um mich, das besonders, aber auch um andere, selbst ihr fernerstehende Leute – besorgt, bemüht sich, gefällig zu sein und entfaltet erhebliche Menschenfreundlichkeit. Einesteils ist sie von hoher Bildung und großen geistigen Gaben – wenngleich nur im Rahmen ihrer Welt; von uns wußte sie, bevor sie mich kennenlernte, wenig –, andernteils ist sie nur dann zufrieden und zutraulich, wenn sie ein nicht zu geringes Maß an körperlicher Liebe erfährt. In Kleidern wirkt sie wie ein Knabe, nackt ist sie sehr stark dreidimensional. Einesteils ist sie von lauter Meinung und strengem Urteil über diese und jene Dinge, andernteils ist sie anschmiegsam und man kann sie leiten wie ein folgsames Kind (wenn man es richtig macht, was ich allerdings noch nicht ganz gelernt habe).
Meine Liebe zu ihr ist sehr groß. Als ich ihr vorschlug, irgendwohin zu fahren, wo es keinen Schnee gibt, und sie darauf antwortete: das sei erst nach dem ersten Frühlingsvollmond möglich, und ich erwiderte: da sei ich längst schon in meine Zeitheimat zurückgekehrt, weinte sie. Wir sprachen darüber. Ich erkannte, daß ihr Herz schwer war, schwerer, als ich die ganze Zeit über vermutete. Ich muß das einräumen. Es mag damit zusammenhängen, daß ich den Großnasen weniger starke Gefühle zubillige, als wir sie haben, obwohl, oder eher gerade, weil sie alle nach außen tragen. Ich habe im Grunde genommen Frau Kei-kung von diesem Urteil nicht ausgenommen. Vielleicht ist es überhaupt ein Vorurteil. Vielleicht sind den Großnasen die Gefühle durch die Katalogisierung mithilfe der Seelenwissen-

schaft nicht verschwunden, wie ich vermutet habe, vielleicht sind sie nur verschüttet. Bei starkem Schmerz dringen sie doch durch. Ich fragte Frau Kei-kung, ob es sie stark schmerze, wenn ich in meine Zeitheimat zurückkehre. Sie sagte: ja. Sie weinte wieder. Ich konnte nichts sagen, stand auf und schaute die Wand an. Das war jetzt mehrmals so. Die Zusammenkünfte mit Frau Kei-kung werden damit oft traurig. Aber was hilft es, wenn der Zeitpunkt meiner Rückkehr unerbittlich näherrückt. Wenige Tage nach dem letzten Winter-Vollmond ist der von uns errechnete Zeitpunkt. Wenn ich den versäume, gelingt die Rückkehr nicht.
Neulich hat Meister Mi – die Katze von Frau Kei-kung – auf dem Balkon einen Vogel gefangen. Es war genau an dem Tag der Abreise nach Ki-tsi-bü. Meister Mi blieb zurück. Für die Zeit unserer Abwesenheit sollte Meister Mi zu einer Freundin – nicht Frau Da-'chma, zu einer anderen – gebracht werden. Aber das nur nebenbei. Als wir mit den Vorbereitungen unserer Reise beschäftigt waren (genauer gesagt: ich stand so dabei und Frau Kei-kung warf viele Kleidungsstücke herum, weil sie nicht mit sich im reinen war, welche sie mitnehmen sollte und welche nicht), da hörten wir auf einmal ein lautes Kreischen und Zwitschern auf dem Balkon, und gleich darauf erschien Meister Mi mit einer Amsel zwischen den Zähnen. Die Amsel kreischte und zwitscherte in Todesnot, und Meister Mi strebte eilends seinem Korb zu. Frau Kei-kung schrie auf und lief weg. Federn flogen herum. Ich klatschte in die Hände und ergriff Meister Mi, der daraufhin die Amsel losließ. Die Amsel flog auf ein Bord mit Büchern. Meister Mi fauchte. Ich brachte Meister Mi in das andere Zimmer. Frau Kei-kung kam zurück, und wir sahen, daß die Amsel offenbar kaum verletzt war. Sie saß, was nur zu gut verständlich war, ziemlich verschreckt und zerzaust da. Wir öffneten das Fenster weit. Die Amsel faltete die Flügel neu, plusterte sich und flog dann davon.
So ist das Leben. Ich liebe Katzen; Meister Mi ist mir ans Herz gewachsen, und ich sehne mich nach meiner Shiao-shiao. Ich liebe auch Vögel. Dennoch kann ich nicht verhindern, daß Katzen

Vögel fangen und töten. Ich liebe und verstehe den Jagdeifer der Katze und bewundere ihre Schnelligkeit. Ich rettete dennoch den Vogel. Der natürlichen Ordnung entspricht das nicht. Ich möchte beides gleichzeitig. Mein Herz ist zerrissen. Ich möchte heimkehren und ich möchte hierbleiben. –
Morgen gehen Frau Kei-kung und ich wieder in die öffentliche Tanz- und Gesangsaufführung »Das Land, in dem man immer lächelt«. Frau Kei-kung wollte mich bewegen, in eine andere Tanz- und Gesangsaufführung zu gehen, aber ich will zu gerne nochmals jene sehen, selbst wenn ich vor Lachen Krämpfe kriegen sollte.
So grüße ich Dich, lieber Dji-gu, und bin Dein ferner, treuer, trotz des Lachens trauriger Freund.

Kao-tai

Einunddreißigster Brief

(Freitag, 14. Januar)

Lieber Dji-gu, alter Freund.

In der Zeit, in der ich mit Frau Kei-kung in dem abscheulichen Ki-tsi-bü war, habe ich selbstverständlich die musikalischen Abende von Herrn Shi-shmi nicht besuchen können. Sie sind in der Zeit, wie mir mein Freund berichtet hat, auch zum Teil ausgefallen. Der Herr, der das Instrument Watsche, und sein Sohn, der das Cheng-lo spielt, sind ebenfalls – der Sitte der Großnasen entsprechend – für einige Tage ins verschneite Gebirge gefahren, um sich im Schnee zu wälzen. Es ist mir zwar unverständlich, wie sich ein gebildeter Mann wie Herr Te-cho, der die Wa-tsche streicht, und sein hochbegabter junger Herr Sohn, so einer lächerlichen Sitte wie der des Schneewälzens hingeben können, aber es ist eben so, daß selbst Gebildete sich nicht vom Netz der Gebräuche freimachen können. Wenn Gebräuche einmal festgefahren sind, vermögen sie die Vorstellungswelt so zu beeinflussen, daß man sie als unabdingbar hinnimmt. Die Vorstellung vermag dann nicht mehr

über sie hinauszudringen. Das ist bei uns nicht anders. Auch wir glauben, ohne Frühjahrs- und Herbstopfer die Welt in Unordnung zu bringen, obwohl wir spätestens seit dem großen Dschuang-tse wissen, daß das alles keinerlei Bedeutung hat. Aber es ist eben so: der Mensch kann nur in einem Geflecht von Sitten, in einem Gefüge von Gebräuchen leben, wenn er sich nicht kalt und einsam gelassen fühlen soll; selbst wenn er die Sitten und Gebräuche gar nicht oder gar nicht immer befolgt. Das ist sehr seltsam. Es erinnert mich an den Geruch, den die Schafe ausströmen, und ohne den die Herde nicht zusammenhält.
Den Ritus des Schneewälzens allerdings befolgen viele Großnasen ... Schneenasen hätte ich jetzt fast geschrieben. Auch Herr Shi-shmi frönt ihm. Nur Frau Witwe-Mutter Shi-shmi ist daheimgeblieben, das heißt: in der Wohnung von Herrn Shi-shmi. Sehr bald wird sie abreisen. Dann will sich Herr Shi-shmi meinen Zeit-Kompaß ausleihen. Ich seufze. Es wird nicht mehr zu umgehen sein, daß ich ihn ihm leihe.
Ausnahmsweise hat die musikalische Vereinigung der Freunde diesmal, das erste Mal nach dem allgemeinen Schneewälzen, nicht am vierten, sondern am dritten Tag der großnäsischen Acht-Tage-Einteilung stattgefunden. Die himmlische Vierheit wurde diesmal durch eine Dame, die Frau Lo-ho-wen hieß, ergänzt. Die Dame spielte kein gestrichenes Instrument, sondern pfiff. Sie bediente sich dazu eines Rohres ungefähr in der Art eines Kuan (Schalmei). Der Ton war sehr süß klingend und schmeichelte den Ohren. Das Fünf-Instrumente-Stück stammte aus der Erfindung des Meisters, den ich Dir schon einmal erwähnt habe, des jung verstorbenen Mo-tsa. Ich will jetzt nicht in hymnische Worte ausbrechen, weil ich auch damit die Musik, die über alle Maßen herrlich ist, nicht beschreiben kann. In dem Musikstück der Fünfheit von Meister Mo-tsa ordnet sich die himmlische Vierheit in begleitender Weise dem Kuan unter, das von düsteren Tiefen bis in blaue Höhen den menschlichen Lebenskreis zu durchschreiten scheint. Wenn man eine großartige neue Welt kennenlernt, so wie ich an jenem Abend vor nun schon wieder vielen Monaten die Welt der

Musik der Großnasen, so ist der erste Eindruck der gewaltigste. Wenn man, wie ich mir schmeicheln kann, es getan zu haben, weiter eindringt, dann wird die Sache zwar interessanter, man wird kenntnisreicher und sieht die Dinge von verschiedenen Seiten, aber der sozusagen unschuldige Eindruck von der Gewalt des Anfangs ist dahin. Ich wollte, ich dürfte noch einmal im Leben jene himmlische Vierheit von Meister We-to-feng *zum ersten Mal* hören. Aber das ist einem für immer verwehrt. Das göttliche Fünf-Stück von Meister Mo-tsa hat mich erreicht, als ich schon in die Kenntnis der großnäsischen Musik eingedrungen war, und das ist gut so, denn entweder – ich wüßte es jetzt im Nachhinein nicht zu sagen – hätte ich es nicht sogleich verstanden, so verstanden, wie ich das Stück von Meister We-to-feng immerhin verstanden habe, oder aber ich wäre vor Ergriffenheit gestorben. Wie gesagt: ich möchte keine hymnischen Worte aneinanderreihen. Nur soviel sei gesagt, daß dieser Meister Mo-tsa wohl der göttlichste aller Meister ist, die ihren Fuß je auf die Erde gesetzt haben. Ich scheue mich nicht, den Ausdruck »göttlich« zu gebrauchen, den ich sonst vermeide. Und die Ordnung der Töne, die er in seinem Fünf-Stück vorgenommen hat, werde ich im Gedächtnis mitnehmen in unsere Welt, und ich verhehle nicht, daß die Erinnerung daran mich stets beglücken wird.

Nach dem Musizieren saßen wir, wie üblich, noch ein wenig beisammen und sprachen über dies und jenes. Vorgestern abend ergab es sich, daß ich neben dem Herrn Te-cho zu sitzen und mit ihm ins Gespräch kam. Er ist zwar von umfangreicher Gestalt, sein Geist aber ist sehr wendig. Das Gespräch wanderte hin und her, und wir kamen auf die Kunst der Malerei zu sprechen. Herr Te-cho merkte, daß ich von der Malerei seiner Welt noch kaum eine Ahnung hatte, und lud mich mit freundlichen Worten ein, mir am nächsten Tag – das war also gestern – einiges davon zu zeigen, denn er habe, sagte er, an dem Tag gerade Zeit.

Ich dachte zunächst, daß er mich in seinen Palast führen würde und daß er vielleicht über eine Sammlung von Kunstwerken verfügt. Das war aber nicht so. Weder hat Herr Te-cho einen

Palast noch eine Sammlung von Kunstwerken. Wir gingen in ein großes, ja riesiges Gebäude, das öffentlich zugänglich ist und in dem der Staat eine Vielfalt von Gemälden, Standbildern und anderen Kunstgegenständen für jedermann zur Besichtigung darbietet. Ich halte das für keine schlechte Einrichtung, und man müßte sich ernsthaft überlegen, ob man so etwas in geeignet abgeänderter Form nicht bei uns einführt, denn der Wert für die Bildung des Volkes könnte bedeutend sein. Aber wie immer bei den Großnasen hat das einen Haken: hier ist es der, daß die Großnasen so gut wie keinen Gebrauch von dieser Einrichtung machen. Das sagte mir Herr Te-cho, und ich sah es auch, denn wir beide waren so gut wie allein in dem Gebäude. Herr Te-cho sagte, daß es in der Stadt Min-tschen mehrere Kunst-Gebäude gibt, größere und kleinere. Die Menschen von Min-chen gingen aber nicht hinein, denn der Besuch sei freiwillig und keinem Gesetz und keiner Sitte unterworfen. Die Leute von Min-chen gingen nur anderswo, in anderen Städten, in die entsprechenden Kunst-Gebäude, wenn sie aus irgendeinem Grund in einer anderen Stadt seien, während die Leute aus anderen Städten, wenn sie hier in Min-chen weilten, die Kunst-Gebäude hier besuchten. Sehr merkwürdig.
Wiederum will ich mich (und Dich) nicht damit aufhalten, daß ich den Gang durch das Kunst-Gebäude, und die Welt, die sich mir dabei erschloß, Schritt für Schritt schildere. Ich fasse das zusammen, was mir als Eindruck verblieb.
Es ist nicht zu leugnen, daß die Großnasen eine gewisse, vielleicht sogar beachtliche Tradition an bildender Kunst besitzen. Es ist allerdings kein Vergleich mit dem Eindruck, den mir ihre Musik gemacht hat. Ihre Bilder sind grob, sehr bunt und zeichnen sich dadurch aus, daß sie nahezu zwanghaft immer bis zum letzten Zipfelchen des Blattes ausgemalt sind. Ich glaube, das sehr genau erkannt zu haben: es ist nicht Geiz um den nicht ausgenutzten Raum, es ist die Sucht, alles zu erfassen. Sie wollen unbedingt immer alles erfassen. Insofern ist die Malerei ein wahrer Spiegel ihres Lebens. Auch wir, zumindest die Gebildeten unter uns,

wollen erfassen – vielleicht sogar *alles* erfassen, obwohl bei uns jeder weiß, daß das nicht geht. Daran glauben die Großnasen nicht. Sie unterliegen dem Aberglauben, daß man eines Tages alles erfaßt haben könnte. »Alles?« habe ich Herrn Yü-len-tzu gefragt. »Was ist alles?« Er wurde verlegen. Ich argumentierte, daß es alles so wenig gäbe wie nichts. Er führte mir dann einige mathematische Begriffe vor, die recht eindrucksvoll waren, aber mir nur zeigten, wie sehr diese von den Großnasen als so exakt betrachtete Wissenschaft in die Nähe der Spekulation geraten ist. Ihre Weltschau kommt mir vor wie die eines Menschen auf einem Balken, der mit einem Ende über dem Abgrund hinausragt. Solang der Balken hinten schwerer ist als der Mensch vorn, ist der Balken sicherer Grund. Es kann sogar sein, daß der Mensch, wenn er kühn ist, ein paar Schritte weiter hinaus tut. Aber einmal wird ein Schritt zu weit sein, und der Balken nebst Mensch stürzt hinunter. Die Mathematiker betrachten sich als kühn. Sie tun Schritte hinaus. Sie werden eines Tages in den Abgrund der Spekulation stürzen und dann wird ihre Mathematik unversehens wieder Aberglaube.

Auch wir, habe ich gesagt, wollen erfassen – nicht alles, aber das Faßbare. Aber wir wissen, daß das Faßbare nicht durch Ausmalen bis zum Rand erfaßbar ist. Wir wissen, daß viele Dinge (in der Malerei und auch sonst) nur dadurch faßbar sind, indem man sie unbeachtet läßt, nicht darstellt, umgeht. Die Großnasen können nicht um*gehen.*Wenn man alle vorhandenen Töne in einem fort gleichzeitig spielt, so ergibt das kein Lied, obwohl die Töne des Liedes in den gespielten Tönen enthalten sind. Aber so sind die Großnasen: sie spielen alle Töne und postulieren, ein Lied gehört zu haben.

Dabei ist nicht zu leugnen, daß gewisse Bilder mir schon einen sehr großen Eindruck gemacht haben. Sadistischerweise können sie sich nicht genug damit tun, die Martern ihres Gottes darzustellen. Es ist sehr auffällig. In hundert Variationen wird gezeigt, wie er an Holzbalken genagelt wird oder angenagelt dorthängt. (Überhaupt sind Unglücksfälle und Katastrophen, Kriegsgetümmel,

Erdbeben, Ungewitter und alles Unschöne bevorzugte Gegenstände für die großnäsigen Maler.) Das muß man ohne Diskussion voraussetzen. Da war dann ein Gemälde (sie malen übrigens meist auf Holz oder fest gespannte Leinwand mit fetthaltigen Farben) von einem Meister Ti-tsi-tsa, ein sehr großes Gemälde, das stellte dar, wie jener bedauernswürdige Gott von Henkersknechten mit einer Spottkrone aus Dornen gekrönt wird. Abgesehen vom unerfreulichen Gegenstand, beeindruckte mich dieses Bild, weil mir dieser Meister Ti-tsi-tsa (und später noch einer, dessen Namen für mich unaussprechlich ist) erfaßt zu haben schien, daß das Unfaßbare nur durch Weglassen dargestellt werden kann. Ich saß lange vor dem Gemälde und betrachtete es. Neunundneunzig Jahre alt ist Meister Ti-tsi-tsa geworden. (Er hat vor etwa vierhundert Jahren gelebt.) Dieses Bild mit der Spottkrone hat er in seinen letzten Lebensjahren gemalt. Wahrscheinlich hat er so lang gebraucht, um diesen einfachen Grundsatz zu erfassen. Aber immerhin ist das bemerkenswert, und ich meine aus dem Gemälde zu lesen, daß er sich darum in der Welt der Großnasen fremd vorkam.

Das gleiche gilt von dem anderen Maler, der zwar auch nicht ungern Katastrophen darstellte, daneben meist ausgesprochen unschöne Menschen, namentlich sich selber, aber eine eigenartige Weise erfunden hat, wie er trotz Ausmalen der Bilder bis zum Rand das zwanghafte Alles-Erfassen-Müssen umgehen konnte: er tauchte die dargestellten Szenen in Dunkelheit. Es herrscht auf seinen Bildern immer grauenvolle Nacht, und die Menschen schauen daraus hervor wie erschreckte Gespenster. Dieser Meister hat vor dreihundert Jahren in einem nördlichen Land gelebt, und ich bin sicher, daß er sich vor dieser Welt der Großnasen gefürchtet hat.

Ein weiterer, äußerst beliebter Gegenstand der großnäsischen Malerei sind nackte Menschen. Herr Te-cho, der mir das alles zeigte und zu erklären versuchte, sagte, daß das »die alten Götter« seien. Ganz verstanden habe ich es nicht. Es scheint so gewesen zu sein, daß die Großnasen früher, vor vielen hundert oder gar

tausend Jahren an nackte Götter geglaubt haben. Der – im übrigen auch immer fast nackte – an den Balken genagelte Gott hat dann etwa zu Beginn unserer Östlichen Han-Zeit jene alten Götter vertrieben. Die Gemälde der nackten alten Götter stammen aber ausnahmslos aus späterer Zeit; wie das zu erklären ist, weiß ich nicht. Es sind vielfach, ja sogar mit Vorliebe, nackte *Göttinnen* dargestellt. Die Erscheinungen sind durchwegs sehr erfreulich, und die eine oder andere dieser Göttinnen hat mich an Frau Kei-kung erinnert, die mich ja auch ab und zu absichtlich mit ihrem diesbezüglichen Anblick erfreut. Selten sieht man Blumen dargestellt. Wenn, dann in absichtlich unaufgeräumter Anordnung.
Trotz allem war ich natürlich Herrn Te-cho sehr dankbar für dieses Erlebnis und alle Erklärungen. Wir aßen, nachdem wir das Kunstgebäude verlassen hatten, in einem öffentlichen Speisehaus, und danach verabschiedete ich mich mit einer und einer halben Verbeugung von ihm.
Die Großnasen haben übrigens auch noch eine andere Art, Bilder zu malen. Das geht mittels eines komplizierten Mechanismus in einem schwarzen Kästchen. Man drückt auf Knöpfe (wieder einmal Knöpfe!) und bringt das Kästchen dann in einen speziellen Laden, und nach einiger Zeit bekommt man das Kästchen und kleine, glänzende Bilder auf Papier zurück, auf denen man erstaunlicherweise die Dinge sieht, die damals vorhanden waren, als man auf die Knöpfe gedrückt hat. Es ist keine Kunst, dieses Kästchen zu bedienen. Frau Kei-kung hat eins, und ich selber habe schon auf die Knöpfe gedrückt, während Frau Kei-kung in dem weithin leuchtenden Wellenkleid auf ihrer Terrasse stand. Tatsächlich war dann später Frau Kei-kung auf dem Bildchen dargestellt, im Wellenkleid, obwohl sie es da längst schon gegen ein anderes eingetauscht hatte. Auch von mir gibt es schon solche Bildchen, und mehrmals habe ich Frau Kei-kung abgebildet, wie sie ganz nackt war. Ich denke, daß ich diese Bildchen mitnehmen werde, und dann kann ich sie Dir ja zeigen. Da dieses Kästchenbedienen und damit Bildermachen sehr einfach ist, werden auch von den unfähigsten Leuten solche Bilder hergestellt. Es ist wieder

einmal so: nachdem es keine Kunst mehr ist, werden die unsinnigsten Gegenstände abgebildet. Frau Kei-kung zum Beispiel hat ein solches Bildchen – es ist mir zufällig in die Hände gefallen –, auf dem zu sehen ist, wie ihr vormaliger Ehemann mit einem Holzlöffel in einem Topf rührt. Wen kann so etwas schon interessieren? In dem Kunst-Gebäude habe ich übrigens auch ein Gemälde gesehen, auf dem dargestellt ist, wie einem Menschen der Kopf abgehackt wird. Das veranlaßte mich, Herrn Te-cho nach den Strafen zu fragen, die in dieser Welt üblich sind. Dabei habe ich ganz eigenartige Dinge erfahren. Die Strafe des Kopf-Abhackens und überhaupt alles Strangulieren, Aufhängen und dergleichen ist vor nicht allzulanger Zeit in Ba Yan und in vielen Ländern abgeschafft worden. Auch einzelne Gliedmaßen werden nicht abgehackt und es werden auch keine Verbrecher verprügelt. Werden denn Verbrecher überhaupt nicht bestraft? fragte ich. Doch, sagte Herr Te-cho. Es gibt aber, zumindest hier in Ba Yan und den vergleichbaren Staaten, nur noch zwei Arten von Strafen: für leichtere Verstöße gegen die Gesetze muß der Verbrecher Geld zahlen, für schwerere wird er in einen Kerker gesteckt, wo ihm sonst weiter nichts geschieht, wo er sogar ernährt wird.
Nun ist das ohne Zweifel ein edler und menschlicher Standpunkt, den ich den Großnasen gar nicht zugetraut hätte. Wie Du weißt, habe ich immer schon den Standpunkt vertreten, daß durch strenge und grausame Strafen die Verbrecher nicht auszurotten sind, wie man ja lange Zeit und namentlich unter den Anhängern der »Rechtsschule« meinte. Durch grausame Strafen – so wenig wie durch großzügige Belehrungen – sind die Menschen noch nie gebessert worden. Ich fragte Herrn Te-cho, ob denn dank dieser humanen Behandlung der Verbrecher ein gutes Ergebnis erzielt worden sei, oder ob nicht vielleicht gerade durch die milden Strafen die Verbrecher förmlich ermuntert werden, in ihrem Unwesen fortzufahren? Weder – noch, sagte Herr Te-cho. Soweit er sehe, sei alles gleich geblieben, und es habe sich nichts geändert. Ich gestehe, daß mich das traurig macht, nicht, weil mir damit ein Argument gegen die grausamen Strafen aus der Hand geschlagen

ist, sondern weil ich erkennen muß – wieder einmal –, daß die Menschen nicht zu bessern sind, ob sie nun als Großnasen hier leben oder als Menschen des Reiches der Mitte bei uns. – Belohnungen für Wohlverhalten, übrigens, sind völlig abgeschafft. Nur Strafen sind geblieben. Warum? Herr Te-cho staunte über meine Frage und sagte: von so einem Gedanken, daß der Staat nicht nur die Verbrecher bestrafe, sondern die Wohltuenden belohne, habe er noch nie gehört oder gelesen. Dieser Gedanke erscheine ihm völlig neu, und die Regierenden würden das als restlos abwegig empfinden.

Neulich bekam ich einen Brief. Er erreichte mich auf vielen Umwegen und er stammt von einem jener gewerbsmäßigen Fürsprecher, von denen ich Dir schon berichtet habe. Auch dieser Brief, der mich anfangs sehr stark beunruhigte, veranlaßte mich über Belohnungen und Strafen nachzudenken. Du erinnerst Dich, daß ich Dir schilderte, wie ich unmittelbar nach meiner Ankunft hier in dieser Welt die erste unerfreuliche Begegnung mit einem A-tao-Wagen hatte. Heute kann ich mir den Vorgang von damals besser erklären. Ich ging ahnungslos und unbedacht über die Straße. Der A-tao-Wagen hätte mich überfahren, wenn er nicht versucht hätte, mir auszuweichen. Das aber gelang ihm nur, indem er gegen einen Baum fuhr, an dem er zerschelllte. Der Fahrer des A-tao-Wagens stieß sich, wie ich jetzt weiß, ziemlich stark den Kopf an und mußte von einem Arzt behandelt werden. Der A-tao-Wagen war unbrauchbar geworden.

Durch vielfache Nachfrage und mühsame Ermittlungen erfuhr der inzwischen wieder genesene Herr meinen Namen, und daß ich in diesem Hong-tel hier wohne. Er verlangt von mir einen neuen A-tao-Wagen. Dies schrieb mir der gewerbsmäßige Fürsprecher in seinem Auftrag. An und für sich ist dieses Ansinnen nicht unbillig, denn zum einen war ich ja wirklich schuld an der Zerstörung seines A-tao-Wagens, zum anderen hat mir die Tatsache, daß jener Herr nicht über mich hin, sondern gegen den Baum fuhr, das Leben gerettet. Aber der Brief, den mir der gewerbsmäßige Fürsprecher schrieb, ist selbst für großnäsische Begriffe, an die ich mich sonst langsam gewöhnt habe, außerordentlich unhöflich. Der gewerbsmäßige Fürsprecher verlangt nicht weniger als den Gegenwert von zehn Silberschiffchen. Kä-w' heißt der Fürsprecher. Wie jeder Mensch, der plötzlich mit Gerichtssachen zu tun bekommt, erschrak ich zutiefst über den Brief. Aber jetzt habe ich mich inzwischen gefaßt, und ich denke, wenn es gelingt, die Sache etwas hinzuziehen, dann bin ich fort und unauffindbar, und der Herr und sein unhöflicher Kä-w' können sehen, wie sie das Geld bekommen.

Nun muß ich gestehen, daß das ein unmoralischer Standpunkt ist, denn ich habe ja dem Herrn wirklich Schaden zugefügt. Aber ich sage mir: jeder A-tao-Wagen weniger ist ein Segen für die Großnasen. Also zahle ich nichts. Das ist meine moralische Rechtfertigung, und die restlichen Silberschiffchen und die fünf schönverzierten Goldbecher (meine eiserne Reserve) hinterlasse ich lieber Frau Kei-kung. Im übrigen werde ich die Angelegenheit mit Herrn Richter Me-lon besprechen, dessen Gewerbe das alles ja ist.

So grüße ich Dich, mein ferner Freund; von Tag zu Tag rückt der Augenblick unseres Wiedersehens näher.

Ich bin Dein
Kao-tai

Zweiunddreißigster Brief

(Samstag, 22. Januar)

Teurer Dji-gu,

ich danke Dir für Deinen langen und ausführlichen Brief. Ich will auf alles das, was Du schreibst, nicht mehr eingehen, denn es dauert ja nur noch kurze Zeit, bis ich wieder daheim bin. Du brauchst keine großen Anstrengungen mehr in der Fürsorge für meine Angelegenheiten aufzuwenden, denn Du kannst allen sagen: ich hätte geschrieben, kurz nach dem letzten Winter-Vollmond käme ich zurück. Es gibt nichts mehr, was so dringend wäre, daß es nicht von jetzt bis dahin warten könnte. Aber auf einen Punkt gehe ich doch ein, der damit zusammenhängt; ist es wirklich wahr, daß ich in meinem vorletzten Brief vom Zeitpunkt meiner Heimkehr geschrieben habe, er rücke *unerbittlich näher?* Ich zweifle nicht daran, daß Du richtig gelesen hast, und wenngleich ich mich nicht daran erinnere, dieses Wort in dem Zusammenhang geschrieben zu haben, so erinnere ich mich doch daran, daß mir manchmal so ist: das Näherrücken dieses Termins als unerbittlich zu empfinden. Aber ich werde zurückkehren, weil ich zurückkehren muß. Du, lieber Dji-gu, kennst mein Herz und meine Seele, und nach den vielen Briefen, die ich Dir von hier aus geschrieben habe, kennst Du beides noch besser. Ich kann es Dir sagen: es hängt natürlich mit Frau Kei-kung zusammen.

Alles hätte ich erwartet von dem Ausflug in diese ferne Welt, nur das nicht, und schon gar nicht in meinem fortgeschrittenen Alter. Ich sitze hier in der Halle des Hong-tel, das jetzt schon so lang meine Wohnung ist, und fast heimatlich für mich, und trinke eisgekühlten Mo-te Shang-dong, das Trost-Getränk, verbreite Rauch aus meinem wohlriechenden braunen Brandopfer Da-wing-do. Das Mo-te Shang-dong trinkt man eiskalt. Jetzt im Winter bräuchte man das bauchige Gefäß nur im Garten in den Schnee zu stellen, da würde es eiskalt, aber das macht man nicht, denn die Großnasen haben eine andere Methode, Kälte zu erzeugen, die auch im Sommer funktioniert. Wie ohne weiteres klar ist: man kann (also ich meine: *wir* können) warm machen, aber wir können nicht kalt machen. Wenn es uns im Winter friert, können wir im Haus ein Feuer anfachen oder uns Pelze anziehen, aber wenn es uns im Sommer zu heiß ist, können wir nichts tun als schwitzen, die Luft aus dem Mund blasen, stöhnen und allenfalls einen schattigen Platz am Wasser aufsuchen. Auch mit dieser Naturgegebenheit waren die Großnasen nicht zufrieden. Es gibt Eis-Schreine. Wenn Du die Tür aufmachst, fällt Dir Kälte entgegen, als ob Dir ein bösartiges Gespenst ins Gesicht hauchte. Meister Yü-len hat mir das Prinzip erklärt. Wie immer solche auf den ersten Blick überweltlich erscheinenden Phänomene hat das ganz

natürliche Ursachen. Es ist nichts weiter als die geschickte Verbindung gewisser Säfte mittels Magnetismus. Sehr interessant erschien es mir nicht, eher wie eine Spielerei, aber immerhin taugt es dazu, das Mo-te Shang-dong auch im Sommer kalt zu machen. Man stellt nämlich ganz einfach das bauchige Gefäß eine zeitlang in den Eis-Schrein, vielleicht zwei Stunden, und dann kann man es wieder herausnehmen, und es ist eiskalt. Warmes Mo-te Shang-dong zu trinken, ist scheußlich. Frau Kei-kung empfindet es förmlich als Weltuntergang.
Aber warum schreibe ich das alles? Nur um von dem abzulenken, was ich Dir eigentlich berichten sollte, weswegen nämlich mein Herz, das Du so gut kennst, schwer ist. Frau Kei-kung hat mich betrogen. Sie nennt es betrogen, wie sie es betrogen genannt hat, daß ich mich ab und zu mit Kleiner Frau Chung belustigt habe. Das Sittengefüge der Großnasen ist so eingerichtet, daß auch die Frauen einen Anspruch auf alleinigen Besitz des Mannes haben. (Ob das auf die Dauer gutgehen kann, wage ich zu bezweifeln.) Damals, erzählte mir Frau Kei-kung, als sie das mit Kleiner Frau Chung erfuhr, sei sie voll Zorn von mir fortgegangen, und sie habe beschlossen, sich zu rächen. Sie hat sich an einem der folgenden Tage (oder vielmehr Nächte) einem Mann hingegeben, der ihr schon länger nachstellt. Er ist Geprüfter Gelehrter und heißt He-sen-ho.
Es war ein schreckliches und langes Gespräch. Ich weiß nicht, ob sie mir alles von sich aus erzählt hätte. Ich weiß auch nicht, warum ich – zu meiner Qual – so viele Fragen an sie gestellt habe. Ich habe so lang gefragt, bis ich alles wußte und schrecklich traurig war. Der Geprüfte Gelehrte He-sen-ho wohnt gar nicht hier in Minchen. Es ergab sich nur zufällig, daß er gerade um jene Zeit hier war und seine frechen Anträge, die er seit Jahren an Frau Kei-kung richtet, wiederholte. Im Zorn auf mich, sagte Frau Kei-kung, habe sie nachgegeben. Sie habe gestattet, daß er sie beschlief – ich kann den Schreibpinsel gar nicht ruhig halten, während ich das niederschreibe und so wieder daran denke. Es beruhigt mich wenig, daß Frau Kei-kung erwähnte, sie habe nicht übermäßige Lust dabei

verspürt, denn der Geprüfte Gelehrte He-sen-ho habe aus Angst vor kalten Füßen oder aus sonst einem Grund beim Liebesakt die Socken anbehalten. Die Socken seien sehr kurz und von scheußlicher brauner Farbe gewesen. Sie habe das, sagte Frau Kei-kung, trotz aller Rachegedanken sehr komisch gefunden.

Einige Stunden lang überlegte ich, wie ich es anstellen könnte, den Geprüften Gelehrten He-sen-ho umbringen zu lassen. Ich dachte auch an Kastrieren. Aber als mir Frau Kei-kung die Sache berichtete, war der saubere Gelehrte längst schon abgereist, samt seinen Socken.

Aber die ganze Geschichte hat noch eine viel tiefere Bedeutung. Ich muß dabei gestehen, daß ich die Liebe von Frau Kei-kung zu mir unterschätzt habe. Ich sage das nicht aus Eitelkeit. Vielleicht wäre es besser, wenn ich sie nicht unterschätzt hätte, wenn sie das gewesen wäre, wofür ich sie lange Zeit gehalten habe: keine tief in der Seele ruhende und wachsende Liebe, sondern ein flüchtiges Abenteuer, eine zeitweilige Zuneigung einer schönen, verwöhnten Frau zu einem seltsamen Mann, dessen Hauptreiz für sie eben diese Seltsamkeit ist. Es wäre besser, es wäre weniger schmerzlich, wenn es so gewesen wäre. Dennoch ist mir nichts auf der Welt mehr so wichtig wie die wahre Liebe von Frau Kei-kung, die ich jetzt erst in ihrem ganzen Ausmaß erkannt habe.

Außer Hern Shi-shmi ist, wie Du weißt, Frau Kei-kung die einzige in dieser fremden Welt, die meine Herkunft kennt. Alle anderen meinen, ich sei ein Reisender aus einem fernen Land – von der fernen Zeit ahnen sie nichts. Erst jetzt, nach jener schmerzlichen Unterredung ist mir der Sinn vieler ihrer Worte klargeworden, die sie in letzter Zeit zu mir gesprochen hat. Erst jetzt ist mir klar, warum sie traurig ist. Auch die »Rache«, daß sie sich diesem sockenhaften Geprüften Gelehrten He-sen-ho hingegeben hat, hat nichts mit der Sache »Kleine Frau Chung« zu tun. Der wahre Grund für das alles ist: Frau Kei-kung möchte bei mir bleiben, sie möchte mit in die Vergangenheit reisen. Sie wäre bereit, alles hier aufzugeben, alle Unbequemlichkeiten auf sich zu nehmen, die unsere Welt für ihre Ansprüche bietet, sie würde auf Mo-te

Shang-dong verzichten und sogar gebratene Hunde essen, wenn ich sie mit mir nähme. Aber sie weiß gut genug, daß das nicht geht. Der Zeitreise-Kompaß befördert nur *einen.*

So ist sie, sagt sie, ohne Hoffnung. Es sei das schlimmste, sagt sie, keine Hoffnung zu haben. Eine dümmere Frau als sie, sagt sie, würde sich Hoffnung einreden, würde sich jeden Tag einen Funken Hoffnung vorgaukeln, und an dem Funken würde sie sich festhalten. Sie ist, sagt sie, nicht dumm genug, um sich so etwas vorzulügen. Deshalb, sagt sie, fühle sie sich immer mehr in dunkle Traurigkeit versinken, und sie frage sich, warum gerade ihr *das* passiert sei. *Was* passiert sei?

Sie hat darauf nicht geantwortet, aber ich weiß es: daß in ihr diese übermächtige (»verdammte« hat sie gesagt) Liebe zu mir entstanden ist. Ich sage das nicht mit Eitelkeit. Ich gestehe: ich verstehe es nicht, daß eine so schöne und große Frau in Liebe zu einem kleinen und unbedeutenden Mandarin meines Alters entbrennen kann.

Sie versinke, sagt sie, weil sie so ohne Hoffnung sei, in eine immer tiefere Trauer. Sie müsse sich vor ihrer Liebe zu mir schützen. Deshalb habe sie den frechen Anträgen des Geprüften Gelehrten He-sen-ho nachgegeben, ja, habe den Anträgen förmlich Vorschub geleistet.

Ich verstand ihre unausgesprochene Frage. Die Frage lautet: warum bleibst Du nicht hier, hier bei mir in dieser Welt? Sie wagt die Frage nicht auszusprechen. Ich wage die unausgesprochene Frage nicht zu beantworten. Ich stand auf, trat zur Seite und schaute die Wand an.

Ich denke mir: ich schreibe diese Briefe in eine Vergangenheit von tausend Jahren. Du bewahrst die Briefe auf. In einem versiegelten Umschlag wirst Du sie Deinem ältesten Sohn vererben. Vielleicht vererben sie sich weiter durch die Jahrhunderte. Vielleicht gelangen sie in tausend Jahren – also »jetzt« – hierher in diese Stadt. Vielleicht findet sie einer, der sie lesen kann und übersetzt. Das mag vielleicht schon in einigen Monaten sein – *und* in tausend Jahren. Und vielleicht fallen diese Zeilen Frau Kei-kung in die Hände. Was wissen wir, was in tausend Jahren sein wird?

Und wenn Du diese Briefe liest, Dame Kei-kung – denn was sein soll, wird sein, sagte Chuang-tzu –, dann wisse, daß ich dich geliebt habe, ich, der ich tausend Jahre tot bin, Dich über tausend Jahre hinweg geliebt habe. Dann wisse, warum ich in diese Welt zurückgekehrt bin und nicht bei dir geblieben bin: weil ich in diese Welt gehöre und *weil ich es mir vorgenommen habe*. Würde ich einmal nicht tun, was ich mir vorgenommen habe, käme mein Leben in Unordnung und ich wäre nicht mehr ich. Es hat lange Jahre gebraucht, damit ich gelernt habe, das von mir selber zu erkennen, aber jetzt erkenne ich es. Es muß so sein. Ich kann nicht bleiben. Verzeih, weil ich Dich geliebt habe. Wenn du diese Zeilen liest, Dame Kei-kung, dann wende sie in Deinem Kopf hin und her und versuche mit meinem Kopf zu denken, dessen Lebensgeist die Ordnung ist. Aber wisse vor allem, daß ich Dich liebe.
Verzeih auch Du, mein Freund Dji-gu, daß das ein Brief an Frau Kei-kung geworden ist. Halte es mir zugute, daß ich Dir diese innerste Seite meiner Seele anvertraue. Ich will jetzt nicht mehr weiterschreiben.

Ich grüße Dich und bin
Dein Kao-tai

Dreiunddreißigster Brief

(Freitag, 28. Januar)

Lieber Freund Dji-gu.

Der vorletzte Wintervollmond ist gekommen. Es liegt immer noch Schnee. Das Wetter ist trostlos.
Gestern war ich mit Frau Kei-kung in der Schule, in der sie unterrichtet. Die Schule ist ein großes Haus mitten in der Stadt, und der Lärm der Straße ist so heftig, daß man fast sein eigenes Wort nicht versteht. Ich hätte gern einer Lektion beigewohnt, aber erstens ist es nicht gern gesehen, daß ein fremder alter Mann unter den Schülern sitzt, und zweitens hat Frau Kei-kung gesagt, daß sie unsicher und nervös wäre, wenn ich da hinten sitze und ihr

quasi auf die Finger schaue. Ich hatte auch das Gefühl, daß sich Dame Kei-kung beim Betreten des – im übrigen sehr unschönen und schmutzigen – Schulhauses von einer Frau in eine Lehrerin verwandelte. Sie betrat eine andere Welt. Es war so, als ob sie schlagartig von einem Licht anderer Farbe beleuchtet würde. Selbst ihre Sprache mir gegenüber wurde anders. Ich hielt mich still in einer Ecke auf dem Flur und beobachtete sie. Die Schüler und Schülerinnen tobten und lärmten um mich herum. Frau Kei-kung sprach hier mit einem Schüler, dort mit einem Kollegen, also einem anderen Lehrer. Es war etwas wie ein tiefer Graben zwischen uns. Ich sah die Dame Kei-kung dort stehen – kühl und unnahbar und Autorität ausströmend, und in meine Gedanken schlich sich das Bild von eben derselben Frau Kei-kung, die hilflos glücklich in meinen Armen liegt in jenem Moment der Verzükkung... und daß alle, die hier um sie sind, nichts davon wissen und ahnen, wie die Dame Kei-kung *dann* aussieht... Was ist ihr wahres Bild? Beides wohl, beides.
Frau Kei-kung stellte mich dem Direktor der Schule vor und erzählte kurz die übliche Erklärung: daß ich ein Mann aus »China« sei, zu Studienaufenthalt in Min-chen und so weiter und so fort. Frau Kei-kung verschwand mit einer Schar von Schülern. Der Herr Direktor war sehr erfreut und nahm mich freundlich mit in sein Zimmer. Er erzählte mir viel vom Schulsystem der Großnasen, das sich, soweit ich es verstanden habe, hauptsächlich dadurch auszeichnet, daß es sich ständig ändert. Die Kinder kommen durchwegs mit sechs Jahren in die Schule und bleiben, bis sie vierzehn sind, manche bis achtzehn, manche, sofern sie sich einer Wissenschaft verschreiben, noch länger. Die unterste Stufe der Schulen heißt: »Schule des Volkes«, die höchste »Mutter der Wissenschaften«. Dazwischen gibt es viele Abstufungen und Seitenzweige.
Die Hauptschwierigkeit, mit denen das Schulsystem und überhaupt das Bildungssystem zu kämpfen hat, ist, sagte mir der Direktor, nicht die Bösartigkeit, Unpünktlichkeit und Unaufmerksamkeit der Schüler, sondern die Tatsache, daß die Schulen

von einem Minister und dessen Mandarinen überwacht werden, die zwar viele Vorschriften mit mühsamer Genauigkeit ausarbeiteten, vom Schulwesen aber keine Ahnung hätten. Die Hauptaufgabe der Lehrer bestünde darin, einen halblegalen Mittelweg zwischen den Untugenden der Schüler und den hanebüchenen Vorschriften des Ministeriums zu finden.

Was mir der Direktor nicht sagte, was ich aber aus vielen Äußerungen von ihm schloß, ist eine weit tiefergehende Schwierigkeit im Bildungssystem, die auf eine auffallende Merkwürdigkeit in der Denkgewohnheit der Großnasen zurückzuführen ist. Ein Lehrer hier bei den Großnasen darf von einem Schüler sagen, er sei frech, er sei vorlaut, er sei faul, er sei unordentlich – der Lehrer darf *nicht* sagen: der Schüler sei dumm oder sei unbegabt. Das erschwert verständlicherweise den Standpunkt der Lehrer gegenüber den Familien der Schüler, denn wenn die Erziehung mißglückt, so ist das doch in den seltensten Fällen auf Frechheit und Unordnung zurückzuführen, sondern auf Dummheit und mangelnde Begabung. Aber gerade *das* dürfen die Lehrer nicht sagen. Es herrscht der ungeschriebene politische Sittenkodex, der besagt, daß alle gleich begabt sind. Woher kommt das? Es kommt von der an sich edlen Anschauung der Großnasen, daß alle Menschen gleich sind. Das ist im Gesetz verankert, das wird überall und immer betont, und wer es laut sagt, ist des Beifalls aller sicher. Ich habe mit Herrn Me-lon darüber gesprochen, der als Richter sehr darauf bedacht ist, alle Menschen gleich zu behandeln. Er war über meine Fragen und Ansichten zunächst wenig erfreut, mußte mir dann aber beipflichten. Ja – sagte ich – gleich behandeln schon; das ist ein hochachtbarer Grundsatz, wenn Arme und Reiche, Hochgeborene und Niedriggeborene, Schwarzhäutige und Bleichhäutige gleich behandelt werden, aber *sind* sie denn gleich? Sie *wiegen* gleich, ihre Seelen wiegen gleich, aber sie *sind nicht* gleich. Ein Dummer wiegt in seiner Menschlichkeit wie ein Weiser, und ihm darf so wenig Schaden oder Unrecht zugefügt werden wie jenem, aber gleich *sind* sie deswegen noch nicht. Das ist doch

eine Verwirrung der Begriffe, wenn man Gewicht und Charakter vermengt.
Aber die Großnasen betreiben da seit alters her eine augenwischende Philosphie. Aus der Gleichheit der Menschen, aus dem gleichen Gewicht ihrer Seelen leiten sie eine Identität der Lebensansprüche her. Das geht soweit, daß sie heutigentags überhaupt die Tatsache verschiedener Begabung leugnen. Es ist nicht mehr erlaubt der Ansicht zu sein, daß es Minderbegabte gibt. Erlaubt ist nur noch die Ansicht, daß alle Menschen völlig gleich sind. Da aber natürlich der bloße Augenschein gegen diese Ansicht spricht, haben sie die Seelenwissenschaft erfunden, mit deren Hilfe jede Minderbegabung wegdiskutiert werden kann, in dem Sinn, daß man herausfindet: der Minderbegabte ist nicht minderbegabt, sondern durch schädliche Vorkommnisse im Mutterleib, in seiner Jugend oder dergleichen beeinträchtigt.
Überhaupt ergibt sich aus der Verwechslung von Gleich-Sein und Gleich-Wiegen eine erstaunliche und unverständliche Scheu, die Dinge beim Namen zu nennen. Keiner darf als arm, als dumm, als krüppelhaft bezeichnet werden, selbst wenn er es wirklich ist. Die Großnasen haben Angst bei solcher Bezeichnung (die nur hinter vorgehaltener Hand vorkommt), den Betreffenden in seinen Rechten zu verletzen. Haben die Großnasen Angst, der Realität in die Augen zu schauen? Die Geschichte der Philosophie der Großnasen in den – von jetzt aus gesehen – zwei vergangenen Jahrhunderten ist die Geschichte der Abkehr vom Denken in der Realität. Die großnäsische Philosophie denkt nicht darüber nach, wie der Mensch und seine Gesellschaft *ist*, sie befaßt sich damit, immer neue Vorschläge zu erfinden, wie der Mensch und seine Gesellschaft *sein soll*. Da man darüber natürlich hunderterlei verschiedener Meinung sein kann, ist die Philosophie nie zu einem einheitlichen Ergebnis gekommen, aber die vorherrschende Meinung zumindest derzeit scheint zu sein, daß der Mensch im Kern gut und weise ist, und wenn er verdorben ist oder wird, dann sind immer die anderen schuld. Ich habe ja nun mit vielen gebildeten Großnasen gesprochen und habe ihre Meinung erforscht: mit

Herrn Shi-shmi (der im übrigen auch wie der nichtsnutzige Hesen-ho Geprüfter Gelehrter ist), mit Meister Yü-len, mit Herrn Richter Me-lon, mit Frau Kei-kung. Alle sind im Grunde der Meinung, daß man vom Menschen nur gut zu *denken* brauche, dann werde er gut.

Das kommt mir so vor, wie die Ansicht, man brauche einem Einbeinigen nur die unschönen Krücken wegzunehmen, dann könne er wieder grade gehen. –

Nicht mit einem leisen Trommelwirbel wie bei uns, sondern mit einem schrillen Klingeln wird hier das Ende des Unterrichts angekündigt. Ich stand auf und bedankte mich mit einer Dreiviertelverbeugung beim Herrn Direktor. Draußen erwartete mich Frau Kei-kung, und wir fuhren in ihrem A-tao-Wagen nach Hause. Ich genieße das Fahren mit dem A-tao-Wagen jetzt, wie ich überhaupt gelernt habe, die Annehmlichkeiten der Großnasenwelt anzunehmen. Aber ich verkenne nicht den Preis, den sie dafür zahlen muß. Darum werde ich den Annehmlichkeiten nicht nachtrauern. Wenn ich an die Unordnung und an die Verwirrung der Begriffe denke, die der Preis dieser Annehmlichkeiten ist, wird es mir nicht schwerfallen, mich wieder in unserer Welt zurechtzufinden, wo man nicht nur auf einen Knopf zu drücken braucht, um Licht zu machen.

Aber Frau Kei-kung werde ich vermissen. Vielleicht das Mo-te Shang-dong auch.

Ich grüße Dich innig, Dein bald wieder bei Dir weilender

Kao-tai

Vierunddreißigster Brief

(Freitag, 4. Februar)

Mein teurer Dji-gu.

Du hast recht, wenn Du bemängelst, daß ich – der ich immerhin Präfekt der kaiserlichen Dichtergilde »Neunundzwanzig bemooste Felswände« bin – noch kein Wort über den Stand der Literatur

in der Welt der Großnasen verloren habe. Das hat nicht seinen Grund darin, daß mich die Literatur plötzlich nicht mehr interessiert, sondern vielmehr darin, daß die Großnasen heute eigentlich keine Literatur mehr haben. Sie haben nur noch Bücher.
Seit ich die Sprache der Großnasen soweit beherrsche, und seit ich die Schrift lesen kann, habe ich mich bemüht, auch in die Literatur einzudringen. Ich habe verschiedene Werke gelesen, manche haben mir gefallen, manche haben mir mißfallen, viele habe ich nicht verstanden. Es gibt keine einheitliche Literatur der Großnasen, so wie es – was ich bei der Gelegenheit erfahren habe – keine einheitliche Sprache der Großnasen gibt. Wenn ich also sage: ich spreche und verstehe – einigermaßen – die Sprache der Großnasen, so ist das streng genommen falsch. Ich spreche die Sprache der Leute von Ba Yan, die hier und in einigen Gegenden des Gebirges und bis nach Norden ans Meer hin gesprochen wird. Daneben gibt es zahlreiche andere Sprachen. Frau Kei kung spricht außer der Sprache der Leute von Ba Yan auch eine Sprache von Leuten, die westlich wohnen. Sie unterrichtet die Schüler auch in der Handhabung dieser Sprache. Außerdem hat Frau Kei-kung die Literatur dieser beiden Sprachen studiert. Den diesbezüglichen Gesprächen mit ihr verdanke ich es, daß ich Dir den folgenden kleinen Abriß der Literatur der Ba Yan-Sprache (die auch »Sprache der Tugend*« genannt wird) geben kann.
Die ältesten Zeugnisse dieser Literatur reichen nicht viel weiter als bis auf die Zeit zurück, in der wir leben – in der im Augenblick Du lebst, ich bald wieder leben werde. Es sind aus dieser Zeit mehrere ziemlich blutrünstige Balladen großen Ausmaßes überliefert, die aber kein Mensch mehr lesen kann, weil sich – anders als bei uns – die Sprache sehr stark geändert hat. Frau Kei-kung hat einmal gesagt, wenn eine Großnase aus der Zeit jener blutrünstigen Lieder heraufauchen würde, könnte sie sich anfangs auch nicht viel besser verständigen als ich.

* Kao-tai benutzt das chinesische Schriftzeichen: »Te« = Tugend, das ihm offenbar dem Wort »deutsch« am ähnlichsten klingt.

Einige Jahrhunderte später wurde es üblich und galt als fein und gebildet, in einer bereits damals ausgestorbenen Sprache – genannt La-teng – zu dichten. Das versteht heute natürlich auch kein Mensch mehr. Wiederum etwas später, um die Zeit eines großen, dreißig Jahre andauernden Krieges, hat man sich wieder auf die »Sprache der Tugend« besonnen, aber die Dichtwerke aus dieser Zeit, sagt Frau Kei-kung, zeichnen sich durch überquellende Schwülstigkeit aus, so daß auch diese Werke ungenießbar sind. Erst vor etwas mehr als zweihundert Jahren glückte es einem Meister, der den für uns anheimelnden Namen Le-sing trug (mit dem Beinamen: »Gott ist ihm hold«) und den Frau Kei-kung sonderlich schätzt, auch heute und hier noch lesbare Werke zu schaffen. In gewisser Weise die Fortsetzer dieses Le-sing, dem Gott hold war, waren die zwei Dichter, die die Großnasen (die *hiesigen* Großnasen, muß ich einschränken) als Zweigestirn und Gipfel ihrer Literatur preisen. Der eine davon hieß »Kommt von oben«, der andere hieß »Geht nach oben«*. Von beiden habe ich Gedichte gelesen, von denen ich keinen schlechten Eindruck habe. Danach, sagt Frau Kei-kung, sei die Literatur sehr in die Breite gegangen. Viele Dichter hätten sich damit beschäftigt, namentlich den »Kommt von oben« zu kommentieren und auszulegen, aber plötzlich sei eine neue Richtung der Literatur aufgetaucht, die alles bisherige als alten Plunder bezeichnet und ihre Aufgabe darin gesehen habe: die Welt darzustellen, wie sie wirklich ist. Das konnte nicht gutgehen (das sagte nicht Frau Kei-kung, das sage ich), denn die Großnasen sind, wie ich Dir im letzten Brief geschrieben habe, überhaupt außerstande, die Welt zu sehen, wie sie wirklich ist. Einer der hervorstechendsten dieser Wirklichkeitsdichter war – das sagt wieder Frau Kei-kung – »der Große Kapitän«, der so aussah, daß er häufig mit dem »Kommt von oben« verwechselt wurde – was aber dem »Großen Kapitän« eher angenehm war.

---

* Kao-tai meint vermutlich Goethe und Schiller. Vielleicht hat ihm Frau Kei-kung diese seinerzeit gängigen Epitheta mitgeteilt.

Die Literatur der letzten hundert Jahre endlich ist völlig unübersichtlich. Man kann sagen, sagt Frau Kei-kung, daß jeder grad so dahinschreibt, wie er will. Je weniger sich einer an Regeln hält, desto mehr gilt er. Da es keine Regeln zu befolgen gilt, kann praktisch jeder dichten – das ist ja klar. Da Dichten und Schreiben eine angenehmere und weniger anstrengende, auch sauberere Arbeit als viele andere Tätigkeit ist, und zudem oft angesehener, dichtet fast jeder zweite. Das ist mittelbar auch die Folge der Tatsache, daß so gut wie jeder als Kind gezwungen wird, lesen und schreiben zu lernen. Hier haben wir wieder so einen Punkt, wo man sagen muß: eine an sich gute Sache, nämlich die allgemeine Bildung und Erziehung, hat ihre entschiedenen Schattenseiten. Da jeder schreibt, ist der Ruhm des einzelnen kurz. Das ist ja klar.

Frau Kei-kung hat mir nach und nach einige Bücher gegeben, die ich lesen sollte. Sie sagte, das seien ihre Lieblingsbücher, und sie maße sich nicht an zu behaupten, daß mein Eindruck von der großnäsischen Literatur damit allseitig sein werde; im Gegenteil: er sei wohl eher einseitig. Aber selbst wenn ich statt einem Jahr hundert Jahre hier bliebe, könnte ich unmöglich alles lesen.

Ich las ein sehr dickes Buch von einem Autor, der vor über hundert Jahren gelebt hat. Das Buch hieß: »Der späte Sommer« und war sehr fromm und idyllisch. Wie der Autor hieß, habe ich vergessen. Seine Vorliebe galt den Rosen – zumindest in diesem Werk. Im großen und ganzen gesehen aber war das Buch sauber und beruhigend. Danach las ich ein Buch eines moderneren Autors. Es hieß: »Der Prozeß« und war düster und grausam. Es schildert, wie ein Mann von ungenannten Mächten verfolgt wird und sich – wie im Traum sich mühsam bewegend – nicht wehren kann. Das dritte Buch habe ich so gut wie nicht verstanden: es hieß »Irregehen und Verwirrungen« und handelte von Dingen, die mir überhaupt nicht einleuchteten. Ich sagte das auch Frau Kei-kung, worüber sie enttäuscht war, denn sie hält gerade große Stücke auf diesen Autor als einen, der die »Sprache der Tugend« hervorragend elegant und gleichzeitig bestechend schlicht beherrscht. Es mag daran liegen, sagte Frau Kei-kung, daß ich die Hintergründe und die Zeit, in der dieses Buch spielt, nicht kenne. Gut, mag sein. Dann hätte sie es mir nicht geben sollen.

Danach las ich ein Buch, ein sehr dickes Buch von einem Autor, der merkwürdigerweise nur »der Mann« genannt wird. Es war die ausführlich und zum Teil humorvoll geschilderte Geschichte einer Familie, die zunehmend in Schwierigkeiten gerät. Es gefiel mir so gut, daß ich ein weiteres Buch dieses »Mannes« lesen wollte, aber das war dann eine Enttäuschung. Dieses Buch war noch dicker als das erste, hieß »Der Berg des Zaubers« und handelte ausschließlich davon, daß alle lungenkrank sind. Ein drittes Buch von dem Autor, das den Titel trug »Geprüfter Gelehrter, die Faust ballend« legte ich dann nach wenigen Seiten weg.

Insgesamt gesehen aber ist der Stand der Literatur bei den Großnasen ganz anders als bei uns und äußerst merkwürdig. Wie Du schon aus der kurzen Zusammenfassung ersehen konntest, die mir Frau Kei-kung dargestellt hat, und die ich oben wiedergegeben habe, wird alte Literatur so gut wie überhaupt nicht gelesen. Das hängt mit der starken Veränderung zusammen, die die Sprache durchgemacht hat. Man kennt aber auch kaum noch die Namen der alten Autoren. Das liegt, meine ich, auch an der mangelnden Pietät der Großnasen. Das Alte gilt ihnen nichts. Sie halten das Neue zunächst einmal ungeprüft für besser. Ich glaube, ich habe das Beispiel schon einmal gebraucht: eine alte, ausgeleierte und geflickte Wagenachse ist ohne Zweifel weniger wert als eine neue, eben angefertigte. Das ist für viele Dinge des täglichen Lebens eine Feststellung von banaler Richtigkeit. Ein neuer Teppich ist besser brauchbar als ein zerschlissener alter, eine neue Öllampe ist zweckmäßiger als eine alte, die schon gesprungen ist, ein neuer Winterpelz ist wärmer als ein abgetragener, an dem die Nähte aufgeplatzt sind. Diesen Standpunkt dehnen die Großnasen aber auf alle Dinge aus, auch auf die Philosophie und die Literatur. So ist die mangelnde Pietät zu verstehen: sie halten eine neue Philosophie und eine neue Literatur für von vornherein besser als jede alte. Sie legen einen Wagenachsen-Maßstab an, was natürlich völlig unsinnig ist, denn nur dort ist dieser Maßstab richtig, wo es sich um Dinge handelt, die verbraucht werden. Hat man jemals gehört, daß ein Gedicht sich abnützt, wenn man es oft liest? Die Großnasen sind dieser Ansicht. Wahrscheinlich können sie nicht anders, denn sie betrachten im Grunde genommen alles unter dem Gesichtspunkt der Nützlichkeit. Deshalb gilt ihnen Literatur, die – an sich schon ein abwegiger Gedanke – Nützlichkeit ausströmt, mehr als alles andere. Sie nennen das angebundene Literatur: solche, die sich mit Politik und Gesellschaft befaßt und in der der Autor einen heftigen Kampf für die Nützlichkeit führt. Überhaupt gilt die Gesinnung des Autors mehr als der Stil. Das ist nur folgerichtig: denn Gesinnungen nützen sich in der Tat ab wie Wagenachsen. Also müssen die Großnasen immer wieder neue hervorbringen.

Ich war, wie Du ja weißt, anfangs gar nicht sicher, ob diese Reise, die ich – zugegebenermaßen – aus reiner Neugier unternommen habe, gut für mich war, und ich hatte starke Seelenschmerzen in dieser fernen und fremden Welt. Jetzt aber weiß ich, daß ich einen großen Schritt getan habe. Erst jetzt, in so fortgeschrittenem Alter, halte ich meine Bildung für abgeschlossen – nicht, weil ich dies alles hier, diese Bequemlichkeiten und Annehmlichkeiten, kennengelernt habe, nicht weil ich weiß, wie es in einer fernen Welt aussieht, sondern weil ich den Unterschied kennengelernt habe, der in dem Versuch liegt, die Menschen zu betrachten, wie sie sind, und in dem Bemühen, darüber nachzudenken, wie die Menschen sein sollen. Ich habe mit vielen darüber geredet. Die Großnasen denken nur darüber nach, wie die Menschen sein sollen. Warum tut ihr das? habe ich immer wieder gefragt. Weil wir, haben sie gesagt, die Menschen dazu bringen wollen, so zu sein, wie sie sein sollen. Was für ein Unsinn, denke ich (gesagt habe ich es nie) – abgesehen davon, daß es hundert verschiedene, sich oft ganz und gar widersprechende Ansichten davon gibt, wie die Menschen sein sollen, bleiben die Menschen so, wie sie sind.

Wie die Katze Mäuse fängt, jagt der Mensch nach Vorteilen für sich, und seit eh und je hat jeder sein Leben gewagt, um es auf Kosten anderer besser zu haben. Was helfen da die schönsten Gedankenspiele. Aber die Großnasen werden nicht müde, sie weiter zu spielen, um eine gerechte, glückliche Welt herbeizuführen. Die einen glauben, daß das möglich sei, wenn die Weisen die Führung des Staates übertragen bekommen, die anderen meinen, daß das möglich sei, wenn jeder endlich mehr hat als er braucht, die Dritten nehmen an, daß man nur die Güter gerecht und gleichmäßig zu verteilen brauche ... alles Unsinn. Das ist mein Schritt nach vorn: hier bei den Großnasen erkannt zu haben, daß es keine Schritte nach vorn gibt.

Seit – von der Zeit der Großnasen aus gerecht – dreitausend Jahren haben die Weisen festgestellt, daß es kein richtiges Paradies geben kann. In kaum einem Punkt waren sich die sonst so unterschiedlichen Weisen dermaßen einig. Aber die Großnasen wollen das nicht wahrhaben. Sie lügen sich vor, daß durch das Fortschreiten das irdische Paradies erreicht werden kann. Das Band, das sich wie der Himmel über die Großnasenwelt hinzieht, ist die Lüge, das Sich-Selbst-Belügen. Dadurch ist es eine so faulige Welt. Es hat zwar nicht direkt damit zu tun, aber es erscheint mir nachträglich wie ein nur zu deutliches Symbol, daß mir als eines der ersten Phänomene hier der Gestank aufgefallen ist.

So ist es also nicht anders zu erwarten, als daß die Großnasen auch die neue Literatur der alten vorziehen, daß sie die neue für besser halten. Fast alles, was hier in Min-chen und in Ba Yan und überhaupt in der Te-chih-Sprache geschrieben wird, befaßt sich mit der merkwürdigen Situation, in die das Reich des ehemaligen Kaisers von Te-chih geraten ist. Damit Du das verstehen kannst, muß ich wiederum weiter ausholen. Ich glaube, ich habe Dir schon einmal vom letzten Kaiser von Te-chih berichtet: Herr Shi-shmi sagt, er habe Wi-li geheißen, sei der zweite dieses Namens gewesen und habe einen Kopf aus Holz gehabt. Dieser Wi-li mit dem Holzkopf hat – von »jetzt« aus geredet vor etwa siebzig Jahren – einen Krieg angezettelt, den er

verloren hat. Man hat ihn daraufhin abgesetzt, worauf er sich in ein Schloß zurückgezogen und fortan damit beschäftigt hat, Holz zu sägen. Die Wirren, die auf die Absetzung jener Dynastie Wi-li folgten, hat ein ehemaliger Haus-Anstreicher ausgenützt, um sich zum Diktator aufzuschwingen. Dieser Diktator hatte natürlich auch eine Vorstellung davon anzubieten, wie die Menschen sein sollen. Seine Vorstellung war denkbar einfach: er verkündete, daß das irdische Paradies erreicht würde, wenn es nur noch Menschen mit gelben Haaren gäbe. (Ich habe Bilder von diesem Haus-Anstreicher gesehen: er selber hatte keine gelben Haare. Es ist dies sehr schwer zu verstehen.) Auch dieser Usurpator zettelte einen Krieg an und bekam fürchterliche Schläge. Das heißt: er selber natürlich nicht, leider nur sein Heer.
Nach dem Sturz und der Beseitigung des Usurpators teilte sich das Land. Die eine Hälfte schloß sich der West-Lehre an, das andere der Ost-Lehre. (Von beiden Lehren habe ich Dir schon berichtet). Wie immer es um die Richtigkeit oder Wichtigkeit der einen oder anderen Lehre steht (oder beider), ist das, daß nämlich ein Land sich teilt, ein wenig aufregender Vorgang – möchte man meinen. Wie oft hat sich unser Erhabenes Reich der Mitte geteilt, ist oft in viele kleine Fürstentümer aufgesplittert gewesen, hat sich wieder vereinigt. Hat das der Vernunft oder Moral irgendwelchen Abbruch getan? Sicher ist es zweckmäßig, wenn in einem großen Reich ein Herrscher die Möglichkeit hat, gewisse praktische Dinge einheitlich zu regeln: die Breite der Wagenspur, die Währung, Maße und Gewichte. Auf den Geist der Menschen hat das keinen Einfluß. Ein weiser Herrscher kann in einem großen Land mehr Gutes bewirken als in einem kleinen – ein dummer Herrscher aber auch viel mehr Unfug. Da weise Herrscher seltener sind als dumme, war ich immer schon gegen große Reiche skeptisch. Und haben nicht die erhabensten unserer Weisen, K'ung-fu-tzu und Lao-tzu, in kleinen Staaten gelebt und gelehrt?
Nicht so denken die Großnasen. Sie betrachten es als Unglück, ja als undenkbar und über alle Maßen unvorstellbar, wenn und daß ihr Staatsgebiet angetastet wird. Offenbar denken großnäsige

Politiker auf der Basis der Landkarten. Alles lassen sie sich gefallen: Währungsverfall, Auswanderung der Bevölkerung, Niedergang von Handel und Gewerbe, das Zunehmen des Stumpfsinns und das Abbröckeln der Kultur – das macht ihnen alles nichts aus, wenn sich nur die Landkarten nicht ändern. Sie sehen Staaten als festgefügte Organismen – und wenn ihnen auch nur eine Provinz oder ein Dorf entgleitet, so erheben sie ein Geschrei, als ob ihnen ein Fuß abgehackt würde. Die Großnasen von Te-chih kommen sich vor, seit sich ihr Reich in zwei getrennte Staaten aufgesplittert hat, als wären ihre Leiber in der Mitte auseinandergeschnitten.

Halt – ich muß hier gerechterweise die Meinung des Herrn Richter Me-lon einfließen lassen, die sich im übrigen auch mit der Meinung von Herrn Shi-shmi in diesem Punkte deckt: nicht die Leute, meint Herr Me-lon, empfänden sich als in der Mitte geschlitzt, sondern die Politiker, und die redeten den Leuten ein, auch sie empfänden so. In Wirklichkeit ist der Masse der Großnasen diese Teilung völlig gleichgültig – jedenfalls hier im West-Teil von Te-chih. Im Ost-Teil nicht, sagt Herr Richter Me-lon, aber da auch nur deswegen, weil es den Leuten dort infolge noch größerer als üblicher Unfähigkeit und Korruption der Minister weit schlechter geht als hier. Ansonsten wäre es den Leuten dort in Wirklichkeit auch gleichgültig.

Nichtsdestoweniger ist das Geheul über die Trennung hier eine Art Staatsdoktrin geworden, in die jeder einstimmen muß, wenn er im öffentlichen Leben etwas erreichen will. Das gilt – und damit komme ich zum Ausgangspunkt zurück – namentlich auch für die Literatur. Nur Gesänge, die diese Trennung beweinen und die neuerliche Vereinigung des Staates dereinst herbeiwünschen, werden ernstgenommen. Am günstigsten, sagt Frau Kei-kung, treffen es jene Autoren, die vom Land der Ost-Lehre hierhergekommen sind und nun hier leben. Sie gelten als die wahren Frommen und genießen das höchste Ansehen. Ich habe einige Bücher von diesen Leuten gelesen. Du wirst verstehen, daß ich mir nicht die Mühe gemacht habe, mir ihre Namen zu merken.

Nur einer erschien mir einigermaßen bemerkenswert, der hieß Bo-to und sein Buch hieß »Paare und Leute, die vorübergehen«. Mitnehmen in meine Zeit-Heimat werde ich es aber auch nicht.
Mein treuer Dji-gu, nur noch wenige Tage trennen uns von unserem Wiedersehen. Ich danke Dir schon jetzt für alles, was Du in meinen Angelegenheiten während meiner Abwesenheit besorgt hast. Ich grüße Dich und bin, wie in allen Briefen

Dein Kao-tai

Fünfunddreißigster Brief

(Sonntag, 13. Februar)

Mein geliebter, alter Dji-gu.

Ich bin zweifach erleichtert, wenngleich der kommende Abschied von Frau Kei-kung, räume ich ein, meine restlichen Tage hier mit Trauer überschattet. Ich bin zweifach erleichtert: Herr Shi-shmi ist endlich gereist und vor allem wiedergekommen. Als ich den vorhergehenden Brief zum Kontaktpunkt brachte – der ja ganz in der Nähe von Herrn Shi-shmis Wohnung liegt, an der kleinen Brücke über den Kanal, den ich anfangs für den Kanal der blauen Glocken hielt, habe ich Herrn Shi-shmi besucht und nochmals mit allen möglichen Argumenten versucht, ihm seinen Plan auszureden. Aber er beharrte auf seinem Vorsatz. So blieb mir nichts anderes übrig, als zu meinem alten Versprechen zu stehen. Ich brachte ihm am Tag danach den Zeit-Kompaß, unterwies ihn in der Handhabung und sah ihn am Kontaktpunkt in die Zukunft verschwinden. Er versprach mir vorher noch, alle Sorgfalt zu beachten und nicht zu weit zu reisen.
Und mit welchen Gefühlen ich mich auf den Weg zurück ins Hong-tel machte, kannst Du Dir denken. Abends besuchte ich mit Frau Kei-kung (die sich dabei schon stark langweilte), die Tanz- und Musikdarbietung »Das Land, in dem immer gelächelt wird«, aber ich konnte diesmal der Darbietung nur wenig Komik abgewinnen. Danach redeten wir lange. Frau Kei-kung sagte, daß sie so

egoistisch sei, zu hoffen, Herr Shi-shmi komme nicht mehr zurück, so daß auch ich für immer hier bleiben müsse. Sie weinte. Ich sagte nichts, stand auf und schaute die Wand an. Alles, was ich dazu zu sagen habe, habe ich ihr schon gesagt; Dir habe ich es in einem der Briefe geschrieben. Ich will zurück in meine Zeit-Heimat fahren, weil ich es mir einmal so vorgenommen habe. Anders würde es meine Ordnung zerstören, die der Boden ist, auf dem meine Füße stehen. Ich muß zurück. Ich muß wollen. Der endgültige Abschied wird schwer werden. Frau Kei-kung droht, sich jenem Geprüften Gelehrten He-sen-ho in die Arme zu werfen, aber das glaube ich nicht, denn ich kann mir nicht vorstellen, daß sie sich in Zukunft von einem Mann beschlafen läßt, der dabei die Socken anbehält. Vielleicht hätte ich ihn aber zur Vorsicht doch kastrieren lassen sollen.

Nach einigen Tagen läutete das Glöckchen meines Rüben-Apparates Te-lei-fong in meinem Zimmer im Hong-tel, und ich hörte erleichtert die Stimme von Herrn Shi-shmi. Sie klang belegt. Er sagte nur, er danke mir, und er bringe mir in den nächsten Stunden den Zeit-Kompaß in der Reisetasche zurück.

Ich erwartete ihn in der Halle des Hong-tel. Er kam herein, ergriff meine Hand und beutelte sie nach Art der Großnasen, stellte die Reisetasche neben mich hin und trank einen Becher Mo-te Shang-dong aus. Dann entzündeten wir je ein großes braunes Brandopfer Da-wing-do, und ich fragte nach angemessenem Schweigen, wie es denn gewesen sei?

Herr Shi-shmi erzählte, daß er zunächst nur ein ganz kleines Stück, zwanzig Jahre etwa, in die Zukunft gereist sei, dann noch einmal das Doppelte ungefähr weiter – insgesamt nicht mehr als hundert Jahre. Dann schwieg er wieder. Nun, sagte ich, edler Freund und Geprüfter Gelehrter Shi-shmi, wie ist es denn gewesen? Aber er schüttelte nur den Kopf, ächzte und wischte sich mit der Hand über die Augen. Das Schütteln des Kopfes im waagrechten Sinn bedeutet bei den Großnasen eine Verneinung, hier aber, erkannte ich, bedeutete es eine Geste der Hilflosigkeit, oder besser gesagt: den Ausdruck dafür, daß es schlimmer gewesen sei als angenommen. Mir genügte das nicht. Eine bösartige Neugier kam mich an: ich wollte wissen, ob es stimmt, was ich von der Zukunft der Großnasenwelt erwarte. Aber Herr Shi-shmi lehnte es ab zu reden. Er schüttelte immer nur den Kopf. Als ich ihn genauer ansah, sah ich seine von unnennbarem Schrecken geplagten Augen. Da tat er mir leid, und ich hörte auf, in Herrn Shi-shmi zu dringen, und fragte nichts mehr. Im Grunde wußte ich es ja damit... Wir saßen noch eine Weile so, dann sagte Herr Shi-shmi, daß er am liebsten mit mir in die Vergangenheit zurückreisen würde. Aber er wisse ja, sagte er, daß der Zeit-Kompaß nur *eine* Person befördere. Er umarmte mich, sagte, daß ich ihn vor meiner Abreise noch besuchen solle, und ging dann.

In einigen Tagen werden sich bei Herrn Shi-shmi wieder die musikalischen Freunde treffen. Es wird das letzte Mal sein, daß ich sie höre. So lösen sich nach und nach die Bande, die mich in dieser Welt festgehalten haben. Ich werde auch diese Art der Musik vermissen. Aber Ordnung in Trauer ist besser als Freude ohne Ordnung, sofern man nicht beides haben kann, was, wie wir wissen, in den seltensten Fällen möglich ist.

Meine Briefe werden kürzer. Bald werden wir in der Frühlingssonne unter der Pinie Deines Parks an der Westtreppe des Sperlingpavillons sitzen, und ich werde Dir alles erzählen, was ich Dir nicht geschrieben habe. Ich würde Dir ja gern auch ein kleines Augengestell fürs leichtere Lesen mitbringen, aber das geht nicht. Der kenntnisreiche Mann, der durch gütige Fürsorge von Frau Kei-kung mein Augengestell angefertigt hat, hat gesagt – ich habe eigens gefragt –, daß er nur dann ein Gestell für den fremden Freund anfertigen könne, wenn er die genaue Stärke Deines Augenlichts kennt. Die Großnasen haben da die feinsten Unterschiede herausgebracht und können sie auch messen. Nur auf gut Glück ein Augengestell mitzubringen, ist unsinnig, weil Du womöglich damit schlechter siehst als ohne es. Aber ich werde Dir etwas anderes mitbringen, das Dich freuen wird. Du wirst sehen. Ich grüße Dich und bin dein alter

Kao-tai

Sechsunddreißigster Brief

(Sonntag, 20. Februar)

Teurer Dji-gu.

Das wird einer der letzten oder vielleicht überhaupt der letzte Brief sein, den ich Dir aus dieser Welt schreibe. Ich muß gestehen, daß ich ein wenig Wehmut verspüre, wenn ich durch die Halle des Hong-tel »Die vier Jahreszeiten« gehe. Dieses Hong-tel, diese Stadt Min-chen, war doch für fast ein Jahr meine Heimat. Wo immer man war, ob gern oder ungern, und sei es nur kurze Zeit, bleibt ein Stück von einem zurück. Nur der Augenblick ist Wirklichkeit. Das Zukünftige formt sich erst zur Wirklichkeit, wenn seine Zeit – sein Augenblick – eintritt. Die Vergangenheit sinkt in die Unwirklichkeit zurück, aber sie verfestigt sich in der Erinnerung. Die Erinnerung ist jedoch nicht von dauernder Festigkeit. Sie wird fließend, dann Rauch, verfliegt endlich. Das einzige, was von gewesener Wirklichkeit zurückbleiben kann, ist die Erinnerung; und Dinge, an die sich niemand erinnert, sind so gut wie nicht gewesen. Das gilt auch von Menschen. Wenn wir uns unserer Ahnen nicht mehr erinnern, sind sie nicht gewesen. Dann sind wir vom Himmel abgeschnitten, und es entsteht Unordnung.

Die Ordnung ist bei den Großnasen in Mißkredit gekommen. Ordnung ist fast ein Schimpfwort, zumindest ein Streitpunkt, meist zwischen jüngeren und älteren. (Diese Einteilung ist nicht wörtlich zu nehmen; ich habe festgestellt, daß es in dem Sinn sowohl jüngere Ältere als auch ältere Jüngere gibt.) Die Jüngeren verstehen unter Ordnung Unfreiheit, das Verbot zu tun, was ihnen grad einfällt, die Polizei. Die Älteren verstehen unter Ordnung Zucht, daß auf der Straße alle rechts gehen und nicht unmäßig denken. Die wahre Bedeutung der Ordnung ist den Großnasen verlorengegangen. So wie die Dinge stehen, werden sie sie auch nicht mehr erlangen. Die Jüngeren behaupten, die Ordnung, die die Älteren wollen, sei der Ruhe auf dem Gräberfeld vergleichbar, die Älteren tragen vor, daß die Unordnung der

Jüngeren das Chaos sei. Die wahre Bedeutung der Ordnung ist ihnen verlorengegangen. Das kommt wohl unter anderem davon, daß sie ihre Zeit hauptsächlich damit zubringen, in sich hineinzuhorchen, um dort festzustellen, wozu sie Lust haben und wozu nicht. Wenn sie merken, daß sie zu gar nichts Lust haben, schauen sie in die Luft und nennen es »spontan«. Die wahre Bedeutung der Ordnung ist ihnen verlorengegangen. Wahre Ordnung heißt vernünftiges Einfügen in die Harmonie der Realität. Dem würden die Großnasen entgegenhalten, daß die Realität nicht harmonisch sei. Dieses Argument würden die Großnasen sogar als unschlagbar ansehen. Der Berufene aber sagt, daß die Realität sehr wohl harmonisch ist, wenn man sich bemüht, die Harmonie zu erkennen, wenn man nicht ständig von sich fortschreiten will. Aber das wollen die Großnasen nicht wahrhaben. Sie springen so schwer über ihren Schatten. Sie verwechseln die Realität mit den Begriffen, die sie willkürlich erfinden. Sie haben den Bezug zur wahren Ordnung verloren. Sie sind von der wahren Ordnung *fortgeschritten.*
Dabei ist es gar nicht so, daß es nicht einige gibt, die das zumindest in Ahnungen erkennen. In einem Buch eines Autors, der Ma-fa Bi-la heißt, habe ich den bemerkenswerten Satz gelesen: wer ununterbrochen fortschreitet, steht sein halbes Leben auf *einem* Bein. Ich habe in meinen vielen Gesprächen mit den Großnasen immer wieder diesen Satz zitiert. Alle haben zustimmend gelächelt, und dann hat sich doch wieder der Schleier des Nicht-Wahr-Haben-Wollens über ihre Stirn gesenkt. Es ist nichts zu machen. Ich reise ab.
Dennoch spüre ich Wehmut. Ein Teil meiner gelebten Wirklichkeit gerinnt zur Erinnerung an diese seltsame Welt, die doch für eine lange Zeit meine Heimat war. Dies bleibt von mir in dieser Welt zurück; davon muß ich Abschied nehmen. Ich brauche Dir nicht zu sagen, daß die Gedanken an Frau Kei-kung dazugehören. Ich bringe aber auch meine Angelegenheiten hier in Ordnung. Ich möchte nicht, daß die Spur meiner Existenz hier in dieser Welt schlampig bleibt. Ich mache meine Abschiedsbesuche. Ein wichtiger Abschied war der von der Himmlischen Vierheit vor vier

Tagen. Herr Shi-shmi und seine Freunde haben mir die Freude gemacht, jenes Musikstück zu spielen, das für mich das Tor zum Verständnis der Großnasen war: die Himmlische Vierheit aus dem Ton Yü vom Meister We-to-feng. Danach reichte Herr Shi-shmi jedem einen Becher Mo-te Shang-dong, wir erhoben uns. Herr Shi-shmi hielt eine kurze Rede, in der er sagte, daß ich, sein Freund Kao-tai, nun bald in die Heimat zurückkehren würde, und alle tranken auf einen glücklichen Verlauf meiner langen Reise. Herr Te-cho schenkte mir ein Bild, auf dem der Meister We-to-feng dargestellt ist; außerdem schenkten sie mir ein Bild, auf dem sie selber dargestellt sind, ihre Instrumente haltend.
Dann besuchte ich Herrn Richter Me-lon und seine Frau, die mich mit köstlichen Speisen bewirtete. Wir sprachen über die wahre Ordnung, und Herr Richter Me-lon versprach mir, das Lun Yü zu lesen, das ich ihm als Abschiedsgeschenk mitbrachte. Außerdem schenkte ich ihm ein Blatt, auf das ich in der schönsten mir möglichen Schrift die Zeichen Cheng-ming geschrieben habe, sowie den Namen des Hsün Kuang.
Herrn Yü-len-tzu schrieb ich einen Brief in die ferne Stadt, in der er lebt, und dankte ihm für die vielen Gespräche. Frau Kei-kung war damit einverstanden, daß ich Kleiner Frau Chung eine Jadekette schickte. Im Hong-tel bezahlte ich die Rechnung, deren Höhe mich allerdings etwas erschreckte. Dennoch habe ich nicht einmal die Hälfte aller Silberschiffchen verbraucht, die ich mitgenommen hatte. Als ich die Rechnung bezahlte, rief der Ober-Beschließer den Besitzer des Hong-tel, Herrn Mo, der mir versicherte, daß ich ein gern gesehener Gast im Haus gewesen sei, und er beutelte mir heftig die Hand. Ich lobte die Einrichtungen seines Hong-tel und log ihm vor, daß ich wiederkommen würde. Es gibt Lügen, die sind bedeutungslos für die Harmonie der Realität. Das habe ich bei einem Autor gelesen, den ich irrtümlich nicht erwähnt habe, als ich vom Stand der Literatur berichtete. Der Autor heißt Chei-mi-to und ist – von »jetzt« an gerechnet – vor zwanzig Jahren gestorben. In einem Buch von ihm habe ich gelesen: nur die Lüge, die man selbst glaubt, ist gefährlich; wenn

man lügt und weiß das – die »freche Lüge« nennt es Meister Chei-mi-to –, so ist es ungefährlich. Das Nicht-Wahr-Haben-Wollen der Großnasen ist eine Große Lüge, die sie selber glauben, und die deshalb gefährlich ist. Wieder siehst Du das Problem: einige der Großnasen *wissen*, sagen es sogar, aber niemand richtet sich danach. Sie gehen mit einem zustimmenden Lächeln darüber hinweg und ziehen dann sofort den Schleier ihrer Großen Lüge wieder vor die Stirn.

Herr Richter Me-lon hat mir übrigens geholfen, die Sache mit dem A-tao-Wagen-Besitzer zu regeln. Es ist errechnet worden, daß der Besitzer mit seinem A-tao-Wagen viel schneller gefahren ist als zulässig. Herr Richter Me-lon begleitete mich zu jenem berufsmäßigen Fürsprecher Kä-w', der freundlicher war, als sein Brief damals geklungen hat. Herr Kä-w' sagte, daß sein Mandant das einsehen müsse. Wenn er nicht so schnell gefahren wäre, wäre nichts passiert, oder zumindest wäre der Aufprall auf den Baum halb so schlimm gewesen. Da ich mich nicht aus dieser Welt verflüchtigen will, während ich noch jemandem etwas schuldig bin, habe ich Herrn Fürsprecher Kä-w' die Hälfte der ursprünglichen Forderung, nämlich den Gegenwert von fünf Silberschiffchen bezahlt, dem Fürsprecher selber für seine Mühe den Gegenwert von einem. Damit sei, versicherte mir Herr Kä-w' unter heftigem Beuteln meiner rechten Hand, die Sache erledigt.

Die wenigen Tage, die mir hier noch verbleiben, die Tage, nachdem ich die Rechnung im Hong-tel bezahlt habe, verbringe ich ganz bei Frau Kei-kung. Sie wird Deine Briefe bei sich behalten, die Du mir geschrieben hast. Ich habe ihr zu dem Zweck ein Lackkästchen gekauft, das recht hübsch ist und das man mit einigem guten Willen als aus dem Reich der Mitte stammend ansehen könnte. Über den Abschied reden wir nicht mehr. Als wir noch einmal die Tanz- und Gesangsvorstellung »Das Land, in dem immer gelächelt wird« besuchten, lachten wir beide gemeinsam. Frau Kei-kung werde ich die restlichen Silberschiffchen und die Goldbecher hinterlassen. Sie hat sich vor einiger Zeit in einem fernen, südlichen Land (ich habe Bilder davon gesehen) ein kleines

Haus gekauft, das unter Bäumen auf einem Hügel liegt, und man kann weit über Wiesen und Felder sehen. Das Haus hat aber kein Dach mehr, denn es ist ein altes Haus. Sie wird den Gegenwert der Silberschiffchen und der Goldbecher dazu benutzen, um das Dach des Hauses erneuern zu lassen. Wir sprachen es nicht aus, aber wir dachten es, und wußten, daß wir es dachten: so lebt sie, wenn sie dort ist, unter *meinem* Dach.

Außerdem werde ich ihr einen Armreif aus Email schenken, dessen materieller Wert ganz gering ist, aber die Farbe soll sie an mich erinnern. Es ist eine Drachenfarbe. Es ist auch eine Gefühlsfarbe.

Ich hatte zunächst den Gedanken, meine Abreise so zu gestalten, daß mich Frau Kei-kung und Herr Shi-shmi zum Kontaktpunkt begleiten würden, dorthin auf die kleine Brücke über den Kanal, daß wir zusammen noch einen Becher Mo-te Shang-dong trinken würden, und daß dann die beiden einige Schritte zurücktreten würden . . . aber ich glaube, das ist kein guter Gedanke. Es ist besser, wenn ich allein hingehe, allein meine Reise antrete, um so, wie ich gekommen bin, diese Welt wieder zu verlassen. So werde ich es halten. Auf der anderen Seite, wenn man so sagen kann, wirst Du mich erwarten, meine geliebte Shiao-shiao auf dem Arm, der ich von Meister Mi erzählen werde.

Lebe wohl, mein Treuer, in wenigen Tagen sehen wir uns wieder. Ich bin

Dein Kao-tai

Siebenunddreißigster und letzter Brief

(Sonntag, 27. Februar)

Mein lieber Dji-gu.

So schreib ich Dir doch noch einen kurzen Brief. Deinen letzten habe ich noch erhalten. So sage ich Dir also genau den Tag und die Stunde meiner Ankunft.

Heute ist Vollmond. In vier Tagen, merke Dir das genau, ist es soweit. Das Wetter ist kalt, aber sonnig. Die Großnasen, die in allen, selbst in unwichtigen Dingen die Zukunft berechnen wollen, versuchen sogar das Wetter vorauszusagen. Ab und zu treffen diese Voraussagungen sogar ein. Jetzt, so heißt es, glaube man, daß das Wetter für die nächsten Tage so bleiben wird. Vom Frühling ist hier noch keine Spur zu bemerken, aber das macht mir jetzt nichts mehr aus, denn Du schreibst, daß in Deinem Park schon die Magnolien blühen, und so werde ich in einen heimatlichen Frühling reisen. In vier Tagen, und zwar genau zu Beginn der Stunde des Pferdes.* Ist das Werk vollbracht, dann sich zurückziehen, das ist des Himmels Sinn (Tao**). Ich habe mein Werk im Geheimen vollbracht. Es war kein leichtes Werk. Die Großnasen haben nichts bemerkt davon, daß sie von mir beobachtet wurden. Sie werden es auch nicht bemerken. Meinen Zeitgenossen werde ich meine Erkenntnisse verschweigen. Warum? das habe ich Dir schon geschrieben.

Herr Shi-shmi hat mich aufgefordert, ja dringend gebeten, meine Erkenntnisse über diese Welt, seine Welt der Großnasen von Minchen und Ba Yan niederzuschreiben, die letzten Tage zu benutzen, um meine Eindrücke zusammenzufassen. Er würde, sagte er, für die spätere Veröffentlichung sorgen. Er sagte, daß meine Erkenntnisse, die sozusagen eine angeborene Unvoreingenommenheit hätten, für die Großnasen von unschätzbarem Wert seien.

---

* Stunde des Pferdes (Wu) = die Doppelstunde von 11 Uhr vormittags bis 1 Uhr nachmittags; Kao-tai kündigt also seine Rückkehr für den 3. März 11 Uhr an.

** Schlußzeilen eines Gedichtes aus dem Tao-te-ching.

Ich habe abgelehnt. Ich zweifle nicht am Wert meiner Erkenntnisse für die Großnasen. (So gering der Wert für meine Zeitgenossen wäre.) Es fiele mir auch nicht schwer, mich hinzusetzen in den restlichen Tagen und – vielleicht sogar in der Sprache der Großnasen, damit sie sich die Übersetzung sparen können – meine Eindrücke, eben alles das etwa, was ich in diesen vielen Briefen an Dich geschrieben habe, in geraffter und geordneter Form zu Papier zu bringen. Ich habe abgelehnt. Ich weiß, was mit dem Büchlein, der Schrift jenes rätselhaften Kao-tai geschähe: die Großnasen würden es lesen; wenn es hochkommt, würden sie es aufmerksam lesen. Sie würden zustimmend nicken und sich dann dem zuwenden, was sie für den Ernst ihres Lebens halten. Gegen diesen Ernst des Lebens ist nicht anzukommen.
Ich habe Herrn Shi-shmi die Geschichte mit dem Grenzwart des Blumenlandes erzählt, aus dem XXII. Buch des Chuang-tzu, die Geschichte, in der der Herrscher Yen das Blumenland besichtigt und der Grenzwart versucht, dem Yen von Sinn (Tao) und Leben (Te) zu erzählen, Yen aber begreift es nicht. Der Grenzwart wird böse, und die mir unvergeßlichen Schlußzeilen lauten: »Mit diesen Worten ließ ihn der Grenzwart stehen. Yen ging ihm nach und sagte: ›Darf ich fragen ...?‹ Der Grenzwart aber sprach. ›Vorbei.‹«
Ich bin nicht so vermessen, mich mit dem Grenzwart oder gar mit dem überaus erhabenen Chuang-tzu zu vergleichen. Dennoch sage ich: Kao-tai aber sprach zu den Großnasen: vorbei.
Das soll mein letztes Wort aus der Welt der Großnasen sein, abgesehen von einem Gruß an Dich, den ich in ganz kurzer Frist wieder in die Arme schließen werde

als Dein Kao-tai,
Mandarin und Präfekt der kaiserlichen Dichtergilde »Neunundzwanzig bemooste Felswände« in Kei-feng im Reich der Mitte.

Es ist mir eine angenehme Pflicht, Herrn Prof. Dr. Herbert Franke, Präsident der Bayerischen Akademie der Wissenschaften, für viele äußerst wertvolle Hinweise und für seine geduldige Beratung in Fragen der altchinesischen Geschichte und Kulturgeschichte sehr herzlich zu danken.
Was die Gastronomie und die chinesischen Eßgewohnheiten anbetrifft, verdanke ich entscheidende Hinweise Herrn Hans W. Stoermer.
An Literatur habe ich insbesondere verwendet: die Darstellungen der chinesischen Geschichte von Herbert Franke und Rolf Trauzettel »Das Chinesische Kaiserreich« (Fischer Weltgeschichte Band 19), »China im Altertum« von A. F. P. Hulsewé und »China bis 960« von Hans H. Frankel (beide in der »Propyläen Weltgeschichte« Band II, 2 bzw. VI, 1), die Einführung »Klassische chinesische Philosophie« von Hubert Schleichert (Frankfurt 1980) und den Artikel »Chinesische Musik« in »Musik in Geschichte und Gegenwart« Band 2 (Kassel 1952) von Kenneth Robinson und Hans Eckardt.
Von größtem Wert waren für mich außerdem – alle in der Übersetzung des Altmeisters der deutschen Sinologie Richard Wilhelm – die Quellen: das »I Ching – Buch der Wandlungen«, Kung-fu-tzu »Gespräche – Yun Lü«, »Frühling und Herbst der Lü Pu-wei«, Lao-tzu »Tao-te-ching«, »Li Chi – das Buch der Riten, Sitten und Gebräuche« und Chuang-tzu »Das wahre Buch vom südlichen Blütenland« (alle aus der Sammlung »Diederichs gelbe Reihe«).

Im Grunde genommen auch zur Literatur über das alte China gehört die Bildrolle »Die Stadt K'ai-feng« des Malers Chang Tzu-tuan, die das Ch'ing-ming-Fest in der Stadt K'ai-feng zur Sung-Zeit in einem Genrebild mit 3500 Figuren darstellt. Eine Reproduktion dieser Bildrolle hat mir ebenfalls Prof. Dr. Franke liebenswürdigerweise zur Verfügung gestellt.